Canción de invierno

Canción de invierno

S. Jae-Jones

Traducción de
María Angulo Fernández

Rocaeditorial

Título original: *Wintersong*

© 2017, S. Jae-Jones

Primera publicación por Thomas Dunne/St. Martin's, un sello de MacMillan. Derechos de traducción acordados a través de Jill Grindberg Literary Management LLC y Sandra Bruna Agencia Literaria, S.L. Todos los derechos reservados.

Esta es una obra de ficción. Todos los personajes, organizaciones y acontecimientos que aparecen en esta novela son producto de la imaginación de la autora o son usados de manera ficticia.

Primera edición: abril de 2018

© de la traducción: 2018, María Angulo Fernández
© de esta edición: 2018, Roca Editorial de Libros, S. L.
Av. Marquès de l'Argentera 17, pral.
08003 Barcelona
actualidad@rocaeditorial.com
www.rocalibros.com

Impreso por EGEDSA
Sabadell (Barcelona)

ISBN: 978-84-17092-78-8
Depósito legal: B-5227-2018
Código IBIC: YFB

RE92788

A 할머니,
Por ser la mejor abuela cuentacuentos
de todos los tiempos
사랑해.

Obertura

Érase una vez una niña que tocaba música para un niño en el bosque. Ella, menuda y misteriosa; él, alto y apuesto. Juntos formaban una pareja encantadora. Bailaban entrelazados, siguiendo el ritmo de la melodía que la niña oía sonar en su cabeza.

Su abuela le había advertido que por esos bosques merodeaban lobos, pero la niña sabía que el niño no era peligroso, pese a que era el Rey de los Duendes.

—¿Te casarás conmigo, Elisabeth? —le había preguntado el niño.

A ella no le sorprendió que supiera su nombre.

—Oh —exclamó ella—, pero si solo soy una niña. Soy demasiado joven para casarme.

—Entonces esperaré —contestó él—. Esperaré mientras me recuerdes.

La niña se rio y siguió bailando con el Rey de los Duendes, aquel niño que siempre había sido un poquito mayor que ella, un poquito inalcanzable para ella.

Las semanas se convirtieron en meses, y los meses, en años. La niña fue creciendo, pero el Rey de los Duendes seguía siempre igual. Ella cumplía a rajatabla con todas sus tareas: fregaba los platos, limpiaba el suelo, peinaba a su hermana, pero siempre encontraba un momento para escabullirse, adentrarse en el bosque y reunirse con su viejo amigo en un rincón rodeado de árboles. Ahora se divertían con otros juegos, como verdad o atrevimiento.

—¿Te casarás conmigo, Elisabeth? —preguntó el niño,

pero ella no entendió que la pregunta no formaba parte del juego, sino que era una propuesta en toda regla.

—Oh —contestó ella—, pero ahora me toca a mí. Aún no me has ganado.

—Entonces esperaré. Y ganaré —respondió él—. Te ganaré hasta que te rindas.

Y la niña se rio y siguió jugando con el Rey de los Duendes, ganándole todas las rondas.

El invierno dio paso a la primavera; la primavera, al verano; el verano, al otoño; y el otoño, a otro invierno. El paso del tiempo cada vez era más evidente, ya que la niña iba creciendo y el Rey de los Duendes seguía igual. La joven fregaba los platos, limpiaba el suelo, peinaba a su hermana, calmaba los miedos de su hermano, escondía la cartera de su padre, contaba las monedas y, en un momento dado, dejó de escabullirse para adentrarse en el bosque y reunirse con su viejo amigo.

—¿Te casarás conmigo, Elisabeth? —preguntó el Rey de los Duendes.

Pero la niña no contestó.

PARTE I

El mercado de los duendes

No debemos mirar a los duendes,
no debemos comer sus frutos:
¿quién sabe en qué suelo sembraron
sus hambrientas y sedientas raíces?

El mercado de los duendes, Christina Rossetti

Cuidado con los duendes

—**C**uidado con los duendes —dijo Constanze— y con las mercancías que venden.

Cuando la sombra de mi abuela asomó entre mis notas, folios repletos de ideas y melodías, di un respingo. Recogí todos los papeles como pude para ocultar mi música. Estaba tan nerviosa que me temblaban las manos, pero Constanze no se dirigía a mí. Se había quedado en el umbral de la habitación y miraba a mi hermana, Käthe, con el ceño fruncido. Käthe se había emperifollado y se estaba pavoneando frente al espejo de nuestro cuarto, el único que teníamos en la posada.

—Escúchame bien, Katharina —prosiguió Constanze mientras señalaba el reflejo de mi hermana con el dedo; un dedo, por cierto, retorcido y ajado—. La vanidad invita a la tentación y revela una voluntad débil.

Käthe la ignoró por completo; se pellizcó las mejillas y se atusó los rizos de su melena.

—Liesl —respondió, y cogió un sombrero del tocador—, ¿podrías echarme una mano con esto?

Guardé todas mis notas en la caja fuerte.

—Es un mercado, Käthe, no un baile de gala. Tan solo recogeremos los arcos que Josef encargó a Herr Kassl.

—Liesl —lloriqueó Käthe—. Por favor.

Constanze se aclaró la garganta y golpeó su bastón contra el suelo, pero ninguna de las dos hicimos caso a la advertencia. Estábamos más que acostumbradas a la severidad de mi abuela y a sus ideas apocalípticas del mundo.

Suspiré.

—De acuerdo. —Escondí la caja fuerte debajo de la cama y ayudé a mi hermana a colocarse el sombrero.

Aquel sombrero era, en realidad, una estructura enorme de seda y plumas, un adorno ridículo, sobre todo teniendo en cuenta que vivíamos en un pueblucho provinciano. Pero mi hermana era ridícula en sí misma, así que aquel sombrero le iba como anillo al dedo.

—¡Ay! —protestó Käthe cuando, sin querer, le clavé una horquilla en la cabeza—. Vigila un poco, anda.

—Pues aprende a arreglarte tú solita —contesté.

Le peiné aquella melena salvaje y rizada, y después le coloqué un chal para que le cubriera los hombros. El vestido que había elegido para la ocasión tenía la cintura muy ceñida y le marcaba cada cuerva del cuerpo. Era, según la propia Käthe, la última moda en París, aunque en mi humilde opinión iba medio desnuda, lo cual me parecía un escándalo.

—Chitón —murmuró Käthe mientras contemplaba su reflejo—. Lo que pasa es que estás celosa.

Hice una mueca. Käthe era la guapa de la familia: pelo dorado, ojos azules, mejillas sonrosadas y una silueta exuberante. Con tan solo diecisiete años, ya parecía una mujer hecha y derecha, con una cinturita de avispa y unas generosas caderas. Y el vestido que llevaba ese día no hacía más que resaltar esas curvas de infarto. Yo era dos años mayor que ella, pero seguía pareciendo una niña: menuda, delgada y pálida.

«Mi duendecillo», así es como papá solía llamarme. Constanze, en cambio, prefería el término «elfo» para referirse a mí. Tan solo Josef me consideraba hermosa. Según sus propias palabras, no era guapa, sino hermosa.

—Sí, estoy celosa —admití—. En fin, ¿vamos al mercado o no?

—Dame un momento. —Käthe se puso a rebuscar entre su caja de baratijas y adornos varios—. ¿Qué te parece, Liesl? —preguntó, y me mostró unos lazos—. ¿Rojo o azul?

—¿Acaso importa?

Ella soltó un suspiro.

—Supongo que no. Ahora que estoy prometida, ningún chico del pueblo se fijará en mí —dijo con voz triste mientras se alisaba la falda del vestido—. Hans no es de la clase de chicos que valora la elegancia, ni tampoco la diversión, dicho sea de paso.

Apreté los labios.

—Hans es un buen hombre.

—Es verdad; es bueno… y «aburrido» —añadió Käthe—. ¿Lo viste en el baile de la otra noche? No me pidió bailar ni una sola vez. Se quedó como un pasmarote en una esquina, mirando a todo el mundo con esa expresión de desaprobación.

Pero su gesto se debía a que Käthe se había dedicado a coquetear descaradamente con un puñado de soldados austriacos; se dirigirían a Múnich y su misión era expulsar a los franceses de la ciudad. «Qué guapa», le decían al oído con su curioso acento austríaco. «¡Danos un besito!»

—Una mujer lasciva es una fruta podrida que parece estar deseando que el Rey de los Duendes la arranque del árbol —entonó Constanze.

Sentí un escalofrío en la espalda. A nuestra abuela le encantaba asustarnos con historias de duendes y otras criaturas que vivían en los bosques que rodeaban nuestro pueblo, pero ya hacía muchos años que Käthe, Josef y yo no nos tomábamos esos cuentos en serio. Había cumplido la mayoría de edad, por lo que era demasiado mayor para creer en los cuentos de hadas que narraba mi abuela. Sin embargo, cada vez que mencionaba al Rey de los Duendes, sentía un cosquilleo frío por todo el cuerpo. Y es que, a pesar de todo, todavía seguía creyendo en el Rey de los Duendes. A pesar de todo, aún quería creer en el Rey de los Duendes.

—Oh, eres peor que un cuervo viejo. Ve a graznarle a otro —replicó Käthe, furiosa—. ¿Por qué siempre tienes que estar chinchándome a mí?

—Recuerda mis palabras —dijo Constanze con la mirada clavada en mi hermana, ignorando por completo todas las capas de encaje y volantes amarillos. Aquellos ojos oscuros y profundos resaltaban en su rostro marchito y envejecido—.

17

Ándate con cuidado, Katharina, no vaya a ser que los duendes vengan a buscarte por esos modales tan promiscuos.

—Basta, abuela —farfullé—. Deja a Käthe en paz. Y deja que hagamos las cosas a nuestra manera. Debemos estar de vuelta antes de que llegue el maestro Antonius.

—Sí, sí. Porque si nos perdiéramos la audición de nuestro querido Josef para convertirse en un virtuoso del violín iríamos directitas al infierno —murmuró mi hermana por lo bajo.

—¡Käthe!

—Lo sé, lo sé —suspiró—. Deja de preocuparte, Liesl. Lo hará bien. No seas tan miedica.

—No lo hará bien si no tiene un arco con el que tocar —repliqué, y me di media vuelta, dispuesta a marcharme—. Vamos, o me iré sin ti.

—Espera —suplicó Käthe y me cogió de la mano—. ¿Me dejarías hacerte algo en el pelo? Tienes unos tirabuzones preciosos, pero te tapan la cara. Estarías mucho más guapa con una trenza. Podría…

—Aunque la mona se vista de seda, mona se queda —contesté, y la aparté de un empujón—. Sería una pérdida de tiempo. Ni Hans ni nadie se darían cuenta.

Mi hermana se encogió al oír el nombre de su prometido.

—Está bien —susurró, y salió de la habitación sin decir palabra.

—Ka… —empecé, pero Constanze me impidió que la siguiera.

—Cuida de tu hermana, niña —me pidió—. No le quites ojo de encima.

—¿Y no es lo que hago siempre? —espeté.

A eso me había dedicado toda la vida, a mantener a la familia unida. Mamá se encargaba de gestionar la posada en la que vivíamos y de traer un sueldo a casa; yo, por mi parte, me encargaba de cuidar a todos los que vivían en ella.

—¿En serio? —preguntó mi abuela, y me fulminó con esa mirada oscura—. Josef no es el único que necesita que le cuiden, por si no lo sabías.

Arrugué el ceño.

—¿Qué quieres decir?

—Te has olvidado de qué día es hoy.

Con Constanze, a veces era más fácil seguirle la corriente que ignorarla.

Suspiré.

—¿Qué día es hoy?

—El día en que el año viejo muere.

Otro escalofrío. Mi abuela seguía anclada en el pasado y todavía se regía según las antiguas leyes; por lo tanto, aún conservaba las fechas del antiguo calendario. Y ese día, la última noche de otoño, era cuando el año viejo moría y la frontera que separaba los mundos se difuminaba; en ese momento, los vecinos del Mundo Subterráneo abandonaban su hogar bajo tierra y deambulaban por el mundo exterior, nuestro mundo, durante los días de invierno. Convivían con nosotros hasta la primavera, cuando el año volvía a empezar.

—La última noche del año —murmuró Constanze—. Ahora llegarán los días de invierno. Y el Rey de los Duendes saldrá de su escondite en busca de su futura esposa.

Miré hacia otro lado. Hubo una época en la que me habría acordado. Una época en la que habría ayudado a mi abuela a cubrir los alféizares, los umbrales y cada entrada de nuestra casa con un montón de sal; era una medida de precaución para protegernos de esas noches salvajes. Una época, una época, una época. Pero ya no podía permitirme el lujo de tener fantasías tan indulgentes como esa. Había llegado el momento, tal y como el apóstol Pablo dijo a los corintios, de dejar a un lado esas ideas infantiles.

—No tengo tiempo para esto —dije, y aparté a Constanze—. Déjame pasar.

Las arrugas de su rostro se volvieron más profundas, más tristes, más nostálgicas. El peso de sus creencias parecía encorvarle los hombros. Y ahora tenía que seguir esas creencias ella sola. Todos habíamos perdido la fe en *Der Erlkönig*; todos, salvo Josef.

—¡Liesl! —gritó Käthe desde el piso de abajo—. ¿Me dejas tu capa roja?

—Ten cuidado con las decisiones que tomas, niña —me

19

advirtió Constanze—. Josef no forma parte del juego. Cuando *Der Erlkönig* juega, no se anda con chiquitas y va a por todas.

Sus palabras me frenaron en seco.

—¿A qué te refieres? —pregunté—. ¿Qué juego?

—No sé, dímelo tú —respondió Constanze con expresión seria—. Nuestros más oscuros deseos tienen consecuencias, y el Señor de las Fechorías vendrá a reclamarlos.

Aquellas palabras quedaron suspendidas en mi mente. Mamá llevaba tiempo diciendo que Constanze había perdido facultades, que ya no era la de antes y que ese era el precio de la edad; sin embargo, jamás la había visto más lúcida y sagaz. De pronto, noté un escozor en la garganta: miedo.

—¿Eso es un sí? —preguntó Käthe—. ¡El que calla otorga!

Gruñí.

—¡No, ni la toques! —respondí, y me asomé por la barandilla de la escalera—. ¡Ahora bajo, te lo prometo!

—¿Otra promesa? —murmuró Constanze—. Haces muchas promesas, pero ¿cuántas puedes cumplir?

—¿Qué…? —empecé, pero, cuando me di la vuelta, mi abuela ya había desaparecido.

Bajé las escaleras a toda prisa. Käthe había descolgado la capa de la percha, pero solo para ponerla sobre mis hombros. La última vez que Hans nos trajo un regalo de la tienda de su padre, una tienda de telas, hilos y botones —antes de que le propusiera matrimonio a Käthe y antes de que todo cambiara entre nosotros—, fue el día que apareció con una pieza gigante de lana. «Para la familia», había dicho, aunque todos sabíamos que el regalo era para mí. La tela era de un rojo sangre precioso, un color que resaltaba mi tez, ligeramente más oscura que la del resto. Además, era de primerísima calidad, perfecta para los días de invierno. Mamá y Constanze me habían cosido una capa con la tela y Käthe jamás ocultó lo mucho que la codiciaba.

Al entrar en el vestíbulo principal, vimos a nuestro padre, que estaba tocando una melodía de ensueño con el violín. Miré a mi alrededor en busca de los invitados, pero en aquella sala no había ni un alma. Y la chimenea estaba apagada. Papá llevaba la misma ropa de la noche anterior y desprendía un ligero tufillo a cerveza rancia.

—¿Dónde está mamá? —preguntó Käthe.

No habíamos visto a mamá por ningún lado; tal vez por eso papá se había atrevido a tocar en el vestíbulo principal, donde todos pudieran oírle. El violín era un tema espinoso para nuestros padres; el dinero no nos sobraba, y mamá prefería que papá tocara el violín solo cuando le pagaban por ello, no cuando le viniera en gana. Pero quizá la inminente llegada del maestro Antonius había hecho que mamá aflojara un poco la cuerda. En teoría, el famosísimo virtuoso del violín iba a quedarse en nuestra posada en su viaje de Viena a Múnich. Y, por si eso fuera poco, iba a hacerle una prueba a nuestro hermano pequeño.

—Seguramente estará echando una cabezadita —comenté—. Hoy hemos madrugado una barbaridad para preparar las habitaciones antes de la llegada del maestro Antonius; todavía era noche cerrada.

Nuestro padre era un violinista sin igual. Incluso había llegado a tocar junto a los mejores músicos de Salzburgo. Papá solía presumir de que fue precisamente allí, en Salzburgo, donde tuvo el grandísimo privilegio de tocar al lado de Mozart en uno de los últimos conciertos del ya difunto compositor.

—Un genio así —decía papá— no se ve todos los días. Solo se ve una vez en la vida. Pero a veces —continuaba y le lanzaba una mirada ladina a Josef— la vida te sorprende.

Josef no estaba entre los invitados. Mi hermano pequeño era tímido y no se sentía cómodo entre desconocidos, por lo que seguramente estaría escondido en el Bosquecillo de los Duendes, ensayando hasta que le sangraran los dedos. Me moría de ganas de tocar con él, aunque, a decir verdad, tenía los dedos entumecidos y doloridos.

—Bien, no me echarán de menos —dijo Käthe, que no cabía en sí de gozo. Mi hermana era una experta en buscar excusas para escaquearse de sus tareas—. Vamos.

El aire había refrescado. De hecho, para ser finales de otoño, hacía demasiado frío. La luz que bañaba el bosque era débil y titilante, como si alguien hubiera cubierto el sol con una cortina o un velo. Entre los árboles se había instalado una neblina que se arrastraba por el camino hasta el pueblo. Con ese manto blanquecino, los árboles parecían fantasmas, y las ramas, espectros. «La última noche del año.» En un paisaje como ese, cualquiera creería que las fronteras que separan los mundos eran muy muy finas.

El sendero que conducía al pueblo estaba lleno de baches y agujeros por las ruedas de los carruajes y, lo peor de todo, repleto de boñigas de vaca. Käthe y yo caminábamos en fila india por la orilla del camino para evitar mojarnos las botas.

—Puf —resopló Käthe la segunda vez que tuvo que rodear una boñiga gigante—. Ojalá pudiéramos permitirnos comprar un carruaje.

—Ojalá los deseos pudieran cumplirse con solo pensarlos —añadí.

—En ese caso, sería la mujer más poderosa del mundo —respondió Käthe—. Mi lista de deseos es interminable. Me encantaría que fuésemos ricos. Y que pudiéramos comprar todo lo que se nos antojara. Imagínatelo, Liesl: ¿Y si…? ¿Y si…? ¿Y si…?

Dibujé una sonrisa. Cuando éramos niñas, a Käthe y a mí nos fascinaba dar rienda suelta a nuestra imaginación con preguntas que empezaban: «¿Y si…?». Aunque la imaginación de mi hermana era más bien predecible, a diferencia de la de Josef y la mía, lo cierto era que lo sabía disimular de una manera extraordinaria.

—¿Y si…? —pregunté en voz baja.

—Juguemos —resolvió ella—. El Mundo Imaginario Ideal. Empieza tú, Liesl.

—Está bien. —Pensé en Hans, pero enseguida aparté su imagen de mi cabeza—. Josef es un músico famoso.

Käthe hizo una mueca.

—Siempre piensas en Josef. ¿Es que no tienes sueños propios?

Claro que sí. Estaban cerrados bajo llave en una caja que

guardaba debajo de la cama que compartíamos. Nadie sabía de su existencia, obviamente.

—De acuerdo —dije—. Tu turno, Käthe. Tu Mundo Imaginario Ideal.

Soltó una carcajada que me recordó al sonido de una campana; era el único rasgo musical que tenía.

—Soy una princesa.

—Claro, cómo no.

Käthe me lanzó una mirada de reojo antes de continuar.

—Soy una princesa... Y tú eres una reina. ¿Contenta?

Puse los ojos en blanco.

—Soy una princesa —continuó—. Papá es el príncipe-obispo *Kapellmeister*, y todos vivimos en Salzburgo. —Käthe y yo habíamos nacido en Salzburgo; en aquella época, papá trabajaba de músico en la corte real y mamá era la cantante principal de una compañía musical. Pero entonces el hambre y la pobreza nos obligaron a trasladarnos a uno de los lugares más remotos e inhóspitos de Baviera—. Mamá es la estrella de la ciudad, por su voz y por su inigualable belleza. Josef es el discípulo preferido del maestro Antonius.

—¿Y está estudiando en Salzburgo? —pregunté—. ¿Por qué no en Viena?

—Está bien, en Viena —corrigió Käthe—. Oh, sí, Viena —susurró. Me di cuenta de que, mientras urdía su fantasía, los ojos, del mismo color que el mar, le hacían chiribitas—. Tendríamos que viajar hasta allí para verlo, por supuesto. Y, puestos a dar rienda suelta a la imaginación, recorrería el mundo con su música. Actuaría en las grandes ciudades europeas, como París, Mannheim, Múnich ¡e incluso Londres! Compraríamos una mansión en cada una de esas ciudades, con ribetes de oro, suelos de mármol y puertas de madera de caoba. Llevaríamos vestidos de ensueño, fabricados con la seda más lujosa y los brocados más delicados. Cada día de la semana luciríamos un atuendo de distinto color. Cada mañana, el cartero llenaría el buzón con invitaciones a bailes y fiestas y óperas y obras de teatro, y un sinfín de admiradores se agolparía frente a nuestra puerta. Los mejores artistas y

23

músicos nos considerarían sus iguales, nos incluirían en su círculo más íntimo. Disfrutaríamos de banquetes exquisitos y bailaríamos durante toda la noche. Nos atiborraríamos de costillas de cordero y de pasteles...

—Y de tarta de chocolate —añadí. Era mi favorita.

—Y de tarta de chocolate —repitió Käthe—. Contrataríamos a los entrenadores más reputados y montaríamos los caballos más codiciados y... —De repente, soltó un gruñido. Había metido el pie en un charco—. Y nunca más volveríamos a poner un pie en una carretera sin asfaltar para poder llegar al mercado.

Me reí y la ayudé a recuperar el equilibrio.

—Fiestas, bailes de gala y una sociedad reluciente. ¿A eso se dedican las princesas? ¿Y qué me dices de las reinas? ¿Qué hago yo?

—¿Tú? —Käthe se quedó en silencio durante unos segundos—. No. Las reinas están destinadas a llevar una vida de grandeza.

—¿Grandeza? —bromeé—. ¿Una mindundi pobre como yo?

—Tú tienes algo. Algo que, a diferencia de la belleza, es imperecedero —respondió con voz seria.

—¿Y qué es, si puede saberse?

—Elegancia —respondió—. Elegancia, ingenio y talento.

No pude evitar echarme a reír.

—Así pues, ¿cuál es mi destino?

Y entonces me lanzó una mirada de soslayo.

—Ser una compositora de gran prestigio.

El efecto de esas palabras fue como el de una ráfaga de aire glacial. Se me helaron hasta los huesos. Aunque parezca una exageración, sentí que mi hermana me atravesaba el pecho y me arrancaba el corazón. Había anotado varias melodías en papeles sueltos y había garabateado cancioncillas en los panfletos de los domingos. Soñaba con que, algún día, pudieran convertirse en sonatas, conciertos, baladas y sinfonías. Llevaba tanto tiempo escondiendo mis esperanzas y mis sueños en una caja secreta que no me sentía capaz de sacarlos a la luz.

—¿Liesl? —llamó Käthe, y me tiró de la manga—. Liesl, ¿estás bien?

—¿Cómo...? —pregunté con voz ronca—. ¿Cómo has...?

Ella se sonrojó, avergonzada.

—Encontré tu caja de partituras debajo de la cama. Te juro que no estaba fisgoneando —añadió enseguida—. Estaba buscando un botón que se me había caído y...

Al ver mi cara no fue capaz de continuar.

Me temblaban las manos. ¿Cómo se había atrevido? ¿Cómo se había atrevido a meter las narices en algo tan privado, tan íntimo?

—¿Liesl? —dijo de nuevo, con un tono de preocupación en la voz—. ¿Qué ocurre?

No respondí. No era capaz de articular una sola palabra. Además, mi hermana jamás entendería que había cruzado una línea infranqueable. Käthe no tenía ninguna habilidad musical, lo cual en una familia como la nuestra era un pecado capital. Me di media vuelta y seguí avanzando por el camino.

—¿Qué he dicho? —preguntó mi hermana, y se echó a correr para alcanzarme—. Creí que te gustaría. Ahora que Josef va a irse, pensé que papá podría... En fin, todos sabemos que tienes el mismo talento que...

—Cállate. —Mis palabras quedaron suspendidas en aquel ambiente otoñal. Sonaron frías, distantes—. Cállate, Käthe.

Se ruborizó: cualquiera habría dicho que acababa de darle dos bofetadas.

—No te entiendo —murmuró.

—¿Qué no entiendes?

—No entiendo por qué te escondes detrás de Josef.

—¿Y qué tiene que ver Sepperl con todo esto?

Käthe entrecerró los ojos.

—¿Viniendo de ti? Pues todo. Estoy segura de que a nuestro hermanito sí le has desvelado tu secreto musical.

Hice una pausa.

—Él es distinto.

—Por supuesto que es distinto —dijo Käthe, y empezó

a mover los brazos, exasperada—. Josef es adorable. Josef tiene unas manos únicas. Josef posee el don propio de un genio. Por su sangre corre música y locura y magia, algo que Katharina, la pobre chica del montón que no tiene oído musical, no entiende y jamás entenderá.

Abrí la boca para protestar y después la cerré.

—Sepperl me necesita —murmuré.

Y era verdad. Nuestro hermano era frágil, y no me refería a que fuera un saco de huesos.

—Yo te necesito —respondió mi hermana con un hilo de voz. Estaba dolida.

Entonces las palabras de Constanze retumbaron en mi cabeza: «Josef no es el único que necesita que le cuiden».

—Tú no me necesitas —repliqué, y sacudí la cabeza—. Ahora tienes a Hans.

Käthe se puso rígida. De pronto, sus carnosos labios rosados perdieron todo su color.

—Si eso es lo que opinas —susurró—, entonces es que eres más cruel de lo que creía.

¿Cruel? ¿Qué sabía mi hermana de la crueldad? La vida la había tratado muchísimo mejor que a mí, de eso no cabía la menor duda. Su futuro se avecinaba estable y muy feliz. Se casaría con el soltero de oro del pueblo. Yo, en cambio, me había convertido en la hermana indeseada, la descartada. Y yo... tenía a Josef, pero no por mucho tiempo. El día que se marchara de casa, se llevaría los últimos recuerdos de mi infancia con él: nuestras fiestas en el bosque, nuestros cuentos de kobolds y de Hödekin bailando bajo la luz de la luna, y nuestros juegos de música y fantasía. El día que se marchara de casa, lo único que me quedaría de él sería la música. La música y el Rey de los Duendes.

—Da gracias por lo que tienes —espeté—. Juventud, belleza y, muy pronto, un marido que intentará hacerte feliz.

—¿Feliz? —preguntó Käthe con un brillo extraño en la mirada—. ¿En serio crees que Hans me hará feliz? ¿Hans? ¿Ese tipo soso y aburrido que no ve más allá de las fronteras de la aldea estúpida y provinciana en la que se crio? ¿Hans? ¿Ese tipo impasible y que siempre cumple con su palabra?

¿Hans? ¿El hombre que me enclaustrará en casa, con un contrato matrimonial en una mano y un bebé en la otra?

Me quedé anonadada. Hans era un viejo amigo de la familia. Pese a que Käthe y él no habían sido muy amigos de niños, nunca me habría imaginado lo poco que le valoraba y le quería. Hans y yo, en cambio, habíamos sido uña y carne.

—Käthe —dije—. ¿Por qué...?

—¿Por qué acepté su propuesta de matrimonio? ¿Por qué no he dicho nada hasta ahora?

Asentí con la cabeza.

—Pues sí lo hice —respondió ella; de repente, los ojos se le llenaron de lágrimas—. Te lo repetí muchísimas veces, pero nunca me escuchaste. Esta misma mañana, cuando he dicho que era aburrido, me has contestado que era un buen hombre —añadió, y luego apartó la mirada—. Nunca escuchas una sola palabra de lo que digo, Liesl. Solo tienes oídos para Josef. A él sí le prestas atención.

«Ten cuidado con las decisiones que tomas.» Se me hizo un nudo en la garganta. Era culpabilidad.

—Oh, Käthe —murmuré—. Podrías haberle rechazado.

—¿De veras? —replicó—. ¿Mamá o tú me habríais dejado hacer algo así? ¿Qué opciones tenía? No me quedó más remedio que aceptar la proposición.

Aquella acusación me revolvió las tripas y me hizo cómplice en mi propio resentimiento. Estaba tan convencida de que las cosas debían ser así que jamás me había atrevido a cuestionarlas. El apuesto Hans y la hermosa Käthe..., por supuesto que estaban destinados a casarse.

—Tienes opciones —murmuré, indecisa—. Más de las que yo jamás tendré.

—¿Opciones? ¡Ja! —La risa de Käthe estaba llena de sarcasmo—. Liesl, tú elegiste a Josef hace mucho tiempo, así que no me culpes por haber elegido a Hans.

Y no volvimos a articular una sola palabra durante el resto del camino hasta el mercado.

27

Acercaos y comprad, acercaos y comprad

«¡*A*cercaos y comprad, acercaos y comprad!»

Los puestecillos que abarrotaban la plaza del pueblo estaban a rebosar de todo tipo de productos Los vendedores anunciaban sus ofertas a pleno pulmón: «¡Pan recién hecho! ¡Leche fresca! ¡Queso de cabra! ¡Ovillos de lana, la más suave y agradable del mundo entero!». Algunos vendedores hacían sonar campanitas, otros repiqueteaban badajos de madera; quienes no podían permitirse tales lujos aporreaban algún tambor de fabricación casera siguiendo un errático rata-ta-ta. Todos, al fin y al cabo, pretendían atraer a la clientela hacia su puesto. A medida que nos íbamos acercando a la plaza, Käthe empezó a animarse.

Nunca comprendí la emoción de gastar dinero, pero a mi hermana le encantaba ir a comprar. Pasaba los dedos por las telas, como si las acariciara: sedas y terciopelos, lanas y satenes importados de Inglaterra, Italia e incluso del Lejano Oriente. Enterraba la nariz en los ramos de lavanda y romero, y cerraba los ojos cuando saboreaba la mostaza que bañaba el esponjoso pretzel que había comprado. Era un deleite casi sensual.

Yo la seguía en silencio y, de vez en cuando, me paraba para contemplar las coronas de flores secas. Podría ser el regalo de boda perfecto para mi hermana o una forma de pedirle disculpas. A Käthe le gustaban las cosas bonitas; no, más que eso, le fascinaban las cosas bonitas. Las matronas y los ancianos que pululaban por la plaza no le quitaban ojo de encima; la miraban con los labios arrugados y el ceño fruncido. La observaban sin tapujos y, de vez en cuando, le lanzaban miradas siniestras, como si disfrutar de esos pequeños lujos fuera algo obsceno, algo sucio. Un hombre en particular, un tipo alto, pálido y muy elegante, no dejaba de repasarla de pies a cabeza; aquella mirada tan inquisitiva me ponía de los nervios.

—¡Acercaos y comprad, acercaos y comprad!

Un grupo de fruteros se había instalado en la periferia del mercado, pero sus gritos se oían en toda la plaza. Estaban armando un escándalo ensordecedor. Sentí un hormigueo en el oído; con ese griterío estaban consiguiendo justamente lo que querían: que los compradores nos acercáramos a sus puestos, casi en contra de nuestra voluntad. Se estaba acabando la temporada de fruta fresca, por lo que no pude evitar fijarme en el color y en la textura de aquellas delicias: tenían la forma perfecta y, a primera vista, parecían sabrosas. No, más que sabrosas, exquisitas. Era la tentación hecha fruta.

—¡Ooh, Liesl! —exclamó Käthe, que ya se había olvidado de nuestra discusión—. ¡Melocotones!

Los fruteros nos hacían señas para llamar nuestra atención y nos mostraban aquellas delicias amarillas. El aroma que se respiraba allí era embriagador; la fruta estaba en su punto justo de maduración. Cerré los ojos e inspiré hondo; la boca se me hacía agua…, pero no debía caer en la tentación, así que me giré y arrastré a Käthe hacia otro lado. Tenía que administrar bien el dinero que tenía.

La última vez que había visitado el mercado había sido un par de semanas antes. Las cuerdas de los arcos de Josef estaban destrozadas y necesitábamos que el *archetier* del pueblo las reparara antes de la gran prueba ante el maestro Antonius. Así que, durante varios meses, escatimé, ahorré y guardé a buen recaudo todas las monedas que pude, ya que ese tipo de arreglos nunca eran baratos.

Pero los fruteros, que eran muy vivos, no habían pasado por alto a aquel par de chicas que miraban de reojo la fruta que vendían.

—¡Acercaos, jovencitas! —cantaban—. Acercaos, preciosas. ¡Acercaos y comprad, acercaos y comprad!

Uno de ellos golpeteaba los tablones de madera que le servían de mesa. Los demás canturreaban una cancioncilla siguiendo el ritmo del tambor improvisado.

—Ciruelas y albaricoques, melocotones y moras, ¡probadlo todo!

Sin darme cuenta, empecé a tatarear la melodía, a intentar encontrar la armonía y el contrapunto en aquella música. Terceras, quintas, séptimas disminuidas... Tocaba todos los acordes en voz baja. Y juntos, los vendedores de fruta y yo, entretejimos una red de sonidos evocadores, extraños y un tanto salvajes.

De repente, los tenderos fijaron sus miradas en mí; en ese momento, sus rasgos se volvieron más afilados; sus sonrisas, más desafiantes. Se me erizó el vello de la nuca y enmudecí. Sentirme el centro de atención siempre me había provocado una especie de cosquilleo en la piel, pero esta vez noté algo distinto. A mis espaldas, alguien me observaba con detenimiento. Y esa mirada era tan descarada que incluso podía palparla. Miré por encima del hombro.

Ahí estaba, el desconocido alto, pálido y muy elegante.

Sus rasgos se veían ensombrecidos por una capucha, pero bajo aquella capa larga asomaban unos ropajes refinados y distinguidos. No pude evitar fijarme en los destellos de hilos de oro y de plata que se entrelazaban con el brocado de terciopelo verde. Al percatarse de que lo miraba de manera inquisitiva, el desconocido se revolvió y se envolvió de nuevo en su capa; sin embargo, logré entrever unos pantalones bombachos de color parduzco que resaltaban su esbelta silueta. Aparté el rostro, ruborizada. Hubo algo en él que me resultó familiar.

—¡*Brava, brava*! —exclamaron los fruteros al terminar su canción—. La doncella de rojo, ¡acércate y recoge tu recompensa!

Agitaban las manos sobre la mercancía expuesta. Tenían los dedos largos y delgados, como los de un pianista. Sin embargo, durante un segundo, me pareció ver que tenían demasiadas articulaciones en los dedos y tuve un extraña sensación. Pero ese segundo pasó y uno de los tenderos eligió un melocotón y me lo ofreció.

El perfume de aquella fruta endulzaba el aire frío de otoño, pero bajo aquel aroma empalagoso percibí el inconfundible olor de algo podrido. Reculé y, de pronto, noté que el aspecto de los vendedores había cambiado. Su tez había tomado un tono verdoso y sus dientes parecían más puntiagudos, más afilados. Desvié la mirada hacia sus manos; sus uñas parecían haberse convertido en garras.

«Cuidado con los duendes, y con las mercancías que venden.»

Käthe no lo pensó dos veces: aceptó el melocotón con las dos manos.

—¡Oh, sí, por favor!

Agarré a mi hermana por el mantón que llevaba y tiré de ella.

—La doncella sabe lo que quiere —dijo uno de los tenderos. Después le dedicó una enorme sonrisa a Käthe, pero fue una sonrisa lasciva, obscena; tras aquellos labios demasiado estirados asomaba una dentadura amarillenta—. Llena de pasiones, llena de deseo. Se agota rápido, se sacia rápido.

Me asusté y me volví hacia Käthe.

—Vámonos —ordené—. No deberíamos entretenernos. Tenemos que pasar por la tienda de Herr Kassl antes de volver a casa.

Käthe no podía apartar los ojos de aquel despliegue de fruta fresca. Parecía enferma…, tenía la frente arrugada, le costaba respirar con normalidad, tenía las mejillas sonrojadas y en su mirada percibí un brillo casi febril. Parecía enferma o… emocionada. Había algo que no encajaba. Que no encajaba y que me daba miedo. Sin embargo, un hormigueo de emoción me recorrió las piernas.

—Vámonos —repetí. Los ojos de Käthe se apagaron de repente—. ¡Anna Katharina Magdalena Ingeborg Vogler! —exclamé—. Tenemos que irnos.

—Quizás otro día, cariño —se burló el tendero. Me aferré a mi hermana y, en un intento de protegerla, le rodeé los hombros con el brazo—. Volverá —añadió aquel tipo—. Las chicas como ella no pueden resistirse a la tentación. Las dos están… lo bastante maduras como para arrancarlas.

31

Me marché y empujé a Käthe para que también avanzara. Por el rabillo del ojo volví a distinguir la silueta alta y elegante del desconocido. Tenía la impresión de que nos miraba bajo su capucha negra. Nos estaba observando. Nos estaba examinando. Nos estaba juzgando. Uno de los tenderos le tiró de la capa; el hombre se inclinó para escuchar lo que tenía que decirle. Pero en ningún momento nos quitó ojo de encima o, mejor dicho, no «me» quitó el ojo de encima.

—Cuidado.

Paré en seco. Fue otro de los fruteros, un hombre más bien bajito. Tenía el pelo tan encrespado que parecía llevar un cardo sobre la cabeza. Y su cara no era más que piel y hueso. No debía de ser más alto que un niño, aunque su expresión era la de alguien muy anciano, más anciano que Constanze, más anciano que el propio bosque.

—Esa —dijo el frutero, señalando a Käthe, que tenía la cabeza apoyada sobre mi hombro— es como una cerilla: prende rápido, pero no da calor. Tú, en cambio —añadió—, tú ardes como la madera. En tu interior arde una llama especial. Es débil, pero constante. Titila sin cesar mientras espera que una bocanada de aire la encienda y pueda arder con todo su esplendor. Es curioso —murmuró con una amplia sonrisa—, muy curioso, de hecho.

Y, de repente, el tendero se esfumó. Parpadeé, pero no volvió a aparecer. Por un momento pensé que lo había soñado. Sacudí la cabeza, agarré a Käthe por el brazo y me dirigí a toda prisa a la tienda de Herr Kassl; quería olvidar a esos tipos tan extraños y a su fruta: tan seductora, tan dulce y tan lejos de mi alcance.

En cuanto nos alejamos un poco de los vendedores de fruta, Käthe se puso a hacer aspavientos para que la soltara.

—No me trates como a una cría. No necesito que cuides de mí —espetó.

Me mordí la lengua para no soltarle una barbaridad.

—Bien.

Saqué un pequeño monedero y se lo entregué.

—Ve a ver a Johannes, el cervecero, y dile...

—Ya sé lo que tengo que hacer, Liesl —contestó ella, y me arrebató el monedero de la mano—. No soy una inepta.

Y tras ese arrebato, dio media vuelta y se marchó contoneando las caderas; desapareció entre el ajetreo de la plaza.

Con cierto recelo, me abrí camino entre la muchedumbre y me dirigí hacia la tienda de Herr Kassl. En nuestra aldea no había ningún artesano que reparara arcos, y mucho menos un lutier, pero Herr Kassl conocía a los mejores artesanos de Múnich. Hacía mucho tiempo que conocía a nuestra familia. Por sus manos habían pasado instrumentos valiosos, únicos. A lo largo de los años, se había especializado en este sector. Era un viejo amigo de papá, si es que un prestamista podía considerarse un amigo.

Cuando terminé con Herr Kassl, fui en busca de mi hermana. Käthe no era difícil de encontrar, ni siquiera en aquel océano de rostros que inundaba la plaza. Su sonrisa siempre era la más grande; su mirada azul, la más brillante; sus carnosas mejillas, las más sonrosadas. Incluso bajo ese ridículo sombrero, su melena destellaba como un pájaro de plumas doradas. Lo único que tenía que hacer era seguir el camino de miraditas que se había formado en el mercado; eran miradas llenas de admiración, y todas admiraban lo mismo: a mi hermana.

Dediqué unos instantes a observarla; estaba charlando y, con toda probabilidad, regateando con los vendedores. Käthe era como una actriz sobre el escenario, se venía arriba y destilaba emoción, pasión. Todos sus gestos estaban estudiados, y sus sonrisas, calculadas. Revoloteaba entre los puestecillos con elegancia, parecía coqueta y divertida, y se mostraba ajena a todos los mirones que la observaban. Los atraía como las moscas a la miel. Hombres y mujeres de todas las edades repasaban las curvas de su cuerpo, la redondez de sus mejillas, el mohín de sus labios.

Mirando a Käthe era difícil olvidar lo inmorales que podían ser los cuerpos, lo propensos que somos a la perversión.

33

«El hombre nace para la aflicción, así como las chispas saltan del fuego para volar por los aires», decía Job.

Vestida con ropa ajustada que resaltaba cada una de las líneas de su cuerpo, Käthe siempre provocaba suspiros de placer. Y es que toda ella sugería voluptuosidad.

Me sobresalté al darme cuenta de que estaba contemplando a una mujer; a una mujer y no a una niña. Käthe sabía muy bien el efecto que tenía su cuerpo sobre los demás. En cuanto se dio cuenta, perdió toda su inocencia, toda su ingenuidad. Mi hermana se había despedido de su infancia y ya era toda una mujer. Me sentía abandonada. Traicionada. Un muchacho empezó a adular a mi hermana al verla pasar frente a su tenderete; de repente, se me hizo un nudo en la garganta. El rencor era tan amargo que casi me atraganto.

Habría dado todo lo que tenía por ser el objeto de deseo de alguien, aunque solo fuera durante unos instantes. Habría dado lo poco que tenía por disfrutar de esa sensación y saborear el dulzor de sentirse deseada. Anhelaba todo eso. Anhelaba lo que Käthe daba por hecho. Anhelaba esa promiscuidad perversa.

—¿Puedo ofrecer a la joven de rojo unos abalorios muy curiosos?

La pregunta me devolvió a la realidad. Alcé la mirada y, una vez más, me topé con el desconocido alto y elegante.

—No, gracias, señor —respondí, y negué con la cabeza—. No tengo dinero.

Pero eso no le disuadió para acercarse un poco más a mí. Llevaba las manos enfundadas en unos guantes y sujetaba una flauta; la madera estaba tan pulida que parecía un espejo. Ahora que lo tenía tan cerca pude ver el brillo de sus ojos bajo la capucha.

—¿No? Qué lástima. Pero ¿aceptarías un regalo?

—¿Un… regalo?

Aquel escrutinio me incomodaba. Me miraba como nadie lo había hecho, como si fuera algo más que la suma de unos ojos, una nariz, unos labios, una melena y un cuerpo insulso y anodino. Me miraba como si pudiera ver a través de mí, como si… me conociera. ¿Nos conocíamos? Su presencia despertó algo en mi memoria, como una melodía olvidada.

—¿Por qué?

—¿Acaso se necesita un motivo? —No era una voz aguda, tampoco grave. Pero había algo en esa cadencia que evocaba un bosque siniestro y una noche de invierno—. Tal vez solo quiera alegrarle el día a una jovencita. Después de todo, las noches son largas y frías.

—Oh, no, señor —murmuré—. Mi abuela ya me advirtió de los lobos que merodean por los bosques.

El desconocido se echó a reír y entreví una línea de dientes blancos y afilados. Me estremecí.

—Tu abuela es una mujer sabia —dijo—. Estoy convencido de que también te ha dicho que te alejes de los duendes. O puede que crea que somos tal para cual.

No musité palabra.

—Eres una chica lista. No te ofrezco este regalo porque sea desinteresado o generoso, sino porque deseo ver qué vas a hacer con él.

—¿Qué quieres decir?

—Tu alma está llena de música. Una música salvaje e indómita que me habla. Desafía todas las leyes y normas establecidas por vosotros, los humanos. Crece en tu interior y no hay nada que anhele más que liberar esa música.

Me había oído cantar junto a los vendedores de fruta. «Una música salvaje e indómita.» Ya había oído esas palabras antes. Y había sido de boca de papá. En aquel momento me las tomé como un insulto. Mi educación musical podía describirse como rudimentaria; papá siempre le había dedicado más tiempo a Josef. Se aseguraba de que entendiera la teoría y la historia de la música, así como los cimientos y las bases del lenguaje musical. Siempre que podía me escabullía para escuchar todas sus lecciones; tomaba notas y después aplicaba lo aprendido a mis propias composiciones, aunque siempre de una forma un tanto chapucera.

Pero aquel desconocido alto y elegante no parecía juzgar mi falta de estructura formal, mi falta de aprendizaje musical. Escuché sus palabras y las guardé en lo más profundo de mi corazón.

—Para ti, Elisabeth —dijo, y volvió a ofrecerme la flauta. Esta vez la acepté. A pesar del frío que se había instalado en la plaza, la madera la sentía cálida y agradable.

Hasta que el desconocido desapareció no caí en la cuenta de que me había llamado por mi nombre de pila.

«Elisabeth.»

¿Cómo era posible que lo supiera?

Sostuve la flauta entre las manos. No pude contenerme y pasé los dedos por aquella superficie suave como la seda. Pero había algo que no dejaba de atormentarme, la sensación de que había perdido u olvidado algo. Y, por mucho que me esforzara, no lograba recordar el qué. Era como si tuviera una palabra en la punta de la lengua, pero no consiguiera recordarla.

Käthe.

De pronto me asaltó el miedo. Käthe. ¿Dónde estaba Käthe? Eché un vistazo a la multitud, pero no había rastro de mi hermana. No reconocí su ridículo sombrero ni oí el eco de su risa alegre. Me embargó una sensación de terror. Tenía la corazonada de que me habían engañado.

¿Por qué aquel desconocido alto y elegante me había hecho un regalo? ¿Había sido un acto de curiosidad egoísta, tal y como él mismo había afirmado? ¿O una estratagema para distraerme mientras los duendes secuestraban a mi hermana? Guardé la flauta en el zurrón, me arremangué la falda, ignorando por completo las miradas escandalizadas de los fisgones y los abucheos de los holgazanes del pueblo. Salí corriendo hacia el mercado, presa del pánico, gritando el nombre de Käthe a pleno pulmón.

Mi lógica se enfrentaba a la fe. Ya no era una niña cándida que creía en cuentos de hadas, pero no podía negar que el encuentro con los vendedores de fruta había sido muy extraño. Por no mencionar la conversación con el desconocido alto y elegante.

Eran duendes.

Los duendes no existían.

—¡Acercaos y comprad, acercaos y comprad!

Las voces espectrales de los comerciantes se perdían entre la brisa; parecían más bien un recuerdo que un sonido. Decidí seguir aquel hilo de música, aquella espeluznante melodía, pero no utilizando el oído, sino otra parte de mi cuerpo, una parte invisible e inadvertida. Las notas se colaron hasta mi corazón y empezaron a tirar de mí, como si fuera una marioneta y ellas pudieran controlar los hilos.

Sabía dónde había ido mi hermana. Estaba muerta de miedo y algo me decía que, si no la encontraba a tiempo, ocurriría algo horrible. Había prometido que cuidaría de ella, que la mantendría a salvo.

—¡Acercaos y comprad, acercaos y comprad!

Las voces cada vez eran más débiles, más lejanas y más huecas. Los gritos se convirtieron en susurros fantasmales que se perdían entre el silencio. Llegué al final del mercado, pero los vendedores de fruta se habían esfumado. No quedaba ningún puestecillo, ninguna mesa, ningún toldo, nada que hiciera creer que habían estado allí. Nada salvo la silueta de Käthe entre la niebla. El vestido ondeaba a su alrededor y parecía una de las mujeres de blanco de *Frau* Perchta, o uno de los personajes de los cuentos de hadas de Constanze. Tal vez la había encontrado a tiempo. Tal vez no tenía nada que temer.

—¡Käthe! —grité, y corrí hacia ella a toda prisa.

Ella se dio la vuelta. Sus labios relucían entre el espesor de la bruma. Unos labios rojos, carnosos, dulces. Y un tanto hinchados, como si acabara de darse un beso intenso y apasionado con alguien.

En sus manos sujetaba un melocotón mordido; las gotas del jugo se escurrían por sus dedos como riachuelos de sangre.

Ahora está en manos del Rey de los Duendes

*D*e camino a casa, Käthe no me dirigió la palabra. Tengo que reconocer que yo tampoco estaba de muy buen humor: estaba molesta con mi hermana, el encuentro con los tenderos me había abrumado, y la conversación con aquel desconocido alto y elegante me había dejado inquieta y preocupada. Todo lo que había ocurrido esa mañana me había provocado un torbellino de confusión. Traté de rememorar todos los detalles de lo sucedido, pero parecía que una niebla borrosa se hubiera instalado en mi memoria y dudaba que todo hubiera sido un sueño o una pesadilla.

Sin embargo, cuando palpé el morral, noté un bulto: el regalo del desconocido. Con cada paso que daba, notaba la flauta en la pierna. Y era tan real como los arcos de Josef que llevaba en la mano. No podía dejar de preguntarme por qué aquel hombre me había regalado esa flauta. Era una flautista mediocre; los sonidos que era capaz de producir con aquel instrumento eran débiles y espectrales, más bien discordantes y cacofónicos que dulces y agradables. ¿Cómo iba a explicárselo a mamá si ni siquiera yo, que había vivido la escena en primera persona, era capaz de entenderlo?

—Liesl.

Me sorprendió que Josef saliera a recibirnos. Asomó su cabecita tras los buzones, justo en el umbral de la pensión.

—¿Qué ocurre, Sepp? —pregunté con voz cariñosa. Sabía que mi hermano estaba nervioso por la audición y por mostrarse ante tantos desconocidos. Al igual que yo, mi hermano solía esconderse entre las sombras, pero, a diferencia de mí, él lo prefería así.

—El maestro Antonius —murmuró— está aquí.

—¿Qué? —dije, y dejé caer el zurrón al suelo—. ¿Tan pronto? —No esperábamos al famoso virtuoso del violín hasta la noche.

Él asintió. Tenía la cara desencajada y sus mejillas habían perdido todo rastro de color. Estaba preocupado.

—Ya ha atravesado los Alpes y lo ha hecho según el horario previsto porque se avecinaba una tormenta de nieve y no quería quedarse sitiado allí.

—No tendría que haberse tomado tantas molestias —apuntó Käthe. Josef y yo la miramos con los ojos como platos, sorprendidos. Nuestra hermana tenía la mirada perdida en el horizonte—. El rey aún está dormido. Está esperando. Los días de invierno aún no han empezado.

Se me aceleró el corazón.

—¿Quién está durmiendo? ¿Quién está esperando?

Y, sin añadir palabra, pasó por delante de Josef y entró en la posada.

Mi hermano y yo intercambiamos una mirada.

—¿Está bien? —preguntó él.

Me mordí el labio y pensé en aquel extraño melocotón, el mismo que le había manchado los labios y la barbilla con un líquido que parecía sangre. Sacudí la cabeza.

—Sí, está bien. ¿Dónde está el maestro Antonius ahora?

—Arriba, echándose una siesta —contestó Josef—. Mamá nos ha dicho que no le molestemos.

—¿Y papá?

Josef agachó la cabeza y miró para otro lado.

—No lo sé.

Cerré los ojos. De todos los momentos para desaparecer de la faz de la Tierra, papá había tenido que elegir precisamente este. Papá y el renombrado genio del violín se habían conocido en la corte del príncipe-obispo. Los dos habían dejado aquella época atrás, pero uno había llegado más lejos que el otro. Uno había estado trabajando en la corte del emperador austriaco, mientras que el otro se había conformado con tocar junto a un barril de cerveza cada noche.

—Bueno —dije; abrí los ojos y me obligué a sonreír. Después, le entregué a Josef los arcos reparados y le rodeé los hombros con el brazo—. Deberíamos prepararnos para el gran momento, ¿no crees?

La cocina era un frenesí. Ollas hirviendo, sartenes repletas de verduras, cazuelas a rebosar de caldo.

—Qué alegría que estés aquí —dijo mamá al verme, y después me señaló un cuenco que había sobre la encimera—. La carne ya está sazonada, así que empieza a rellenar los intestinos. —Ella estaba frente a una cuba enorme repleta de salchichas.

Me puse un delantal y, sin perder un solo segundo, empecé a medir los intestinos vacíos para poder llenarlos de carne y hacer salchichas del mismo tamaño. Solo tenía que cortar la carne, embutirla en el intestino, retorcerlo para hacer la salchicha y atarlo para que la carne no se desparramara. Käthe no aparecía, así que envié a Josef a buscarla.

—¿Has visto a tu padre? —preguntó mamá.

No me atreví a mirarla a la cara. Mamá era una mujer cariñosa y amable, y todavía lucía una figura juvenil y esbelta. Aún le brillaba el pelo y presumía de una piel tersa y lisa. Bajo el suave resplandor del amanecer, o con la luz dorada y cálida que desprendía la llama de una vela, uno enseguida entendía por qué había llegado a ser una de las mujeres más conocidas en Salzburgo; no solo había sido por su hermosa voz, sino también por su inconfundible belleza. Pero el tiempo también había dejado huella en su tez, dibujando un laberinto de líneas en la comisura de los labios y entre las cejas. El tiempo, el trabajo duro y papá.

—Liesl.

Meneé la cabeza.

Ella suspiró y, al soltar el aire, percibí un mundo de emociones. Rabia, frustración, impotencia, resignación. Mamá todavía conservaba el don de expresar sus emociones a través de la voz, y solo de la voz.

—En fin —continuó—. Recemos porque el maestro Antonius no se tome la ausencia de tu padre como una ofensa personal.

—Estoy segura de que regresará a tiempo —murmuré, y cogí un cuchillo para esconder la mentira. Cortar, retorcer, atar. Cortar, retorcer, atar—. No podemos perder la fe.

—Fe —se burló mamá, aunque el comentario sonó lleno de amargura—. Uno no puede vivir de la fe, Liesl. No puedes alimentar a una familia solo con fe.

Cortar, retorcer, atar. Cortar, retorcer, atar.

—Tú mejor que nadie sabes que papá puede ser encantador. Podría cautivar a cualquiera —dije—. De hecho, hasta sería capaz de convencer a un árbol de que diera frutos en invierno. Todo el mundo le perdonaría un despiste.

—Sí, sé muy bien lo «encantador» que puede llegar a ser —farfulló mi madre.

Me ruboricé; yo había nacido cinco meses después de que mis padres se casaran.

—El encanto personal está muy bien —continuó mientras sacaba las salchichas del agua y las dejaba sobre una toalla para que se secaran—. Pero el encanto no sirve para poner el pan encima de la mesa. Sirve para salir con sus amigos por la noche, cuando debería estar presentando a su propio hijo a los grandes maestros de la música.

Preferí no contestar. Ese siempre había sido el sueño de la familia: viajar junto a Josef a todas las capitales del mundo para que los oídos más sofisticados y refinados pudieran disfrutar de su gran talento. Pero nunca dimos el paso. Y ahora, con catorce años, Josef era demasiado mayor para que se le pudiera considerar un niño prodigio, como le había pasado a Mozart o a Linley, pero demasiado joven para ser seleccionado para un puesto permanente como músico profesional. Mi hermano había nacido con un don especial, pero, a pesar de eso, todavía le quedaba mucho que aprender y perfeccionar. Si el maestro Antonius no lo aceptaba como su aprendiz…, en fin, sería el fin de su carrera.

Y por eso todos teníamos tantas esperanzas puestas en la dichosa audición, no solo por Josef, sino por todos nosotros.

Era una oportunidad para mi hermano: por fin podría dejar atrás sus humildes inicios y demostrarle al mundo entero que tenía un talento único. Pero también era la última oportunidad que tendría papá de tocar ante los grandes públicos de Europa junto con su hijo. Para mamá, en cambio, era una forma de que su hijo menor pudiera escapar de la vida soporífera y monótona de posadero; para Käthe significaba poder visitar a su hermano por todas las capitales europeas: Mannheim, Múnich, Viena y, con toda probabilidad, Londres, París o Roma.

Para mí… era una manera de que mi música llegara a más personas. Hasta ahora, las únicas dos personas que habían escuchado mis composiciones éramos Josef y yo. Käthe había visto las partituras garabateadas que escondía en una caja debajo de la cama, pero tan solo mi hermano las había escuchado.

—¡Hans! —exclamó mamá—. No esperaba verte por aquí tan pronto.

Se me resbaló el cuchillo. Solté alguna palabra grosera y malsonante en voz baja, y me llevé la mano a la boca para limpiar la sangre del corte y disimular.

—No pensaba perderme el gran día de Josef, *Frau* Vogler —respondió Hans—. He venido a echar una mano.

—Que Dios te bendiga, Hans —dijo mamá con tono cariñoso—. Eres un regalo caído del cielo.

Arranqué una tira de tela del delantal, la coloqué alrededor del dedo y seguí trabajando sin decir nada, tratando de pasar desapercibida. «Es el prometido de tu hermana», repetí para mis adentros. Y, sin embargo, no podía evitar mirarle de vez en cuando por el rabillo del ojo.

En un momento dado, nuestras miradas se cruzaron y, de repente, la cocina se convirtió en un témpano de hielo. Hans se aclaró la garganta.

—Buenos días, *Fräulein* —saludó.

Aquella distancia tan prudente me dolió más que el corte en el dedo. Habíamos llegado a ser uña y carne. Érase una vez, en una aldea muy lejana vivían Hansl y Liesl. Habían sido grandes amigos y, quizás, algo más que eso. Pero todo aquello había quedado en el pasado. Habíamos crecido, madurado, evolucionado.

—Oh, Hans —respondí y, sin querer, solté una risa extraña—. Podría decirse que somos familia. Llámame Liesl, por favor.

Él asintió, aunque estaba un poco rígido.

—Me alegro de verte, Elisabeth.

«Elisabeth.» Esa era la intimidad que compartíamos ahora. Fingí una sonrisa.

—¿Cómo estás?

—Estoy bien, gracias —respondió él. Me miraba con cautela—. ¿Y tú?

—Bien —contesté—, aunque un poco nerviosa por la audición de Josef.

Hans por fin suavizó la expresión. Se acercó, cogió un cuchillo que había junto a la tabla de cortar y me ayudó a preparar las salchichas. Cortar, retorcer, atar.

—No tienes de qué preocuparte —murmuró—. Josef toca como los ángeles.

Dibujó una sonrisa y el muro de hielo que se había formado entre nosotros empezó a derretirse. Ambos seguíamos el ritmo de la tarea al pie de la letra: cortar, retorcer, atar, cortar, retorcer, atar. Por un segundo, me dio la sensación de haber viajado al pasado, a cuando éramos niños. Papá nos había dado clases de piano y violín; siempre nos sentábamos juntos en el mismo banco, aprendíamos las mismas escalas musicales y compartíamos las mismas lecciones. A Hans no se le daba muy bien la música y hasta los ejercicios más sencillos le costaban una barbaridad, por lo que pasábamos horas tocando el clavicordio, rozándonos los hombros, pero sin tocarnos las manos.

—Por cierto, ¿dónde está Josef? —preguntó Hans—. ¿Tocando en el Bosquecillo de los Duendes?

Hans, al igual que el resto de nosotros, también se había sentado a los pies de Constanze para escuchar sus historias de kobolds y de Hödekin, de duendes y loreleis, de *Der Erlkönig* y del Señor de las Fechorías. De pronto, a los dos nos embargó una sensación de calma, de calidez, de familiaridad.

—Puede ser —susurré—. Es la última noche del año.

Hans se echó a reír.

—Josef ya es mayorcito para seguir jugando con hadas y duendes, ¿no crees?

Aquel desdén me cayó como un jarro de agua fría y sofocó todos mis recuerdos de infancia compartidos a su lado.

—Liesl, ¿te importa vigilar la tina? —pidió mamá mientras se limpiaba el sudor de la frente—. El cervecero llegará en cualquier momento.

—Ya me ocupo yo, señora —se ofreció Hans.

—Gracias, querido —respondió ella; le pasó el cucharón con el que removía las salchichas, se secó las manos con el delantal y se marchó de la cocina, dejándonos solos.

Pero ninguno de los dos parecía dispuesto a romper el silencio.

—Elisabeth —empezó Hans, aunque no parecía muy decidido.

Cortar, retorcer, atar. Cortar, retorcer, atar.

44 —Liesl.

Al oírle pronunciar mi nombre, me quedé petrificada. Un segundo después reanudé la tarea.

—¿Sí, Hans?

—Yo… —dijo, y se aclaró la garganta—. Esperaba poder verte a solas.

Admito que me pilló desprevenida. Alcé la mirada y le examiné con detenimiento. El Hans que tenía delante de mis narices era menos guapo y apuesto que la versión que había grabado en mi memoria: un mentón menos marcado, unos ojos demasiado juntos y unos labios finos, muy finos. Pero nadie podía negar que fuese un chico apuesto, y mucho menos yo.

—¿A mí? —pregunté. Mi voz sonó ronca, pero firme—. ¿Por qué?

Estudió mi expresión con aquellos ojos tan oscuros y, por un momento, atisbé una sombra de incertidumbre, de duda.

—Quiero…, quiero que las cosas entre nosotros estén bien, Lies…, Elisabeth.

—¿Acaso no lo están?

—No. —Hans clavó la mirada en la olla que tenía delante y dejó el cucharón a un lado. Después dio un paso al lado, acercándose así un poco más a mí—. No, no lo están. Yo... te echo de menos.

De repente, sentí que no podía respirar, como si alguien hubiera absorbido todo el oxígeno de la cocina. Y Hans parecía estar más cerca, mucho más cerca, demasiado cerca.

—Fuimos grandes amigos, ¿verdad? —preguntó.

—Sí, desde luego.

Tenerlo tan pegado a mí me desconcentraba. De su boca salían palabras, pero ya no las oía; tan solo sentía el roce de su aliento en mis labios. Me quedé rígida, inmóvil; lo que más deseaba era abalanzarme sobre él, pero sabía que lo más sensato era apartarme de él.

Hans me cogió de la cintura.

—Liesl.

No daba crédito a lo que estaba sucediendo. Bajé la mirada hasta mi cintura y observé su brazo, su mano, sus dedos. Había perdido la cuenta de las veces que había deseado tocarle, cogerle de las manos y sentir sus dedos entrelazados con los míos. Y, sin embargo, cuando Hans dio el paso y decidió abrazarme, todo me pareció irreal. Fue como si estuviera mirando la mano de otra persona, la cintura de otra persona.

Hans no era mío. No podía ser mío.

¿O sí?

—Katharina ha desaparecido.

Constanze había entrado en la cocina con el mismo sigilo de un gato. Hans y yo dimos un respingo y nos separamos, pero, por lo visto, mi abuela no se dio cuenta de que estaba muerta de vergüenza.

—Katharina ha desaparecido —repitió.

—¿Desaparecido? —pregunté mientras trataba de recuperar la compostura y disimular la melancolía—. ¿Qué quieres decir?

—Pues eso, que ha desaparecido —replicó, y chasqueó la lengua.

—He enviado a Josef a buscarla.

Mi abuela se encogió de hombros.

—La hemos buscado por toda la posada; no hay ni rastro de ella. Y tu capa roja también ha desaparecido.

—Saldré a buscarla —se ofreció Hans.

—No, ya voy yo —me apresuré a decir.

Necesitaba serenarme, respirar hondo y recuperar la compostura. Necesitaba alejarme de él y adentrarme en el bosque.

Mi abuela me fulminó con su mirada sombría y siniestra.

—¿Qué decisión tomaste, cielo? —me preguntó en voz baja.

Estaba apoyada sobre ese bastón retorcido y deforme; bajo la suave luz de la cocina, el chal negro que llevaba sobre los hombros parecían un par de alas de cuervo. De hecho, toda ella parecía un ave de presa.

Una vez más, me asaltó el mismo recuerdo: la imagen de mi hermana entre la bruma, con las manos y la boca manchadas del jugo carmesí de la fruta de los duendes. «Josef no es el único que necesita que le cuiden.» Se me revolvieron las tripas.

—Date prisa —rogó Constanze—. Me temo que ahora está en manos del Rey de los Duendes.

Me sequé las manos con el delantal y salí escopeteada de la cocina. Cogí un chal de la repisa que había en el vestíbulo, lo coloqué sobre los hombros y salí en busca de mi hermana.

No me atreví a meterme en el corazón del bosque; conociendo a Käthe, no se habría alejado tanto de casa. A diferencia de Josef y de mí, nunca había mostrado especial interés por los árboles o las piedras o los arroyos burbujeantes del bosque. Detestaba el musgo, el fango y, en definitiva, la humedad. Siempre había preferido quedarse en casa, calentita y protegida. Allí podía acicalarse y dedicar tiempo a sí misma.

Sin embargo, mi hermana no estaba en ninguno de sus escondites favoritos. Jamás se alejaba de casa. Cuando quería estar sola, iba a los establos (no teníamos caballos, pero a veces los huéspedes viajaban a lomos de un caballo) o al almacén de leña. Ese era el límite de la posada; tras los arbustos que mi padre podaba cuidadosamente, crecían las plantas silvestres del bosque.

De repente, distinguí el aroma a melocotones de verano en el aire, lo cual era imposible porque era otoño.

La advertencia de Constanze no dejaba de retumbar en mi cabeza. «Ahora está en manos del Rey de los Duendes.» Cogí aire, me abrigué bien con el chal y salí disparada hacia el sendero que iba hacia el bosque.

Más allá de la caseta, más allá del riachuelo que rodeaba nuestra posada, en lo más profundo del corazón del bosque, crecía un círculo de alisos que habíamos bautizado como el Bosquecillo de los Duendes. Los árboles formaban unas siluetas espeluznantes: las ramas se enredaban entre sí, creando la ilusión de un montón de brazos monstruosos que parecían congelados en un baile eterno. Constanze siempre nos decía que aquellos árboles habían sido, en otra vida, seres humanos, en concreto unas jóvenes muy traviesas que despreciaban a *Der Erlkönig*. Cuando éramos niños, solíamos jugar allí tardes enteras. Josef y yo jugábamos y cantábamos y bailábamos, ofreciendo así nuestra música al Señor de las Fechorías. El Rey de los Duendes siempre era el protagonista de la música que componía. Y el Bosquecillo de los Duendes era el lugar donde mis sombras cobraban vida.

De pronto, advertí una sombra escarlata entre los árboles, justo delante de mí. Era Käthe. Llevaba mi capa y estaba dirigiéndose a mi lugar sagrado. El miedo y la preocupación se desvanecieron. Sentí un leve pinchazo de ira. El Bosquecillo de los Duendes era mi guarida, mi refugio, mi santuario. ¿Por qué tenía que adueñarse de todo lo que era mío? Mi hermana tenía el don de convertir todo lo extraordinario en algo mediocre. Mi hermano y yo vivíamos en un mundo lleno de magia y de música; ella, en cambio, prefería un mundo real, tangible, mundano. A diferencia de nosotros, ella jamás había tenido fe en nada.

Una niebla espesa empezó a nublarme la visión, borrando así las distancias. Era imposible distinguir lo que estaba cerca de lo que estaba lejos. El Bosquecillo de los Duendes estaba a unos minutos a pie de la posada, pero me daba la

47

impresión de que el tiempo también se estaba difuminando. No sabía cuánto rato llevaba deambulando por el bosque. Podían ser horas o segundos.

Y entonces recordé que el tiempo, al igual que la memoria, era otro de los juguetes del Rey de los Duendes, un juguete que podía moldear a su antojo.

—¡Käthe! —llamé, pero mi hermana no me oyó.

Cuando era niña fingía poder ver a *Der Erlkönig*, el misterioso dirigente del mundo que se extendía bajo nuestros pies. Nadie sabía qué aspecto tenía. Nadie sabía cuál era su verdadera naturaleza. Excepto yo. Era un niño, un muchacho, un hombre. Era todo lo que yo quisiera que fuese. Era travieso, serio, interesante, confuso, pero era mi amigo. Siempre fue mi amigo. Era una fantasía, por supuesto, pero una fantasía en la que creía firmemente.

Constanze decía que eran las imaginaciones de una cría. El Rey de los Duendes no era la criatura que yo describía. Era el Señor de las Fechorías: un ser volátil, melancólico, seductor, hermoso, pero sobre todo, peligroso.

—¿Peligroso? —preguntó la pequeña Liesl—. ¿Cómo de peligroso?

—Peligroso como el viento de invierno, que congela las cosechas desde el interior y las mata; no como un puñal, que puede rasgar una garganta desde el exterior.

Pero no tenía de qué preocuparme, pues tan solo las mujeres hermosas y atractivas eran vulnerables a los encantos del Rey de los Duendes. Eran su debilidad, al igual que él lo era para ellas; le deseaban porque era sinuoso, místico e indomable; le deseaban con el mismo fervor que ansiaban el calor del fuego en invierno. Y, puesto que yo no era hermosa, jamás me tomé en serio las advertencias de Constanze sobre el Rey de los Duendes. Y, puesto que Käthe no creía en los cuentos de hadas, ella tampoco lo hizo.

Y ahora temía por la vida de las dos.

—¡Käthe! —llamé de nuevo.

Me arremangué las faldas y aceleré el paso. Pero daba igual lo rápido que corriera entre los árboles. No lograba acortar la distancia que nos separaba. Käthe siguió caminando a su paso, un paso lento y constante, pero, por algún motivo, me era imposible alcanzarla. Seguía estando lejos.

Mi hermana se adentró en el Bosquecillo de los Duendes y se detuvo.

Miró por encima del hombro, justo hacia donde yo estaba, pero no me vio. Vi que examinaba el bosque, como si estuviera buscando algo o a alguien en especial.

Y fue entonces cuando me di cuenta de que no estaba sola. Allí, en el Bosquecillo de los Duendes, junto con mi hermana, estaba el desconocido alto y elegante que me había asaltado en la plaza del mercado. Llevaba la misma capa, con aquella capucha tras la que ocultaba su rostro. Käthe le miró y en sus ojos percibí adoración.

Me quedé de piedra. Käthe dibujó una sonrisa extraña, una sonrisa que jamás había visto en ella, la sonrisa débil y delicada de un inválido que está a punto de enfrentarse a un nuevo día. Se mordió los labios y, de repente, su tez se tornó pálida, demacrada. Me sentí traicionada, aunque no sabría decir si por mi hermana o por aquel desconocido alto y elegante. No le conocía, pero, por lo visto, él a mí sí. Él era otra de las cosas que Käthe me había arrebatado, otra cosa que me había robado. ¿O me estaba equivocando?

Y justo cuando estaba a punto de entrar en el Bosquecillo de los Duendes para sacar a mi hermana a rastras de allí, el desconocido se quitó la capucha.

Ahogué un grito.

Podría decir que aquel hombre era hermoso, pero habría sido como describir a Mozart como «un músico cualquiera». Su belleza podía compararse con una tormenta de hielo, encantadora pero mortal al mismo tiempo. No era guapo, como Hans; los rasgos de aquel desconocido eran demasiado alargados, demasiado afilados. Eran de otro mundo. Advertí una belleza en él casi femenina, pero también una fealdad igual de cautivadora. Y fue entonces cuando comprendí a qué se había referido Constanze al asegurar que aquellas pobres y cándidas mujeres lo deseaban como al calor del fuego en invierno. Su atractivo era casi hiriente, y ese escozor, ese dolor, era lo que le hacía tan hermoso. Sin embargo, a mí no

49

me impactó esa belleza extraña y cruel, sino que, nada más verle, sentí que conocía ese rostro, ese pelo, esa mirada. Me resultaba tan familiar como el sonido de mi propia música.

Era el Rey de los Duendes.

Aunque pueda parecer una locura, no me sorprendió; reaccioné igual que si me hubiera topado con el panadero del pueblo. El Rey de los Duendes siempre había sido mi vecino, un compañero de vida incondicional que jamás se había separado de mi lado. Y era tan real como el campanario de la iglesia, el vendedor de telas o la pobreza que siempre había acosado a mi familia. Había crecido con su rostro asomado en mi ventana. Me había acompañado a lo largo de mi infancia, igual que Hans, la lechera y las mujeres de labios arrugados que pululaban por la plaza del pueblo. Claro que le reconocí. ¿Acaso no había visto su cara cada noche, en mis sueños, en mis fantasías infantiles? No podía creer que fuera real, que fuera de carne y hueso.

Era el Rey de los Duendes. Y mi hermana estaba entre sus brazos. Ella ladeó la cabeza y le ofreció sus labios. El Rey de los Duendes se inclinó para recibir sus besos, como si fueran ofrendas sagradas que recogía de un altar en su honor. El Rey de los Duendes acarició el cuello de mi hermana y luego pasó aquellos dedos largos y esbeltos por su hombro, por su espalda. Y mi hermana se echó a reír; su risa, cuyo sonido podía confundirse con el de una campanilla, resonó entre los árboles. El Rey de los Duendes le respondió con una sonrisa, pero en lugar de mirarla a ella, me miraba a mí. Yo estaba embelesada, pero mi hermana estaba hechizada.

«Hechizada.» La palabra me cayó como un jarro de agua fría y, de inmediato, recuperé todos mis sentidos, todos mis instintos. Era el Rey de los Duendes. El secuestrador de doncellas, el castigador de travesuras, el Señor de las Fechorías y la máxima autoridad en el Mundo Subterráneo. Pero ¿no era también mi amigo de infancia? ¿No era también mi confidente? Vacilé: estaba abrumada por aquel torbellino de sensaciones opuestas.

Sacudí la cabeza. Tenía que rescatar a mi hermana. Tenía que romper el hechizo.

—¡Käthe! —chillé.

El bosque rugió y los cuervos empezaron a graznar histéricos: creció un ruido estrepitoso. Mi grito quedó ahogado entre aquel alboroto. ¡Cra-craaa! ¡Cra-craaa! ¡Cra-Käthe! Esta vez, el Rey de los Duendes sí reaccionó. Levantó la cabeza y nuestras miradas se cruzaron. Él seguía sujetando a mi hermana, que estaba aturdida entre sus brazos. Su cabello pálido rodeaba su rostro como un halo, como una nube blanquecina, como el pelaje de un lobo, plateado y dorado y blanco al mismo tiempo. Desde donde estaba era imposible adivinar de qué color eran sus ojos, pero, de lejos, parecían igual de pálidos. Y glaciales. El Rey de los Duendes ladeó la cabeza, como si estuviera retándome a un duelo. Entonces me dedicó una sonrisita. Advertí unos dientes puntiagudos y afilados. Cerré los puños. Conocía muy bien esa sonrisa. La reconocí. Y la entendí como un desafío.

«Ven a salvarla, querida —decía esa sonrisa—. Ven a salvarla…, si puedes.»

51

Virtuoso

—¡Käthe!

Salí disparada hacia mi hermana, pero no llegué a tiempo. Se desplomó sobre el suelo y entré en pánico. Sentí que se me paralizaba hasta la sangre. Corrí a toda prisa, pero dio lo mismo. Mi hermana yacía inmóvil en el suelo; había perdido todo el color de las mejillas y tenía un aspecto enfermizo, fantasmal.

—Käthe, ¿estás bien?

Ella parpadeó a cámara lenta y trató de fijar los ojos en algún sitio, pero parecía desorientada.

—¿Liesl?

—Sí —contesté, preocupada—. ¿Qué estás haciendo aquí?

Me arrodillé a su lado y ella trató de incorporarse. Estábamos en el Bosquecillo de los Duendes, un rincón del bosque que mi hermana no solía visitar. Me había hecho perder el tiempo de una forma absurda y, para colmo, en el momento menos apropiado. Había tantas cosas que hacer antes de que el maestro Antonius se despertara…, y, sin embargo, allí estábamos, jugando al pilla-pilla por el bosque. Estaba furiosa con ella. Mejor dicho, debería haber estado furiosa con ella, pero me estaba ocurriendo algo extraño: mi mente parecía haberse ralentizado y mis pensamientos se movían como el deshielo después de un largo y crudo invierno.

—¿Aquí? —farfulló Käthe, confundida—. ¿Dónde estamos?

—En el Bosquecillo de los Duendes —respondí con tono impaciente—, donde crecen los alisos.

—Ah —exclamó, y dibujó una sonrisa soñadora—. Vine porque la escuché.

—¿Qué escuchaste?

Sus palabras sacudieron algo en mi cabeza y mis pensamientos quedaron desperdigados, como hojas de otoño. Pero no fueron más que impresiones estériles (plumas, hielo, ojos pálidos) que desaparecieron en cuanto traté de agarrarlas, como ocurre con los copos de nieve cuando intentas cogerlos con los dedos.

—La música.

—¿Qué música?

El recuerdo volvió a desperezarse en mi cabeza, pero no lograba desenterrarlo.

—Vaya, vaya —dijo, y se volvió hacia mí—. De entre todas las personas, tú eres quien debería haberla reconocido. ¿O es que no puedes oír el sonido de tu alma cantando?

Y entonces esa sonrisita fantasiosa se convirtió en una risa grotesca; sus labios pálidos y fantasmales se estiraron hasta formar unas fauces salvajes. Reculé.

—¿Ocurre algo?

Pestañeé y su sonrisa desapareció de inmediato. Hizo un mohín con los labios, un gesto petulante y seductor. Abrió los ojos como platos y, de repente, recuperó ese color rosado en las mejillas. Volvía a ser la joven hermosa de siempre. Pero las ojeras no desaparecieron y, pese a no parecer un fantasma, aún seguía algo pálida.

—Sí —contesté sin molestarme en ocultar mi enojo—. Que estamos en el bosque y no en la posada —expliqué, y la ayudé a ponerse en pie—. ¿Qué estabas haciendo aquí?

Käthe se echó a reír, pero no reconocí a mi hermana en aquella risa. Bajo aquella carcajada alegre, percibí la sombra de los bosques en invierno y el estruendo del hielo al romperse. Sentí un hormigueo por toda la piel y, una vez más, el picor de un recuerdo.

—Peleándome con un viejo amigo.

—¿Y quién es ese viejo amigo? —pregunté; cuando por

53

fin conseguí que se levantara del suelo, pasé su brazo por encima de mis hombros para ayudarla a mantener el equilibrio. Tenía la piel fría, húmeda y pegajosa; parecía un cadáver, no una chica de carne y hueso.

—Vaya, vaya —repitió—. Veo que has olvidado los viejos tiempos, Elisabeth.

Me quedé helada. Käthe no parecía dispuesta a continuar sin mí. Me observaba fijamente, con la cabeza ladeada y una media sonrisa pegada en los labios. Era una sonrisa socarrona y dulce al mismo tiempo.

Mi hermana nunca me llamaba Elisabeth.

—Siempre hablabas de él como un amigo, ¿recuerdas? —dijo con voz suave y dulce—. Un amigo, un compañero de juegos, un amante —añadió, y su expresión cambió; se tornó más afilada, más taimada—. Siempre decías que, algún día, te casarías con él.

«Hans.» No, no era Hans. Él estaba en la posada. Un viejo amigo del bosque, una chica en una arboleda, un rey en su reino…

El runrún no cesaba y empezaba a hacérseme insoportable. Desesperada, traté de arañarlo, traté de hurgar en lo más profundo de mi memoria y rescatarlo. Algo no encajaba. Había desaparecido una pieza de aquel rompecabezas.

¿Qué habíamos estado haciendo antes de venir aquí? ¿Cómo habíamos llegado hasta allí? Tenía un mal presentimiento. El miedo empezó a apoderarse de mí. Y, al cabo de unos segundos, con la misma rapidez y brutalidad que una inundación, el miedo se convirtió en pavor.

—Käthe —dije, con un hilo de voz—. ¿Qué…?

Una melena plateada y dorada, unos ojos más fríos que el hielo, una sonrisa desafiante. Estaba a punto de desenterrarlo, de destapar el recuerdo…, pero entonces mi hermana se echó a reír. Esa sí era su risa, alegre y musical.

—Oh, Liesl —susurró—. Es tan fácil tomarte el pelo.

La oscuridad y el mal presagio se esfumaron; el hechizo se había roto.

—Te odio —gruñí.

Käthe sonrió. Me pareció ver el atisbo de unos labios blancos como la nieve y una expresión salvaje, pero me equivoqué. Era una sonrisa dulce, la sonrisa de mi hermana.

—Vamos —dijo, y entrelazó su brazo con el mío—. Ya hemos perdido demasiado tiempo. El maestro Antonius se despertará en cualquier momento y estoy segura de que mamá está histérica.

Sacudí la cabeza y traté de recomponerme. Dejé que mi hermana me utilizara como a una muleta para poder avanzar. A paso lento pero juntas volvimos a casa, a la realidad, a lo mundano.

Käthe no se había equivocado; de hecho, había acertado de lleno. Mamá estaba histérica. El maestro Antonius se había despertado de su siesta antes de lo esperado y en la posada reinaba un caos alborotado. Constanze y mamá discutían a gritos; el pobre Hans estaba arrinconado en la cocina, con una escoba en la mano. Era demasiado educado como para meterse en una discusión ajena, pero demasiado cobarde como para marcharse.

—¡No, me niego! —chillaba mamá. Se le soltó un rizo del moño y, con la mano manchada de harina, lo guardó de nuevo entre aquella maraña de cabello—. ¡No pienso permitirlo! Y menos esta noche. Sabes lo importante que es para todos.

Constanze tenía una bolsa de arpillera entre las manos. Al ver que mi abuela se había dedicado a echar sal en cada alféizar, en cada umbral y en cada entrada de la posada, sentí un escalofrío por todo el cuerpo.

—¡Es la última noche del año! —respondió Constanze, que señaló a mamá con un dedo acusador—. Te guste o no, no voy a dejar que pasemos la noche así, sin protección.

—¡Basta! —gritó mamá, y trató de arrancarle el saco de sal, pero las manos de mi abuela, que estaban más retorcidas que las raíces de un roble, eran mucho más fuertes de lo que pensábamos—. Se me ha agotado la paciencia y no quiero seguir discutiendo. Lo último que necesitamos es que el maestro Antonius nos tome por una familia de chiflados. —Y en ese preciso momento entramos en la cocina—. ¡Käthe! Ayúdame, por favor.

Mi hermana cogió la escoba que Hans estaba sujetando y se puso a barrer.

—¡Tú! —bramó Constanze, y me lanzó una mirada amenazadora—. Tú me ayudarás a mí. No permitiremos que *Der Erlkönig* entre aquí.

Me encogí de hombros y miré a mi madre y después a mi abuela.

—Liesl —murmuró, exasperada—. No quiero que perdamos más tiempo con fantasías infantiles. Piensa en tu hermano. ¿Qué dirá el maestro Antonius cuando vea este desastre?

—¿Y qué me dices de esa? —interrumpió Constanze, y señaló a Käthe con la barbilla—. ¿Crees que no necesita protección? Vigila las decisiones que tomas, niña.

Eché un vistazo a la sal que mi abuela había desparramado por el suelo y después miré a mi hermana. Protección contra el Rey de los Duendes. Y entonces pensé en Josef y decidí no arriesgar su ya precaria situación frente al maestro. Le quité la escoba a mi hermana y empecé a barrer los montículos de sal. Constanze meneó la cabeza y, resignada, hundió los hombros.

—Está bien —dijo mamá, satisfecha—. Käthe, asegúrate de que tu hermano esté preparado para la audición y yo me encargaré de meter a la «madre gruñona» de mi marido —dijo, y fulminó a mi abuela con la mirada— en la cama.

—No estoy cansada —espetó Constanze—. No soy una enclenque y no estoy enferma, a pesar de lo que la «esposa atareada» de mi hijo —contestó, y le devolvió la mirada a mi madre— pueda decir.

—Escucha, vejestorio —empezó mamá—. He abandonado mi carrera, mi familia y el futuro de mis hijos por ti, así que agradecería ver un poco de gratitud…

Y justo en ese momento, papá volvió a casa. Apareció silbando una canción y con el violín en la mano; parecía nervioso.

—¡Nos iremos, nos iremos! ¡Abandonaremos este pueblo!

—¡Tú! —rugió mamá, y abrió las aletas de la nariz—. Georg, ¿dónde te habías metido?

—Käthe —susurré—, ¿por qué no os encargáis Hans y tú de acompañar a Constanze a su habitación? Cuando acabe de recoger todo esto, iré a ver a Josef.

Mi hermana me miró durante unos segundos que se me hicieron eternos. No supe leer esa mirada, pero, al final, asintió con la cabeza. Con todo el cariño del mundo, Hans cogió a Constanze por las manos; después, escoltado por Käthe, se llevó a mi abuela de la cocina.

—Y tú, querida, quédate aquí; cuando regrese, cuando regrese, cuando regrese de nuevo, ¡en tu puerta apareceré! —cantaba papá; después se inclinó para plantarle un beso en los labios a mi madre, pero ella le apartó de un empujón.

—El maestro Antonius llegó a la posada hace varias horas… ¡Y el hombre de la casa no estaba por ninguna parte! He tenido que…

Pero mamá no pudo acabar su diatriba porque papá la acalló con un beso. Dejó caer la funda de su violín al suelo, rodeó la cintura de su esposa con el brazo y le susurró al oído una serie de halagos inconfesables.

—Aunque no puedo estar a tu lado todo el tiempo, mi mente y mi corazón siempre están contigo, cariño —canturreó en voz baja—. Cuando regrese, cuando regrese, cuando regrese de nuevo, ¡en tu puerta apareceré!

Era imposible resistirse a los encantos de papá. Vi que mamá se fundía entre los brazos de su esposo; sus protestas y quejas cada vez fueron menos entusiastas. Papá no desistió y siguió colmándola de besos. Al final, mamá explotó en una carcajada llena de alegría y amor.

Papá sonrió, triunfante. Había ganado la batalla, pero aquella había sido una victoria temporal. Había conseguido hacer reír a mamá, pero, a juzgar por la mirada que le lanzó, estaba condenado a perder la guerra.

—Ve a arreglarte, anda —le ordenó—. El maestro Antonius te espera en el vestíbulo principal.

—Podrías venir conmigo —contestó papá mientras alzaba las cejas.

—Fuera de aquí —espetó ella, y le dio una palmada en el brazo. Tenía las mejillas sonrosadas—. Vete.

Al verme escondida entre las sombras, mamá se sobresaltó. Pensaba que estaban a solas.

—¡Liesl! —exclamó, y se atusó el pelo—. No sabía que seguías aquí.

Barrí el último montículo de sal, lo acumulé en el recogedor y lo tiré al fuego. A veces era transparente hasta para mi propia familia.

—Trae, ya acabo yo —resolvió, y me quitó la escoba y el recogedor de las manos—. Solo Dios sabe lo que ha estado haciendo esa vieja bruja antes de que la detuviéramos. —Sacudió la cabeza—. Sal, qué tontería.

Encogí los hombros, cogí un trapo húmedo y limpié a fondo la encimera.

—Constanze tiene sus creencias —murmuré. De repente, sentí un atisbo de duda, de recelo. Echar sal en todas las entradas de una casa era una superstición ancestral; pese a que no me gustaba contradecir ni poner en duda ese tipo de convicciones, acababa de negar la fe de mi abuela.

«Ten cuidado con las decisiones que tomas.»

—Por mí puede tener las creencias que quiera, pero no cuando un famoso maestro del violín esté bajo este techo —concluyó mamá, y luego señaló la encimera con la barbilla—. Cuando acabes con eso, ve a buscar a tu hermano y asegúrate de que todo esté preparado para esta noche.

Se marchó de la cocina refunfuñando.

—Sal. Menuda bobada.

Estaba acabando de limpiar la cocina cuando tropecé con algo en el suelo. Era la funda del violín de papá. Estaba abierta sobre las baldosas. Allí no estaba el violín, sino un puñado de *Groschen* de plata.

Por lo visto, no era la única que había ido a hacer una visita a Herr Kassl ese día.

Cerré la funda, recogí las monedas y lo guardé todo en un lugar seguro.

Y

Por un momento pensé en ir a ver a Käthe en lugar de a Josef. Ignorar las advertencias de Constanze me había alterado más de lo que estaba dispuesta a admitir; la culpa me estaba comiendo por dentro. Fruncí el ceño. Había un detalle que no lograba recordar, pero cuánto más intentaba rescatarlo de mi memoria, más se escurría. Meneé la cabeza. No, no era el lugar y el momento para rememorar fantasías infantiles. Dejé las preocupaciones a un lado y salí en busca de mi hermano.

No estaba en ninguno de sus escondites habituales: ni en su habitación, ni en los senderos del bosque, ni en el Bosquecillo de los Duendes. Empezaba a anochecer y Josef no aparecía por ningún lado. Volví del bosque, desesperada y casi tirándome del pelo.

Y justo cuando estaba subiendo las escaleras, alguien me agarró por la muñeca.

—Liesl.

Di un respingo. Era Josef. Estaba escondido en el hueco de la escalera. Estaba sumido en una oscuridad absoluta. Lo único que podía distinguir era el brillo de sus ojos. Era como estar frente a un lobo en mitad de la noche.

—¡Sepperl! —exclamé—. ¿Qué estás haciendo ahí?

Rodeé la escalera y me arrodillé frente a él. Las sombras danzaban sobre el rostro de Josef, iluminando parte de sus rasgos. Distinguí aquellos pómulos afilados y una barbilla puntiaguda.

—Liesl —repitió, pero esta vez con voz acongojada—. No puedo hacerlo.

El rumor de que el famoso maestro de violín se estaba hospedando en nuestra posada había corrido como la pólvora por el pueblo. Esa noche, la sala donde Josef iba a actuar estaría abarrotada. Mi hermano era muy tímido y no se sentía muy cómodo entre desconocidos.

—Oh, Sepp —susurré. Y, con toda la delicadeza y el cariño del mundo, como si estuviera tratando de coger un pajarito del nido, cogí a mi hermano por la mano y lo acompañé hasta su habitación.

59

Tenía la habitación hecha un completo desastre. La ropa de Josef estaba desparramada por todos lados; además, alguien, tal vez papá, había traído un baúl a rastras desde el desván. La funda de su violín estaba abierta de par en par junto a la cama. El instrumento estaba perfectamente dispuesto sobre el revestimiento de terciopelo. A primera vista daba la sensación de que no lo había tocado en todo el día.

—No puedo tocar para el maestro Antonius, Liesl. No puedo.

No dije nada, tan solo me limité a abrazarlo. Entre mis brazos, mi hermano no era más que un ser frágil y desvalido. Los dos éramos menudos, un saco de huesos según algunos, pero yo era fuerte y robusta; estaba llena de vida. Josef, en cambio, era la delicadeza hecha persona. Cuando era un bebé había sufrido escarlatina; desde entonces, padecía fiebres cada dos por tres.

—Estoy muerto de miedo, Liesl —murmuró.

—*Shhhh* —le tranquilicé mientras le acariciaba el pelo—. Lo harás genial.

—Deberías actuar tú, Liesl —dijo—. Deberías ser tú quien tocara para el maestro Antonius. No yo.

—Calla —respondí—. «Tú» eres el virtuoso. No yo.

Y no me faltaba razón. Papá nos había enseñado a todos a tocar el violín, pero el que destacaba, el que tocaba aquel instrumento como los ángeles siempre había sido Josef. Yo era compositora, no música.

—Sí, pero tú eres la «genio» de la familia —prosiguió él—. Tú eres la creadora. Yo solo soy un mero intérprete.

Se me humedecieron los ojos. Mi hermano me repetía a diario que mi música merecía la pena, pero todavía me dolía escucharlo.

—No sigas escondiéndote —rogó—. Mereces que te escuchen. El mundo necesita escuchar tu música. No puedes ser tan egoísta. No puedes guardártela solo para ti.

Oh, claro que podía, pero no lo hacía por egoísmo, sino por vergüenza. Era una compositora sin formación, sin talento. Me resultaba mucho más fácil, y más seguro, ocultarme tras Josef. Mi hermano tenía la capacidad de transformar mis fantasías en un jardín hermoso, podar las ramas que sobresalían, arrancar las malas hierbas y presentar una obra de arte al mundo entero.

—Pero no pienso guardármela solo para mí —dije en voz baja—. Tú tocarás mi música por mí.

Así había sido siempre. Josef era mi amanuense; a través de mi hermano, podía hacer realidad mis sueños y escuchar la música que sonaba en mi alma.

Yo era el violín. Él era el arco. Éramos la mano derecha y la mano izquierda de un *fortepianista*; estábamos destinados a tocar juntos, no por separado. Yo escribía la música y Josef la tocaba para el resto del mundo. Así es como era y como debía seguir siendo.

Él negó con la cabeza.

—No. No.

Sentí una oleada de ira. De ira, de impotencia y de celos. Josef podía tenerlo todo, podría saborear las mieles de todo con lo que siempre habíamos soñado. Lo único que tenía que hacer era intentarlo, probar suerte. Él, al menos, tenía la oportunidad, algo que jamás tendría yo. Algo que jamás «podría» tener yo.

Notó un cambio en mi estado de ánimo, así que se volvió para estrujarme entre sus brazos.

—Oh, Liesl, lo siento, lo siento —lloriqueó sobre mi hombro—. Soy una persona horrible. Sé que me estoy portando como un tonto egoísta.

La rabia desapareció de un plumazo, dejándome vacía y agotada. No, mi hermano no era una persona horrible. Yo, en cambio sí lo era. Le envidiaba porque tenía la oportunidad de su vida delante de sus narices. Y también porque yo nunca la tendría.

—No eres un tonto egoísta, Sepperl —murmuré—. Eres la persona menos egoísta que conozco.

Josef desvió la mirada hacia la ventana de su habitación y contempló el bosque que se extendía tras nuestra posada. El sol se estaba poniendo, bañando de un tono carmesí todo el paisaje. Distraído, mi hermano pasó los dedos por encima del puente del violín. Era un Del Gesù, uno de los

61

pocos violines de valor que nos quedaban después de que papá le vendiera todos los demás a Herr Kassl para pagar sus deudas. Los Amatis, los Stainers, los Stradivarii... Los había empeñado todos.

—¿Y si —dijo, al fin— pidiéramos un deseo y se nos fuera concedido?

El resplandor rojizo creó una serie de sombras sobre el rostro de Josef. Tenía las ojeras y la barbilla del mismo color que la sangre.

—¿Qué deseo, Sepperl? —pregunté con voz dulce.

—Ser el mejor violinista del mundo —respondió mientras acariciaba las ranuras en forma de efe del instrumento y deslizaba los dedos hasta la voluta. La voluta era la parte más curiosa de aquel violín; estaba tallada imitando la silueta de una mujer. Pero lo curioso no era la mujer, sino el hecho de que su rostro expresara agonía. O éxtasis. No estaba del todo segura—. Tocar con tal delicadeza y maestría que hasta los ángeles lloraran.

—Tu deseo será concedido —respondí, y traté de sonreír.

«Ojalá los deseos pudieran cumplirse con solo pensarlos.» Pensé en cuando era una niña y apenas levantaba un metro del suelo; estaba sentada al lado de Käthe, en la iglesia. Los tablones de madera de los bancos se nos clavaban en las piernas, que no eran más que un manojo de huesos. Recordé contemplar la melena dorada de mi hermana. La luz del sol creaba un halo precioso a su alrededor. En aquel momento deseé..., no, no deseé, supliqué a Dios convertirme en alguien tan bello y hermoso como mi hermana.

—Eso es lo que me da miedo —susurró.

—¿Miedo? ¿Tu don divino te asusta?

—Dios no tiene nada que ver con esto —replicó él con voz triste.

—¡Josef! —exclamé.

Me había quedado estupefacta. Ir a la iglesia los domingos nunca nos había entusiasmado, pero para nosotros creer en Dios era un ritual, una rutina diaria, un hecho incuestionable, igual que lavar los platos por la mañana. Negarlo era, sin lugar a dudas, una blasfemia.

—Tú, y sobre todo tú, deberías saberlo, Liesl —insistió Josef—. ¿De veras crees que nuestra música proviene de Dios? No, proviene de ahí abajo. De «él». De la criatura que está sentada en el trono del Mundo Subterráneo.

Sabía que mi hermano no se estaba refiriendo al diablo. Siempre había sabido que Josef creía firmemente en Constanze... y en el Rey de los Duendes. Tenía más fe en él que papá. Incluso más que yo. Pero nunca imaginé que su fe fuese tan sólida.

—¿Cómo, si no, explicas esa sensación de libertad y abandono que nos embarga cuando tocamos juntos?

¿Josef temía estar «maldito»? Dios, el diablo y el Rey de los Duendes eran figuras importantes en la vida de mi hermano, más importantes de lo que creía. Josef siempre había sido más sensible a los estados de ánimo y emociones que le rodeaban. De hecho, por eso era un intérprete musical soberbio y sublime. Quizá por eso tocaba con tal exquisitez, claridad, agonía, frenesí, éxtasis y nostalgia. Era miedo. Miedo, inspiración y divina providencia. Todo en uno.

—Escúchame —dije con voz seria—. El abandono que sentimos... no es ningún pecado. Es una elegancia innata, un don que no puede concederse ni confiscarse. Está dentro de ti, Sepperl, forma parte de ti. Habita en tu interior y seguirá haciéndolo durante el resto de tu vida, vayas donde vayas.

—Pero... ¿y si no es un don innato? —susurró Josef—. ¿Y si es un favor que algún día tendré que devolver?

No le respondí. No sabía qué decir.

—Sé que no me crees —continuó él; en su voz reconocí una tristeza absoluta—. Y yo tampoco. Pero cada noche me acecha el mismo sueño. En él aparece un desconocido alto y elegante que se acerca a mí.

Josef giró la cabeza y, pese a que estaba a oscuras, sabía que la confesión le había ruborizado. Mi hermano jamás me había confiado sus inclinaciones románticas, pero le conocía mejor que nadie. Lo sabía y le comprendía perfectamente.

—El desconocido me acaricia la frente y me asegura que, mientras no abandone este lugar, la música del Mundo Subterráneo me acompañará siempre. —Josef desvió la mirada hacia mí, pero no parecía verme—. Nací aquí y estoy condenado a morir aquí.

—No digas eso —contradije—. No te atrevas a decir eso.

—¿No opinas lo mismo? Mi sangre es de la tierra, Liesl. Y la tuya también. Nuestra inspiración nace de ella, de la tierra que pisamos, igual que los árboles del bosque. Sin ella, ¿cómo podemos continuar? ¿Cómo voy a tocar mi música si mi alma está aquí, en el Bosquecillo de los Duendes?

—Tu alma está donde estés tú, Sepperl —le corregí, y apoyé una mano sobre su pecho—. Aquí. De aquí nace tu música. No de la tierra. No de los bosques que nos rodean.

—No lo sé —murmuró él, que enterró la cara entre sus manos—. Pero estoy asustado. Me aterra pensar en el trato que cerré con el desconocido de mis sueños. Ahora entiendes por qué me da tanto miedo irme de aquí.

Comprendía que mi hermano estuviera asustado, pero no sus motivos. Su miedo era casi palpable. Podía ver los demonios que había conjurado para justificar ese miedo. A diferencia de Käthe y de mí, Josef no conocía otro mundo que el diminuto pueblo de Baviera donde vivíamos. No tenía ni la más remota idea de los placeres que el mundo podía ofrecerle, ni de los paisajes y sonidos que existían más allá de nuestra posada, o de las personas tan maravillosas que podría conocer durante el camino. No quería que mi hermano se quedara en casa, confinado entre el Bosquecillo de los Duendes y las tiras del delantal de Constanze. O del mío, dicho sea de paso. Quería que viera mundo, que viviera su propia vida, aunque la idea de que se marchara me partiera el corazón.

—Ven —dije, y me acerqué al clavicordio—. Toquemos. Olvidémonos de los problemas. Solo tú y yo, *mein Brüderchen*. —No vi que sonriera, pero sentí que lo hacía. Me acomodé en el banco y toqué una frase musical muy sencilla.

—¿No quieres que encienda la luz? —preguntó Josef.

—No, déjalo así. —De todas formas, conocía aquellas teclas como la palma de mi mano—. Sentémonos en la oscuridad y toquemos. Dejémonos de partituras y toquemos algo que no sepamos de memoria. Tocaré un *basso continuo*, y tú improvisarás.

Oí el suave zumbido de una cuerda en la caja de resonancia; Josef estaba sacando el violín de la funda. Y después el delicado susurro del arco rozando la brea. Apoyó el instrumento bajo su barbilla, colocó el arco sobre las cuerdas y empezó a tocar.

El tiempo discurría en ondas sonoras. Mi hermano y yo nos entregamos a la música, perdiéndonos por completo en ella. Improvisábamos estructuras ya establecidas, añadíamos algún que otro adorno a las sonatas que conocíamos al pie de la letra y, poco a poco, llegamos a la pieza que Josef iba a tocar para el maestro. Papá había decidido que sería una sonata de Haydn, aunque yo había propuesto una de Vivaldi. Vivaldi era el compositor favorito de Josef, pero papá decía que era demasiado oscuro. Haydn, en cambio, un compositor que había recibido el aplauso del público, era una apuesta mucho más segura.

Tras varios minutos, los dos dejamos de tocar.

—¿Estás mejor? —pregunté.

—¿Una más? —rogó Josef—. El largo de *L'inverno*, de Vivaldi. Por favor.

El hechizo que la música había lanzado sobre nosotros se había esfumado. Käthe me había acusado de querer más a Josef que a ella, pero no podía estar más equivocada; lo que más quería en este mundo era la música. Adoraba a mis hermanos por igual, pero, sobre todo, adoraba la música.

Miré por encima del hombro.

—Deberíamos bajar —respondí—. El público te está esperando.

Bajé la tapa del clavicordio y me levanté del asiento.

—Liesl. —Hubo algo en el tono de mi hermano que me resultó extraño.

—¿Sí, Sepp?

—No me dejes solo —susurró—. No dejes que me adentre en esa noche eterna solo.

—No irás solo —lo tranquilicé, y volví a abrazarlo—. Nunca estarás solo. Siempre estaré contigo; si no en cuerpo, al menos en alma. Da igual la distancia que nos separe. Nos escribiremos cartas y compartiremos nuestra música, ya sea en papel, tinta o sangre.

El silencio que siguió se me hizo eterno.

—Entonces dame algo —respondió él—. Una melodía para cumplir tu promesa.

Me dejé llevar por la melancolía y tarareé unas notas. Hice un pausa y esperé a que me diera los acordes iniciales.

—Séptima mayor. —Eso fue todo lo que dijo. Su sonrisa era irónica—. Tienes que empezar así, por supuesto.

La audición

*E*l murmullo de los invitados recorrió los pasillos de la posada hasta colarse en la habitación de Josef. Él trató de recular, pero no iba a dejar que arrojara la toalla, y menos ahora. Tiré de él y lo saqué de entre las sombras.

Nuestra pequeña y humilde posada jamás había visto tantos mecenas juntos. Muchos de los que habían acudido a disfrutar del concierto eran burgueses del pueblo, entre los cuales se encontraba Herr Baumgartner, el padre de Hans.

Mamá estaba nerviosa y se movía entre las mesas a toda prisa para servir a los clientes. Käthe salió de la cocina con varias bandejas de comida unos minutos después, con Hans pisándole los talones. Llevaba unas enormes jarras de cerveza. De hecho, no parecían jarras, sino tanques.

—¡Ahí está nuestro pequeño Mozart! —Uno de los invitados se puso en pie y, entusiasmado, me señaló con el dedo. El corazón me dio un vuelco, en parte por la emoción y en parte por el miedo. Pero entonces caí en la cuenta de que estaba señalando a Josef, que estaba escondido detrás de mí—. Vamos, *Mozart*, ¡tócanos una giga!

Obviamente, aquel tipo no se refería a mí. Yo no era nadie, era la gran olvidada, la hija Vogler que no destacaba por su belleza ni por su talento. Pero la triste y cruda realidad no me consolaba; ni siquiera sirvió para aliviar ese pinchazo de decepción.

Josef se aferró a mis faldas.

—Liesl…

—Estoy aquí, Sepp —susurré, y lo acompañé hacia el maestro Antonius—. Vamos.

Nuestro padre y el famoso violinista estaban sentados frente al fortepiano, cerca de la chimenea. De los dos clavicordios que teníamos, ese era el mejor; papá lo había utilizado hasta la saciedad cuando trabajaba como profesor. Estaban charlando animadamente, recordando los viejos tiempos y rememorando las veces que habían tocado junto a los «grandes» en la antigua Salzburgo. Hablaban en italiano, la lengua del maestro Antonius, aunque papá apenas lograba chapurrear cuatro palabras. No pude evitar fijarme en las jarras de cerveza vacías que había junto a papá. Me puse en lo peor; cuando papá tomaba demasiadas cervezas, era imposible frenarlo.

—¿Este es el chico? —preguntó el maestro Antonius al ver a Josef.

Hablaba alemán bastante bien.

—Sí, maestro —dijo papá, y, con orgullo, dio una palmadita en el hombro de Josef—. Te presento a Franz Josef, mi único hijo barón.

Josef me miró; estaba muerto de miedo. Asentí con la cabeza en un intento de animarle.

—Acércate, chico —propuso el maestro Antonius, que le hizo señas para que se sentara a su lado. Me sorprendió ver que los dedos del gran maestro estuvieran retorcidos y deformados por culpa de la artrosis; era maravilloso que aún pudiera tocar el violín con esas manos—. ¿Cuántos años tienes?

Josef estaba temblando de miedo.

—Catorce, señor —logró decir después de tragar saliva varias veces.

—¿Y cuántos años llevas tocando?

—Desde que era un bebé —respondió papá—. ¡Aprendió a tocar antes que a hablar!

—Preferiría que me respondiera él, Georg —dijo el maestro Antonius, y se volvió hacia Josef—. ¿Y bien? —dijo, y se aclaró la garganta—. ¿Qué respondes?

Mi hermano me miró a mí y luego a papá.

—Empecé a estudiar música a los tres años, señor.

El maestro Antonius resopló.

—Déjame adivinar: piano, teoría, historia y composición, ¿verdad que sí?

—Sí, señor.

—Y supongo que tu padre también te habrá enseñado algo de francés e italiano, ¿me equivoco?

Josef parecía afligido. Además de bávaro y alemán, chapurreábamos algo de francés; lo poco que sabíamos de italiano era italiano musical.

—No te preocupes, ya veo que no —comentó el maestro Antonius, que hizo un gesto con la mano para quitarle importancia al asunto—. En fin —dijo, señalando el violín que tenía Josef en la mano—, veamos lo que eres capaz de hacer.

El famoso violinista no se molestó en disimular su escepticismo ni su desdén. Debía de estar preguntándose por qué demonios Georg Vogler no había llevado a su hijo a una ciudad europea para recibir una formación musical formal, si es que realmente el talento de Josef era tan fuera de lo común.

Y yo tenía la respuesta: porque papá no podía ver más allá de su jarra de cerveza.

—¿Y bien? —insistió el maestro Antonius al ver que Josef vacilaba—. ¿Qué vas a tocarnos, muchacho?

—Una sonata de Haydn —respondió él con un hilo de voz.

Verlo así me rompía el corazón.

—Así que Haydn, ¿eh? Nunca compuso nada decente para violín. ¿Qué sonata?

—La..., la sonata número uno en re mayor. La número..., número dos —tartamudeó.

—Entonces supongo que necesitarás acompañamiento. ¡François!

Josef y yo nos quedamos de piedra al ver a aquel joven tan esbelto junto al maestro Antonius. Fue como si hubiera aparecido por arte de magia. Pero no sé qué nos sorprendió más: si su belleza o su piel azabache.

—Este es mi asistente: François —explicó el maestro

Antonius, ignorando por completo los gritos ahogados del público que se había reunido esa noche allí. Admito que yo también me quedé boquiabierta—. Por desgracia, no es violinista, pero toca el piano como los ángeles.

El desprecio que percibí en su voz me revolvió las tripas. Para la ocasión, el asistente del violinista había elegido un atuendo impecable, pero tal vez demasiado llamativo: levita dorada y marfil, bombachos de cuero y una gigantesca peluca empolvada. Parecía más bien una mascota que el ayudante de un músico. Empecé a asustarme... ¿Qué clase de hombre era el maestro Antonius?

Josef se aclaró la garganta y me lanzó una mirada de pánico. Habíamos ensayado juntos y creíamos que actuaríamos juntos. Di un paso al frente.

—Si no le importa —dije—, me gustaría acompañar a mi hermano.

Y, por primera vez, el maestro Antonius me miró.

—¿Y quién eres tú?

70

—Es Elisabeth, mi hija. También ha recibido educación musical —contestó papá—. Perdónala, maestro; reconozco que la mimé demasiado de pequeña.

Hice una mueca de dolor. Sí, papá me había enseñado música, pero no para que destacara por méritos propios, sino por un objetivo personal muy evidente. Yo no era más que una añadidura, una acompañante, no una música en pleno derecho.

—Una verdadera familia de músicos —remarcó el maestro Antonius con voz ronca y seca—. Una Nannerl para el joven Wolfang.

Papá meneó la cabeza.

—Será un placer, y todo un honor, contar con la inestimable ayuda del joven François, si así lo deseas, Antonius.

El maestro Antonius asintió.

—*François, assieds-toi et aide le petit poseur avec sa musique, sonate de Haydn, s'il te plait. Numéro deux, majeur D.*

François se inclinó e hizo una pomposa reverencia. Después, se acercó al fortepiano con paso firme y decidido; antes de sentarse, se separó los faldones, dejando al descubierto un forro de seda de color añil. Reconozco que me quedé atónita ante el aplomo y la desenvoltura que mostraba a pesar de hallarse entre un público tan curioso y unas miradas tan inquisitivas. Era admirable, desde luego. El joven apoyó las manos sobre las teclas y asintió mirando a mi hermano, esperando a que este le diera paso.

Josef estaba impaciente, incluso ansioso. La belleza de aquel muchacho era de otro mundo: tenía la tez lisa y perfecta, sin imperfecciones; los labios eran carnosos; la mirada, oscura como el carbón; tenía unas pestañas infinitas. Jamás habíamos visto una persona negra, pero intuía que lo que había cautivado a mi hermano no era el color de la piel de François.

Me aclaré la garganta y Josef dio un respingo. Acto seguido, preparó el violín. Estaba rojo como un tomate y no se atrevía a mirar a François. El joven le sonreía con cierta timidez.

Mi hermano hizo un esfuerzo para recuperar la compostura. Tras respirar hondo, asintió con la barbilla y marcó el tempo con el arco. Los dos empezaron a tocar y el silencio se instaló en la sala. No se oía ni una mosca.

Para un oído inexperto habría sido difícil, e incluso imposible, saber si quien estaba tocando era un músico profesional o un aspirante a músico profesional. Los dos tocaban de maravilla, desde luego. Acariciaban las notas con precisión y claridad; el fraseo era impecable. Pero si uno conocía bien a mi hermano, o si era un gran amante de la música, podía apreciar la inteligencia y la intensidad que había tras su actuación. Era capaz de interpretar lo que estaba escrito y crear un discurso propio, como si pudiera extraer palabras y frases de las notas y acordes de la partitura.

Sin embargo, la mayoría de los asistentes al evento no eran músicos. Poco después de que empezaran a tocar, se empezó a oír un murmullo, el inconfundible runrún de conversaciones a media voz. Casi todos se lanzaron a la comida y a la cerveza, aunque al menos tuvieron el detalle de no subir el tono. Tan solo unos pocos se dignaron a escuchar atentamente a Josef y a François: el maestro Antonius, mi familia y Hans.

Sin embargo, un asistente en particular llamó mi atención; escuchaba atentamente desde un rincón oscuro de la sala. Y, de repente, se me paró el corazón.

Era el Rey de los Duendes.

Estaba ahí, entre nosotros, a cara descubierta. Para la ocasión había elegido unos pantalones de cuero y un abrigo de lana rugosa. Aunque podía pasar desapercibido, era imposible no fijarse en aquella altura tan extraordinaria, o en su físico esbelto y espigado, o en su tez pálida y perfecta. En realidad, era muy distinto al resto de los invitados, un puñado de campesinos rechonchos y de piel morena después de tantas horas de duro trabajo a pleno sol. El Rey de los Duendes me lanzó una mirada. Y me atravesó con ella, como si pudiera ver todos los secretos que albergaba mi corazón, algo que nadie más podía hacer.

De pronto retorció los labios para formar una sonrisa sardónica.

Su presencia despertó aquel gusanillo que se meneaba en mi cabeza, aquella sensación exasperante de algo perdido. Y entonces recordé todo lo que había ocurrido y me entró miedo: unos dedos finos y larguiruchos, una fruta con un jugo del mismo color que la sangre, mi hermana con la capa roja en mitad de un bosque invernal, una conversación olvidada entre los alisos. De repente, el tiempo se detuvo y nos quedamos los dos a solas. El tiempo, igual que los recuerdos, era otro de sus juguetes.

Estaba dividida, confusa. Una parte de mí quería encararse a él. Otra, ignorarle. Pero me asustaba acercarme al Rey de los Duendes y admitir su existencia. Enfrentarme a él era una forma de aceptar que creía en él. Y, a decir verdad, anhelaba que siguiera siendo mi secreto indulgente y hermoso.

—Sí, sí —murmuró el maestro Antonius, que asintió con la cabeza.

La burbuja que se había creado explotó y la música de Josef y François volvió a sonar, tan pura e inocente como antes.

—Impresionante. Realmente impresionante.

Ese comentario avivó mis esperanzas. El maestro Antonius miraba al dueto con expresión petulante y satisfecha.

—François es un espécimen único, ¿verdad?

Sentí náuseas, asco. «Espécimen.» Y ese era el tipo al que íbamos a confiar el futuro de la carrera de Josef.

—Sorprendente —continuó el maestro Antonius con tono conspiratorio, *sotto voce*, dirigiéndose a mi padre—. Un viajante de Santo Domingo me lo entregó cuando no era más que un bebé. Su madre era una esclava negra en La Española; su padre fue un marinero inútil que no valía nada. No tenían ni idea de lo que era la música, ¡y mírale ahora! François es la muestra de que, si los coges a tiempo, puedes convertir a esos negroides en personas civilizadas.

Estaba a punto de vomitar. Él mejor que nadie debería saber que la música era un don, un regalo de Dios. La música, y un alma. Había ciertas habilidades que podían aprenderse, pero el talento no era una de ellas. Los dedos de François sobrevolaban las teclas con una facilidad pasmosa; eso demostraba que su música tenía alma propia y, desde luego, era mucho más humano que el maestro Antonius.

No podía soportar aquel espectáculo ni un segundo más; sin darme cuenta, desvié la mirada hacia el rincón oscuro donde momentos antes había visto al Rey de los Duendes, pero estaba vacío. Tal vez, después de todo, habían sido imaginaciones mías.

Solo quedaban dos movimientos de la sonata para acabar, pero, a juzgar por la expresión del maestro Antonius, era evidente que ya había tomado una decisión. Nadie podía negar que Josef tuviera un talento excepcional, pero las notas que sonaban carecían de algo, de algo especial, de algo más.

«Papá ha cometido un error», pensé para mis adentros. Haydn era demasiado cerebral para mi hermano; Josef se habría lucido mucho más si hubiera interpretado algo de Vivaldi, tal y como yo había sugerido. Vivaldi era violinista y, por lo tanto, conocía de primera mano el potencial del instrumento, componía pensando en él. Josef lo sabía. Yo lo sabía. Y, en otra época, papá también lo había sabido.

La temperatura del vestíbulo principal había subido considerablemente; estaba abarrotado de invitados que se habían zampado varias *Kraut, Wurst, und Bier*. Josef y François seguían tocando, ajenos a todo lo que ocurría a su alrededor. Estaban disfrutando de lo lindo. No pude evitar fijarme en cómo se respondían las señales: el balanceo del cuerpo de mi hermano, los hombros ladeados de François. Tocaban como si fueran amantes que conocían los deseos y anhelos del otro. Se me llenaron los ojos de lágrimas. En cuanto el movimiento empezó a terminarse, se oyó un tímido aplauso entre el público. Josef y François se sonrieron. Les brillaban los ojos. Era el inconfundible brillo de la felicidad. Papá se puso a aplaudir como un demonio, pero el maestro Antonius se limitó a disimular un bostezo de aburrimiento con la mano.

—Muy bien, muy bien —le dijo el virtuoso a Josef—. Tienes un gran talento, muchacho. Con el profesor adecuado, llegarás muy lejos.

Josef se derrumbó. Mi hermano era inocente, no ciego, y sabía que, pese a la felicitación, el maestro Antonius no le había ofrecido lo que esperaba: una formación a su cargo.

—Sí, señor —contestó él; sus ojos azules resplandecían bajo la suave luz de la chimenea—. Quiero agradecerle la oportunidad de haber podido tocar para usted.

Ver a mi hermano al borde del llanto fue la gota que colmó el vaso.

—Por curiosidad, maestro, ¿quién es el profesor adecuado para Josef? —Mi voz cortó la cháchara y los aplausos como si fuera una guadaña—. ¿Quién podría aceptar a Josef como alumno, si no es usted?

De repente, todos los invitados enmudecieron. Podía sentir decenas de miradas atónitas clavadas en mi espalda como cuchillos, pero preferí ignorarlas. El maestro Antonius entrecerró los ojos y me fulminó con la mirada.

—No le hagas caso, Antonius —dijo papá—. No sabe lo que dice.

El violinista hizo un gesto con la mano.

—Sí, tengo mis razones para aceptar o rechazar, alumnos, *Fräulein* —dijo—. Y aunque tu hermano es un músico de gran talento, carece de cierto... ¿cómo se dice, *je ne sais quoi?*

Su pretensión era tan odiosa como su condescendencia; hablaba un francés precario, igual que el mío. Y, sin duda, tenía un acento italiano muy marcado.

—¿Y qué es, maestro? —pregunté.

—Genialidad —respondió él con expresión engreída—. Genialidad verdadera.

Me crucé de brazos.

—Se lo ruego, maestro, sea más concreto —insistí—. Me temo que unos campesinos rústicos como nosotros no contamos con una experiencia tan sofisticada como la suya.

El público empezó a murmurar; sus dagas de curiosidad ya no iban hacia mí, sino hacia el maestro Antonius.

—Liesl —advirtió papá—, te estás extralimitando.

—No, no, Georg —dijo el violinista—. La joven tiene razón. —Y esbozó una sonrisa de suficiencia—. La genialidad verdadera no se limita a conocimientos técnicos. Cualquier tonto podría aprender a tocar las notas correctas. Se necesita cierta... pasión, cierta astucia para unir esas notas y convertirlas en una pieza de verdad. En una pieza única.

Asentí con la cabeza.

—Entonces, si la genialidad verdadera implica interpretación, aptitud y pasión —resumí, aunque no me atreví a mirar a papá a los ojos—, flaco favor le hemos hecho a mi hermano al elegir esa sonata en particular.

Eso pareció interesar al gran maestro. Arqueó aquellas cejas tan espesas y pobladas y percibí un brillo extraño en aquellos ojos minúsculos y redondos.

—¡Así que la pequeña *Fräulein* sueña con tener un mejor tutor que su padre! Admito que me tienes intrigado. Me diviertes, niña. Pues bien, sigamos divirtiéndonos, por favor. Según tú, ¿qué debería haber tocado tu hermano?

Josef me miraba aterrorizado. Le dediqué una sonrisa que solíamos llamar mi «sonrisa de hada», una sonrisa juguetona y traviesa. Me dirigí hacia el fortepiano. François me cedió el sitio sin protestar. Josef parecía nervioso, pero confiaba en mí. Confiaba en mí a ciegas.

Apoyé las manos sobre las teclas y empecé a tocar una serie de dieciséis notas que se iban repitiendo una y otra vez, tratando así de imitar el sonido *pizzicato* de un violín.

Al reconocer el *ostinato*, a mi hermano se le iluminó la mirada.

«Sí, Sepp —pensé—. Ahora tocaremos *L'inverno*.» Él acomodó la barbilla sobre el violín y acercó el arco a las cuerdas. Tras unos instantes, Josef cerró los ojos y empezó a tocar el segundo movimiento, el largo de *L'inverno* de Vivaldi.

Era una melodía dulce y un tanto melancólica; cuando éramos críos, papá solía tocar el largo como canción de cuna. Era una pieza lo suficientemente sencilla como para que Sepperl, que en aquel entonces tenía tres años, la aprendiera de oídas y pudiera tocarla en su diminuto violín. Sin embargo, era una pieza que te permitía ir mucho más allá. Mi hermano había probado algunas florituras e improvisaciones para refinar la melodía y así convertirla en algo único, propio. Dudaba que alguien pudiera exprimir aquellos matices de nostalgia y melancolía como Josef. A medida que fueron pasando los años, él fue perfeccionando su técnica; nunca se separaba del violín y ensayaba varias horas al día. Poco a poco, el violín y él se fundieron en un solo ser. De todas las sonatas y *concertos* que Josef conocía, este era el que sonaba como su propia voz, en el que su violín sonaba más humano.

El violín seguía cantando, ofreciendo una serenata para aquellos que lo escuchaban, lanzando un hechizo que hacía que el silencio que lo rodeaba sonara reverente. Sagrado.

El movimiento largo de la suite de invierno no duraba mucho, así que, pocos minutos después, Josef y yo nos acercamos al final de la pieza. Su cuerpo dejó de balancearse y por fin llegó el último *ritardando*. Ralenticé un poco el acompañamiento para disfrutar de ese final; casi sin querer, llegamos a la última nota, que pareció quedarse suspendida en el aire durante varios segundos, como si fuese un resplandor trémulo.

Aquella última nota siempre nos había cautivado.

Y, un instante más tarde, un sonoro aplauso rompió el hechizo. Lo que más me sorprendió fue que el mismísimo maestro Antonius fue quien inició tal clamorosa ovación. François se puso en pie de un brinco y empezó a gritar:

—¡Bravo! ¡Bravissimo!

Josef se ruborizó, pero no cabía en sí de contento. Al oír a François, sonrió de oreja a oreja. Los ojos le brillaban de la emoción. Y, sin previo aviso, se lanzó a tocar el tercer movimiento de *L'estate* de Vivaldi, el *presto*. Era una pieza intensa y rápida en la que podía demostrar que realmente era un músico virtuoso. No era capaz de seguirle. Había adaptado el acompañamiento del largo a mi antojo, pero no lo había hecho con el resto de las estaciones.

François hizo un gesto de alusión con la cabeza y, de inmediato, le cedí el sitio. No tardó ni un segundo en unirse a Josef. Juntos, se lanzaron al vacío de una nueva actuación. El pianista hacía sonar las cuerdas con entusiasmo cuando mi hermano recalcaba las vibraciones más agudas y palpitantes. Y suavizaba las notas cuando Josef tocaba una frase en *sotto voce*. Sabía cuándo tenía que hacer una pausa para que la música de Josef echara a volar y cuándo llenar los silencios del acompañamiento para que el sonido fuera constante. Tenía un nudo en la garganta; aquel joven esbelto de tez morena conocía las señales tácitas de mi hermano incluso mejor que yo. Era capaz de seguir los ritmos que marcaba Josef sin perderse, sin equivocarse una sola vez. Aquel joven era toda una promesa del piano: podía adaptar y modificar la música que conocía, pero también la que jamás había tocado.

Aún no me explico cómo lo hicieron, pero los dos acabaron a la vez. Y, un instante más tarde, el vestíbulo explotó en aplausos. Papá, orgulloso y satisfecho de la interpretación de su hijo, le dio una palmadita en la espalda y se puso a gritar a pleno pulmón. Quería que todos escucháramos que «él» había enseñado a su hijo todo lo que sabía sobre música. El maestro Antonius, por su parte, felicitó a François por tan sorprendente actuación *impromptu*.

—Ni siquiera sabía que conocieras a Vivaldi, François.

¡Eres más astuto que un zorro! —exclamó. Luego se volvió hacia Josef—. ¡Tú! —gritó—. Reconozco que eres un joven con buen gusto y gran visión. ¡Vivaldi! *Il Prete Rosso*, o el Cura Rojo, como le conocemos algunos. Compuso varias piezas para violín, aunque hay «alguna gente» —dijo, y le lanzó una miradita ladina a papá— que se niega a admitir que es un verdadero genio.

Nadie parecía recordar que había sido yo quien había sugerido a Vivaldi, que no había sido idea de Josef. Mi propuesta se había perdido entre los vítores y las felicitaciones por la maravillosa interpretación de mi hermano.

—Gracias, maestro —murmuró Josef, al que, pese a estar rojo como un tomate, le brillaban los ojos.

Traté de buscarle con la mirada para felicitarlo, pero él solo tenía ojos para François: para nadie más. Y, por lo visto, al pianista le pasaba lo mismo.

Aparté la mirada. Papá seguía vociferando, brindando y bebiendo en honor de su hijo pequeño; mamá, una mujer severa, adusta, estoica y poco sentimental, estaba llorando a moco tendido. Se estaba secando las lágrimas en el delantal. Constanze, por su parte, observaba la escena desde su escondite, junto a la chimenea. Y Käthe...

De pronto se me paró el corazón.

¿Dónde estaba Käthe?

«Desaparecida», me susurró una voz suave al oído.

La vocecita me sobresaltó. Miré por encima del hombro y no vi a nadie, pero sentía un cosquilleo en la oreja, como si alguien la hubiera acariciado con los labios. A mi alrededor todo eran júbilo y ovaciones, pero me sentía excluida y no compartía la emoción de los invitados.

—Käthe —susurré.

«Desaparecida», repitió la voz.

Y esta vez lo vi.

Estaba en uno de los rincones del vestíbulo principal, apoyado contra la pared y con los brazos cruzados. Ahí estaba, el desconocido alto y elegante.

El Rey de los Duendes.

Era como un punto fijo alrededor del cual orbitaba todo

lo demás. Él era la realidad; todo lo demás, apenas un simple reflejo. A su lado, todo se difuminaba, se borraba y desaparecía. Era la única figura que parecía estar en relieve, como si fuéramos las únicas dos personas vivas en un mundo de ilusiones y sombras. Me sonrió y sentí que todo mi ser ansiaba acercarse a él. Su sonrisa era hipnótica y daba la sensación de que podía mover mi cuerpo a su antojo.

Asintió con la cabeza y señaló la puerta que daba al exterior. Se movía entre la muchedumbre como un espectro, un *geist* deslizándose entre los más juerguistas como la niebla. Ninguno se percató de su presencia, y eso que se escurrió entre varios grupos para abrirse camino; algún que otro grupo de invitados dejó de charlar cuando él pasó por su lado, como si hubieran sentido un frío extraño y repentino. Pero nadie pareció ver al Rey de los Duendes cruzando el vestíbulo, salvo yo.

Se detuvo frente al umbral de la puerta y me miró de reojo. Después, arqueó una ceja pálida.

«Ven.»

No fue una invitación, sino una orden. Sentí que las palabras se colaban en mis huesos, que me atravesaban la piel, pero, aun así, resistí. El brillo de aquellos ojos gélidos me asustó. Estaba temblando, pero no de miedo. Y estaba retorciéndome, pero no de dolor. Mis pies empezaron a moverse por voluntad propia. Sin querer, seguí al Rey de los Duendes, alejándome de la luz y sumergiéndome en la oscuridad.

El desconocido alto y elegante

—*T*u hermano toca bien.

Pestañeé. El mundo parecía haberse apagado a mi alrededor. Tardé un buen rato en acostumbrarme a la penumbra y a empezar a distinguir algunas siluetas. Árboles y una luna llena. El Bosquecillo de los Duendes. No tenía ni idea de cómo había llegado hasta allí.

Una voz de terciopelo me acarició la espalda.

—Estoy contento. Muy contento, de hecho.

Me giré. El Rey de los Duendes estaba apoltronado sobre uno de los alisos del bosquecillo, con un brazo acomodado sobre el tronco y el otro apoyado en la cadera. Tenía la melena ondulada, salvaje, desaliñada y plumosa, como los vilanos de un cardo… o como un montón de telarañas. La luz de la luna llena le iluminaba, creando un halo alrededor de su cabeza. Su rostro parecía estar tallado por los ángeles, pero la sonrisa que mostraba era, sin duda, demoniaca.

—Hola, Elisabeth —dijo en voz baja.

No musité palabra. De hecho, parecía haberme quedado muda. ¿Cómo respondía una al *Der Erlkönig*, el Señor de las Fechorías y máxima autoridad del Mundo Subterráneo? ¿Cómo se dirigía una a una leyenda? La cabeza no dejaba de darme vueltas y mi interior era un torbellino de emociones. Ahí estaba, delante de mis narices, el Rey de los Duendes, en carne y hueso. No era un recuerdo.

—*Mein Herr* —logré articular al fin.

—Qué educada. —Su voz sonaba tan seca como las hojas de otoño—. Ah, Elisabeth, no hace falta que sigamos las formalidades. Nos conocemos de toda la vida, ¿verdad?

—Liesl —dije—. Entonces llámame Liesl.

El Rey de los Duendes sonrió, dejando al descubierto aquellos dientes puntiagudos.

—Prefiero llamarte Elisabeth, gracias. Liesl es nombre de niña. Elisabeth, en cambio, es nombre de mujer.

—¿Y cómo debo llamarte? —pregunté, aunque tuve que hacer un tremendo esfuerzo para que no me temblara la voz.

Y, una vez más, aquella sonrisa de depredador.

—Como prefieras —murmuró—. Como prefieras.

Ignoré el ronroneo de su voz.

—¿Por qué me has traído aquí?

—*Tch, tch* —murmuró, chasqueando la lengua. Y después me señaló con un dedo fino y alargado—. Te consideraba una digna oponente. Estábamos jugando, *Fräulein*, pero al parecer tú no estás por la labor.

—¿Jugando? —pregunté—. ¿A qué juego?

—Ah, al mejor juego del mundo —respondió; de repente, abandonó su pose lánguida sobre el aliso y se puso de pie de un brinco. Fue un movimiento demasiado repentino, demasiado inesperado—. ¿En qué consiste? En que yo escondo algo que aprecias, que adoras. Si no logras encontrarlo, yo me lo quedo.

—¿Y cuáles son las normas?

—Las normas son muy sencillas —contestó él—. Quien lo encuentra se lo queda. No hace falta ser un genio para darse cuenta de que no has puesto mucho empeño en el juego. Qué lástima —dijo haciendo un puchero—. Cuando eras una niña, jugábamos casi a diario. ¿Es que no te acuerdas, Elisabeth?

Cerré los ojos. Sí, había compartido tardes de juego con *Der Erlkönig*, pero había llovido mucho desde entonces. Käthe siempre se iba a dormir muy pronto. Por aquella época, Sepperl no era más que un crío y no era capaz de articular una sola palabra. Rememoré aquellos días, cuando todavía era yo misma, una Liesl en su estado más puro, antes de que el tiempo y las responsabilidades hicieran mella en mí, antes de perderme. Siempre corría hasta el Bosquecillo de los

Duendes para encontrarme con el Señor del Mundo Subterráneo. Me vestía con las ropas más delicadas, confeccionadas en seda y satén; él, por su parte, elegía elegantes trajes con bordados preciosos. Los músicos tocaban una melodía y los dos bailábamos. Y yo bailaba siguiendo la música que oía en mi cabeza. Fue entonces cuando empecé a escribir sobre un papel mis garabatos musicales. Fue entonces cuando empecé a componer.

—Me acuerdo —dije en voz baja.

Pero ¿recordaba algo que había imaginado? ¿O era algo que había ocurrido de verdad? Algunas de aquellas imágenes las había soñado, pero otras eran recuerdos, recuerdos vívidos de un pasado. Podía ver a la pequeña Liesl danzando con el Rey de los Duendes, un muchacho que siempre parecía un pelín mayor, un pelín inalcanzable. Un muchacho que alimentaba y satisfacía sus fantasías infantiles, que le dedicaba elogios, que le aseguraba que valía un imperio y que le decía una y otra vez que se merecía ser amada. ¿Aquello era un recuerdo? ¿O un sueño?

—Pero no de todo —recalcó él, y se inclinó hacia mí.

Atrás habían quedado los días en que éramos de la misma estatura. Ahora era mucho más alto, más espigado y más flaco. De haber sido un hombre normal y corriente, habría dicho que era desgarbado y larguirucho. Pero no era un hombre normal y corriente, sino *Der Erlkönig*, dueño de una elegancia insólita, sobrenatural. Cada uno de los movimientos de su cuerpo era suave, delicado, fluido, decidido. Estaba a apenas un palmo de mí y sentía su respiración en el cuello.

—¿Te acuerdas, Elisabeth, de los juegos de azar que tanto nos gustaban?

«Apuestas». Constanze decía que a los duendes les encantaba apostar. Según mi abuela, si lograbas convencerlos de que jugaran contigo, apostarían hasta perderlo todo.

Rememoré las tardes de juegos que había pasado junto al Rey de los Duendes. Adivinanzas sencillas con apuestas insignificantes. Esperanzas, deseos y favores dispuestos sobre la mesa de apuestas como cartas boca arriba.

—Adivina en qué mano está el anillo de oro.

Yo me reí a carcajadas y elegí una mano al azar.

—¿Cuál es tu apuesta, pequeña Liesl? ¿A qué renunciarás si pierdes? ¿Qué conseguirás si ganas?

¿Qué le había contestado a eso? Y entonces me entró miedo. No, miedo no. Lo que sentí fue pavor. ¿Qué le habría entregado la pequeña Liesl? ¿Qué había sacrificado sin darme cuenta?

—Perdiste el juego —dijo el Rey de los Duendes mientras me rodeaba, como un lobo acechando a su presa—. Perdiste todos los juegos.

Nunca adiviné dónde estaba el anillo de oro o cualquier otro objeto que escondía en un puño. Quizás había amañado el juego desde el principio.

—Me prometiste algo que necesitaba desesperadamente —prosiguió él, arrastrando cada una de las palabras—. Algo que solo tú podías darme. —Su mirada brillaba en la oscuridad—. Soy un alma generosa, Elisabeth, pero ningún hombre puede esperar una eternidad.

—¿Y qué te prometí? —susurré.

El Rey de los Duendes chasqueó la lengua y el sonido retumbó en todo mi cuerpo.

—Una esposa, Elisabeth. Me prometiste una esposa.

El mundo se desmoronó a nuestro alrededor. Y, como una gota de agua al caer en un barreño, sentí oleadas de miedo recorriendo todo mi ser. «Ahora llegarán los días de invierno. Y el Rey de los Duendes saldrá de su escondite en busca de su futura esposa.»

—Oh, Dios —musité—. Käthe.

—Sí —siseó el Rey de los Duendes—. La paciencia es una de mis virtudes, Elisabeth. Llevo esperando mucho mucho tiempo. Y durante todo ese tiempo tú nunca volviste a aparecer. Te distanciaste. Te alejaste. Me olvidaste.

—Nunca te olvidé —corregí.

Era verdad. Aunque ya no jugaba a fantasear, a dar rienda suelta a mi imaginación, el recuerdo de *Der Erlkönig* seguía anclado en mi memoria, en mi alma. No podía sacarlo de mi vida, de la misma manera que no podía arrancarme el corazón y seguir viviendo.

—¿No? —preguntó. él, y alargó el brazo para apartar un rizo rebelde que me tapaba la cara, pero luego reculó. Cerró la mano en un puño y la apartó—. Entonces renegaste de mí, lo que supone una traición mucho más dolorosa que el olvido.

Aparté la mirada. No era capaz de mirarle a los ojos.

—Primero tu padre, después tú y ahora tu hermano —dijo él—. Solo Constanze mantiene su fe en mí. Los días de la Caza Salvaje están a punto de llegar a su fin, pero a nadie le importa.

—A mí sí —puntualicé—. ¿Qué quieres de mí?

—Nada —respondió con voz casi triste—. Ahora es demasiado tarde, Elisabeth. Jugamos y perdiste. Punto.

«Käthe.»

—¿Dónde está mi hermana? —balbuceé.

El Rey de los Duendes no respondió, pero me pareció notar (aunque no la vi) una pequeña sonrisa en sus labios.

Käthe solo podía estar en un sitio. En lo más profundo de la tierra, en el reino de *Der Erlkönig* y sus duendes. En el Mundo Subterráneo.

—El juego no ha terminado —dije—. De hecho, acaba de empezar.

Esta vez me armé de valor y le miré directamente a los ojos. Allí, bajo el resplandor plateado de la luna, me percaté de que eran de colores distintos: uno era azul grisáceo, como el cielo en invierno; el otro era una mezcla de verde, marrón y dorado, como el musgo cuando se asoma entre la marga marchita. Era la mirada de un lobo. La mirada del Diablo. Podía ver en la oscuridad. Podía ver en mi interior.

—La primera vez me equivoqué de mano.

La sal. La audición. La culpa me estaba matando; había elegido a Josef en lugar de a Käthe. Otra vez.

Su sonrisa era más que evidente.

—Muy bien.

—De acuerdo —dije—. Jugaré. —Eché la cabeza hacia atrás—. Jugaré a tu juego. Si encuentro a Käthe, dejarás que se marche.

—¿Eso es todo? —preguntó con voz petulante—. Si no

estás dispuesta a sacrificar algo, será muy aburrido, la verdad.

—Tú mismo has dicho que las normas eran sencillas. Quien lo encuentra se lo queda. Tú eliges qué apostamos, qué ponemos en juego. Tú lo escondes, yo lo encuentro. El que no consiga su objetivo, pierde. Digamos… el mejor de tres.

—Está bien —respondió él, que respiró hondo—. Pero recuerda, Elisabeth, que nuestros juegos infantiles ya han quedado atrás. —Esos ojos de lobo titilaban sin parar—. Cuando juego, lo hago porque deseo conseguir algo. Si fracasas, si no consigues sacar a tu hermana de mi mundo antes de la próxima luna llena, la perderás para siempre.

Asentí con la cabeza.

—Perdiste la primera ronda —dijo el Rey de los Duendes—. Si quieres ganar la partida, no puedes perder ninguna de las dos rondas que quedan.

Volví a asentir. Había oído tantas historias de Constanze que sabía muy bien qué pasaría. No había protegido a mi hermana de los duendes. No podía volver a meter la pata, tenía que conseguir encontrarla en el Mundo Subterráneo sí o sí.

—Nada de trucos —dije—. Ni de trampas. No puedes borrar mis recuerdos. Ni jugar con el tiempo.

El Rey de los Duendes chasqueó la lengua.

—Yo no hago esa clase de promesas. Ya conoces las normas y sabes a lo que te atienes si aceptas apostar conmigo.

Me estremecí.

—Sin embargo —continuó—, soy muy muy generoso. Te prometo una única cosa: tus ojos permanecerán abiertos, de eso puedes estar segura. Pero no pretendas que actúe así con todo el mundo; si para conseguir mi objetivo me veo obligado a nublar la mente de otros, lo haré.

Asentí por tercera vez.

—Oh, Elisabeth —dijo—. Qué ingenua eres. Qué inocente. La confianza ciega que tienes en mí me asombra.

—Solo trato de jugar mis cartas.

—Sí, pero siguiendo mis normas —recalcó. Percibí un destello en las puntas de sus dientes—. Cuidado, Elisabeth. Tal vez prefieras una mentira piadosa a la cruda y fea realidad.

—La fealdad no me asusta.

Él me observó durante unos instantes, pero no dejé que su escrutinio me debilitara.

—No —susurró—. Está claro que no. —Cuadró los hombros—. Hasta la próxima luna llena —se despidió, y señaló la luna. Por un momento, me pareció ver las manillas de un reloj pasando por encima de su rostro—. O perderás a tu hermana para siempre.

—La próxima luna llena —repetí.

El Rey de los Duendes se acercó y me acarició la barbilla. Alcé un poco el rostro y contemplé aquellos ojos bicolor.

—Me gusta jugar contigo —murmuró.

Se acercó todavía más. Noté su aliento gélido en mis labios.

«Viel Glück, Elisabeth.»

Y después desapareció.

86

—¡Liesl!

La voz sonó amortiguada, como si procediera de detrás de un muro de hielo o de debajo del mar.

—¡Liesl! ¡Liesl!

Traté de abrir los ojos, pero estaba congelada y apenas podía moverme. Tras unos instantes, logré abrir uno y, a través de mis pestañas heladas y enmarañadas, advertí una sombra borrosa corriendo hacia mí.

—¿Hans? —murmuré.

—¡Estás viva! —exclamó. Me acarició la mejilla, pero no noté nada en absoluto: ni el calor de un cuerpo humano ni el roce de su piel. Tan solo percibí una ligera presión—. Por el amor de Dios, Liesl, ¿qué te ha pasado?

No podía contestar a eso. Y, aunque pudiera, no quería. Hans me levantó en volandas y me llevó hasta la posada.

No sentía nada, ni una pizca de vida, de calor. Ni siquiera sentía los brazos de Hans alrededor de mis piernas o bajo mi espalda. Tampoco sentía sus manos alrededor de mi pecho.

Solo sentía frío. Era como si estuviera muerta. Tal vez estaba muerta. Había sacrificado a mi hermana por mi hermano. Una vez más. Merecía morir.

—Käthe —musité, pero Hans no me oyó.

—Debes entrar en calor de inmediato —dijo—. Por Dios, Liesl, ¿en qué estabas pensando? Tu madre y Josef estaban muy preocupados; Josef incluso ha amenazado con rechazar la propuesta del maestro Antonius si no te encontrábamos.

—Käthe —repetí.

—Tu padre estaba fuera de sí. ¡Pensaba que se había vuelto loco! No quiero volver a verle tan borracho en mi vida.

¿Cuánto tiempo había estado en el Bosquecillo de los Duendes? No podía haber pasado más de una hora, dos como mucho.

—¿Cuánto..., cuánto tiempo...? —traté de preguntar. Tenía la garganta seca y apenas me salían las palabras.

—Tres días —respondió él, al fin. Hans intentaba mantener la calma, pero el pobre no consiguió disimular el miedo y el pánico en su voz—. Desapareciste hace tres días. La audición de Josef con el maestro Antonius fue hace tres días.

¿Tres días? ¿Cómo podía ser? Debía de estar exagerando. «Nada de trucos. Ni de trampas. No puedes borrar mis recuerdos. Ni jugar con el tiempo.»

El Rey de los Duendes ya había roto sus promesas.

Aunque, en realidad, no me había prometido nada. «Te prometo una única cosa: tus ojos permanecerán abiertos, de eso puedes estar segura.» Y mis ojos estaban abiertos. Lo recordaba todo.

—Käthe —repetí de nuevo, pero Hans me mandó callar apoyando un dedo sobre mis labios.

—Ya hablaremos después, Liesl. Estoy aquí. Y cuidaré de ti —dijo—. Cuidaré de todos vosotros, no tengas miedo.

Todo el mundo estaba inquieto, nervioso, asustado. Al verme entrar por la puerta de la posada, mamá me estrujó entre sus brazos. Lloraba a moco tendido. Era un espectáculo indecoroso de emociones a flor de piel. El rostro de papá, que parecía haber envejecido varios años, estaba empapado de lágrimas. Y Josef, mi querido Sepperl, prefirió no decir nada, pero me agarró la mano y me la apretó hasta cortarme la circulación. Tan solo Constanze se mantuvo al margen. Me miraba atentamente con aquellos ojos oscuros, sombríos.

Mi hermana había desaparecido.

Y yo era la responsable.

Mamá me acunaba y me acariciaba el pelo como si fuera un bebé. Después me cubrió con varias mantas de lana y le pidió a papá que me acercara un sillón a la chimenea. Más bien se lo exigió. Un minuto después volvió con un tazón de sopa y una taza de té con un chorrito de ron.

—¡Oh, Liesl! —exclamó con lágrimas en los ojos—. ¡Oh, Liesl!

Aquel repentino arrebato de cariño me tenía desconcertada. Mamá y yo nunca habíamos estado muy unidas; ambas estábamos demasiado ocupadas con nuestra vida rutinaria. Ella se encargaba del negocio; yo, de la familia. Me costaba muchísimo expresar el amor que sentía por mi madre; nos comprendíamos, pero no nos abrazábamos.

Al darse cuenta de que estaba un poco incómoda, mamá se secó las lágrimas y asintió con la cabeza.

—Me alegra ver que estás sana y salva, Liesl —dijo.

Volvía a ser la mujer pragmática de siempre, la *Frau* Vogler que no se andaba con tonterías, la esposa del posadero. El ataque de nervios que había sufrido segundos antes se había desvanecido. La única prueba de que realmente había existido eran aquellos ojos inyectados en sangre.

—Mamá estaba preocupada porque creía que te habías fugado de casa —murmuró Josef.

No podía creérmelo.

—¿Y por qué iba a hacer tal cosa?

Josef miró de reojo a papá, que estaba agazapado en un rincón del comedor. Parecía un anciano: estaba demacrado, desgastado y triste. Siempre había sido un hombre jovial y despreocupado, el vestigio de la joven promesa que había sido, del muchacho brillante y vivaz que había sido. Sus mejillas, que se habían teñido de rojo después de tantos años bebiendo cerveza, le otorgaban un aire infantil y su naturaleza sociable y simpática la ayudaba a ocultar sus peores defectos a todo el mundo, salvo a quienes le conocíamos bien.

—Porque…, porque ya no tenías ningún incentivo para seguir viviendo —respondió Josef.

—¿Qué? —pregunté.

Traté de incorporarme, pero la pila de mantas que tenía encima me habían atrapado en una especie de ovillo de lana enorme.

—No seas ridículo, Sepperl.

Hans se acercó y apoyó una mano sobre mi brazo.

—Liesl —dijo con voz cariñosa—. Sabemos que te has entregado a esta familia, que has hecho todo lo que estaba en tu mano para mantenerla unida. Sabemos lo que has hecho por Josef; has dedicado toda tu vida a su carrera. Sabemos que abandonaste tus propios sueños por su futuro. Y sabemos que tus padres han preferido dedicar todos sus esfuerzos a él, y no a ti.

Sentí una punzada en el corazón. Hans estaba exponiendo todo lo que yo pensaba, mis ideas más egoístas y desagradables, delante de todo el mundo. En resumidas cuentas, acababa de describir todas y cada una de mis frustraciones. Sin embargo, no sentí alivio, ni tampoco triunfo, tan solo una vaga sensación de miedo.

—Pero eso no explica por qué creísteis que iba a fugarme —repliqué, un tanto enfadada.

Hans y Josef intercambiaron una mirada. Esa repentina afinidad no me estaba gustando un pelo.

—Liesl, no estás bien —insistió Hans—. Últimamente siempre estás sola… o en el bosque.

—Pero eso es normal —dije.

—Sí, es verdad —apuntó Josef—. Es solo que… no dejas de repetir que estás buscando a alguien, alguien que necesita desesperadamente tu ayuda.

Me puse tensa.

—Käthe.

Los chicos intercambiaron otra mirada.

—Sí, Liesl —dijo Hans, tratando de mantener la calma.

Pensar en mi hermana agudizó mis sentidos y mis facultades mentales.

—¡Käthe! —repetí, pero esta vez logré desenrollarme de aquel nido de colchas y mantas—. Tengo que encontrarla.

—Tranquila —susurró Hans—. El peligro ya ha pasado. Todo está bien.

Sacudí la cabeza.

—Si es cierto que lleva tres días desparecida, Käthe corre un grave peligro. ¿Habéis avisado a las patrullas de rescate? ¿La habéis encontrado?

Josef se mordió el labio inferior. Tenía los ojos vidriosos. Me cogió de la mano y murmuró:

—Oh, Liesl.

Estaba hecha un manojo de nervios.

—Käthe.

La mano gélida del miedo me agarró el corazón. Lo que vi en la expresión de mi hermano no me gustó en absoluto.

—¿Qué pasa? —pregunté—. ¿Qué quieres decirme?

—Oh, Liesl —se lamentó Josef de nuevo—. Todos nos alegramos de tenerte de nuevo en casa, pero debo hacerte una pregunta: ¿a quién has estado buscando todo este tiempo? Nadie entendemos una palabra de lo que dices. Querida, ¿quién es esa tal Käthe?

Intermezzo

El imaginario ideal

—*N*ada de promesas —había dicho el Rey de los Duendes—. Tus ojos permanecerán abiertos, de eso puedes estar segura. Pero no pretendas que actúe así con todo el mundo; si para conseguir mi objetivo me veo obligado a nublar la mente de otros, lo haré.

Josef estaba ajetreado preparando su partida con el maestro Antonius y François. Mamá insistió en que me quedara en mi habitación y me «recuperara».

—Te mereces un descanso, querida —dijo—. Llevas años partiéndote la espalda para cuidar de todos nosotros; ahora deja que hagamos lo mismo por ti.

—¡No estoy enferma! —traté de decir, pero era inútil.

Cuánto más me empecinaba en desenterrar los recuerdos de mi hermana, a quien por lo visto todos habían olvidado, más se convencían de que había perdido definitivamente el juicio. Pero no estaba loca.

¿O sí?

Käthe había desaparecido, pero ahí estaba pasando algo más. Según el resto de la familia, jamás había existido. No quedaba rastro de ella, ni siquiera un pelo de su melena dorada en el suelo. Ni un ramillete de las flores silvestres que crecían en la pradera y que siempre secaba para adornar cualquier rincón de nuestro cuarto. Ni lazos de raso. Ni encajes. Nada. No había existido, y punto.

«Tus ojos permanecerán abiertos.»

Sí, tenía los ojos abiertos, pero ya no podía confiar en lo que veía, pues no coincidía con lo que recordaba.

Por la mañana, cuando me desperté, me di cuenta de que habían trasladado el clavicordio de Josef a mi habitación.

—¿Quién lo ha puesto aquí? —le pregunté a Hans—. ¿Cómo habéis podido moverlo sin hacer ni una gota de ruido?

Hans arrugó la frente.

—El clavicordio siempre ha estado en tu habitación, Liesl.

—No —respondí—. Es imposible. Josef y yo siempre hemos ensayado en su habitación.

—Josef y tú siempre habéis ensayado en el salón, con el fortepiano —corrigió Hans. Su tono sonó paciente y sereno, pero en su mirada percibí una profunda preocupación—. Este es tu clavicordio personal, Liesl. ¿Ves? —dijo, y señaló un montón de partituras que había sobre el teclado, con varias notas garabateadas de mi puño y letra.

—Pero yo nunca… —empecé, y eché un vistazo a las notas. Parecía el inicio de una composición que, por cierto, no recordaba haber escrito. Toqué la melodía.

«Séptima mayor», según mis notas.

Y, de repente, recordé algo, un momento robado antes de su importantísima audición. «Una melodía para cumplir tu promesa —había dicho—. Séptima mayor. Tienes que empezar así, por supuesto.»

Pero ¿era un recuerdo real? ¿O era una mera fantasía? ¿Ya había empezado a componer esa melodía antes de nuestra conversación? ¿O era otro de mis sueños que anhelaba que se hiciera realidad?

Hans me cogió por los hombros y me guio hasta el banco. Fue un gesto demasiado íntimo, demasiado cómplice. Retrocedí. Hans no era mío. Nunca lo había sido.

—Escúchame, Liesl —dijo con voz cariñosa—. Toca. Compón. Sé que la música es tu mayor consuelo.

¿Liesl? ¿Desde cuándo me llamaba así? Si no recordaba mal, Hans siempre se había referido a mí con un distante *Fräulein* o un Elisabeth, nombres con los que no me sentía identificada.

—Hans…, Hansl. —Aquel apodo tierno y cariñoso me sabía extraño.

—¿Sí? —respondió él.

Me miraba con demasiada dulzura. Me pareció casi inapropiado. Había algo que no encajaba. Hans nunca me había mirado así, sino como a una hermana.

—Nada —contesté al fin—. Nada.

Me había despertado en un mundo distinto, en una vida distinta. Mi realidad se había quebrado y ahora estaba llena de verdades y mentiras. Pero ¿qué era verdad y qué era mentira? Trataba de unir aquel rompecabezas, pero las piezas no encajaban entre sí.

Mi «convalecencia» me mantenía confinada en mi habitación. Apenas podía hacer nada, salvo componer. Parecía una reclusa encerrada en una cárcel. Intenté salir de allí varias veces, ya fuera para ver a Josef o a Constanze, o tal vez para visitar el Bosquecillo de los Duendes. Sin embargo, en cuanto ponía un pie fuera de aquella habitación, aparecía alguien y me lo impedía.

El Rey de los Duendes había asegurado que no me lo pondría fácil. Esperaba tener que enfrentarme a tareas inhumanas, a búsquedas sobrenaturales y a batallas épicas para lograr mi objetivo, pero sin duda no imaginaba toparme con esa misericordia tan patética, tan humana. «Descansa, querida», esas eran las palabras que más veces oía a lo largo del día. «Descansa.»

Y yo…, en fin, me dejaba seducir por la situación.

Era tan fácil sentarse frente al clavicordio y dejar que el tiempo pasara, que el mundo siguiera su perversa realidad e ignorar todo lo que había ocurrido… Era tan sencillo jugar con aquellas teclas de marfil y dejar volar mi imaginación… Era tan fácil expresar mi confusión, mi melancolía y mis deseos más profundos a través de la música… Era tan fácil componer… y olvidar.

Esa era la vida que debería haber tenido.

Esa era la vida que siempre había tenido.

El fragmento más nostálgico, que simbolizaba la promesa que había empezado en honor de Josef, se convirtió en una pequeña bagatela triste y fúnebre. Había optado por un ritmo más tranquilo, más habitual, pero, aun así, la pieza no acababa de sonar bien.

La melodía era lo más fácil de idear y, por lo tanto, era lo que primero plasmaba sobre la partitura. Después tenía que decidir las progresiones de los acordes y las armonías secundarias. Para ello no me quedaba más remedio que sentarme frente al clavicordio y probar. Yo no era como Josef; no era capaz de oírlas en mi cabeza, pero sí sabía diferenciar si sonaban bien o no.

Después de un buen rato, dejaba de plasmar todos mis pensamientos en la partitura y me permitía el capricho de tocar sin hacer una sola pausa. Improvisaba, experimentaba y dejaba volar mi creatividad. Papá siempre decía que los compositores de verdad se ajustaban a ciertas restricciones, pero yo quería ser libre. Ansiaba cambiar el mundo y mostrar la música que me llenaba el alma.

Era la primera vez que componía algo yo sola; Sepperl solía sentarse a mi lado para corregir todos los errores de estructura y de teoría. La música de Bach, Händel y Haydn se había compuesto desde la cabeza; la mía, en cambio, estaba compuesta desde el corazón. No era Mozart, no tocaba por inspiración divina. Era Maria Elisabeth Ingeborg Vogler, una chica mortal y falible.

De pronto percibí una sombra por debajo de la puerta. Dejé de tocar de inmediato.

—¿Quién anda ahí?

No obtuve respuesta, pero aquellos pasos silenciosos y que arrastraban unos pies eran inconfundibles.

Constanze.

—¿Qué quieres? —dije.

Estaba nerviosa, titubeante. Noté que se me formaba un nudo en el estómago. Era la misma sensación que tenía de niña, cuando me pillaban con las manos metidas en la bolsa del azúcar. La música era una indulgencia, un vicio del que si abusaba acabaría por destruirme. Tenía otras tareas, quehaceres y obligaciones que atender.

Käthe.

Tuve un momento de claridad. Me levanté del banco y corrí hacia la puerta. Constanze seguía teniendo una fe ciega en *Der Erlkönig*. Constanze se acordaría.

Pero…

Pensé en mi abuela echando sal sobre los alféizares. En las épocas de cosecha, cuando dejaba un vaso de leche y un trozo de pastel junto al porche. Y también en sus rarezas y excentricidades, más típicas de un ritual pagano que de una religión. Y entonces pensé en las quejas constantes de mamá, en las miradas compasivas de Hans y en las miradas desdeñosas de los aldeanos. Constanze creía en el Rey de los Duendes, pero ¿de qué le había servido su fe?

De nada.

Eché un vistazo a mi habitación, al clavicordio que había en el centro, a la bandeja que mamá había dejado sobre una mesita baja que había al lado con la cena de esa noche, al saquito de hierbas secas y dulces de Hans.

Tiempo para componer. Regalos y mimos del joven más apuesto del pueblo. No tenía nada de lo que avergonzarme. Nadie me juzgaba por quien era ni por lo que me apasionaba hacer. Por fin podía disfrutar de todo lo que siempre había deseado. La felicidad, la auténtica felicidad, estaba al alcance de mi mano. Me sentía en una encrucijada.

¿De qué me había servido mi falta de fe?

De mucho.

De repente, aquella claridad desapareció.

Las dos nos quedamos inmóviles, cada una a un lado de la puerta, mi abuela y yo, esperando a que la otra atravesara el umbral.

Una mentira piadosa

A medida que pasaban los días, me costaba más y más mantener mis convicciones, mi voluntad, mi cordura. Cada dos por tres doblaba una esquina con la esperanza de ver el destello de una melena dorada o de escuchar el eco de una risa tintineante. El recuerdo de Käthe caminando por los pasillos de la posada se estaba desvaneciendo rápidamente; en su lugar solo quedaban motas de polvo. Quizá jamás había tenido una hermana. Tal vez estaba loca. Quizá la cordura me había abandonado.

«Sepperl, Sepperl, ¿qué debería hacer?»

Pero si la cordura me había abandonado, mi hermano también. Josef prefería compartir su tiempo libre con François: siempre los encontraba charlando en una mezcla de francés, alemán, italiano y música. El maestro Antonius estaba ansioso por marcharse, pero una tormenta de nieve nos había sitiado y no podríamos viajar hasta dentro de varios días. Aquella tormenta nos pilló a todos por sorpresa, pues no era época de nieve. Pero el famoso virtuoso tenía asuntos más importantes de los que preocuparse que de unas cuantas carreteras intransitables; un ejército de soldados franceses se arrastraba por nuestras tierras como una plaga de cucarachas y se rumoreaba que la guerra sería inminente.

No debería haberme puesto celosa. Había prometido que no me pondría celosa. Pero la envidia me estaba carcomiendo por dentro. Cada vez que Josef miraba a François, los ojos le hacían chiribitas. Y el joven pianista le dedicaba la más sincera de sus sonrisas. Mi hermano me estaba dejando de lado. Igual que Käthe y Hans, igual que mamá y papá, Josef se estaba adentrando en un mundo en el que, por lo visto, yo jamás podría entrar.

El futuro de Josef estaba lleno de luz, como una ciudad brillante al final de una carretera infinita. Tenía toda la vida por delante, una vida que se avecinaba emocionante y desconocida. La mía, en cambio, empezaba y acababa allí, en la posada. Ahora que Josef iba a irse, ¿quién escucharía mi música? ¿Quién me escucharía a mí?

Pensé en Hans y en todos los gestos dulces y castos que me dedicaba. Imaginé risitas sofocadas, bromas compartidas y privadas, *basso continuo* e improvisación. Soñé con caricias fugaces, besos en la comisura de los labios, susurros al oído y jadeos en mitad de la noche, cuando nadie pudiera oírnos. Deseaba gozar del amor, de lo etéreo y de lo físico, de lo sagrado y de lo profano. Y me pregunté cuándo, al igual que mi hermano, al igual que mi hermana, atravesaría ese umbral para dejar la inocencia atrás y entregarme al conocimiento y a la experiencia.

Los días previos a la partida de mi hermano preferí retirarme al cálido y familiar abrazo de mi clavicordio. Sin los sabios consejos de Josef, que siempre guiaban mis melodías, la bagatela se volvió salvaje, descontrolada, desenfrenada. Las frases musicales no seguían una progresión lógica ni racional; sonaban sin ton ni son. Era un libre albedrío y la directora de orquesta era mi imaginación. Dejé que volaran allá donde quisieran. El resultado era un tanto disonante, espeluznante e inquietante, pero me dio lo mismo. Después de todo, la belleza no era mi inspiración. Mi inspiración se basaba en lo extraño, en lo salvaje, en lo desconocido.

Por fin conseguí dar forma a la pieza, con sus subidas, sus bajadas y su final. Era bastante sencilla, sobre todo para un virtuoso como Josef. La había escrito pensando en un violín acompañado por un fortepiano. Quería escuchar a mi hermano tocando esa pieza, quería escuchar cómo la transformaba con sus manos. Unos días más tarde, mi deseo fue concedido.

François cuidaba del maestro Antonius, que se quejaba de haber pillado «un resfriado de aúpa», aunque más bien parecía un ataque de celos en toda regla. Me consoló saber que él también se sentía un poco solo, un poco abandonado. Encontré a Josef en el vestíbulo principal. Estaba solo, algo insólito últimamente, afinando y limpiando el violín. Estaba anocheciendo y las sombras marcaban todos los ángulos de su rostro. Mi hermano parecía un ángel, un espíritu, una criatura de otro mundo.

—¿Crees que los kobolds saldrán esta noche? —pregunté en voz baja.

Él se sobresaltó.

—¡Liesl! —exclamó; dejó el paño en el suelo y se frotó las manos en los pantalones—. No te había visto. —Se levantó de la butaca que había frente a la chimenea y abrió los brazos de par en par.

No lo dudé ni un segundo, hacía tiempo que necesitaba ese abrazo. Y, de repente, me di cuenta de que era igual de alto que yo. ¿Cuándo había ocurrido?

—¿Qué pasa? —preguntó al notar mi desazón.

—Nada —contesté, y sonreí—. Es solo... has crecido mucho, Sepp.

Chasqueó la lengua, pero el sonido retumbó en su pecho. Era el chasquido de un hombre, no el de un niño. Josef aún mantenía la dulce voz de soprano de un adolescente, pero su voz estaba a punto de cambiar.

—Ah, tú siempre contestas con un «nada».

—Lo sé —admití, y le estreché entre mis brazos—. Tengo algo para ti. Un regalo.

Él arqueó las cejas, sorprendido.

—¿Un regalo?

—Sí —contesté—. Acompáñame. Y trae el violín.

La propuesta lo dejó desconcertado, pero aun así me siguió a mi habitación sin rechistar. Le guie hasta el clavicordio; allí, sobre el atril, estaba la bagatela. Me había quedado hasta altas horas de la madrugada escribiendo una copia legible de la partitura original, despilfarrando la preciada luz de una vela.

—¿Qué es? —preguntó, y miró la partitura con los ojos entrecerrados.

Preferí no decir nada y esperar.

—Oh —dijo Josef—. ¿Una pieza nueva?

—Por favor, no seas muy duro, Sepperl —dije, y traté de disimular mi repentino ataque de bochorno—. Está llena de errores, estoy segura.

Josef ladeó la cabeza.

—¿Quieres que François y yo la toquemos para ti?

Hice una pequeña mueca de dolor.

—Había pensado... —murmuré, un poco dolida por su reacción— que podíamos tocarla juntos.

Al menos tuvo la decencia de ruborizarse.

—Por supuesto. Perdóname, Liesl.

Cogió el violín y lo apoyó bajo su barbilla. Echó un vistazo a las primeras líneas y luego asintió con la cabeza. De repente, me puse nerviosa. Y no tenía por qué. Después de todo, era mi hermano.

Asentí y, con mucho cuidado, Josef levantó el arco y marcó el tempo de la pieza. Tras unos segundos de silencio, empezamos a tocar.

Las primeras notas eran tentativas, inseguras. Yo estaba nerviosa. Y en cuanto a Josef..., su cara era un poema. Vacilé, pero seguí deslizando los dedos sobre el teclado.

Josef continuó tocando, leyendo las notas que había escrito con una precisión mecánica. Tocaba con la misma exactitud que un reloj suizo. Una sensación de adormecimiento empezó a extenderse por mis manos, por mis brazos, por mis hombros, por mi cuello, por mis ojos, por mis oídos. Había compuesto aquella pieza para el Josef al que había conocido y amado, para el niño que jamás dejaba escapar la oportunidad de escaparse de la posada para encontrar a Hödekin bailando en el bosque. La había compuesto para el niño con quien había compartido mi alma, extraña, salvaje y desconocida, para el hermano que seguía creyendo en *Der Erlkönig*.

Y ese no era el Josef que estaba allí.

Aquel chico era una copia idéntica de Josef, pero no era él. Sus manos no transformaron mi música. Las notas sonaban embarradas, mundanas, terrenales. De repente, creí poder ver las telarañas de delirios e ilusiones que había tejido sobre mí misma; tras ellas se extendía otro mundo, otra vida.

Josef terminó de tocar la pieza, sosteniendo la *fermata*, la última nota, los segundos necesarios, ni uno más ni uno menos.

—Buen trabajo, Liesl —dijo, y me dedicó una sonrisa, aunque pareció un poco forzada—. Es una pieza preciosa.

Asentí.

—Mañana te vas a Múnich —comenté.

—Sí —respondió él, casi aliviado—. A primera hora de la mañana.

—Entonces deberías descansar —dije, y le acaricié la mejilla.

—¿Y tú? —replicó él, señalando la partitura que había sobre el clavicordio, la partitura de la pieza que acabábamos de tocar—. Tú seguirás componiendo, ¿verdad? ¿Me enviarás tu música?

—Sí —aseguré.

Pero los dos sabíamos que era mentira.

Todo el mundo estaba histérico. Por fin llegaron los carruajes en los que viajarían Josef, el maestro Antonius y François hasta Múnich. Huéspedes, mecenas, amigos y no tan amigos se acercaron hasta la posada para despedirse de mi hermano. Papá lloraba como una magdalena y no soltaba a su hijo. Mamá, que se mantuvo estoica y no soltó ni una sola lágrima, apoyó las manos sobre la cabeza de Josef, como si estuviera dándole su bendición. Preferí no mirar a Constanze a los ojos. Tenía una mirada oscura y nublada, muy poco clara.

—*Glück*, Josef —dijo Hans, y le dio una palmadita en el hombro—. No te preocupes por tu familia; yo cuidaré de ellos —prometió, y me dedicó una sonrisa tímida.

Se me encogió el corazón, pero no sabía si por los nervios o por la culpabilidad.

—*Danke* —respondió Josef de forma distraída. Su mirada era distante, como si ya se hubiera ido.

—*Auf wiedersehen*, Sepp —dije.

A mi hermano pareció sorprenderle verme ahí, a su lado. Desde pequeñita había aprendido a fundirme con las sombras y a desaparecer; nunca había tenido una gracia especial; así pues, nadie me echaba de menos, pero Josef siempre se las ingeniaba para encontrarme. Se me humedecieron los ojos.

—¡*Auf wiedersehen*, Liesl! —contestó él, que me acarició las manos.

Por un momento sentí que nada había cambiado, que seguía siendo mi queridísimo Sepperl, la otra mitad de mi alma. Me abrazó y vi que se le iluminaban aquellos ojos azules. Era el abrazo de un muchacho, natural y sincero, el último que mi hermano pequeño me daría. Cuando volviéramos a vernos (si es que volvíamos a vernos), ya se habría convertido en todo un hombre.

François acompañó a Josef hasta el carruaje. Él también lo acompañaría a Múnich, al reconocimiento mundial, al aplauso del gran público. Nuestras miradas se cruzaron y, pese a que no hablábamos la misma lengua, sí hablábamos el mismo lenguaje.

«Cuida de él», rogué.

«Lo haré», aseguró él.

Respiré hondo y traté de mantener la compostura. El carruaje se fue alejando hasta convertirse en un diminuto punto al final de la carretera. La bruma, la distancia y el tiempo lo engulleron en un santiamén. Poco a poco, todos los miembros de la familia retomaron su rutina: papá se aposentó en su sillón frente a la chimenea y mamá se encerró en la cocina. Hans fue el que se quedó en el porche, a mi lado, con la mano apoyada sobre mi hombro. Dejé pasar unos minutos y luego me volví para reunirme con lo que quedaba de mi familia, pero Hans me lo impidió.

—Hans —dije—. ¿Qué ocurre?

Él bajó el tono de voz.

—Ven. Tengo algo… que quiero mostrarte.

Fruncí el ceño, pero no opuse resistencia. Seguimos el arroyo, hasta la leñera. Una vez ahí, me acorraló y me empujó contra la pared.

—Hans —murmuré, y traté de librarme de él—. ¿Qué...? Hans estaba jadeando.

—No pasa nada —me susurró al oído. Jamás había tenido el cuerpo de Hans tan cerca. Estaba pegado al mío. Tenía la mano apoyada en mi cintura, su pecho aplastaba el mío, notaba sus muslos sobre mis caderas y el calor de su piel empezaba a sofocarme—. No pasa nada —repitió, y me estrechó aún más. Estaba ansioso y me acariciaba como si llevara demasiado tiempo conteniéndose.

—¿Qué estás haciendo? —pregunté.

Pero ya lo sabía. Yo también había deseado ese momento. Y también lo había temido. Deslizó la mano hasta la parte baja de mi espalda y presionó para que nuestros cuerpos se juntaran aún más. Me soltó la cintura y, con esa mano, me acarició la mejilla.

104

—Lo que he querido hacer desde que te conocí —murmuró.

Y entonces me besó.

Cerré los ojos y esperé, esperé a que los fuegos de mi interior se despertaran y se incendiaran. Llevaba muchísimo tiempo imaginando, soñando y anhelando ese momento, el momento en que Hans me tomaría entre sus brazos y me besaría. Y, sin embargo, ahora que el ansiado instante había llegado, solo sentía frío. Sentí el roce de sus labios, su aliento y la caricia tentativa de su lengua contra la mía, pero aquel gesto tan íntimo y romántico no despertó ninguna emoción en mí, salvo sorpresa y una curiosidad indiferente.

—¿Liesl?

Hans se apartó y trató de leer mi expresión. Pensé en Käthe, pero su cuerpo delicado y femenino no era lo que se interponía entre nosotros.

«Tal vez prefieras una mentira piadosa a la cruda y fea realidad», había dicho el Rey de los Duendes.

Y así era. Aquella vida era una mentira, y me había creído lo bastante fuerte como para resistirla. Pero qué estúpida e ingenua había sido; había mordido el anzuelo del Señor de las Fechorías.

—¿Liesl? —repitió Hans, vacilante e inseguro.

Todo aquello era una mentira, pero qué mentira tan hermosa.

Así que le besé. En la oscuridad de la noche, y siempre de espaldas a mi hermana, había soñado con sentir las manos de Hans recorriendo mi cuerpo, había imaginado sus dedos palpando los rincones más secretos de mi ser. Había fantaseado con sus labios, con su lengua y con sus dientes. Había deseado tantísimo a ese hombre que incluso le había visualizado moviendo sus caderas con violencia contra las mías.

La intensidad de mis besos le pilló por sorpresa. Estaba anonadado, casi alarmado. Y entonces se apartó.

—¡Liesl!

—¿No es lo que querías? —pregunté.

—Sí, sí, pero…

—Pero ¿qué?

—No esperaba que fueras tan directa, tan… lanzada.

De repente, en lo más profundo del bosque, me pareció oír el eco de la risa del Rey de los Duendes.

—¿No es lo que querías? —repetí, pero esta vez un poco molesta y enfadada.

—Por supuesto —contestó él, pero en su voz percibí incertidumbre, duda. Miedo. Repulsión—. Por supuesto que sí, Liesl.

Le empujé para alejarle de mí. Estaba furiosa, pero no solo eso. También me sentía frustrada, impotente.

—Liesl, por favor —suplicó Hans, que me agarró por la manga del abrigo.

—Suéltame —espeté.

—Lo siento. Es solo…, es solo que creía que eras pura. Casta. Nunca pensé que fueras como las demás chicas, que se entregan a cualquiera, que están vacías.

Me puse rígida. «Käthe.»

—¿Oh? —exclamé—. ¿A quién te refieres con «las demás chicas», Hans?

Frunció el ceño.

105

—Ya sabes —murmuró—. Las demás. Pero esas chicas no me importan, Liesl. No son de la clase de chicas con las que uno quiera casarse.

Y, al oír ese comentario, le di un bofetón. Era la primera vez que le levantaba la mano a alguien, pero le abofeteé con todas mis fuerzas. Le golpeé con tal fuerza que se me durmió la mano.

—¿Y qué clase de chica soy yo? —pregunté con un hilo de voz—. ¿Con qué clase de chica quieres casarte, Hans?

Balbuceó algo, pero no consiguió articular una respuesta coherente.

—Has dicho pura, pero en realidad querías decir vulgar. Has dicho casta, pero en realidad querías decir fea.

Mis palabras estaban cargadas de rabia, pero también de una certeza espantosa. Sirvieron para revelar al Hans de verdad. Reconozco que albergaba la esperanza de que reaccionara, de que me agarrara por el brazo y me dijera que estaba exagerando. Sin embargo, en lugar de eso, dio un paso atrás.

Apreté los labios.

—Hubo un tiempo en el que te quise, Hans —dije—. Creía que eras un hombre de provecho, un hombre que valía un imperio. Y, en el fondo, sigo creyéndolo. Pero no me mereces. Todo en ti es una mentira.

Hans alargó el brazo y extendió la mano, pero yo me mantuve firme.

—Liesl…

Le miré directamente a los ojos.

—¿Qué era lo que tu padre solía decir?

Hans no musitó palabra y miró hacia otro lado.

—¿De qué sirve correr si estás en el camino equivocado?

La cruda y fea realidad

*F*ui corriendo a la habitación de Constanze.

Debería haber recurrido a mi abuela mucho antes. Debería haberle explicado todo lo ocurrido el mismo día en que Hans me rescató del bosque. O cuando me di cuenta de que Käthe había desaparecido. Pero, en lugar de eso, dejé que mi abuela merodeara por el borde de mi conciencia como un fantasma. Y todo porque había sido incapaz de afrontar la cruda y fea realidad. Una parte de mí aún se mostraba reticente a hacerlo, pero no había otra salida. La culpabilidad y los remordimientos estaban consumiéndome. Tenía que hacer algo ya.

La puerta de su habitación estaba cerrada con llave. Y justo cuando alcé la mano para llamar, oí una voz quejumbrosa desde el otro lado de la puerta.

—Entra, niña. No entiendo por qué has tardado tanto.

Tenía toda la razón.

Empujé la puerta. Constanze estaba sentada frente a la ventana, admirando el bosque que se extendía tras el cristal.

—¿Cómo has sabido que estaba…?

—Los que llevamos la marca de *Der Erlkönig* nos reconocemos a primera vista —dijo, y luego se volvió y me fulminó con aquella mirada tenebrosa y afilada—. Llevo semanas esperándote.

Semanas. ¿Tanto tiempo había pasado? Traté de contar los días que llevaba viviendo aquella falsa realidad, pero mis recuerdos eran confusos, borrosos. Me resultaba imposible separar el tiempo en días de veinticuatro horas.

—¿Y por qué no has venido a buscarme? —pregunté.

Constanze se encogió de hombros.

—No debo entrometerme en sus asuntos.

Se me atragantaron palabras llenas de rabia, de ira. Preferí tragármelas y escupir una risa incrédula y entrecortada.

—¿Ibas a dejar que cambiara el mundo tal y como lo conoces? —pregunté—. ¿Ibas a dejar que *Der Erlkönig* ganara?

—¿Ganar? —dijo, y golpeó el bastón contra el suelo—. Con *Der Erlkönig* no se gana. Ni se pierde. Tan solo se hacen sacrificios.

—¡Käthe no es un sacrificio!

El nombre de mi hermana retumbó como un trueno entre nosotras. Al pronunciarlo, las costuras de aquella falsa realidad se descosieron, formando unos agujeros enormes en la tela de mi confusión. «Käthe.» Recordé su melena dorada y su risa tintineante, los celos que sentía por Josef y la admiración que sentía por mí, la admiración de una hermana pequeña. «Elegancia —había dicho—. Elegancia, ingenio y talento. Algo que, a diferencia de la belleza, es imperecedero.» Pensé en lo generosa, sensible, cariñosa e inocente que era. Y, de repente, todas las mentiras se disiparon y sentí una punzada en el corazón: la falsa realidad que había estado viviendo no me había hecho darme cuenta de lo muchísimo que añoraba a mi hermana.

Enterré la cara en mis manos.

Oí a Constanze revolverse en su asiento. De haber sido otra clase de abuela, me habría hecho señas para que me acercara a ella y después habría intentado serenarme, quizás acariciándome el pelo con aquellos dedos retorcidos y ásperos mientras murmuraba palabras de consuelo.

Pero Constanze no era de esa clase de abuelas.

—En fin, niña, ¿qué quieres de mí? —espetó—. Y, por favor, no me entretengas demasiado tiempo. Ya sabes que me gusta estar sola.

Casi nunca nos llamaba por nuestro nombre, ya fuera de pila o un apodo; siempre utilizaba los apelativos de «niña» o «tú», como si Käthe y yo no fuéramos de su familia, como si fuéramos dos chicas superfluas y sin importancia para ella.

—Quiero… —Mi voz sonó ronca, casi como un susurro—. Quiero que me expliques cómo entrar en el Mundo Subterráneo.

Ella no dijo nada.

—Por favor —insistí, y levanté la cabeza—. Por favor, Constanze.

—No puedes hacer nada —respondió ella. Lo rotundo de aquellas palabras fue peor que su indiferencia—. ¿Es que no has entendido nada? Tu hermana está en manos del Rey de los Duendes. Ya es demasiado tarde.

«Hasta la próxima luna llena, o perderás a tu hermana para siempre.»

¿Cuánto tiempo había pasado en aquel sueño febril? ¿Ya se había cumplido el plazo? Traté de contar las semanas, pero aquella vida idílica y perfecta me habían hecho perder la noción del tiempo.

—No es demasiado tarde —repliqué, y recé porque así fuese—. Tengo hasta la próxima luna llena.

Esta vez, el silencio de Constanze no fue de desprecio, sino más bien de asombro.

—¿Él… habló contigo?

—Sí —respondí, y me retorcí las manos—. Según el propio Rey de los Duendes, tengo hasta la próxima luna llena para adentrarme en su reino.

Pero, por lo visto, no escuchó ni una sola palabra.

—¿Habló… contigo? —repitió—. ¿Y por qué contigo precisamente?

Arrugué la frente. Ya no hablaba con aversión ácida y mordaz, sino con cierta vulnerabilidad. En sus palabras entendí: «¿Por qué contigo… y no conmigo?».

—¿Conociste… a *Der Erlkönig*? —pregunté.

Tardó unos instantes en contestar. Instantes que se me hicieron eternos.

—Sí —reconoció al fin—. No eres la única doncella que ha soñado y ha fantaseado con *Der Erlkönig*. No eres la única que ha bailado con él en el bosque. Al igual que tú, yo también anhelaba que un día viniera a buscarme y me convirtiera en su esposa en el Mundo Subterráneo —dijo, y luego apartó la mirada—. Pero nunca lo hizo. Tal vez —añadió con tono sarcástico—, no era lo bastante guapa para él.

Sentí lástima por Constanze. A diferencia de Käthe y de mamá, Constanze comprendía qué era sentirse ignorada, sentirse una chica del montón, una chica insulsa que no llamaba la atención. La belleza de mi hermana y de mi madre les aseguraba que jamás serían olvidadas; sus vidas no pasarían desapercibidas a ojos de los demás, que las incluirían en los capítulos de su vida como las mujeres más hermosas del pueblo. La gente recordaría sus nombres. Las mujeres como Constanze y como yo estábamos condenadas a aparecer en los pies de página, a permanecer en el fondo como personas anónimas e insignificantes.

—¿Qué ocurrió? —quise saber.

Ella encogió los hombros.

—Crecí.

—Igual que todos los niños —contesté—. Y, sin embargo, sigues creyendo en él.

Constanze me miró a los ojos y me observó varios segundos sin pestañear. Luego señaló un reposapiés que había junto a la ventana. Me acerqué y me arrodillé a sus pies, igual que solía hacer cuando era niña.

—Creo porque debo hacerlo —dijo—. Y por temor a las consecuencias.

—¿Qué consecuencias?

El silencio que siguió fue larguísimo.

—No tienes ni idea —graznó al fin—. No te imaginas cómo era el mundo cuando *Der Erlkönig* y sus súbditos caminaban entre nosotros. Fue una época oscura, una época previa a la razón, al esclarecimiento y a Dios.

Respiré hondo y me contuve; me moría de ganas por preguntarle cómo diablos lo sabía. Constanze era anciana, pero no tanto. Hice lo que siempre había hecho con ella: seguir el ritmo y las cadencias de su historia, arrulladas por el vaivén de su discurso.

—Fue una época de sangre, violencia y guerra —continuó—, un tiempo en que el hombre y el duende se enfrentaban por las tierras, por el agua, por la carne. Por la carne dulce y tentadora, por la carne de las doncellas, tan llena de luz y de vida. Los duendes las veían como su alimento; los hombres, como otra cosa.

Dientes afilados y labios finos como el filo de un cuchillo. Me estremecí al recordar aquel melocotón envenenado, aquellas gotas de color sangre manchando la boca y la garganta de Käthe.

—Se derramaba sangre a diario. Aquella sangre era como la lluvia: empapaba el suelo, salaba las tierras, teñía de rojo todas las calles y enterraba las cosechas bajo una capa de rabia, dolor y tristeza. Los cadáveres se apilaban en todas las esquinas. *Der Erlkönig* oía los llantos de la tierra, reprimidos por la muerte y la guerra, y extendía las manos. A su derecha reunía a los hombres; a su izquierda, a los duendes. Los dividía, los enemistaba. Y, desde entonces, *Der Erlkönig* está siempre en ese lugar intermedio, entre duendes y hombres, entre el mundo de los vivos y el de los muertos, entre lo terrenal y lo inexplicable.

—Qué soledad —murmuré.

111

Pensé en el hombre alto y elegante del mercado, el primer disfraz que había utilizado el Rey de los Duendes ante mí. Parecía más bien un ser humano que un mito. Pero incluso allí, en el bullicio de la plaza, había permanecido solo, alejado del mundo. Y esa soledad me recordó a la mía. Me ruboricé al rememorar el momento.

Constanze me lanzó una mirada fulminante.

—Soledad, sí. Pero ¿el rey sirve a la corona, o la corona sirve al rey?

Las dos nos quedamos calladas.

—Entonces, Constanze —dije al fin—, ¿cómo consigo entrar en el Mundo Subterráneo?

Por un momento temí que mi abuela no me diera una respuesta clara y directa. Soltó un suspiro.

—*Der Erlkönig* se rige por un antiguo sacrificio —explicó—, así que le honramos igual.

—¿Con un sacrificio?

Ablandó la mirada.

—Una ofrenda —corrigió—. Cuando era niña, solía dejar

un poco de pan y leche a modo de diezmo; era una parte de lo que ganábamos trabajando. Pero los tiempos han cambiado y la vida no es tan austera como antes. Debes entregarle al Rey de los Duendes una ofrenda que implique un coste para ti; después de todo, ese es el significado del sacrificio, ¿verdad?

—Pero no tengo nada —dije—. Solo os tengo a vosotros. Y ya he sacrificado a alguien que quiero, Constanze. No pienso poner en peligro a nadie más.

—¿De veras no tienes nada? —preguntó. Hubo algo en el tono que utilizó mi abuela que me heló la sangre.

—No, nada —repetí, pero ya no estaba tan segura.

—Oh, pues yo creo que sí —corrigió ella con tono siniestro—, algo que quieres más que a tu hermana, que a Josef e incluso más que a la propia vida.

Mi mente no era capaz de comprender sus palabras, pero mi cuerpo sí. Mi cuerpo era más inteligente y sagaz que yo. Un frío sobrenatural empezó a extenderse por todo mi ser.

Mi música.

Tendría que sacrificar mi música.

Sacrificio

*D*ebería haber imaginado que ocurriría eso.

El crepúsculo teñía el cielo con una miríada de colores. Me arrodillé frente a la cama, la misma que había compartido con mi hermana durante toda la vida. Busqué la caja fuerte que siempre escondía ahí debajo. Palpé el suelo y, de repente, noté algo suave y pulido.

El regalo del elegante desconocido.

Lo había olvidado por completo; no había vuelto a pensar en él desde aquel fatídico día en el mercado, el día en que Käthe dio un mordisco a la fruta de los duendes.

«No te ofrezco este regalo porque sea desinteresado o generoso, sino porque deseo ver qué vas a hacer con él.»

¿Y qué había hecho con el regalo del Rey de los Duendes? Lo había guardado en mi escondite secreto, como si fuese algo prohibido, algo indigno, algo vergonzoso. Tal vez mi falta de fe me había costado demasiado.

Arrastré la caja donde guardaba todas mis composiciones y la abrí. A simple vista parecía un montón de papeles para tirar: trozos de folios, páginas arrancadas de los libros de cuentas de mi padre, partes traseras de viejos himnarios… No era más que el triste y patético tesoro de una niña sin talento y sin encanto alguno.

Cerré la caja, me puse de pie y me dirigí al clavicordio. Su presencia en mi habitación me resultaba molesta a la vez que relajante; al fin y al cabo, me recordaba todos los sueños que había tenido y que nunca lograría alcanzar. Pasé las manos por la superficie y pensé en todas las horas que alguien había dedicado a tallar las teclas de marfil y a doblar, colocar y tensar las cuerdas del interior.

Mi última composición aún estaba abierta sobre el atril. En la parte superior, en mi mejor caligrafía: *Fur meine Lieben, ein Lied im stil die Bagatelle, auch Der Erlkönig*. «Para mis seres más queridos, una canción en el estilo de una bagatela, o el Rey de los Duendes.»

Y, debajo, con unos garabatos inteligibles:

> Para Sepperl, que jamás caerá en el olvido.
> Para Käthe, con todo mi amor y mi perdón.

Recogí todas las partituras y las ordené con esmero; después cogí un cordel de mi caja de costura y lo até alrededor. Coloqué las páginas sobre el teclado. Así, sin ningún tipo de adorno ni floritura, parecían tristes y desoladas. De haber sido Käthe, las habría decorado con una cinta de raso o de encaje, o con un ramillete de flores secas de la pradera. Lo único que tenía era un puñado de candelillas que habían caído de los alisos que crecían en el Bosquecillo de los Duendes.

Aunque, pensándolo bien, tal vez fuese la decoración más apropiada. Con las mismas tijeras de costura, me corté un mechón de cabello y até las candelillas al cordel que sujetaba la partitura. Mi última composición. La última. Un regalo a mis seres queridos, mi despedida. No podría darles un último abrazo, un último beso, así que decidí regalarles eso: la expresión más sincera de mí misma. De ellos dependía salvaguardarla. Dejé la partitura sobre la cama.

Después, cogí la flauta y la caja fuerte, y le di la espalda al clavicordio, a la habitación, al que había sido mi hogar en los últimos años y me encaminé hacia el Bosquecillo de los Duendes.

Constanze estaba esperándome al pie de la escalera.

—¿Estás preparada, Elisabeth?

Era la primera vez que mi abuela me llamaba por mi nombre. Sentí un escalofrío, pero no de miedo, sino de emoción.

—Liesl —dije—. Llámame Liesl.

Constanze negó con la cabeza.

—Elisabeth. Me gusta el nombre de Elisabeth. Es el nombre de una mujer adulta y madura, no de una niña.

En sus palabras me pareció oír el eco del Rey de los Duendes, pero preferí reservar las fuerzas. A pesar de todas nuestras diferencias, Constanze creía en mí. Me entregó una capa y un farol. Para mi sorpresa, también me dio una porción de *Gugelhopf*. Hacía años que no preparaba ese pastel.

—Una ofrenda para *Der Erlkönig* —explicó, y envolvió el resto del pastel en un retal de lino—. De mi parte. Dudo mucho que haya olvidado el delicioso sabor de mi *Gugelhopf*.

Sonreí.

—Yo jamás lo olvidaría, Constanze.

Nos miramos por última vez. Ni una lágrima ni una palabra de despedida. Mi abuela nunca había sido una mujer sentimental. Se limitó a darme una palmadita en la espalda.

—*Viel Glück*, Elisabeth.

En ningún momento dijo que volveríamos a vernos.

Seguí a Constanze hasta la puerta trasera de la posada. No me dio instrucciones de cómo llegar a mi destino, pero dio lo mismo. Sabía muy bien adónde tenía que ir.

—*Servus*, Constanze —susurré—. Que Dios te bendiga. Y gracias.

Constanze asintió. No me dedicó ni una sola palabra de ánimo, ni tampoco bendijo el viaje que estaba a punto de emprender. Pero el pedazo de pastel que me esperaba en el zurrón era aún mejor que la bendición de mi abuela. Me di la vuelta y me marché.

Esa noche, el cielo estaba despejado y en el aire se respiraba el aroma del invierno, se intuía hielo, hibernación y muerte. Sujetaba el farolillo para iluminar el sendero del bosque.

El Bosquecillo de los Duendes se avistaba a lo lejos; era la única zona del bosque envuelta en bruma. La niebla formaba unas siluetas espectrales ante mis ojos, insinuando la joroba de un duende o la curva de la mejilla de una ninfa, pero nada, ni nadie, se materializó. Esa noche nadie presenciaría mi espectáculo.

«Muy bien», pensé al adentrarme en el Bosquecillo de los Duendes. Era un círculo casi perfecto de doce alisos; cualquiera habría jurado que alguien muy cuidadoso los había plantado hacía varios siglos. En cuanto uno ponía un pie allí dentro, sentía que estaba en un lugar sagrado. Ese rincón del bosque había inspirado un sinfín de historias, fábulas y cuentos. Como el de *Frau* Perchta. O el de la Caza Salvaje. O el de las Doncellas Blancas. O el de *Der Erlkönig*.

Dejé el farolillo en el suelo y empecé a rastrear la arboleda en busca de algún arbusto seco. Sabía que tenía muchos troncos a mi alcance, pero la madera se había humedecido; sin yesca, no podría encender un fuego. Me las ingenié para colocar todas las ramitas en forma de pirámide sobre una pila de piñas secas. Lo intenté una y otra vez, pero no conseguí encender una hoguera. Las cerillas se me apagaban entre los dedos, que no dejaban de temblequear, igual que mis esperanzas.

En esas condiciones no sería capaz de tocar una sola nota. No podría regalarle mi música con las manos medio congeladas y los labios azules por el frío. Le había prometido al Rey de los Duendes un sacrificio, pero, por lo visto, no iba a ponérmelo nada fácil. «Da media vuelta», susurraron las brisas espectrales. «Ríndete.» Metí la mano en el zurrón y busqué la flauta.

Aquel instrumento pareció cobrar vida en cuanto notó el roce de mi piel. Estaba tallado en una madera especial, quizá madera de aliso, una madera sagrada en el Bosquecillo de los Duendes. La flauta me inquietaba; era como estar sujetando la mano de alguien. El instrumento era antiguo, desde luego, y el diseño era muy sencillo y austero. No tenía las juntas metálicas de las flautas modernas que había visto tocar a los músicos de la iglesia. Sin embargo, tenía los agujeros que permitían digitar de forma cromática. Los flautines y las viejas flautas traveseras que teníamos en la posada y que habían pertenecido a mi difunto abuelo no permitían tales variaciones. Papá me había enseñado cuatro conceptos rudimentarios de flauta; sabía cómo tocar las notas, pero lo que no sabía era si conseguiría hacerlas sonar tal y como deseaba.

Me humedecí los labios y me acerqué el instrumento a la boca. Solo se oyó un silbido hueco, un sonido que me recordó al susurro del viento entre los árboles. Soplé una vez más con la intención de calentar el aire y la madera en la que estaba fabricada. Noté una ligera mejora, pero las manos me temblaban demasiado y temía que me resbalara la flauta en cualquier momento. Tenía los dedos entumecidos y no era capaz de tapar bien los agujeros.

En aquel silencio sepulcral que reinaba en el bosque me pareció oír el eco de una risa burlona.

«Todavía no me has vencido.»

Fuego. Necesitaba fuego. No podía seguir así. La niebla cada vez era más espesa, más densa, y empecé a advertir varias gotas de humedad en la cabeza.

No tardarían mucho en convertirse en gotas de hielo.

Eché un vistazo al farolillo que me había dado Constanze. Tenía unas gotas de aceite en la base. Al final de la mecha, ardía una llama.

Tal vez podía derramar un poco sobre aquel montón de leña, lo suficiente como para encender una sola chispa. Sin embargo, me preocupaba que la humedad apagara la única luz que me quedaba. Lo último que quería era quedarme a oscuras.

No, necesitaba algo que pudiera quemar, algo seco, algo que prendiera rápido, algo como… papel.

Pensé en mi caja de partituras.

Casi me echo a reír. Había creído conocer el significado del sacrificio. Había creído conocer el significado del sufrimiento. Pero no, me había equivocado. Qué tonta había sido. ¿Por qué el Rey de los Duendes querría que sacrificara mi música? ¿Qué pretendía con eso? Ingenua de mí, había pensado que con un par de canciones se conformaría y tendría más que suficiente. En realidad, quería mi alma.

117

Estaba tiritando, de frío y de algo más. Hurgué en el zurrón y saqué mi caja de partituras. No era más que una vieja caja fuerte que había encontrado en el desván; hacía años que no estaba llena de monedas, sino de tesoros sin valor. La cerradura estaba oxidada, pero aún funcionaba, así que la caja se mantenía cerrada hasta que yo la abría. Y, en ese momento, tenía que abrirla. Mis composiciones estaban desperdigadas en las profundidades de esa caja, como hojas secas sobre un suelo de otoño. Las notas estaban garabateadas a toda prisa sobre folios, pergaminos, hojas de los libros de cuentas de mi padre, elegantes folios para cartas que a veces los huéspedes olvidaban en la posada. Todo papel. Todo inflamable.

—¿Esto es lo que quieres, *mein Herr*? —pregunté—. ¿Este es el sacrificio que me pediste?

La respuesta que obtuve del bosque fue un silencio extraño, como si el propio aire hubiera contenido el aliento.

Con lágrimas en los ojos, repartí toda mi música sobre el montón de leña. Y entonces, antes de perder los estribos, vertí el aceite hirviendo del farolillo por encima.

Las páginas prendieron de inmediato. Las llamas por fin cobraron vida. Unos instantes después empezaron a apagarse. No, no estaba dispuesta a quemar el trabajo de toda una vida para nada. De una patada, mandé las brasas al corazón de aquella pirámide que había creado. Y así, ramita a ramita, el fuego fue creciendo. Era un fuego pequeño y humeante pero constante.

«Para ti, *mein Herr*. ¿Es suficiente?», pensé.

Y una vez más, nada. Solo ese silencio desesperante. Primero las páginas y después mi alma. Lo quería todo, lo exigía todo. Ese era el verdadero significado del sacrificio.

Saqué el trozo de pastel que Constanze me había dado antes de partir. Lo desenvolví, partí un pedazo y lo arrojé al fuego. En cuanto empezó a arder, el aire se tornó más dulce, más agradable. Probé un mordisco. Noté un dulzor muy sutil. Un dulzor sutil que me dio fuerzas.

—¿Y si cenamos juntos? Solo tú y yo —le dije a aquella quietud espeluznante—. Pero antes, un poco de música.

Alcé la flauta y empecé a tocar.

118

Y

Toqué todo lo que conocía, cada *étude* y *écossaise*, cada chacona y concierto, cada sonata y canción. Bordé, embellecí, improvisé y mejoré aquellos acordes. Toqué y toqué y toqué, hasta que las llamas se extinguieron, hasta que mis dedos se congelaron, hasta notar un bloque de hielo en mi garganta que me impedía seguir soplando el instrumento. Toqué hasta que la oscuridad se fue adueñando de toda mi visión, hasta que el bosque quedó sumido en una negrura absoluta.

Alguien me coge entre sus brazos.

—¿Hans? —pregunto con voz débil.

Pero nadie contesta.

Noto el roce de unos dedos largos por todo el cuello, una caricia tan suave y agradable como una lluvia de primavera. Alcanzan mi clavícula y se quedan ahí. El tacto es tan delicado… No sé por qué pero me recuerda a la flauta que tengo en la mano.

Y, de repente, cierro los ojos y el mundo desaparece.

119

PARTE II

El baile de los duendes

Un pardillo en una jaula de oro,
un pardillo sobre una rama.
En el frío del invierno, uno puede dudar
qué pájaro es más afortunado.
Pero cuando los árboles estallen en hojas
y las ramas se llenen de nidos,
qué pájaro será más afortunado.
Oh, ¿quién lo duda ahora?

Un pardillo en una jaula de oro, Christina Rossetti

Luces de hada

*E*l sonido de unas risitas me despertó.

—¿Käthe? —murmuré—. Todavía es pronto.

La habitación estaba sumida en una penumbra absoluta, por lo que intuí que aún no había amanecido. Mi hermana jamás se despertaría en aquella oscuridad. Palpé las sábanas en busca de su calor, pero no encontré a nadie.

Abrí los ojos de golpe. La habitación estaba iluminada a media luz. No estaba en casa y, desde luego, no estaba en mi cama. Si tenía que ser sincera, hacía años que no me sentía tan cómoda. El colchón que compartía con Käthe era viejo, lleno de bultos y agujeros. Metíamos ladrillos ardiendo entre los edredones y nos tapábamos con varias mantas de lana que pesaban como un muerto. Y, aun así, nunca pasábamos calor.

Me incorporé. La habitación se iluminó de repente. Unas lucecitas titilantes planeaban a mi alrededor. Ahogué un grito, impresionada. Alargué un brazo y traté de tocar una, pero enseguida oí un furioso ¡zzzzzzzzzt!, y después noté un escozor en la punta de los dedos, aunque solo duró unos instantes. Aquella mota de luz empezó a parpadear; tras unos segundos, recuperó todo su resplandor.

—Luces de hada —suspiré.

Luces de hada.

Hadas. Duendes. *Der Erlkönig*.

—¡Käthe! —grité, y aparté de un manotazo las sábanas y el edredón. Las lucecitas empezaron a revolotear, frenéticas.

Pero no hubo respuesta alguna.

Estaba en el Mundo Subterráneo.

Lo había conseguido. Había ganado esa ronda.

Por fin me había despertado de aquel letargo infinito. Estaba en una especie de túmulo y todas las superficies, los techos, los suelos y las paredes estaban hechas de barro. Sin embargo, no había ninguna puerta ni ventana. No advertí ninguna vía de escape. Aquel lugar estaba sellado, como si fuese una tumba. La cama estaba tallada en las raíces de algún árbol gigantesco. Las raíces se retorcían creando unas formas sinuosas, extrañas y espeluznantes.

Me puse en pie. En la preciosa chimenea de travertino siseaba un fuego cálido y agradable que, de vez en cuando, chisporroteaba. Pasé la mano por encima de la repisa de la chimenea. La piedra, de un color blanco roto, tenía unas líneas doradas. Me sorprendió que fuera maciza, que fuera de una sola pieza. Dentro de aquella sepultura de raíces y barro, una obra de artesanía tan delicada como esa parecía casi incongruente.

Repasé cada centímetro de mi cubil en busca de una ventana, de un alféizar, de un modo para escapar. Pese a que me daba la sensación de estar en una catacumba, lo cierto es que advertí pequeños lujos, pequeñas comodidades y algunos detalles más típicos de los aposentos privados de una *lady*. Frente a la chimenea había un sillón tapizado, una mesa de estilo Luis XV y una magnífica alfombra tejida con hilos brillantes que cubría el suelo de barro. Sobre la repisa de la chimenea colgaba un cuadro enorme que mostraba un paisaje invernal. También había mesitas secundarias y varias cómodas repartidas por la habitación. Todos aquellos muebles eran exquisitos, verdaderas obras de arte.

A primera vista, se intuía una elegancia armoniosa y una delicadeza femenina. Pero si uno se fijaba un poco más, enseguida advertía pequeños elementos grotescos. No había querubines sonrientes tallados en los remates de los muebles, sino duendecillos con miradas lascivas y sonrisas maliciosas. La alfombra que estaba pisando en esos momentos imitaba un sinfín de telarañas y flores marchitas sobre hojas de vid. La decoración de aquella estancia tan extraña no incluía figuritas de pastorcillos de porcelana, sino esculturas de ninfas con caras demoniacas y una horda de duendes jorobados. En lugar de bastones de pastor empuñaban guadañas de segador. La ropa que llevaban estaba rota y deshilachada, revelando así sus pechos, sus caderas, sus muslos. Y en su expresión no había un mohín enternecedor, sino una sonrisa satírica. Me estremecí.

El paisaje invernal que decoraba la chimenea era el único elemento artístico que no parecía ocultar una monstruosidad, una fealdad insoportable. Mostraba un bosque cubierto de un manto de niebla. La imagen me desconcertó; me resultaba demasiado familiar. Me dio la impresión de que la niebla se movía, de que se retorcía. Me acerqué un poco más. Y entonces caí en la cuenta de que era un cuadro del Bosquecillo de los Duendes. Las pinceladas eran casi invisibles al ojo humano. El autor debía de ser todo un artista, ya que era casi imposible saber si uno estaba frente a una ventana o frente a una obra de arte. Me acerqué todavía más. Ansiaba tocarlo.

Oí unas risitas a mi espalda.

Di un respingo y me giré. Allí, sobre la cama en la que había dormido, había dos duendecillas. Me miraban y se reían por lo bajo. Se me revolvieron las tripas. Me fijé en sus dedos: eran como ramitas, con más articulaciones de lo normal. Tenían la tez del mismo verde amarronado que un bosque en primavera. Y en sus ojos no advertí ni un poco de blanco, solo pupila.

—No, no. Prohibido tocar —dijo una mientras meneaba un dedo—. A su majestad no le gustaría.

Dejé caer la mano.

—¿Su majestad? ¿El Rey de los Duendes?

—El Rey de los Duendes —se mofó la otra. Aunque era tan bajita como una niña, tenía las proporciones de un adulto. Era fornida y regordeta, lucía una melena blanca y brillante. De lejos parecía que una nube de cardos planeara sobre su cabeza—. El Rey de los Duendes, ¡bah! Ese no es mi rey.

125

—Calla, Ortiga —le riñó su amiguita. Era más alta y espigada, como un abedul. Y su cabellera era una amalgama de ramas tejidas con telaraña—. No debes decir ese tipo de cosas.

—Diré lo que me venga en gana, Ramita —replicó Ortiga, que se cruzó de brazos y puso cara de enfadada.

Ortiga y Ramita siguieron discutiendo como si no estuviera yo allí, como si fuese un mueble más del cubilo. Pasaba desapercibida incluso entre los duendes. Me aclaré la garganta.

—¿Qué hacéis aquí? —pregunté. Las dos enmudecieron de repente—. ¿Quiénes sois?

—Somos tus asistentes personales, por decirlo de algún modo —respondió la que se hacía llamar Ortiga. Dibujó una sonrisa de oreja a oreja, dejando al descubierto una fila de dientes puntiagudos y afilados—. Nuestro cometido de hoy es prepararte para la *fête* de esta noche.

—¿*Fête*? —No me gustó el modo en que había pronunciado la palabra «prepararte», como si fuese la presa que habían cazado para el banquete de esa noche, como si fuera un asado que todos devorarían—. ¿Qué *fête*?

—El Baile de los Duendes, por supuesto —dijo la otra—. Durante el invierno, cada noche celebramos una fiesta. Y, la de hoy, promete ser muy especial. Esta noche *Der Erlkönig* presentará a su futura esposa a todo el reino.

Käthe.

—Tengo que hablar con *Der Erlkönig* —resolví—. De inmediato.

Ambas se echaron a reír y las ramitas de su cabeza empezaron a sacudirse.

—Y lo harás, señorita. Lo harás. Todo a su debido tiempo. Eres su invitada de honor del baile de esta noche. Te reunirás con él entonces.

—No. —Traté de imponer mi voluntad. Después de todo, era más alta y corpulenta que ellas—. Tengo que hablar con él «ahora».

—Los mortales sois tan impacientes —se quejó Ortiga—. Aunque, pensándolo bien, supongo que es inevitable.

Yo también lo sería si supiese que la Muerte puede arrebatarme la vida en cualquier momento.

—Llevadme ante él —exigí—. Ahora mismo.

Pero mi petición no pareció ablandarlas. Ignoraron por completo mis palabras y se limitaron a observarme con sus ojos curiosos. Quería escapar de aquel escrutinio, de aquellas miradas tan severas e inclementes, de la sensación de que estaban juzgándome, evaluándome según unos criterios invisibles.

—No se me ocurren muchas ideas —murmuró Ortiga.

—Ya —comentó Ramita—. No sé qué podríamos hacer para mejorar su aspecto.

Aquel comentario fue la gota que colmó el vaso. Estaba furiosa. Sí, era una chica del montón, una chica sin gracia alguna, pero al menos no era una criatura grotesca como ellas.

—Acudiré al baile tal y como soy, gracias —espeté—. Mi aspecto no necesita ninguna mejora.

Las dos me miraron con compasión y con desprecio.

—No es decisión tuya, mortal —dijo Ortiga—. A nuestro estimado y apreciado soberano le gustaría que te vistieras como es debido para esta noche.

—¿Y no puede esperar?

Ortiga y Ramita intercambiaron una mirada y después se echaron a reír. Otra explosión de ramas en mitad de una tormenta.

—Existen rituales, tradiciones —explicó Ramita—. El Baile de los Duendes es una de nuestras tradiciones más ancestrales. Hay momentos y lugares para reclamaciones y peticiones. El Baile de los Duendes no es el momento ni el lugar apropiado para hacerlo. Eres la invitada de honor de *Der Erlkönig*; esta noche es para ti. Diviértete. El resto de las noches son para él. Y para nosotras.

Un escalofrío me recorrió la espalda.

—Está bien —dije—. ¿Qué debo hacer?

A pesar de mi evidente reticencia, una parte de mí estaba emocionada. Un baile. Un vestido precioso y elegante. Había soñado con ese tipo de lujos. Había soñado que bailaba con

Der Erlkönig. Y también había soñado con convertirme en su futura reina.

Ortiga y Ramita me dedicaron una sonrisa idéntica. Ambas tenían los dientes puntiagudos y serrados.

—Oh, ya lo verás, señorita. Ya lo verás.

Los músicos empezaron a tocar un minueto en cuanto me vieron aparecer en el salón. Ramita y Ortiga habían tenido que empujarme, espolearme y sacudirme para conseguir embutirme en aquel atuendo tan elaborado. El vestido estaba un pelín pasado de moda; era algo que una mujer fina y elegante se habría puesto cincuenta o sesenta años atrás. Estaba confeccionado en damasco de color teja y bronce, y rematado con un petillo de seda de rayas beis y violeta. La decoración de la falda era, sin duda, una obra de arte: cintas de raso cosidas en forma de flor, pero no de cualquier flor, sino de candelillas de aliso. Pese a que era menuda, la cintura del vestido era muy estrecha; las varillas del corsé me apretaban tanto las costillas que me era imposible respirar hondo. Pero lo más impresionante de aquel traje era el escote. Era de vértigo, desde luego. A pesar de los metros de tela que tenía el vestido, me sentía desnuda.

No había dejado que Ortiga y Ramita me empolvaran la nariz ni que me pintaran los labios de color rojo pasión. Tampoco hizo falta que me pellizcaran las mejillas para que cogieran un poco de color; con el calor que hacía allí abajo, con aquel vestido tan ajustado y con los nervios de reencontrarme con el Rey de los Duendes, estaba roja como un tomate.

El vestíbulo principal era cavernoso. De hecho, era una cueva. Una cueva descomunal. A diferencia de mis aposentos, no estaba hecha de barro, sino de piedra. Del techo colgaban varios carámbanos de piedra con pequeñas lascas brillantes incrustadas. Aquel material estaba por todas partes: en el suelo, en las mesas y en las bandejas sobre las que se apilaba la comida. Los centros de mesa estaban diseñados a partir de astas de ciervo, telarañas y piedras preciosas. No pude evitar fijarme en unos arroyos burbujeantes que, cada dos por tres, escupían chorros de agua con un olorcillo sulfúrico y mineral.

Una miríada de luces de hada titilaba en la oscuridad del techo de la caverna. Estaban tan lejos que, por un momento, pensé estar contemplando un cielo estrellado. Unas ramas desnudas colgaban del techo como si fueran candelabros; las paredes estaban decoradas con telas, algunas de seda y otras con delicados brocados. El suelo también estaba recubierto de alfombras y tapices que representaban escenas de duendes rapaces y doncellas vírgenes. Había joyas y monedas de oro y de plata desperdigadas por todos lados, como si fuesen confeti. Reflejaban el resplandor parpadeante de las velas, de las luces de hada y de las antorchas, y brillaban como copos de nieve recién caídos del cielo. Los suelos y las paredes de piedra de aquella inmensa cueva no eran lisos ni mates, sino que tenían incrustados unos trocitos de espejo que reflejaban imágenes fracturadas: una cara rasgada, un brazo roto, un millón de ojos.

129

Allí dentro se respiraba opulencia, suntuosidad, exceso. Me movía entre los asistentes sin llamar la atención. Todo el mundo llevaba una máscara que imitaba un rostro humano. Aquella macabra reunión de duendes me pareció triste, incluso melancólica; todos actuaban como si fuesen seres humanos, como los hombres y mujeres que vivían encima de aquel mundo. De repente, caí en la cuenta de que todas las máscaras exponían un mismo rostro: los hombres eran increíblemente apuestos, mientras que las mujeres eran increíblemente hermosas. Todos los hombres se parecían a Hans. Y todas las mujeres, a Käthe. Sus rostros estaban congelados en una sonrisa desabrida pero amable.

Los músicos siguieron con otro minueto; con sus manos retorcidas tocaban el oboe, el pífano, el violonchelo y el violín. El minueto, pese a estar bien interpretado, sonaba rígido, como si los músicos se lo hubieran aprendido de memoria, pero no de corazón. Ninguno de los asistentes se atrevía a bailar. La música era demasiado aburrida como para lanzarse a la pista de baile.

Había algo que no encajaba. La música creada por la mente racional de un humano, con sus normas y su estructura, no encajaba en ese mundo de duendes. En sus manos sonaba apagada, triste, forzada. No respiraba, ni alzaba el vuelo, ni estaba viva. De haber podido retocar aquellas partituras, habría cambiado el *tempo* o la clave o habría eliminado algunas notas, o incluso varias de las páginas de la partitura y habría dejado que la música fluyera por sí sola.

Sentí un cosquilleo por todo el cuerpo y un suave hormigueo en la punta de los dedos. Me moría de ganas por unirme a aquella orquesta, pero vacilé y, al final, no fui capaz de hacerlo. No me sentía lo bastante segura de mí misma para ello. No tenía un oído afinado ni tampoco había recibido una educación musical adecuada. Papá habría dicho que estaba extralimitándome. Y, sin embargo…, papá no estaba allí. El maestro Antonius tampoco estaba allí. Ni siquiera Josef estaba allí. Nadie me juzgaría si decidía acercarme a un músico, le arrebataba el violín de las manos y empezaba a tocar.

De pronto, el violinista alzó la cabeza y me miró. Fue como si me hubiera leído el pensamiento y se hubiera anticipado. Los músicos eran los únicos que no llevaban máscara; sus rostros maliciosos eran aún más horrendos cuando estaban concentrados.

—¿Qué ocurre, señorita? —preguntó el violinista con mirada lasciva—. ¿Crees que puedes hacerlo mejor que yo?

—Sí. —La seguridad de mi respuesta me dejó atónita.

Mi respuesta pilló por sorpresa a los músicos que, de inmediato, dejaron de tocar. No me anduve con chiquitas y le arranqué el violín y el arco de las garras a aquel violinista engreído. Y, con sumo cuidado, apoyé el instrumento bajo mi barbilla. Los demás me miraban boquiabiertos, pero decidí no hacerles ni caso. Respiré hondo, acerqué el arco a las cuerdas y empecé a tocar una melodía muy sencilla.

Era un *ländler*. Todos los invitados que habían acudido al baile reconocieron la canción enseguida. Los músicos apenas tardaron unos segundos en seguir el ritmo y todo el mundo comenzó a bailar. Cuando por fin todos los que conformábamos aquella extravagante orquesta empezamos a sentirnos cómodos los unos con los otros, decidí embellecer y desarrollar la pieza musical, añadiendo una línea armónica a la melodía. Josef y yo solíamos jugar a eso de pequeños: tocábamos canciones que nos sabíamos de memoria y añadíamos armonías. Solían ser terceras muy sencillas, pero a veces nos arriesgábamos e incluíamos quintas perfectas. Así fue cómo mi hermano pequeño empezó a enseñarme los principios básicos de la teoría musical.

Cuando acabamos el *ländler*, todos los músicos me miraron en silencio, como esperando a que tomara la iniciativa y diera paso a otra canción, como si yo fuera la *konzertmeister*. Tragué saliva. Llevaba tantos años escondida tras la sombra de mi hermano que la luz de aquellas miradas se me hacía insoportable. Cerré los ojos, levanté el arco y opté por otra canción de mi infancia, esta vez un canon sencillo. Empecé y después le hice un gesto al flautista, al oboísta y al violonchelista. Aquella melodía debía tocarse así. Los músicos parecían embelesados con aquella red de sonidos. Sus rostros, que no llevaban ninguna máscara, aún eran más siniestros y espeluznantes con aquella sonrisa de regocijo.

A medida que nos íbamos acostumbrando a la melodía, todos empezamos a improvisar, a coger sonidos y a transformarlos por completo. Estábamos jugando porque, al fin y al cabo, la música era eso: un juego. Por algún motivo, lo había olvidado.

Una semilla empezó a germinar en lo más profundo de mí. Hacía tiempo, mucho tiempo, había plantado mi música en los rincones más oscuros de mi alma, lejos de la luz. Estaba Josef, el jardinero de mi corazón, pero ni siquiera su apoyo incondicional había servido para que esa semilla creciera y floreciera. No podía permitirme ese lujo. No en el mundo en el que vivía. No en el mundo que me había visto crecer. Ese mundo necesitaba a Liesl, una hija cuidadosa y responsable, una hermana fiel y protectora. Si hubiera dejado que esa semilla germinara, habría acabado convirtiéndose en una mala hierba. Tal vez no solo eso, habría destruido las vidas de las personas que más me necesitaban.

131

Pero ahora era libre. La semilla de mi música se transformó en una brizna de hierba, en una flor silvestre, en una pradera, en un bosque. Extendí todas mis raíces y sentí un cosquilleo en las piernas. Mi respiración era errática; mi postura, lánguida.

Y, de repente, una carcajada alegre me desconcentró. La melodía se volvió entrecortada, torpe, igual que mis dedos. Los músicos dejaron de tocar y el salón pareció enmudecer. Todo el mundo se giró hacia la entrada del salón de baile.

Allí, en lo alto de aquella majestuosa escalera que parecía estar tallada en una inmensa raíz, estaba el Rey de los Duendes.

Y, a su lado, mi hermana, Käthe.

Ojos abiertos

—¡Liesl!

Mi hermana me reconoció de inmediato. De haber estado en el mundo exterior, me habría maravillado que hubiera sido capaz de reconocerme en aquel océano de rostros. Pero allí, en el Mundo Subterráneo, no podía considerarse una gran hazaña. Yo era mortal, igual que ella. Nuestros corazones latían con intensidad. Estábamos vivas. Yo también había percibido la presencia de Käthe incluso antes de verla.

En aquel salón abarrotado de duendes, el latido de nuestro corazón nos delataba como humanas; sin embargo, no me hizo falta oírlo para intuir que mi hermana estaba allí. Su belleza brillaba como una piedra preciosa pulida. El vestido que había elegido para la ocasión resaltaba cada detalle de su hermosa silueta. Y el aura de *glamour* que desprendía era inconfundible. A diferencia del resto de los asistentes, que lucían trajes de un tono arcilla, con colores apagados, sosos y aburridos, ella se había decantado por colores veraniegos en tonos pastel. Llevaba un vestido azul cielo precioso; la tela debía de estar entretejida con hilo de oro porque, cuando le tocaba la luz, se distinguían unos destellos dorados. Y se había recogido su melena rizada en un moño alto que había decorado con flores silvestres y rosas. Se había empolvado el rostro y se había echado un poco de rubor en las mejillas. Parecía estar posando para un cuadro o para un retrato. Parecía una muñeca de porcelana.

Käthe había venido de la mano del Rey de los Duendes, pero, nada más verme, la soltó. Bajó la escalera a toda prisa y se abrió camino entre un mar de rostros idénticos al suyo. Corría con los brazos extendidos para abrazarme. No pude evitar fijarme en la máscara que llevaba en la mano: mostraba la cara de un duende.

—¡Liesl, querida! —exclamó, y me rodeó la cintura con las manos.

—¡Käthe! —grité, y la estreché con fuerza. Quería notar el latido de su corazón.

—Tenía miedo de que no vinieras —dijo.

—Lo sé, lo siento —murmuré, y se me hizo un nudo en la garganta—. Siento haber tardado tanto. Pero ya estoy aquí, querida. No tengas miedo.

—¡Fantástico! —chilló Käthe, y se puso a aplaudir. Estaba loca de contenta—. Y ahora, a bailar.

—¿Qué? —pregunté, y di un paso atrás para verla bien—. No, no. Tenemos que irnos. Tenemos que volver a casa.

Hizo un puchero, igual que una niña pequeña.

—No seas aguafiestas, Liesl.

134 Bajo la gruesa capa de maquillaje, advertí una tez pálida y demacrada. No había ungüento que pudiera disimular aquellas ojeras moradas; no había pintalabios capaz de ocultar aquellos labios tan secos, tan blancos, tan… espectrales. Mostraba un rostro sin vida, apagado. Solo sus ojos brillaban; era el brillo de la fiebre. O de un hechizo.

Creía haber abandonado a mi hermana a la inflexible merced de los duendes. La había imaginado atormentada, aterrorizada, echa un mar de lágrimas y añorando el mundo que la había visto crecer. Pensé que, si la encontraba, me suplicaría que volviéramos a casa, a la posada, a un lugar seguro.

Y ahí estaba él, justo detrás de mi hermana. No dejaba de observarme. Estaba apoyado en el marco de la majestuosa puerta de entrada, con los brazos cruzados y con una sonrisa burlona pegada en la cara. Pese a que nos separaban varios metros, advertí las puntas afiladas de sus dientes. Bajo el resplandor de las luces de hada, brillaban como diamantes.

«¿Creías que te lo pondría en bandeja?», parecía decir aquella sonrisa.

Yo había ganado la segunda ronda. Había logrado adentrarme en el Mundo Subterráneo. Esa era la tercera y última ronda de nuestro juego: conseguir llevar a Käthe de nuevo a casa.

«De acuerdo», pensé. Estaba dispuesta a llevármela de allí fuese como fuese, aunque tuviera que arrastrarla por el pelo. El Rey de los Duendes era un experto en trucos y engaños, pero yo era más tozuda que una mula. Aún estaba por ver quién ganaría.

—De acuerdo —le dije a Käthe—. Bailemos.

Y, en ese preciso instante, los músicos entonaron una canción. El violinista recuperó su instrumento, aunque parecía un poco resentido. La orquesta se decantó por otra vieja canción de mi infancia, un *Zweifacher* con un ritmo vertiginoso. Incluso Käthe se emocionó al oírla. No pude ocultar una sonrisa.

—Igual que cuando éramos niñas —dije—. ¡Vamos!

Käthe se puso bien la máscara y nos preparamos para bailar en pareja. Un-dos-tres, un-dos-tres, un-dos, un-dos... Nuestros cuerpos seguían la música al pie de la letra, imitando todos los giros y cambios de la melodía. Los demás invitados también se animaron a bailar el *Zweifacher*. Al cabo de unos segundos, toda la cueva se llenó de bailarines que no dejaban de rodar y de hacer piruetas por la pista de baile. Cada vez que mi hermana y yo tropezábamos y chocábamos con otras parejas de baile, nos echábamos a reír a carcajadas. Después de tantas vueltas admito que estábamos agotadas y un poco mareadas. Pero en ningún momento me olvidé de mi cometido. Durante todo el baile traté de dirigir a Käthe para aproximarnos a la salida sin que nadie se diera cuenta. No le quité ojo de encima al Rey de los Duendes. Fue el único que no se unió a la muchedumbre, sino que se quedó a un lado, como si fuese intocable.

—¿Recuerdas —pregunté, entre jadeos— cuando Sepperl, Hans, tú y yo bailábamos el *Zweifacher* mientras papá tocaba el flautín?

—¿Hmmm? —Käthe parecía distraída y no podía apar-

135

tar la mirada de aquellas mesas a rebosar de comida—. Perdona, ¿qué has dicho?

—Te he preguntado si te acuerdas de cuando Hans, Sepperl, tú y yo bailábamos esta canción cuando éramos niños.

—¿Quién es Hans?

Se me atragantó una risa.

—El guapo y apuesto Hans, así es como solías llamarle —respondí—. Es tu prometido.

—¿Yo? ¿Prometida? —se burló Käthe—. ¿En qué cabeza cabe que yo haga algo así? —añadió, y luego le lanzó una miradita coqueta a un duende alto y esbelto que le respondió guiñándole un ojo.

Sentí como si me hubieran clavado un millón de agujas frías en el cuerpo. Y no podía quitarle la razón: ¿en qué cabeza cabía que hubiera hecho algo así?

—Sí, lo has oído bien: prometida.

Ella arqueó las cejas.

—¿Y quién es Sepperl?

De repente, un duende pasó bailando por nuestro lado y, con una desfachatez pasmosa, la cogió de la mano y le plantó un beso en la mejilla.

—Käthe —susurré. Empezaba a desesperarme. Estaba cansada y las piernas me pesaban demasiado—. Sepperl es nuestro hermano. Nuestro hermano pequeño.

—Oh —dijo Käthe sin ningún tipo de entusiasmo. Y, sin mediar palabra, le lanzó un beso a otro de los invitados.

—¡Käthe! —exclamé.

Paré de bailar de golpe.

Mi hermana se tambaleó, pero, como era de esperar, allí estaba otro admirador para cogerla y evitar así que se cayera de bruces.

—¿Qué pasa? —replicó, molesta.

Un camarero se acercó y nos ofreció una bandeja con varios canapés y entremeses. Käthe le regaló una sonrisa y cogió un puñado de uvas. Me quedé horrorizada: las «uvas» que había en aquella bandeja eran, en realidad, ojos pringosos, los bombones de chocolate eran escarabajos, y los deliciosos melocotones que habían seducido a mi hermana

136

estaban podridos y rancios. De hecho, entre las manos de los duendes, más bien parecían intestinos derramados.

—Käthe —murmuré; la agarré de la muñeca y ella dejó caer las uvas al suelo. Tras aquella horrenda máscara de duende, noté una mirada incrédula, atónita. Y tras aquel hechizo febril, capté un destello de mi hermana, de mi hermana «de verdad»—. Despierta. Despierta de este sueño y vuelve a mí.

Noté que titubeaba y, por un momento, su rostro recuperó un poco de color y de vida. Pero un instante después, sus ojos volvieron a tornarse vidriosos y su piel volvió a palidecer.

—Oh, vamos, Liesl —dijo con tono alegre—. Divirtámonos. ¡Este salón está lleno de caballeros con quienes bailar y coquetear!

Y, al decir eso, uno de los pretendientes que no dejaba de revolotear a su alrededor la cogió de la cintura y se la llevó.

—¡Käthe! —grité, pero de repente una horda de cuerpos lánguidos y apestosos se cernieron sobre mí.

Traté de alcanzar a mi hermana, pero siempre había un duende que se interponía en mi camino y me varaba el paso. Me abrí paso a empujones entre la muchedumbre mientras trataba de seguir aquel rastro de color azul cielo. Pero cada vez que creía haberla encontrado, me topaba con otra mujer, con una duende que lucía la máscara de mi hermana. Bajo el suave resplandor de las luces de hada, aquellas máscaras humanas parecían cobrar vida.

Allí, en mitad del tumulto de cuerpos acalorados, un océano de rostros idénticos me observaba con detenimiento. Pero ya no eran los rostros de Hans o de Käthe, sino el rostro del Rey de los Duendes. Y el mío. Mi cara se reflejaba en todas aquellas máscaras, como si fueran millones de espejos. El Rey de los Duendes parecía estar mirándome desde todos los ángulos, con esa sonrisa burlona. Su rostro, más humano que el del resto, era afilado, lánguido y cruel. Una belleza que cortaba como un cuchillo. Sentía que era capaz de apuñalarme con la mirada.

—¿Por qué no te aprovechas de mi generosidad, Elisabeth?

Noté una brisa fría en la nuca. Olía al viento que siempre precede a una tormenta de nieve.

—Te estoy ofreciendo un banquete delicioso y, sin embargo, no has probado bocado.

Al fin apareció el verdadero Rey de los Duendes. Las luces de hadas parpadeaban y titilaban. Esa luminosidad centelleante le hacía parecer aún más atractivo, y también más aterrador.

—¿Por qué?

—No tengo hambre —mentí. Estaba famélica. Me moría de hambre. Necesitaba comida, música, pasteles.

—¿No te apetece picar algo?

Pensé en los «bombones» que había sobre la mesa.

—No, *mein Herr*.

—Qué lástima —gruñó con una sonrisa—. Bueno, te prometí que no te cegaría, que no te vendaría los ojos, pero mis regalos tienen consecuencias, querida.

—¿Qué consecuencias?

El Rey de los Duendes se encogió de hombros.

—El encanto de los duendes no tiene ningún efecto sobre ti. Ves las cosas tal y como son.

—¿Y eso es una consecuencia?

—Todo depende de a quién le preguntes —respondió, y se relamió aquellos dientes afilados—. Tu hermana —dijo, y señaló a Käthe entre la multitud— prefiere vivir en un mundo de color de rosa en lugar de afrontar la realidad, mucho más cruda y fea, o eso creo.

Mi hermana estaba bailando, pero no con uno, sino con varios duendes. Iba de mano en mano, serpenteando entre la pista de baile. Ninguno desaprovechaba la oportunidad de darle un beso en la parte interna de la muñeca, o en el antebrazo, o en la clavícula, o incluso en el cuello. Ella se reía a carcajadas y, en un momento dado, trató de besar a uno en los labios, pero él se apartó, rechazando el beso.

—¿Y no es lo que nos pasa a todos? —Pensé en los días que había pasado frente a mi clavicordio, justo antes de re-

138

cuperar la sensatez y la cordura, justo antes de entrar en el Mundo Subterráneo—. A veces es más fácil vivir en una mentira y fingir que todo va bien.

—Así es —respondió el Rey de los Duendes en voz baja. Sus palabras me produjeron un escalofrío por toda la espalda—. Pero ¿no somos un poco grandecitos para jugar a esas fantasías, Elisabeth?

Percibí una nota de melancolía en sus palabras, una nota que no encajaba con aquella pose tan fría y distante. Sorprendida, me giré y encontré al Rey de los Duendes ahí, a mi lado, a apenas unos centímetros de distancia. Su mirada parecía vulnerable. Falible. Casi… humana. Sus ojos, unos ojos excepcionales, buscaban los míos y, durante un breve instante, reconocí al niño al que había dedicado mi música en el Bosquecillo de los Duendes.

De pronto oí una risa alegre, musical. Me di la vuelta y vi que Käthe tropezaba y caía sobre los brazos de un bailarín. Echó la cabeza hacia atrás, exhibiendo el cuello y el pecho, suplicándole en silencio que la besara. Quería salir en defensa de mi hermana, pero me quedé petrificada al notar una mano extraña sobre el hombro.

—Espera —susurró, y me acarició el cuello con la punta de los dedos—. Quédate.

—Pero Käthe…

—Tu hermana no sufrirá ningún daño, te lo prometo.

Me quedé inmóvil; estaba furiosa y no quería ni mirarle a los ojos.

—¿Cómo sé que puedo confiar en ti? ¿Cómo sé que vas a cumplir con tu palabra? —pregunté, aunque no reconocí mi voz. Sonó ronca, oscura, siniestra—. ¿Acaso no eres el Señor de las Fechorías?

—Eso me ha dolido, Elisabeth —contestó—. Pensaba que éramos amigos.

—Te convertiste en mi enemigo en cuanto me robaste a mi hermana.

El Rey de los Duendes tardó un buen rato en contestar.

—Hoy es una noche para la indulgencia y la satisfacción sin consecuencias. Esta noche tú eres mi invitada, Elisabeth,

139

y créeme cuando te digo que tu hermana no corre ningún peligro. Mañana —prosiguió, con ese tono pícaro y astuto— podemos volver a ser enemigos.

Volví a oír la risa de mi hermana. El sonido retumbó en aquel salón de baile cavernoso.

—Dame tu palabra, *mein Herr*.

—Ya te he dicho que tu hermana no corre ningún peligro —repitió él—. No insistas más. Y ahora —dijo, y me dio la vuelta para que le mirara a los ojos—, bailemos, Elisabeth.

Los músicos empezaron a tocar otra canción, una que no reconocí. El tempo era lento y en clave menor, seductor y siniestro al mismo tiempo. El Rey de los Duendes me atrajo hacia sus brazos.

Apoyó la mano sobre la parte baja de mi espalda y juntó nuestras caderas. Unimos las palmas de la mano y entrelazamos los dedos. Él no llevaba máscara, y yo tampoco. Nos miramos a los ojos. Pese a que nuestros cuerpos estaban prácticamente pegados, lo que me ruborizó de verdad fue su mirada.

140

—*Mein Herr* —murmuré—. Pienso que no...

—Piensas demasiado, Elisabeth —interrumpió él—. Piensas demasiado en el decoro. Piensas demasiado en el deber, en las obligaciones. Piensas demasiado en todo, menos en la música. Por una vez en tu vida, piensa en la música —dijo con una sonrisa. Era una sonrisa pícara, una sonrisa que me hizo sentir insegura pero emocionada al mismo tiempo—. No pienses. Siente.

Nos deslizamos por la pista de baile con destreza. Nuestros pies se coordinaban a la perfección. Pese a que el corazón me latía a mil por hora, no tropezamos. Cada vez que nuestras piernas se enredaban entre las capas de mi vestido, o cuando su pecho rozaba el mío, o cuando se acercaba más de lo estrictamente necesario, me ponía tensa, rígida, nerviosa.

—Respira, Elisabeth —susurró.

Pero no podía. Las varillas del corsé me constreñían los pulmones, pero ese no era el motivo que me impedía respirar con normalidad. Era él, el Rey de los Duendes. Su proximidad, su cercanía insoportable. Siempre había deseado que Hans me conociera en la intimidad; a su lado, me sentía cómoda. Me gustaba cerrar los ojos e imaginarme su cuerpo, un cuerpo sólido, reconfortante, fiable, predecible…, igual que él. Al Rey de los Duendes, en cambio, no lo conocía. Para mí no era un hombre, no era una persona de carne y hueso. Aquella mirada me estremecía el alma, pero su mera presencia me asustaba. Era un viejo amigo en mito y leyenda, pero un completo desconocido en cuerpo y alma.

El Rey de los Duendes percibió mi inquietud, mi incomodidad. Cuando el baile terminó, dio un paso atrás, se inclinó en una reverencia y me besó la mano.

—Gracias por el baile, querida —dijo con tono serio y formal.

Asentí con la cabeza. Preferí no hablar por miedo a que se me quebrara la voz. Traté de soltarme de su mano, pero él me agarró aún con más fuerza.

—Todavía no hemos acabado —continuó, y después se acercó y me susurró al oído—: El juego termina mañana.

Y, tras ese último comentario, me soltó y se perdió entre la multitud. Me quedé aturdida. Una parte de mí quería seguirle. Otra, en cambio, quería volver al refugio de mi habitación y esconderse para siempre. Allá donde mirara, veía su rostro; las máscaras de los invitados tenían sus mismos pómulos, su misma barbilla y sus mismas cejas. Allá donde mirara, lo veía a él. Todas las máscaras mostraban aquellos pómulos afilados, aquella barbilla inconfundible, aquellas cejas pobladas y arqueadas.

—¿Vino, *Fräulein*?

El camarero había aparecido como por arte de magia a mi lado. Sostenía una bandeja con varias copas. Vacilé. La bebida había arruinado la vida de mi padre; los estragos eran más que evidentes, por lo que siempre había sido muy recelosa respecto al tema. Sin embargo, la carga de seguir siendo Liesl, la hermana sensata y responsable, la hija obediente y sumisa, me pesaba demasiado. Sentía curiosidad por saber qué era la desinhibición.

Una hermana sensata y responsable. Rastreé el salón de

141

baile en busca de Käthe. La encontré enseguida; era como una llama ardiente en mitad de la oscuridad. Destacaba por sí misma, con su cabellera dorada y su vestido alegre de colores pastel. Estaba sentada sobre un trono gigantesco, rodeada por una manada de pretendientes aduladores y serviles que le ofrecían «uvas» y «bombones» mientras ella tomaba sorbos de vino de una copa adornada con cristales diminutos. Ya no lucía el vestido con elegancia y decoro; estaba arrugado, desaliñado. Tampoco quedaba nada del elegante recogido con el que había hecho su entrada triunfal. En un momento dado, le dio una patada a uno de los duendes, soltó una risita boba y dejó al descubierto parte de la pierna. Uno de los admiradores le cogió el pie y después deslizó la mano por aquel tobillo delicado y por la pantorrilla hasta llegar al muslo…

—¿Señorita? —preguntó el camarero, que seguía allí plantado.

Miré de reojo a Käthe y después eché un vistazo a las copas burbujeantes que había sobre la bandeja. Había deseado ser displicente, ¿verdad? Acaricié el borde de una copa de vino con la punta del dedo. Quería ser como Käthe; quería deshacerme de mi mente racional, ni que fuera durante un solo minuto, una hora, un día.

«Piensas demasiado.»

Al final, cogí la copa de vino.

«Tu hermana no corre ningún peligro.»

—¡Ooh-ooh! —exclamó Käthe, como si estuviera escandalizada.

Me acerqué la copa a los labios. El vino era de color rojo, pero era un rojo distinto, un rojo más intenso que un rubí, más oscuro que la sangre, más apetecible que unas frambuesas en verano. Era el rojo de un pecado.

«No pienses. Siente.»

Y bebí.

El sabor es embriagador. Noto una explosión abrumadora en la boca. El mundo se vuelve más brillante, y los sonidos, más claros y nítidos. Todo es hermoso. Caricias, caricias por todas partes. Una mano en mi cintura. Unos dedos enredados en mi cabello. Unos labios carmesí que saben a tentación. Dejan un rastro escarlata en mi cuello, sobre todo alrededor del vestido. Se me acelera la respiración y noto una gota de sudor escurriéndose por el surco que se forma entre mis pechos. Noto un roce en los tobillos, un cosquilleo tan suave como una brisa de verano. De repente, alguien me sube la falda hasta las rodillas. Todo forma parte de un juego. Sí, no. Sí. No. Sí. Noto unos dedos deslizándose por el interior de mis muslos. No.

Su rostro. Le envuelvo entre mis brazos, pero no es el Rey de los Duendes, tan solo es un duende cualquiera con una máscara. Dejo que saboree mi piel, pero sigo buscando. Sigo «buscándole».

Voy rodando por la pista de baile, pasando de brazo en brazo, de pareja de baile en pareja de baile. Y, tras cada pirueta, miro a mi alrededor, le busco y le deseo. Noto el corpiño suelto y he perdido los zapatos. No estoy pensando. La libertad es más embriagadora que el vino.

«Elisabeth.»

Un susurro en la nuca. Estoy mareada. Me balanceo pero consigo mantenerme en pie. Un susurro, y después un beso. No puedo verle, pero sé que es él. El Rey de los Duendes.

Me dejo caer sobre él, y él me sostiene. Murmura mi nombre por mi cuello, por mi espalda, y siento la caricia de sus dedos largos y elegantes por las curvas de mis caderas, de mi cintura.

«Elisabeth.»

No sé qué tipo de criatura es, pero grito su nombre.

Mis dedos le buscan, pero él ya ha desaparecido.

143

Los juegos que hemos jugado

Abrí los ojos.

Y me arrepentí de inmediato.

La habitación no dejaba de dar vueltas a mi alrededor. La cama parecía una cuna; se balanceaba de un lado a otro como una balsa en mitad del océano. Cerré los ojos y gruñí. Estaba muriéndome. O peor.

Respiré hondo y traté de serenarme. Poco a poco empecé a recuperar el juicio. No estaba al borde de la muerte; tan solo estaba sufriendo los efectos de mi insensatez, de mi imprudencia. Intenté rememorar todo lo ocurrido la noche anterior (¿o había sido de día?), pero no logré recordar nada, tan solo imágenes borrosas y difusas, una vaga sensación de infinitas caricias en mi piel.

Piel. Me incorporé y me froté las sienes en un intento de aliviar aquel dolor de cabeza. Me quedé horrorizada: estaba completamente desnuda. ¿Dónde estaba?

La cama era mi cama; el cubil cavernoso, «mi» cubil cavernoso. El retrato del Rey de los Duendes seguía ahí, presidiendo la chimenea; la misma mesa de estilo Luis XV, las mismas sillas, los mismos detalles grotescos. Me miré de arriba abajo y pasé una mano temblorosa por mi cuerpo. Más allá de aquel dolor de cabeza, estaba sana y salva. Intacta. Ilesa. No sabía si sentirme aliviada o decepcionada.

El precioso vestido que había llevado al dichoso baile estaba hecho un ovillo en el suelo. Era más que evidente que me había desnudado a toda prisa y que no me había tomado ninguna molestia en doblarlo o guardarlo como era debido.

La tela estaba arrugada y las varillas del corpiño estaban dobladas y algunas, rotas. El vestido estaba totalmente arruinado y no había costurera en el reino capaz de remendarlo y dejarlo tal y como era.

Busqué mi viejo vestido y la camisola, pero allí no había ninguna otra prenda de ropa. A pesar de las náuseas, estaba muerta de sed y de hambre. Aparté las sábanas y las mantas, y me levanté.

—Los mortales son muy distintos cuando están desnudos, ¿verdad?

Me tapé las partes íntimas con las manos, pero me faltaban manos. No había visto a Ramita y a Ortiga entrar en la habitación. ¿Habían pasado allí la noche?

—Sí. Son de color rosa —respondió Ramita.

—¿Cómo habéis entrado? —pregunté. Tenía la garganta reseca y mi voz sonó como un oboe mal tocado.

Ambas se encogieron de hombros. Ramita estaba sujetando una jarra hecha de barro cocido y una taza de cerámica. Y su amiguita, una rebanada de pan.

—Hemos pensado que tal vez te apetecería esto.

Dejaron sus ofrendas sobre la mesa Luis XV. Ramita me ofreció un vaso de agua. Lo miré de reojo; después de la copa de vino de la noche anterior, desconfiaba de cualquier bebida que un duende pudiera servirme.

—No está envenenada —dijo Ortiga con cierto retintín al verme titubear—. Su majestad nos ha advertido de que no, ejem, juguemos con tu comida.

Era todo lo que necesitaba oír. Me bebí el agua de un sorbo: estaba deliciosa, fría como el hielo. Me recordó al sabor del agua de un manantial alpino. Me serví varios vasos más y, cuando por fin se me asentó el estómago, ataqué el pan.

Después de haber comido y bebido, empecé a sentirme como un ser humano, a sentirme viva. Y fue entonces cuando caí en la cuenta de que seguía totalmente desnuda.

—¡Mira, se está volviendo aún más rosa! —exclamó Ramita al ver que me sonrojaba.

Corrí hacia la cama y me tapé con las sábanas.

—Dejad de mirarme —espeté.

145

Las duendecillas ladearon la cabeza, confundidas. Iban vestidas con harapos y hojas que apenas les tapaban el cuerpo. Sus ropajes no eran modestos ni recatados. El atuendo que llevaban demostraba su estatus social; de hecho, los duendes que había visto en el baile parecían más humanos, salvando las distancias, que mis dos carceleras y, sin duda, vestían siguiendo los cánones de mi mundo.

—¿Qué habéis hecho con mi ropa?

Ortiga volvió a encoger los hombros.

—Quemarla.

—¡Quemarla!

—Órdenes de su majestad.

Estaba furiosa. No tenía ningún derecho de disponer así de mis cosas. Mi ropa era el único vínculo que mantenía con el mundo exterior. Sentía que me estaban despedazando, que me estaban arrancando la piel a tiras. Cada vez quedaba menos de la Liesl humana.

—Llevadme ante él —pedí—. Quiero una audiencia con el Rey de los Duendes. Ahora.

Las dos intercambiaron una mirada.

—¿Eso es lo que deseas? —preguntó Ramita.

—Sí —respondí—. Deseo que me llevéis ante el Rey de los Duendes.

—De acuerdo.

Las dos dibujaron una sonrisa idéntica.

—Como desees, mortal —dijeron al mismo tiempo—. Como desees.

Pestañeé.

Aparecí en una sala totalmente distinta. Aunque seguía desnuda, al menos habían tenido la decencia de envolverme en una sábana. Aquella sala era mucho más grande que mi cubil; los techos, también hechos de barro, se sujetaban sobre unas raíces inmensas; parecían los contrafuertes de una catedral.

«Una sala de audiencias», pensé.

Pese a la amplitud de aquel salón, me resultó bastante acogedor: los muebles eran sencillos; la decoración, sobria. No había ni un solo tapiz, ninguna colección de estatuas; en el centro vi una cama gigantesca forjada en raíces y piedra. Y entonces me di cuenta de que no estaba en la sala de audiencias del Rey de los Duendes, sino en sus aposentos privados.

Ortiga y Ramita me habían concedido el deseo. Me habían llevado ante el rey en el mismo instante en que lo había pedido. Lo había deseado, y ahora estaba ahí.

Constanze me lo había advertido mil veces; desde bien pequeña me había dicho que jamás jugara con los duendes, que jamás deseara divertirme con ellos, que jamás les proporcionara una grieta por la que colarse. Entré en pánico y miré a mi alrededor en busca de una salida. Tenía que salir de allí antes de que se despertara, antes de que me viera. De repente, oí un gemido, un sonido familiar que me dejó desconcertada y paralizada. Era el inconfundible gruñido de papá antes de enfrentarse a un nuevo día. El quejido de decepción de mamá por todos los fracasos de su marido. El suspiro de Josef después de un largo día de ensayos y prácticas. El bufido de Käthe durante sus clases matinales. Era el sonido del dolor.

Debería haberme ido. Debería haber huido a toda prisa. Estaba frente a *Der Erlkönig*. Frente al Señor de las Fechorías, la máxima autoridad del Mundo Subterráneo. Frente a la criatura que había abducido a mi hermana, que me había obligado a sacrificar mi música por su mero capricho. Frente al desconocido que me había lanzado un anzuelo para atraerme hasta su mundo, que me había convencido a través de apuestas y jueguecitos.

Y entonces pensé en el muchacho de mirada dulce y compasiva con quien había bailado en la fiesta, el joven que aseguraba ser mi amigo. Vacilé.

«Bueno —pensé—. Hoy volvemos a ser enemigos.»

Me acerqué a la cama con el sigilo de un gato. Advertí un mechón de pelo blanco y enmarañado, una montaña de sábanas arrugadas y la curva de un hombro desnudo. Me aseguré de tener la sábana bien sujeta a mi alrededor. Respiré hondo, reuní todo el valor que me quedaba, agarré las sábanas de seda bajo las que dormía el Rey de los Duendes y tiré con fuerza. De hecho, tiré con tanta fuerza que, ador-

147

milado, rodó por la cama y se cayó de bruces al suelo. Soltó un bombardeo de insultos y maldiciones. Su voz sonó ronca y áspera, probablemente por el vino y la falta de sueño. El Rey de los Duendes maldijo el Paraíso y el Infierno, a Dios y al demonio. Debo reconocer que la escena me resultó divertida.

Una cabeza desgreñada se asomó por el borde de la cama. Tenía cara de sueño y las mejillas marcadas con las arrugas de las sábanas. Así, medio adormilado y desorientado, parecía muy joven. Siempre había creído que *Der Erlkönig* era una criatura atemporal. Era imposible definir qué edad tenía, pero al verlo así… daba la impresión de que rondaba mi misma edad.

El Rey de los Duendes me lanzó una mirada fulminante. Y fue entonces cuando se percató de quién estaba en sus aposentos, sola y medio desnuda.

—¡Elisabeth! —exclamó con voz aguda, como la de un adolescente que todavía no ha cambiado la voz.

Me crucé de brazos.

—Buenos días, *mein Herr*.

Estiró el brazo para alcanzar la sábana. Se la ató alrededor de aquellas caderas tan esqueléticas, dejando así el pecho al descubierto. El Rey de los Duendes era alto y esbelto, pero no era un enclenque. Estaba bien musculado. Había visto el torso desnudo de otros hombres, torsos bronceados, torsos fuertes y trabajados, pero esos cuerpos medio desnudos no me excitaban tanto como el del rey. Cada línea de su cuerpo era refinada y sofisticada, pero esa elegancia no solo se percibía en su cuerpo, sino también en cómo lo movía. Incluso cuando la situación era embarazosa. Incluso cuando estaba recién levantado. Incluso cuando estaba inseguro.

—Yo…, yo… —tartamudeó. Estaba aturdido, nervioso.

Disfruté de ese momento. Tenía la capacidad de perturbarle, de desestabilizarle. Parecía tener el mismo efecto en él que él tenía en mí.

—¿Eso es todo lo que vas a decirme? —pregunté, tratando de mantener la expresión seria—. ¿Después de todo lo que hemos compartido?

—¿Y qué hemos compartido? —preguntó con una nota de pánico en la voz.

De repente, su jueguecito ya no era tan divertido. Si de verdad hubiéramos retozado en su cama, ¿estaría tan horrorizado? No era Käthe, con sus andares seductores y esa sonrisa que prometía indulgencia. Y, pese a mi falta de atractivo, estaba convencida de que entre él y yo había saltado una chispa, pero tal vez yo era la única que estaba preparada para encender un fuego.

—Nada, nada. —No quería seguir jugando.

—Elisabeth. —Su mirada de lobo exigía una respuesta—. ¿Qué te he hecho?

—Nada —respondí—. No has hecho nada. Me he despertado sola en mi habitación.

—¿Y tu ropa?

—Según me han contado, hecha cenizas. Y porque tú así lo has ordenado, *mein Herr*.

Avergonzado, se pasó la mano por aquella maraña de pelo.

149

—Ah, sí. Enviaré a los sastres a tu habitación para que te tomen medidas. ¿Por eso has venido?

Negué con la cabeza.

—Pedí que me llevaran ante ti, y tus criadas, las que se ocupan de que no me falte de nada, se lo tomaron al pie de la letra.

Esa respuesta pareció tranquilizarle y, poco a poco, la imagen de un joven inocente y vulnerable fue desapareciendo.

—Me trajeron a tu habitación en un abrir y cerrar de ojos.

Durante ese breve intercambio de palabras, el Rey de los Duendes se había vuelto a encerrar en su estudiada y calculada armadura. Primero esa sonrisa de suficiencia. Esa ceja arqueada. Ese brillo en la mirada. Y después esa pose de calma e indiferencia, como si le importara un pimiento que una mujer tapada con una sábana lo encontrara desnudo en su habitación. Actuaba como si nada, como si no me hubiera mostrado una pequeña parte de su alma.

—Está bien. —Incluso su voz había recuperado aquel tono seco y distante—. Te pido disculpas por haberme encontrado así, con los pantalones bajados, querida. Literalmente. No creía que reanudaríamos el juego tan pronto.

—¿No vas a pedirme que me siente?

Estaba decidida a actuar con toda la dignidad del mundo, a pesar de no haberme cepillado el pelo y de mi aspecto desaliñado.

El Rey de los Duendes ladeó la cabeza, un gesto de pura cortesía; luego agitó la mano. Se abrió una grieta en el suelo, justo debajo de mis pies, y de aquel agujero empezaron a brotar las raíces de un árbol. Fueron estirándose y retorciéndose hasta adoptar la forma de un sillón. Un sillón de estilo Luis XV, evidentemente. Entonces comprendí de dónde había salido el mobiliario de mi habitación.

Me acomodé en el sillón y ajusté la sábana a mi alrededor.

—¿Y a qué debo el honor, Elisabeth?

El joven de mirada tierna había desaparecido por completo; ahora, bajo aquel armazón, estaba *Der Erlkönig*, tan distante y peligroso como siempre. Añoraba a aquel muchacho de mirada dulce e inocente. Quería que volviera. Él parecía real, y no como *Der Erlkönig*, que no era más que sombras y espejismos.

—¿Dónde está mi hermana?

Él se encogió de hombros.

—Dormida, supongo.

—¿Supones?

—Ha sido una noche bastante larga. Y ajetreada —dijo, y retorció los labios en una sonrisa maléfica—. Imagino que Käthe está en su propia cama. O quizás en la de otro. No puedo asegurártelo.

Estaba a punto de sufrir un infarto.

—¡Me juraste que no corría ningún peligro!

Me miró con curiosidad. Minutos antes no se había atrevido a mirarme a los ojos; ahora, en cambio, me observaba fijamente, sin ningún tipo de pudor. Me repasó de arriba abajo. Contempló mis mejillas sonrojadas y mi cabello desmelenado. Pasó su mirada por la curva de mi cuello, hasta llegar al hombro. Noté una suave brisa de aire cálido en la nuca.

—Tienes toda la razón, querida. Toda la razón. Tu hermana está sana y salva. Sigue de una pieza, «intacta» —dijo, haciendo especial hincapié en la última palabra—, y no ha sufrido ningún daño. Todos mis súbditos tienen órdenes de no tocarla.

Eso no era lo que me había parecido ver en el baile de la noche anterior. Hordas de admiradores aduladores, besos ilícitos y caricias inapropiadas.

—Muy bien —dije. No pensaba mostrar ninguna señal de debilidad ni de sumisión—. Iré a buscarla y nos iremos.

—¡Oh, ja, ja! —soltó él.

El Rey de los Duendes hizo aparecer otro sillón y una mesa, y se sentó delante de mí.

—Todavía no hemos acabado. Solo hemos jugado la segunda ronda.

—Segunda ronda que he ganado, por cierto —le recordé—. Estoy aquí, en tus dominios.

—Sí, así es —respondió en voz baja—. Por fin estás aquí. —Percibí un tono seductor en sus palabras.

—Por fin —repetí—. Aunque no por mucho más tiempo —añadí, y apoyé las dos manos sobre la mesa que nos separaba—. Que empiece la tercera y última ronda. ¿Cuáles son las normas?

El Rey de los Duendes también apoyó las manos sobre la mesa. Sus dedos eran largos, esbeltos, refinados y delicados. Conté las articulaciones; tenía las mismas que un ser humano, lo cual me tranquilizó. Los dos habíamos puesto las manos donde pudiéramos verlas, un gesto un tanto anticuado que daba a entender que estábamos poniendo todas las cartas sobre la mesa, sin mentiras, sin engaños. Las puntas de sus dedos rozaron las mías, despertando así una avalancha de recuerdos.

—Las normas son sencillas —aseguró él—. Encontraste la entrada a mi mundo. Ahora debes encontrar la salida.

—¿Eso es todo?

Esbozó una sonrisa, una sonrisa chulesca y autocomplaciente.

—Sí. Veamos si eres capaz de hacerlo.

—Di con la manera de entrar en tu mundo. Y encontraré la manera de regresar al mío —prometí—. Porque por la fe caminamos, no por la vista.

El Rey de los Duendes arqueó una ceja.

—¿Estás segura —preguntó, terminando así el verso— y dispuesta a estar ausente de tu cuerpo?

Me quedé anonadada. No esperaba que el Rey de los Duendes reconociera las palabras de las Sagradas Escrituras.

—Lo estoy —murmuré—. Estoy dispuesta a hacer todo lo necesario para ganar la partida.

Dibujó una sonrisa.

—¿Y qué vas a apostar, Elisabeth?

No tenía respuesta a esa pregunta. Le había entregado mi música; le había entregado todo lo que tenía. Ya no me quedaba nada.

152

—Tú primero —repliqué—. ¿Qué piensas poner en juego?

Él me miró con atención y meditó la propuesta.

—¿Y si nos sinceramos y decimos lo que queremos del otro?

Tragué saliva.

—Como desees.

—Está bien, ¿qué querrías tú de mí?

La propuesta era demasiado tentadora. Al fin y al cabo, él era *Der Erlkönig,* una criatura de magia, mito y misterio. Podía pedirle cualquier cosa que me viniera a la cabeza. Podía pedirle grandes riquezas y fortunas. Podía pedirle fama y reconocimiento. Podía pedirle belleza y elegancia.

—Mi música —dije al fin—. No soy una chica avariciosa, *mein Herr.* Solo pido lo que era mío.

Él me estudió durante un buen rato; de hecho, el silencio fue tan largo que por un momento temí que fuera a declinar mi propuesta.

—Me parece justo —contestó al fin, y asintió con la cabeza.

—¿Y tú? —pregunté. Empecé a notar un cosquilleo en la nuca que fue transformándose en un dolor casi insoportable, aunque no sabía si era de miedo o de emoción—. ¿Qué quieres tú de mí?

Ni siquiera pestañeó.

—Te pediré lo imposible.

Tuve que hacer un terrible esfuerzo para no apartar la mirada. Era demasiado penetrante, demasiado invasiva.

—Recuerda que no soy una santa —bromeé—. No puedo obrar milagros.

Torció los labios.

—Entonces te pediré tu amistad.

La propuesta me pilló por sorpresa y aparté las manos de la mesa.

—Oh, Elisabeth —dijo—. Te pediré que me recuerdes. No por lo que soy ahora, sino por lo que fui.

Arrugué la frente. Pensé en nuestros bailes entre los alisos del Bosquecillo de los Duendes y en los retos y las apuestas que me había propuesto cuando no era más que una niña dulce e inocente. Traté de desenterrar la verdad oculta en mi pasado, pero me era imposible determinar qué era recuerdo y qué era fantasía.

—Lo recuerdas —murmuró, y se revolvió en su asiento. Me pareció intuir algo parecido a esperanza en su voz, pero no estaba del todo segura. El Rey de los Duendes alzó la mano y la mesa que teníamos enfrente se desvaneció. El suelo engulló aquel mueble en menos de un segundo. Y entonces él apoyó un dedo en mi sien —. En algún rincón de esa mente tan maravillosa guardas todos esos recuerdos. Están muy bien guardados. Tal vez demasiado.

¿El Rey de los Duendes era el amigo que había imaginado de niña? ¿O era el mismísimo Señor de las Fechorías, la criatura capaz de desdibujar la línea entre la fantasía y la realidad? No sabía qué pensar, qué creer. Estaba inquieta, impaciente, ansiosa.

De repente, se levantó del sillón y se arrodilló ante mí. Se apoyó en los reposabrazos de mi sillón, pero en ningún momento me tocó.

153

—Lo único que pido, Elisabeth —anunció—, es que recuerdes. —Sus palabras sonaban como un bajo, y sus notas resonaban en mis huesos—. Por favor, recuerda.

Su voz sonó triste y nostálgica, y eso me impactó.

—No me pidas lo imposible —respondí—. No puedo darte eso. Sería más fácil arrancarme la mano y dártela que entregarte mis recuerdos.

Los dos nos quedamos mirándonos durante unos instantes. Y entonces el Rey de los Duendes pestañeó y la tensión que se había creado se rompió en mil pedazos.

—Está bien —dijo, arrastrando las vocales—. Supongo que tendremos que llegar a un acuerdo.

Asentí con la cabeza.

—¿Qué quieres de mí?

Sus ojos titilaban.

—Tu mano en matrimonio.

La propuesta fue como un golpe en el estómago.

—¿Qué?

El Rey de los Duendes se cruzó de brazos y se recostó en el suelo, adoptando una pose despreocupada y con una media sonrisa en los labios. A pesar de ese teatro, sus ojos no mentían: estaba triste y desolado.

—Tú preguntas, yo respondo —dijo—. La respuesta eres tú. Te quiero a ti. Entera.

Tragué saliva. De pronto, el aire que se respiraba en el Mundo Subterráneo se volvió cálido, asfixiante.

—¿Y qué hay de Käthe? —murmuré.

Por un momento, el Rey de los Duendes pareció confundido, pero luego se echó a reír.

—Ah, bueno —contestó—. Una novia es una novia, punto. A las antiguas leyes les da lo mismo si eres tú o tu hermana —explicó, y después se acercó a mí—. Pero dime, Elisabeth: si pudiéramos elegir, ¿no preferiríamos que fueses tú?

Sí. Yo, al menos, sí lo preferiría. Pero descarté esa idea o esa ilusión antes de que acabara de formarse en mi cabeza, antes de que acabara de instalarse en mi corazón. Cerré esa puerta, la cerré bajo mil llaves.

154

—Una elección muy difícil —dije—. Mi vida, o la de mi hermana.

Se encogió de hombros.

—Vosotros, los mortales, tenéis un final muy predecible. Todos morís.

Esa insensibilidad, esa frialdad tan cruda me demostraba que el Rey de los Duendes no era mi amigo; que a pesar del muchacho de mirada afable y bondadosa que tanto anhelaba, él seguía siendo *Der Erlkönig*: un ser despiadado, frío, inmortal.

Ya había tenido suficiente.

—De acuerdo —resolví—. Las apuestas ya están encima de la mesa. ¿Necesitas algo más de mí, *mein Herr*?

Él sacudió la cabeza.

—No —susurró—. Pero debes tener algo más en cuenta: tienes tiempo hasta que los días de invierno empiecen a desaparecer. La frontera entre ambos mundos es muy fina, pero solo hasta que empiece un nuevo año.

—¿Y qué ocurrirá si no consigo salir de aquí antes?

Su expresión era adusta y sombría.

—Entonces te quedarás aquí atrapada para siempre. Atesoro un gran poder, Elisabeth, pero no puedo cambiar las antiguas leyes. Ni siquiera por ti.

Me tomé aquella advertencia como verdadera. Asentí y me puse en pie.

El Rey de los Duendes inclinó la cabeza.

— *Pfiat' di Gott*. Ve con Dios, Elisabeth.

—Nunca pensé que los duendes creyeran en Dios.

Frunció ligeramente el ceño y dijo:

—Y llevas razón. Los duendes no creen en Dios, pero yo sí.

La novia

—¿ *Y* bien?

Parpadeé varias veces. Estaba de vuelta en mi cúbil. Aún no comprendía cómo podía ir de un lugar a otro a esa velocidad. Ramita y Ortiga estaban tumbadas en mi cama, esperándome.

—¿Y bien? ¿Qué? —contesté.

Tenían una expresión de regocijo impío.

—¿Estaba enfadado contigo?

Pese a que mi cuerpo estaba en mi habitación, mi mente se había quedado en los aposentos del Rey de los Duendes. Los humanos no nos movíamos con esa rapidez; mi concepción del tiempo y del espacio era mucho más simple y lineal.

Meneé la cabeza para intentar ubicarme y recuperar la conciencia.

—No —contesté.

Las duendecillas agitaron las orejas; se morían por saber lo que había ocurrido. De pronto, alargaron los brazos para intentar acariciarme la piel, pero yo reculé y esquivé aquella caricia tan inquisitiva.

—No —repetí, pero esta vez con voz más firme. Ortiga y Ramita no desistieron y volvieron a probarlo. Bajo el resplandor de las luces de hada, advertí esos dientes afilados y puntiagudos—. No estaba enfadado conmigo.

Y, de repente, ambas agacharon las orejas, decepcionadas.

—¿En serio?

No debía olvidar que mis cuidadoras personales no eran

amigas mías; al igual que el Rey de los Duendes, eran mis enemigas en aquel juego tan tedioso.

—En serio. No lo estaba —insistí—. Pero no me gustan vuestros jueguecitos. Me habéis puesto en una situación muy embarazosa.

—Me sorprende esa calma —destacó Ramita, y pasó una garra negra y brillante por el dorso de mi mano. Aparté la mano de forma brusca y me sujeté bien la sábana—. Me sorprende esa calma, sobre todo por la pasión que arde bajo esa piel tan frágil, tan mortal.

—Mmm —murmuró Ortiga, y acercó aquella nariz larga y puntiaguda a mi cuello. El corazón me latía a mil por hora—. Esta me gusta más que la otra. Creo que esta podría soportarnos mucho más tiempo.

La otra. ¿Se referían a Käthe? Tenía que encontrarla, y pronto.

—Basta —espeté, y les di un empujón para alejarlas de mí.

Las dos soltaron un gruñido; por lo visto, mi reacción las había decepcionado. Había algo perturbador en aquel par de duendes. Me inquietaba ese... ímpetu, ese entusiasmo. Parecía deseo. Deseo... y algo más: un hambre voraz. Un escalofrío me recorrió todo el cuerpo. Aún podía sentir sus dedos fantasmales deslizándose por mi piel.

—Traedme algo de comer y algo de ropa, y llevadme a ver a mi hermana.

Mis carceleras intercambiaron una mirada inexpresiva.

—Deseo que me traigáis algo de ropa. Deseo que me traigáis algo de comer.

Y entonces pusieron una expresión de amargura y resentimiento. Había dicho las palabras mágicas. Me permití el lujo de dedicarles una sonrisa triunfante; un segundo después, las dos se esfumaron, dejando tras de sí un rastro de hojas secas.

En cuanto desaparecieron me dediqué a estudiar cada centímetro de mi cubil, aunque fue en vano. No encontré ninguna ventana, ninguna puerta. ¿Cómo se movían de un lado a otro? ¿Tan solo tenían que desear dónde querían estar? Me reí.

«Ojalá los deseos pudieran cumplirse con solo pensarlos.»

No tardaron ni un minuto en reaparecer en mi habitación. Ortiga sujetaba un vestido entre las manos. Ramita sostenía una bandeja con un trozo de pastel y una copa de vino. El vestido era bastante llamativo, más apropiado para un acto público que para el día a día. El pastel tenía buena pinta, pero recordé los «canapés» que habían servido durante el baile y preferí no caer en la tentación.

—No —dije—. Volved y traedme algo digno.

Ortiga se cruzó de brazos, claramente molesta y ofendida.

—¿Y qué consideras digno, mortal?

Pasé una mano por encima de la tela del vestido. Seda. El traje era precioso, pero los miriñaques y tontillos y corpiños que Ortiga había traído no parecían muy cómodos, sobre todo si mi intención era deambular por el Mundo Subterráneo de la mano de mi hermana.

—Algo sencillo —respondí—. Nada de cursilerías de seda y satén. Nada que implique que un rebaño de duendes se parta la espalda para coser un vestido nuevo. Quiero algo práctico.

—Qué aburrido —protestó Ortiga.

—Sí. —No iba a llevarle la contraria—. Y si no encuentras un vestido decente, busca una falda y una camisa. Con eso bastará.

Ortiga frunció el ceño.

—No lo entiendo. A las otras mortales les encantaban los vestidos que cosíamos para ellas.

—Yo no soy como mi hermana —dije. Y, tras una pausa, pregunté—: ¿Qué otras mortales?

—Las otras novias, por supuesto.

Sabía de buena tinta que el Rey de los Duendes había tenido otras novias. Constanze era una verdadera fuente de cuentos admonitorios sobre doncellas que eran demasiado audaces, demasiado inteligentes, demasiado hermosas, demasiado distintas. Sin embargo, noté el escozor del aguijón de los celos; yo no gozaba de ninguno de esos atributos, pero el Rey de los Duendes me había hecho creer que me deseaba, que me quería para él solo tal y como era.

—¿Qué? ¿Celosa? —preguntó Ortiga con una sonrisa socarrona.

—No —respondí, pero mis mejillas me traicionaron.

—¡Mira qué rosa se ha puesto! —exclamó Ramita.

—¿Y qué les pasó a las otras mujeres? —pregunté. No estaba dispuesta a dejar que esas dos sacaran lo peor de mí—. ¿Qué les ocurrió a las otras novias?

—Fracasaron —contestó Ortiga, y se concentró en vestirme.

—¿Fracasaron? —murmuré. Me había quedado estupefacta y ni siquiera me molesté en apartarla de un manotazo cuando se acercó a acicalarme—. ¿A qué te refieres con que «fracasaron»?

—Quédate quieta —gruñó Ramita mientras trataba de encorsetarme con un sinfín de varillas y tontillos.

Era más que evidente que el tema no le interesaba, pero intuía que el juego había cambiado. Tenía la sensación de que había doblado una esquina, una esquina muy familiar, y me había topado con un camino muy distinto al que esperaba. Las historietas de Constanze nunca habían mencionado nada sobre eso.

—¿A qué te refieres con que «fracasaron»? —repetí, pero esta vez me dirigí a Ramita.

La duende, más alta que su inseparable compañera, arqueó aquellas cejas tan pobladas.

—Pues que no lograron escapar —contestó—. ¿A qué si no?

—Escapar del Mundo Subterráneo, supongo.

Ramita se encogió de hombros.

—*Der Erlkönig*, el Mundo Subterráneo, la Muerte. Todo es lo mismo.

—¡Deja de moverte! —gritó Ortiga, y me arañó con aquellas garras afiladas. Solté un gruñido—. Y si dejas que te vista, entonces podrás ver a tu hermana. Te aseguro que ya lleva puesto el vestido que su séquito ha elegido para hoy y ya ha desayunado lo que sea que le han preparado.

¿Estaba tratando de hacerme sentir culpable? Me contuve y no me eché a reír. Si empezaba a reírme, acabaría hecha un mar de lágrimas.

—Está bien —dije—. Me vestiré. Pero no con esto. Quiero que me traigáis otro vestido. —Hacía horas que no comía nada y las tripas me rugían—. Y traedme una rebanada de pan y un poco de agua. Y, si podéis encontrarla, también una salchicha. Nada de esos caramelos de hada. No voy a dejar que me adormiléis con vuestra magia.

Ortiga y Ramita abrieron la boca para protestar. Las fulminé con la mirada.

—Deseo…

Las dos desaparecieron sin musitar palabra, dejando tras de sí el eco de un suspiro exasperado.

Cuando por fin me hube vestido y alimentado como Dios manda, me sentí con fuerzas para afrontar lo que estaba por venir. Después de someter a Ramita y a Ortiga a un interrogatorio eterno, descubrí que el Mundo Subterráneo tenía un sinfín de pasadizos y umbrales, pero ninguna ventana o puerta. Los duendes, por lo visto, no conocían el concepto de privacidad y nunca habían sentido la necesidad de cerrar una entrada. Habían sellado mi refugio para hacerme sentir más cómoda. Órdenes del Rey de los Duendes.

—¿También podéis conjurar cualquier cosa? ¿Incluso de mi mundo? —les pregunté.

Ambas asintieron con la cabeza.

—Entonces conjurad una puerta. Y con cerrojo, por favor.

Tardaron unos instantes en comprender qué necesitaba exactamente, pero tras escuchar con atención todas mis indicaciones, crearon una puerta circular. Era un tanto peculiar, pero serviría. La cerradura consistía en un extraño artefacto creado por ellas mismas, pero cumplía con su función. Nosotras tres éramos las únicas que disponíamos de una llave para abrir la puerta.

Abrí la puerta y descubrí un pasadizo. Al igual que mi

habitación, era una mezcla de elementos naturales y antinaturales: suelos de barro prensado y decoración de hierro forjado. El arte que reinaba allí abajo era aterrador y hermoso al mismo tiempo; emulaba el arte terrenal y, a decir verdad, lo imitaba con una perfección extraordinaria. No representaba criaturas arrogantes sacadas de una fábula. Los candelabros que colgaban de las paredes no estaban tallados en forma de flor o de querubín, sino que eran raíces de verdad que se retorcían hasta adoptar la forma de un brazo sujetando una antorcha. Los cuadros de la pared no describían escenas tradicionales de grandeza y gloria. De hecho, casi todos eran paisajes. Bosques y montañas, riachuelos y arroyos. Estaban retratados con tal precisión que parecían ventanas al mundo exterior. Debo reconocer que servían para aliviar la sensación de estar atrapada bajo tierra.

Ortiga y Ramita me guiaron por el pasillo hasta llegar a un vestíbulo inmenso. Al igual que el salón de baile, aquel espacio era una cueva de piedra con techos altos y arqueados de los que colgaban unos carámbanos de un material muy brillante. Alcé la cabeza y advertí luces de hada; danzaban por la bóveda de la cueva como estrellas en el cielo. Durante todo el trayecto no nos cruzamos con un solo duende.

—¿Dónde está todo el mundo? —pregunté.

—Trabajando —contestó Ramita, como si fuera la respuesta más evidente del mundo.

—¿Trabajando?

Ni se me había pasado por la cabeza que los duendes trabajaran; al menos, no del modo en que lo hacían los de mi especie. Y eso me llevó a la siguiente pregunta: ¿de dónde salía todo lo que comían? ¿Y la ropa? ¿Y los muebles? ¿Habría duendes granjeros? ¿Duendes artesanos? Había oído las historias de Constanze mil veces, pero ninguna describía la vida en el Mundo Subterráneo, tan solo lo que ocurría cuando esas criaturas mágicas cruzaban la frontera entre ambos reinos para inmiscuirse en nuestras vidas. Luchaban, engañaban, robaban... Los duendes siempre trataban de adueñarse de lo ajeno.

—¿Qué? —espetó Ortiga—. ¿En serio creías que la magia podía crear todo esto? —preguntó, y señaló aquel vestíbulo tan elegante con sus dedos larguiruchos.

—Pues... sí —admití—. ¿No podéis... pedir un deseo y hacer que aparezca?

Las dos se echaron a reír. Sus carcajadas resonaron en aquella caverna como si fuesen cientos de cucarachas correteando por las paredes.

—Mortal, no tienes ni la menor idea del poder de los deseos —declaró Ortiga—. Las antiguas leyes dan y las antiguas leyes quitan.

Pensé en todos los deseos absurdos que había malgastado y, de repente, tuve un mal presentimiento.

—Todo es cuestión de equilibrio —explicó Ramita—. Cuando nos expulsaron del reino de los mortales y nos encerraron aquí, nos concedieron el poder de viajar a nuestro antojo. Pero todo tiene un precio, querida, y construimos este mundo con nuestras propias manos. Y ahora tendrás que disculparnos —dijo—, pero tenemos otras obligaciones que atender. —Y señaló el techo—. Las luces de hada te guiarán hasta tu hermana.

Miré al techo. Unas motas diminutas y muy brillantes, parecidas a copos de nieve, empezaron a caer sobre mis hombros, sobre mi cabello. Sonreí. Fuera mágico o no, era un espectáculo fascinante. Sentí un cosquilleo. Las luces de hada se arremolinaron frente a mí y después se unieron para formar un haz de luz dorada. Seguí el camino que se abría frente al vestíbulo y después me adentré en otro pasadizo.

El cubil de Käthe estaba al otro lado del inmenso vestíbulo. El pasillo que llevaba hasta su habitación era muy parecido al mío, pero enseguida me di cuenta de que en esa zona del Mundo Subterráneo había más pinceladas humanas. Los cuadros que decoraban las paredes podrían haber estado en cualquier galería de arte: retratos y escenas pastorales. Sin embargo, en todos aparecía el Rey de los Duendes.

Al principio pensé que se trataría de otra exhibición ególatra y monotemática de *Der Erlkönig*, pero, a medida que iba avanzando por aquella sucesión de retratos, me fijé en algo curioso. Los estilos y el toque artístico de los cuadros iban cambiando con el paso de los siglos, como era de esperar, pero también lo iba haciendo el modelo.

Debo admitir que en un principio no me di cuenta de ese pequeño detalle, ya que el protagonista siempre era el mismo. Sin embargo, sí percibí sutiles diferencias en todos y cada uno de ellos, diferencias que no podían atribuirse al artista, sino al modelo. Todos compartían unos rasgos similares: un rostro alargado, casi élfico, unos pómulos muy marcados, una simetría sobrenatural. Pero la curva de su mandíbula, la expresión de su mirada y el color de sus ojos... cambiaban en cada cuadro. Eran únicos, como un copo de nieve en una tormenta. Todos eran hombres distintos, pero, al mismo tiempo, todos eran *Der Erlkönig*. Ojos avellana, ojos azules, ojos verdes, ojos grises..., pero ningún retrato mostraba los ojos de lobo de mi Rey de los Duendes. Di varias vueltas por aquella galería de arte, estudiando cada rostro, buscando esa mirada bicolor tan característica.

Y, por fin, en el fondo del pasillo, en un rincón ensombrecido, encontré el retrato que andaba buscando. Estaba apartado, aislado del resto. Daba la sensación de que lo hubieran escondido allí por vergüenza. Era, sin duda, el más reciente. Estaba pintado según el estilo de los maestros holandeses: colores vivos y oscuros para crear contrastes exagerados, prestando especial atención a los detalles y muy muy realista.

El protagonista era un muchacho vestido con ropajes de terciopelo y un sombrero redondo con una borla. A pesar de la finura y elegancia de los tejidos, había algo austero en él; en una mano sujetaba una cruz de madera que colgaba de una cuerda de arpillera y que llevaba alrededor del cuello. En la otra, sostenía un violín que tenía apoyado sobre el regazo, con sus dedos esbeltos y alargados apoyados sobre el cuello. Entorné los ojos. La voluta del instrumento me resultó familiar, pero no había suficiente luz como para admirar los detalles. Sin embargo, me pareció intuir la imagen del rostro retorcido de una mujer. Su expresión era de agonía. O de éxtasis.

Me estremecí.

163

No me atreví a contemplar la mirada del modelo hasta el último momento. Creía saber lo que vería: dos ojos de colores distintos, uno gris, otro verde. Pero lo que vi me dejó petrificada. Me cautivó.

El retrato mostraba un Rey de los Duendes mucho más joven, con los pómulos menos afilados y más rellenos, con unos rasgos mucho menos angulosos y definidos. Mostraba, al fin y al cabo, a un joven de mi edad. A un chico. Pero lo que más resaltaba de aquel rostro era su mirada. El artista había querido destacar la diferencia de color en sus ojos: el izquierdo era verde, el mismo verde brillante de los campos en primavera, y el derecho era del azul grisáceo de un cielo en el ocaso. Sin embargo, en mi memoria, las tonalidades eran un pelín distintas: un verde avellanado apagado, el verde del musgo cuando se está secando, y un gris glacial, el gris de un estanque en invierno. Tonalidades más pálidas, más nostálgicas, más avejentadas.

Y, en ese preciso instante, las luces de hada empezaron a tirarme del pelo y de la ropa, obligándome a seguir el camino. Me marché de ese rincón en penumbra, pero la imagen de un Rey de los Duendes más joven se quedó grabada en mi memoria. La expresión de su mirada me había dejado anonadada hasta tal punto que me costaba respirar. Era una expresión espontánea. Vulnerable. Humana. Había visto esos ojos cuando era una niña, en el jovencito de mirada dulce y entrañable con el que me había topado en la alcoba del Rey de los Duendes. Y esa era la expresión que veía cuando mi Rey de los Duendes me miraba.

Estaba inquieta, turbada. Tenía las emociones a flor de piel. Seguí avanzando por el pasillo; necesitaba poner distancia entre ese retrato y yo, y necesitaba hacerlo ya.

Y, cuando por fin dejé aquella galería de retratos a mis espaldas, me asaltó una duda: ¿cuándo se había convertido en «mi» Rey de los Duendes?

—¡Liesl! —exclamó Käthe al verme entrar. Estaba emocionada. Su cubil, al igual que el mío, no tenía puerta, así que cerré los ojos, deseé una puerta y, un instante después, apareció.

Me quedé asombrada al verla. Estaba muy cambiada. Mi hermana siempre había sido una chica rolliza, con unas curvas de infarto, unas mejillas angelicales y unos brazos fuertes y sanos. Ahora, en cambio, estaba flaca, demacrada, pálida. Tenía un aspecto enfermizo. Llevaba una bata de satén sobre un camisón de encaje, pero le iba enorme. Käthe estaba desapareciendo delante de mis narices.

—Ven, sentémonos frente a la chimenea y tomémonos un té —propuso mi hermana.

Daba la impresión de que allí, en una habitación de paredes de barro prensado, en el corazón del Mundo Subterráneo, se sentía como en casa. Estaba actuando como una verdadera anfitriona.

—Käthe, ¿estás bien?

—Desde luego que sí.

Sobre la mesita que había frente a la chimenea ya había dispuesto un juego de té. Mi hermana señaló el sillón y me indicó que tomara asiento. Luego me sirvió una taza de té y me ofreció un trozo de pastel.

—¿Cómo estás, querida?

Acepté el pastel sin rechistar.

—No lo sé —admití—. No tengo ni idea.

Käthe me dedicó una sonrisa indulgente y después añadió otra cucharada de azúcar a su té.

—Come —ordenó, refiriéndose al trozo de pastel que tenía en el plato y que aún no había probado.

Observé a mi hermana. Parecía consciente y, sin duda, más lúcida y más presente que en el baile de la noche anterior.

—Käthe —murmuré—, ¿sabes dónde estamos?

Ella se echó a reír y se sirvió otro trozo de pastel.

—Claro que sí, boba. Estamos en mis aposentos, disfrutando de una tacita de té y de nuestra compañía. Y ahora, dime —dijo, y señaló aquellas paredes desnudas y desprovistas de cualquier decoración—, ¿qué te parece el papel pintado?

—¿El papel pintado?

—Seda con efecto *moiré* importada de Italia, por supuesto —respondió con aire altivo—. Tal y como siempre habíamos soñado, Liesl.

Me dio un vuelco el corazón. Mi hermana se había maquillado las mejillas con un rubor rosado y sus movimientos eran demasiado intensos, casi exagerados. Estaba simulando ser una doncella refinada y elegante. Eso me recordó a nuestros juegos de infancia, cuando dábamos rienda suelta a nuestra imaginación y nos preguntábamos: «¿Y si?».

—Sí —susurré—. Tu habitación es preciosa —comenté. Cogí la taza de té y tomé un sorbo para disimular mi preocupación—. Te felicito, querida.

A Käthe se le iluminó la mirada.

—Oh, muchas gracias, Liesl. Mi esposo es un hombre muy generoso, como puedes ver.

Al oír eso, me empezaron a temblar las manos.

—¿Tu esposo?

Ella hizo pucheros.

—¿Es que no te acuerdas? Celebramos la boda más romántica y más lujosa que jamás ha visto la *Frauenkirche* de Múnich. Nos casó el mismísimo arzobispo. Josef tocó tu misa nupcial y todo el público estalló en aplausos y vítores.

Dejé el té sobre la mesa.

—¿Misa…, misa nupcial?

Käthe me miró con ojos compasivos.

—Oh, Liesl, ¿cómo has podido olvidarlo? ¿Has pasado mala noche? Me refiero a la misa nupcial que compusiste para nosotros. Mamá cantó el *Benedictus* como solo ella sabe hacerlo y emocionó a todos los presentes. A todos se les humedecieron los ojos.

—Mi… música.

Asintió con la cabeza.

—Ahora eres toda una estrella en el Sacro Imperio Romano Germánico, y todo gracias a los contactos de mi esposo. No se equivocó al contratar a Josef para la corte. Y, si la economía real se lo permite, le financia viajes por toda Europa. Incluso ha conseguido que acepten a papá como

Konzertmeister, aunque es un puesto de cortesía, nada más.

—¿En... su corte? —pregunté con un hilo de voz.

—Claro, en «su» corte —respondió ella, como si fuera lo más evidente del mundo—. Puede elegir a sus empleados; por eso contrató a nuestro hermano.

—Käthe —dije—, ¿quién es tu esposo?

Soltó un suspiro exasperado y puso los ojos en blanco.

—Manók Hercege. El conde húngaro. En serio, Liesl, tal vez deberías soltarte un poco y permitirte disfrutar de los pequeños placeres de la vida. Me da la sensación de que vives aislada en un mundo paralelo —dijo.

Con aire distraído, se acarició la clavícula con la punta de los dedos. Imité el gesto y recordé el guateque de la noche anterior.

Un conde. Un conde húngaro. Un conde rico. Mi hermana siempre había soñado con un marido extranjero y pudiente. Pero jamás pensé que pudiera enamorarse de esa clase de hombres.

—¿Man..., Manók Hercege es bueno contigo? —pregunté.

—Por supuestísimo —respondió ella con una sonrisa de oreja a oreja.

—¿Y cómo es?

—Amable. Cariñoso —contestó con voz nostálgica—. Generoso. Y no solo conmigo, sino con todos nosotros. Anda, come algo —insistió, y arrastró el plato por la mesa para acercármelo—. Tarta de chocolate. Es tu favorita.

Y en ese momento entendí cuál había sido el gran sueño de mi hermana: casarse con un hombre rico. Pero no para poder lucir vestidos lujosos y joyas carísimas, sino para poder ayudar a su familia. Se me hizo un nudo en la garganta y, sin pensármelo dos veces, la estreché entre mis brazos.

—Liesl —murmuró Käthe, sorprendida—, ¿va todo bien?

—No —respondí—. No va bien. No va bien en absoluto.

Ella se apartó haciendo aspavientos.

—Come un poco de pastel —repitió—. Me ha costado muchísimo que me lo prepararan, así que lo mínimo que puedes hacer es probar un bocado.

Asentí con la cabeza y cogí el plato y un tenedor. Pero enseguida reculé. Lo que a primera vista me había parecido una esponjosa tarta de chocolate era, en realidad, una masa de varias capas de barro desmigajado y con un glaseado de limo, y no merengue italiano. No quería ofender a Käthe, así que fingí devorarlo, pero en cuanto ella apartó la mirada, lo arrojé al fuego. Por increíble que parezca, el humo que emergió de aquel pastel carbonizado olía a melocotones.

—¿Te ha gustado? —preguntó, y me miró con los ojos como platos. Estaba ansiosa por saber la respuesta. Sus ojos azules se veían demasiado grandes en aquella carita tan menuda, tan chupada, tan pálida. Y, a pesar del rubor de las mejillas, jamás la había visto tan demacrada—. Mi esposo tuvo que ir hasta Bohemia para conseguir la receta.

—Estaba delicioso —contesté, y me tragué mi mal humor—. Felicita a tu esposo de mi parte.

Käthe dibujó una sonrisa que enseguida desapareció. Algo la había desanimado.

—Viaja muchísimo —murmuró—. Ojalá pudiera acompañarle en alguna ocasión. Me encantaría ver el mundo que hay más allá de este precioso palacio. Es hermoso —continuó—, pero a veces puede resultar asfixiante. En ciertos momentos me parece estar viviendo en una cárcel, y no en un palacio.

Me revolví en el sillón. Aquella era la verdadera Käthe. Bajo aquel hechizo hipnótico estaba ella, mi hermana pequeña. La muchacha que soñaba con conocer mundo, con escapar de la vida rústica y disfrutar de las ventajas de una ciudad.

—¿Y dónde tiene Manók Hercege sus tierras, sus propiedades? —pregunté.

—En Hungría, por supuesto.

—Pero ¿dónde de Hungría? —insistí.

Frunció el ceño.

—No..., no estoy segura.

—¿Dónde fuisteis de luna de miel? ¿Viena? ¿Roma? ¿París? ¿Londres? ¿Tu esposo te llevó de viaje por las grandes ciudades europeas, como siempre habías soñado?

—Yo…, yo… —tartamudeó, insegura y confundida—. No lo recuerdo.

—Piensa —ordené, y le cogí de la mano—. Dónde estamos. Dónde no estamos. Dónde debemos estar.

Mi hermana cerró los ojos.

—El mercado, la fruta, el baile, el Rey de los Duendes…

—Liesl. —La voz de Käthe sonó fatigada, lejana. Se me aceleró el corazón y, por un momento, temí que los latidos fueran a reventarme los tímpanos—. Sí. Creo…, creo que lo recuerdo. El sabor de los melocotones en invierno. El sonido de la música. Creo…, creo…

—Continúa —la insté. Había conseguido abrir una brecha en el hechizo. Lo único que tenía que hacer era llegar al centro: así lo rompería por completo.

—Me parte el corazón —susurró. Abrió los ojos y me miró—. A veces creo saber dónde estoy y me asusto. Pero es más fácil mirar hacia otro lado y seguir adelante. ¿Esto es lo que uno siente cuando está muerto?

Un hilo de sangre le manchó el labio; le limpié la sangre de la nariz y del labio con el bajo de la falda.

—No, cielo —dije, y le acaricié las manos—. Tú estás viva.

No dejaba de sangrar. Traté de frenar la hemorragia, pero fue imposible. El pánico se adueñó de mi corazón, de mis manos, de mi garganta.

—Estás viva, Käthe —repetí—. Solo tienes que aguantar un poquito más.

Y, de repente, empezaron a resonar varias campanitas. Aquel tintineo alegre y animado me recordó la risa de mi hermana. Al oír aquel sonido, Käthe pareció animarse. Dibujó una sonrisa, pero tenía los labios tan pálidos que la imagen me resultó grotesca.

—¡Ese debe de ser él! —exclamó, alegre y contenta—. Mi Manók.

Se levantó del asiento y se colocó en el centro de la habitación. Extendió los brazos de par en par y esperó a que su esposo entrara. Tenía curiosidad por averiguar quién aparecería en el túmulo, cuál de los pretendientes altos y elegan-

169

tes que la habían perseguido y besuqueado durante el baile interpretaría el papel de conde húngaro.

—¡Entra, amor mío!

Me di la vuelta. Creía que aparecería una puerta para que el misterioso esposo húngaro pudiera hacer una entrada triunfal. Pero no se materializó puerta alguna. En lugar de eso, empezó a soplar una brisa que barrió todas las luces de hada y las arremolinó en una esquina. Un segundo después, lo vi: el mismísimo Rey de los Duendes en persona.

—Hola, querida —dijo, y cogió a Käthe de la mano. Me miró con esos ojos de lobo y preguntó—: ¿Os ha gustado el pastel?

Las antiguas leyes

*E*l Rey de los Duendes y yo nos observábamos fijamente, casi sin pestañear. Mientras, mi hermana se encargó de hacer las presentaciones oficiales.

—Cariño —dijo—, ¿te acuerdas de mi hermana, Elisabeth?

—Encantado, *Fräulein* —dijo, y se acercó mi mano a los labios.

Me contuve y no la aparté, pero reconozco que me moría de ganas de abofetearle.

—Liesl —dijo Käthe—, te presento a mi esposo, Manók Hercege.

—Un placer —gruñí.

—Querida, me temo que tu hermana no aprueba nuestro matrimonio —le susurró el Rey de los Duendes a Käthe—. Me mira y siento que me está lanzando puñales directos al alma. Y eso me duele. —Después apoyó la mano sobre su corazón.

—¡Liesl! —me riñó Käthe.

—Un momento, un momento —dijo él en un intento de apaciguarla—. Estoy convencido de que Elisabeth está cumpliendo con su deber como hermana mayor. Puesto que está condenada a llevar la vida de una solterona, es normal que quiera juzgar y opinar sobre tus pretendientes, ¿no crees?

—¡Manók! —gritó Käthe, y le dio un golpe en la muñeca—. Comportaos, por favor. Los dos.

—*Mein Herr* —farfullé—, ¿podemos hablar a solas?

El Rey de los Duendes inclinó la cabeza.

—Por supuesto.

Se volvió hacia Käthe. Arqueó las cejas y le dedicó una sonrisa embaucadora. Mi hermana, que por lo visto no podía resistirse a sus encantos, cedió y nos dejó a solas.

—¿Manók Hercege? —Esas fueron las primeras palabras que escupí.

El Rey de los Duendes se encogió de hombros.

—Chapurreo un poco el húngaro.

—¿Y qué significa eso?

Él sonrió.

—Pues justo lo que estás pensando. Mi creatividad es limitada, Elisabeth.

Arrugué la frente.

—¿Te llamas Manók Hercege? ¿O también te lo has inventado?

El Rey de los Duendes se puso tenso.

—Eso da lo mismo. Tenemos otros asuntos de los que ocuparnos.

La respuesta me sorprendió. Pero lo que más me inquietaba era su expresión. Parecía llevar una máscara imperturbable.

—Es verdad —dije—. El asunto que me preocupa es por qué has hecho creer a mi hermana que está casada contigo.

—¿Celosa? —preguntó, orgulloso.

—¿La has forzado? ¿La has coaccionado? ¿O no es más que una elaborada fantasía que has orquestado para tenerla aquí encerrada de por vida?

—Coaccionar es una palabra muy seria —respondió—. Me gusta pensar que soy un tipo convincente y persuasivo.

—Cree que eres un conde húngaro.

Puso los ojos en blanco, quitando así hierro al asunto.

—Todos tenemos nuestros defectos.

—Puedes utilizar tus jueguecitos conmigo —advertí—, pero deja a Käthe en paz. No está preparada ni capacitada para lidiar con alguien como tú.

—Oh, ¿y tú sí? —preguntó el Rey de los Duendes, que se inclinó hacia mí. Me quedé inmóvil—. Responde, por favor. Estoy intrigado.

—En este juego solo participamos tú y yo —repetí—. Deja a mi hermana al margen. Es inocente.

Su mirada se tornó sombría.

—¿De verdad es tan inocente?

—Sí.

—Una muchacha familiarizada con la tentación, una muchacha con una risa tentadora, con un corazón caprichoso y un alma aventurera —murmuró—. Una muchacha entregada a la satisfacción propia, que aspira a metas fáciles y absurdas, que ansía la fruta prohibida y la devora pese a las advertencias de su hermana mayor. ¿Una muchacha así puede considerarse inocente?

Estaba rabiosa.

—No eres el más indicado para juzgarla.

—¿Y tú sí? —replicó él—. ¿Tú eres responsable de la virtud y pureza de tu hermana?

—No —contesté—, pero estoy dispuesta a salvaguardar su reputación.

—Oh, Elisabeth —dijo el Rey de los Duendes meneando la cabeza—. ¿Cuándo empezarás a pensar más en ti? ¿Cuándo empezarás a ser un poco más egoísta? ¿Cuándo te atreverás a hacer algo por y para ti?

Me quedé muda.

—No puedes anclarte a la vagina y a los caprichos de tu hermana. —Y, en ese momento, el Rey de los Duendes perdió todo su encanto, todo su carisma—. Algún día tendrá que pensar por sí sola y tomar sus propias decisiones. Sin tus consejos. Sin ti. ¿Qué harás cuando ya no te quede nadie a quien cuidar, de quien preocuparte? ¿Será entonces cuando por fin cuidarás de ti?

Me estaba atacando con compasión. Su inesperada amabilidad, más que su encanto o atractivo, me parecía seductora. Detestaba la verdad que destilaban sus palabras. Y despreciaba su lástima. Lo último que quería era que se compadeciera de mí.

El Rey de los Duendes suspiró.

—Käthe forma parte del juego. El engranaje se ha puesto en marcha y tu hermana es una de las piezas principales.

—Me aseguraste que tenía de plazo hasta que acabara el invierno para escapar de tu reino —dije, y me crucé de brazos—. Y tú, ni corto ni perezoso, te has casado con mi hermana a mis espaldas.

Volvió a dibujar esa sonrisa de suficiencia.

—Estás celosa. Bueno, bueno, bueno. Es una buena señal, al menos para mí.

Al ver que no mordía el anzuelo, sacudió la cabeza.

—No, Elisabeth. No me he casado con Käthe. Las antiguas leyes son muy claras al respecto; cuando elija a una esposa, será para toda la eternidad. Jamás podrá volver a poner un pie en el otro mundo. Esa visión de color de rosa no es más que un hechizo que ella misma ha creado, una especie de fantasía infantil que le sirve de consuelo. Para tu información, tengo muy poco poder.

Resoplé.

—Eres *Der Erlkönig*. Tu poder es infinito.

El Rey de los Duendes levantó una ceja.

—Si eso es lo que piensas…, entonces es que sabes menos de lo que creía —dijo él—. No soy más que un prisionero de mi propia corona.

«¿El rey sirve a la corona, o la corona sirve al rey?»

—¿Y por qué una futura esposa? —pregunté después de un largo silencio—. ¿Por qué…, por qué Käthe?

¿Por qué no «yo»? ¿Por qué no había venido a por «mí»?

Tardó varios minutos en contestar. Acarició una de las figuritas que había sobre una mesa del pasillo. Era una ninfa tallada en madera; tenía las caderas bastante pronunciadas y estaba entradita en carnes, lo que la hacía más humana. Pasó un dedo por la curva de su cintura, por los muslos y por las piernas, hasta llegar a la clavícula, allí donde el cuello se convertía en pecho.

—¿Puedo contarte una historia? —dijo al fin. Dejó atrás la estatuilla de la ninfa y se plantó frente a uno de los paisajes que adornaban el pasillo—. Una historia como las que Constanze solía contaros a ti y a tus hermanos cuando erais pequeños.

Contuve la respiración.

—Érase una vez, un gran rey que vivía bajo tierra.

Los cuentos de mi abuela siempre empezaban así. Creía que las historias que relataba eran fruto de su imaginación, pero al oír el ritmo de las palabras del Rey de los Duendes, me asaltó una duda: ¿dónde había aprendido todas esas fábulas y leyendas?

—El monarca reinaba sobre los muertos y los vivos —prosiguió—. Cada primavera, traía vida al mundo exterior. Lo resucitaba. Y, cada otoño, traía muerte. Lo marchitaba.

El Rey de los Duendes contemplaba el cuadro con detenimiento; los árboles y los arbustos empezaron a brotar, a florecer, a teñirse del verde más intenso y vivo. Y, tras unos segundos, empezaron a marchitarse.

—Las estaciones se iban sucediendo, una tras otra. Pero el tiempo no pasa en vano, querida. El rey envejeció y cada vez estaba más cansado. La primavera cada vez llegaba más tarde, y el otoño, más pronto. Hasta que un día, la primavera dejó de llegar. El mundo exterior se había vuelto silencioso, apagado, siniestro. Y la gente sufría.

El paisaje del cuadro se volvió invernal y ahora los árboles y los arbustos estaban cubiertos por un manto de nieve. Las estaciones habían desaparecido.

—Un día, una doncella muy valiente se arriesgó a entrar en el Mundo Subterráneo —continuó, pero esta vez apartó la mirada del paisaje y me miró a mí—, para suplicarle al rey que resucitara el mundo exterior, el mundo en el que había vivido hasta entonces.

—¿Valiente? —dije, y me eché a reír. Las carcajadas sonaron casi desafiantes—. ¿No hermosa?

Torció los labios hacia un lado.

—Valiente o hermosa, eso no importa. Constanze explica el cuento a su manera. Deja que yo lo explique a la mía.

El Rey de los Duendes se acercó. Me quedé inmóvil en mitad del pasillo. No quería que su presencia me intimidara.

—La joven le ofreció al rey su vida a cambio de la tierra. «Mi vida por mi pueblo», dijo. Le rogó, le suplicó que aceptara el trato. Ella conocía muy bien las antiguas leyes: vida por vida, sangre por cosecha. Sin ella, el Mundo Subterráneo se marchitaría y se esfumaría, llevándose consigo hasta la última mota de color verde del mundo exterior.

El Rey de los Duendes se cernía sobre mí; tenía todos los dedos extendidos, como si quisiera estrangularme o tomarme el pulso. Me costaba respirar. Esperaba, «deseaba», que me tocara, que me agarrara el corazón con las manos y me lo arrancara.

Pero no lo hizo. Dobló los dedos y dio un paso atrás.

—Su vida alimentaría la vida del rey; la vida del rey alimentaría la vida de los habitantes del Mundo Subterráneo; sus vidas alimentarían la tierra para que fuera fértil y crecieran todo tipo de alimentos. El rey aceptó la oferta. Entonces, cuando llegó el año nuevo, volvió la primavera.

En cierto modo, era una historia preciosa, más parecida a las parábolas y las fábulas de mártires católicas que mamá solía contarnos que a los relatos de duendes maléficos y traviesos de Constanze. Personajes virtuosos, personajes persistentes, personajes que se sacrificaban por el bien común… Esos eran los héroes de los cuentos de mamá, como la doncella valiente del cuento del Rey de los Duendes.

Sin embargo, Käthe no era la joven ingeniosa, sumisa y audaz que solía protagonizar los relatos de mamá, sino la doncella hermosa, ingenua y estúpida que aparecía siempre en las historietas de Constanze. Así pues, ¿quién era la muchacha valiente del cuento del Rey de los Duendes?

—Pero la historia no acaba ahí, ¿verdad? —pregunté.

—Esta historia no tiene un final —contestó él—. Los capítulos se suceden hasta la eternidad.

En ese momento advertí un brillo triste, o arrepentido, en los ojos del Rey de los Duendes. Sus ojos no eran como los ojos de los otros duendes, esas órbitas negras como el carbón que ocultaban todas sus intenciones. Era muy difícil descifrar las expresiones de los duendes de ese reino; su mirada era inexpresiva e inescrutable; sus rasgos eran afilados y perversos. Había algo totalmente ajeno y desconocido para el ojo humano.

Sin embargo, entre el Rey de los Duendes y yo se había

176

creado una especie de afinidad inexplicable y hablábamos un idioma que solo nosotros podíamos comprender.

—Quieres que mi hermana muera —susurré— para que el mundo pueda vivir.

Él no respondió.

—Si... —empecé, y luego me aclaré la garganta—. Si perdieras el juego, ¿qué ocurriría? ¿Desaparecería la primavera para siempre? ¿El mundo exterior estaría condenado a vivir en un invierno eterno?

Su cara era un poema.

—¿Estás dispuesta a asumir el riesgo?

Una elección imposible. La vida de mi hermana... o el destino del mundo. Cuando establecimos las reglas del juego y pusimos nuestras apuestas sobre la mesa, creí que lo que estaba poniendo en juego era desmesurado; en ese momento, me di cuenta de que su apuesta era aún mayor.

—¿Qué te pasará si gano yo? —murmuré.

Esbozó una pequeña sonrisa, pero fue más bien una sonrisa de tristeza que de satisfacción.

—Qué curioso —dijo—. Eres la primera persona que me lo pregunta.

Y, tras pronunciar la última palabra, desapareció en un remolino de ramitas y hojas secas.

177

Se me estaba agotando el tiempo.

Allí, en aquellas catacumbas de barro prensado, nunca veía el alba ni el ocaso, por lo que era muy fácil perder la noción del tiempo. Contaba los días según el deterioro que iba sufriendo mi hermana. Cada día que pasaba, su melena dorada era de un tono más pajizo, más opaco, y su piel, más pálida y acartonada. En definitiva, cada día estaba más demacrada y enfermiza. Las curvas sinuosas de su pecho y las caderas se habían borrado por completo y la piel que le recubría las ojeras había adoptado un tono amoratado.

Mi hermana se estaba muriendo lentamente.

El Rey de los Duendes no cesó en su empeño de alimentar la fantasía de mi hermana y siguió interpretando el papel de conde húngaro. Los observaba durante sus encuentros, durante las cenas, durante las fiestas que él se empeñaba en celebrar cada noche. Se dedicaban todo tipo de halagos y sonrisas cariñosas. Y así iban pasando los días y las noches. Otra noche de vino, otra noche de indulgencia, otra noche perdida.

Cada momento perdido era otra victoria para el Rey de los Duendes. Y él también lo sabía. Eso era lo que me decían sus ojos cada vez que me miraba, lo cual ocurría bastante a menudo. Notaba la caricia de sus ojos sobre mi piel a todas horas, una caricia constante e insistente que me forzaba a mirarle. Y, aunque no estaba dispuesta a admitirlo en voz alta, me volvía loca de envidia cada vez que le veía con Käthe entre sus brazos. Ella no era más que un peón en nuestro juego, y yo lo sabía; no era más que un cebo para hacerme perder los nervios y sacarme de mis casillas. Aun así, aunque era plenamente consciente, no podía librarme del escozor de los celos. Añoraba mi clavicordio; me servía para desahogarme, para tocar esas notas en *staccato* cargadas de frustración y futilidad, para hacerlas explotar en un torrente de música.

En mis momentos de soledad, deambulaba por el laberinto de pasadizos que conformaban el Mundo Subterráneo. Los duendes se escabullían por aquellos pasadizos y me observaban desde las esquinas con aquellos ojos negros y brillantes. Me recordaban los ojos de una cucaracha. Siempre que lo pedía, Ramita y Ortiga me traían varios papeles y un lápiz de grafito. Traté de trazar el mapa del Mundo Subterráneo, pero los túneles se desdibujaban y cambiaban cada dos por tres, así que era imposible recordar o plasmar el diseño de aquel laberinto. Muchos días garabateaba pequeñas melodías e ideas musicales en los márgenes de mis mapas.

Käthe también parecía decidida a distraerme de mi cometido. Había visto mis mapas, pero solo se fijaba en las notas, no en los túneles. Siempre insistía en que me sentara frente a su escritorio y compusiera; cada día aparecía con papeles de una calidad y finura extraordinarias y varios plumines. Así era como ella creía que trabajaba un compositor profesional: rodeado de belleza, aislado y en silencio absoluto.

Mi hermana, tan bondadosa, tan generosa, tan ciega.

—¡Ven! —me dijo un día, ¿o era una noche? Estaba contentísima y no podía dejar de aplaudir—. ¡Tengo un regalo para ti! —exclamó, e hizo una señal a las duendes que tenía asignadas.

Las dos criaturas aparecieron con una montaña de vestidos.

—¿Qué es todo esto? —le pregunté a Käthe después de que echara a sus sirvientas de la habitación.

—Son para tu estreno, tonta —respondió.

—¿Qué estreno?

Puso los ojos en blanco, exasperada.

—Te lo juro, Liesl, a veces me pregunto cómo has podido sobrevivir todo este tiempo. El estreno de tu última sinfonía, por supuesto. Manók ha movido hilos y ha conseguido organizar un concierto en el salón de recepciones.

El mundo de fantasía que se había creado mi hermana cada vez era más grande, más consistente, más real. En ciertos momentos me abrumaba hasta el punto de no saber qué era sueño y qué era realidad.

Dejé que Käthe eligiera el vestido que, según ella, era más apropiado para la ocasión y que más me favorecía. Me deshizo el moño y empezó a cepillarme el pelo. Por un momento, sentí que habíamos viajado en el tiempo. Volvíamos a ser dos niñas; el tacto de sus dedos entre mi cabello me resultó tan familiar como las nanas que Josef y yo solíamos dedicarnos.

—Ya está —dijo en cuanto hubo acabado de acicalarme—. Preciosa.

—¿Preciosa? —repetí, y solté una carcajada—. No hace falta que me adules con mentiras, Käthe.

—Oh, cállate —espetó, y me dio un golpe suave en el hombro—. Solo porque te criaras en un pueblo de mala muerte no significa que tengas que vestirte como una campesina durante el resto de tu vida.

—No hay plumas en el mundo capaces de transformar a un gorrión en un pavo real.

—Un gorrión es un pájaro hermoso —contestó Käthe

179

con tono autoritario—. No estás obligada a convertirte en un pavo real, Liesl. Haz como el gorrión y acéptate y quiérete tal y como eres. Mírate —ordenó, y me señaló el espejo con marco de bronce que tenía delante de las narices.

Pero lo que llamó mi atención no fue mi propio reflejo, sino el suyo. No me había percatado de la magnitud de la transformación de mi hermana hasta que vi su rostro reflejado en el espejo de bronce. ¿Cuántas veces había visto a Käthe arreglarse y prepararse frente al espejo de nuestra habitación? Siempre con esas mejillas rellenitas y sonrosadas, con esos ojos llenos de brillo, de ilusión, de vida. Ahora, en cambio, estaba hecha un saco de huesos. Y su rostro parecía el de un cadáver. Los pómulos le sobresalían de una forma casi inhumana y mostraba una mandíbula angular, casi masculina. Su barbilla estaba más afilada que un puñal y su nariz parecía más larga y puntiaguda. Y sus labios no solo habían perdido todo rastro de color, sino también su carnosidad. En aquel rostro demacrado y envejecido, sus ojos se veían demasiado grandes.

Casi me sobresalté al darme cuenta de que estaba contemplando mi propio reflejo. No, el de mi hermana. Apenas quedaba una sombra de las chicas que habíamos sido. Käthe y yo parecíamos dos espectros idénticos; lo único que nos diferenciaba era el color del pelo.

—¿Ves? —dijo con una sonrisa—. Ya estás lista para enfrentarte al mundo entero.

Al menos había tenido el detalle de no pasarse con el maquillaje o con los polvos para blanquear el rostro. Tan solo me había puesto algo de color en los labios y me había peinado las cejas. Bajo el resplandor parpadeante de las luces de hada que titilaban en el Mundo Subterráneo, mi tez grisácea y apagada cogió un tono más amarillento, más cálido; los ángulos de mi rostro no parecían tan huesudos, tan cadavéricos. Ese era el rostro que había contemplado cada día de mi vida, un rostro desnudo, angular, casi equino; y, sin embargo, en esa atmósfera etérea parecía brillar con una luz mística, casi sobrenatural. El gorrión por fin había encontrado su nido.

—Deseo... —empezó Käthe, y luego frunció el ceño.

—¿Qué ocurre? —pregunté.

Ella negó con la cabeza.

—Nada. Es solo que... —farfulló, y se mordió el labio—. Desearía poder escapar de estas cuatro paredes, salir de los muros de palacio y vivir otras aventuras, ni que fuese una sola vez. Desearía poder escucharte tocar delante de un gran público. Desearía poder contemplar las obras de los grandes maestros de la pintura. Desearía sentir... el sol en la piel, probar las fresas más dulces de la faz de la Tierra, oír... ¡Oh!

Unas gotas de sangre mancharon la alfombra que había bajo nuestros pies. Volvía a sangrar por la nariz. Me puse en pie de un brinco y repasé la habitación en busca de un trapo o una gasa, pero allí no había nada, tan solo metros y metros de telas caras y lujosas. Cogí una media tirada por allí; esperaba que estuviera limpia. Le limpié la sangre.

—Necesito tumbarme —susurró con voz débil.

—Está bien —dije, y la acompañé hasta la cama. Entre mis brazos, aún parecía más flaca, más frágil, más fantasmal.

—Liesl —llamó con un hilo de voz—. Liesl, no..., no..., no me encuentro bien. Yo...

—*Shhh* —siseé—. Voy a avisar a tus asistentes.

Käthe sacudió la cabeza.

—Quiero que venga mamá —lloriqueó—. Quiero...

No sabía qué hacer. Mamá estaba lejos, muy lejos. A mi hermana se le estaba escurriendo la vida de las manos; cada vez estaba más cerca de la muerte. Me embargó la desesperación y, después, una rabia infinita. Pero cogí aire y traté de mantener la compostura. Käthe me miraba con esos ojos tan grandes, tan asustados. Le regalé una sonrisa. La sonrisa de mamá. Preferí mantener la calma ante la adversidad. Apoyó la cabeza en la almohada y le acaricié el pelo. Tarareé una nana que mamá solía cantarnos antes de irnos a dormir. Mi voz no era tan dulce y tierna como la de mamá, pero bastó para tranquilizar a Käthe. Para mi sorpresa, ella también empezó a tararearla. Mi hermana nunca había tenido oído musical, así que le costó coger el tono y seguir el ritmo. Ya de niña se había negado en rotundo a cantar o a participar en los juegos

181

musicales de la familia. Por aquel entonces, todos nos habíamos dado cuenta de que era una inepta en materia musical.

—Liesl.

Y tras aquella voz quebradiza y fatigada, la oí. Era ella, mi hermana pequeña. Titubeé.

Käthe me cogió la mano.

—No, por favor —rogó—. No dejes de cantar. Continúa.

Dejé de juguetear con sus mechones de pelo y retomé la canción de cuna, esta vez sustituyendo la letra con un «ooh» constante mientras pensaba qué hacer.

«¿Estás aquí, Käthe, mi amor, mi querida hermana?»

Aquella pregunta no encajaba muy bien en el ritmo de la nana, pero fue la única idea que se me ocurrió para poder charlar con ella sin dejar de cantar.

—Sí, estoy aquí —farfulló ella—. Tu música… me ayuda a disipar la niebla.

«Debemos huir, debemos volar, tu futuro esposo espera su premio.»

—¿Mi futuro esposo?

Sus ojos azules se nublaron y, en silencio, me reprendí por haber infiltrado mi propio hechizo, mi propia fantasía.

«No pasa nada, no te preocupes. Ven conmigo. ¡Date prisa!»

—Prisa —repitió ella, y echó un vistazo a su alrededor. Contemplaba el túmulo como si fuera la primera vez que lo veía—. Sí, debemos darnos prisa.

«¿Estás bien? ¿Estás fuerte? Te veo tan débil, tan pálida.»

—Sí —murmuró ella, y asintió con la cabeza. Y, de repente, como si fuese un acto de fuerza de voluntad, su tez recuperó algo de color y en su mirada advertí seguridad, decisión—. Lo estoy.

«Entonces sígueme, hermanita, sígueme.»

Volvió a asentir con la cabeza.

—Sí, Liesl. Iré contigo —susurró—. Te seguiré.

Extraño, dulce

$\mathcal{N}$o podía perder ni un segundo. En cuanto logré sacar a Käthe de la cama, rebusqué entre las pilas y pilas de trajes y elegí los que, a primera vista, parecían más cómodos y prácticos. Había ido a su habitación con las manos vacías, ni siquiera había traído el mapa rudimentario y contradictorio que había diseñado del Mundo Subterráneo. Pero no había tiempo para planear la huida. En ese momento poco importaba si nos perdíamos en aquel laberinto de pasadizos; el plazo estaba a punto de terminarse. Así que, al igual que el flautista de Hamelín, continué tarareando la canción para que mi hermana me siguiera el rastro.

Pasados unos segundos, mi voz empezó a sonar ronca, áspera. Sabía que, en un momento u otro, me quedaría afónica y no podría seguir cantando, por lo que necesitaba encontrar otra manera de hechizar a mi hermana.

La idea me vino enseguida a la cabeza. Estuve a punto de echarme a reír. ¿Cómo no se me había ocurrido antes? Mi flauta. El regalo del desconocido alto y elegante. La había tocado en la guarida del rey. Y podía volver a hacerlo ahora.

> Deseo, deseo que el duende que esté más cerca
> me traiga la flauta, ¡y rápido!
> Traédmela ahora.

En un abrir y cerrar de ojos, Ramita y Ortiga aparecieron ante mí. Al parecer, a Ortiga le molestó que la invocara, pero

Ramita parecía contenta. La duende más alta y espigada me entregó el instrumento con una expresión casi reverente.

Gracias, amiga mía.
Muchas gracias.
Por favor, ayúdame a encontrar
la salida de esta tumba.

No fui capaz de incluir la palabra mágica en mi canción improvisada que, dicho sea de paso, cada vez sonaba más arrítmica y desentonada.

—No hay salida, mortal —espetó Ortiga—. Es absurdo intentarlo.

Meneé la cabeza y seguí canturreando una melodía cualquiera. Me volví hacia Käthe; su rostro, ya de por sí demacrado y ojeroso, estaba empapado en sudor frío.

—Estoy aquí —farfulló con esa voz cansada y lejana—. Sigo aquí.

Ramita me observaba con aquellos ojos inexpresivos, inhumanos e indescifrables. Intenté encontrar algo de bondad en ellos.

—Entérate bien, mortal —dijo—. Aquí, en el Mundo Subterráneo, todos los caminos llevan al inicio y al final. En tus manos está averiguar cuál es cuál. Sé fiel a ti misma. Sé rápida. Y recuerda que las antiguas leyes dan, y las antiguas leyes quitan. No te será fácil escapar de aquí.

—Fracasará —espetó Ortiga con desdén—. No existe mortal en la faz de la Tierra capaz de alterar el antiguo equilibrio —añadió con una sonrisa macabra—. Buena suerte. La necesitarás.

Ignoré el comentario de Ortiga y le regalé una mirada de agradecimiento a Ramita. Un segundo más tarde, las dos duendes se esfumaron.

«Sigue hablándome, querida —le canté a Käthe—. Quédate conmigo. ¡Canta!»

Y después me llevé la flauta a los labios.

Υ

El Mundo Subterráneo era un intrincado y complejo laberinto. Recorrí pasillos que parecían ascender hasta el mismo cielo, pasadizos que se enroscaban en sí mismos, pasadizos que acababan en un inmenso e infranqueable muro de barro. Tenía que seguir tocando la flauta, por lo que no podía sujetar la mano de Käthe. Estaba débil, al borde del desfallecimiento, así que se agarró con fuerza a las tiras de mi delantal. Cada vez que le flaqueaban las fuerzas o sentía que titubeaba, tocaba una melodía que nos recordara nuestra infancia. Un canon. Una canción para saltar a la cuerda. Una tonadilla absurda y sin sentido.

—Jamás ganarás. Lo sabes, ¿verdad?

Justo delante de mí, envuelto en un manto de luces y sombras, estaba él, el Rey de los Duendes. Llevaba el mismo atuendo que el día que lo conocí en la abarrotada plaza del mercado, una capa larga hasta los pies con una capucha que le tapaba la mayor parte del rostro. Por aquel entonces no era más que un desconocido misterioso, alto y elegante.

185

Frené en seco; Käthe tropezó y se cayó encima de mí.

—¿Qué ocurre? —preguntó un tanto desorientada—. ¿Estás bien?

Yo tenía la mirada clavada en el Rey de los Duendes. Käthe, en cambio, miraba a un lado y a otro, incapaz de vislumbrar la figura esbelta que nos impedía el paso. Torció los labios y esbozó una sonrisa maliciosa, una sonrisa de suficiencia, y después se llevó un dedo a los labios. *Shhh.*

De repente empezó a soplar una suave brisa, una corriente desapacible y fría cuyo aroma me recordó al mundo exterior. Era un olor seductor, prometedor, un olor a hojas, a hierba recién cortada, a rocío y a libertad. Mi hermana se pegó a mí. Estaba temblando. La brisa se convirtió en un viento huracanado que agitaba nuestro pelo, nuestras faldas, nuestras blusas. Era un viento travieso, malvado.

—Liesl —llamó Käthe—. ¿Estamos cerca?

No me atreví a despegar la flauta de mis labios. Quería tranquilizar a mi hermana, pero no sabía cómo hacerlo. Los ojos del Rey de los Duendes brillaban como dos luceros bajo aquella capucha. Alcé la barbilla y le miré directamente a los ojos.

No reconocí al joven de mirada dulce y tierna en él; el Rey de los Duendes que tenía enfrente se había convertido en una criatura de penumbra e ilusión. Era *Der Erlkönig* en su forma más elemental. Un embaucador. Un seductor. Un rey. Busqué en su rostro algún resquicio del joven austero e inocente del retrato que había visto en la galería, de «mi» Rey de los Duendes. Pero no encontré nada.

Cuadré los hombros, me giré hacia Käthe y empecé a tocar un *ländler* alegre y desenfadado. Era una de las melodías más animadas que conocía. Traté de tocarla con desenfado y júbilo. Pese a que mi hermana seguía con el ceño ligeramente fruncido, vi que su expresión se había relajado y que incluso trataba de dibujar una sonrisa. Käthe no era ninguna experta en analizar los tonos de una pieza musical, pero hasta una persona con el poco oído musical como el de mi hermana podía comprender lo que estaba tratando de decirle con la música.

«Todo va bien. No te preocupes.»

Käthe no dudó en seguir mis pasos. Nos estábamos aproximando a *Der Erlkönig*. La ventisca cada vez era más impetuosa. Ya no era una brisa juguetona, sino un vendaval mezquino y malintencionado. Nos empujaba hacia delante y atrás. Jalaba de nosotras con fuerza. Nos embestía. Nos amenazaba. Notaba su afilado mordisco en las puntas de los dedos, en los labios. Se me entumecieron y apenas podía sentirlos. El bufido de aquella ventisca cada vez era más ensordecedor y, tras unos segundos, acabó por tragarse mis melodías. Käthe se aferró a mí como quien se aferra a un clavo ardiendo. Traté de seguir tocando, esta vez más alto, pero sabía que estábamos perdiendo esa batalla. En un momento dado, mi hermana se soltó. Cada vez la notaba más y más lejos. Habíamos estado tan cerca…

—Ríndete, Elisabeth —canturreó *Der Erlkönig*—. Vamos, querida. Deja de tocar la flauta y descansa. Quédate conmigo.

Cerré los ojos. Tenía los dedos adormecidos y ya no sentía el instrumento. Estaba agotada, me faltaba el aire y me había quedado sin ideas.

—Sí —siseó—. Lentamente, poco a poco...

Separé los labios de la flauta y, casi a cámara lenta, bajé los brazos. A veces, una retirada a tiempo es una victoria, o eso dicen. Todavía no me había vencido.

Mamá nos había enseñado a cantar, del mismo modo que papá nos había enseñado a tocar. Pese a que ninguno de los tres poseíamos su talento vocal, jamás desistió y nos enseñó a controlar la respiración, a proyectar nuestra voz, a dar forma al aire que inspirábamos para después producir un sonido magistral. Respiré hondo y llené mis pulmones de oxígeno. Hallé un tono que podía mantener sostenido sin ahogarme: un tono lo bastante alto para que sonara agudo y estridente, pero lo bastante grave para no desgarrarme las cuerdas vocales.

Abrí la boca y grité.

Dejé que el sonido sonara en mi cabeza, retumbara en todos los recovecos de mi cerebro y después lo expulsé por la boca. *Der Erlkönig* se tambaleó, asombrado por la intensidad de aquel chillido. Dio un traspié y se tapó los oídos con las manos en un intento de silenciar aquel torrente de sonido.

Di un paso al frente. *Der Erlkönig* dio un paso atrás. Yo seguí avanzando, decidida y sin miedo, pero no lograba acortar la distancia que nos separaba. Quería llegar a él, enfrentarme a él, apartarle de mi camino de un empujón y obligarle a admitir que había perdido. Alargué el brazo, pero mis dedos atravesaron la tela de su capa. Lo que tenía delante de mis narices era un espectro insustancial, una quimera. Se desvaneció en un segundo.

Käthe y yo nos quedamos solas en aquel pasadizo. El viento paró de soplar y la atmósfera se volvió más agradable, más cálida, más silenciosa. Empecé a tararear una canción arrítmica que transmitía más resignación que consuelo. Käthe entrelazó su mano con la mía y la apretó con fuerza. Me sorprendió que no estuviera fría como un témpano de hielo.

Bajé la mirada y eché un vistazo a la flauta. Advertí una

minúscula columna de humo, pero no era de calor. Las juntas estaban cubiertas de escarcha y la madera se había convertido en un bloque de hielo. El instrumento estaba tan frío que hasta me dolían los dedos de sostenerlo. Me lo acerqué a la boca y los labios se me quedaron pegados a la boquilla metálica, también congelada. Pero no iba a tirar la toalla tan pronto, así que soplé y empecé a tocar de nuevo.

Ese fue mi primer encuentro con *Der Erlkönig* en aquella noche eterna, pero no sería el último. Cada dos por tres aparecía en mitad de un pasillo para burlarse de mí, para engañarme, para confundirme. Estaba decidida a mantenerme en mis trece, así que, cada vez que me topaba con él, continuaba avanzando. Prefería ignorar esas constantes apariciones porque, al fin y al cabo, no eran más que una ilusión. Me resultaba más fácil cuando pensaba en él como la figura mitológica aterradora y enigmática de las historias de Constanze, y no como el Rey de los Duendes con quien había bailado de niña, y de no tan niña. No había rastro de mi Rey de los Duendes en *Der Erlkönig*.

Cada triunfo ante *Der Erlkönig* servía para reforzar mi empeño, mi firmeza en la decisión. Pero cometí el error de confiarme demasiado. Sí, ya no podía engañarme con sus trucos sobrenaturales, pero había subestimado sus trucos psicológicos.

Estaba tocando la flauta de nuevo —alternaba la voz y el instrumento en un intento de preservar mis cuerdas vocales y mi aliento— cuando, de repente, oí el violín.

Yo, que había crecido sobre las faldas de un violinista como papá; yo, que me había criado al lado de un niño prodigio como Josef, jamás había oído una interpretación musical como aquella. El violinista tocaba una pieza que desconocía. No reconocí al compositor, aunque me pareció reconocer la complejidad del contrapunto de Bach, la elegante expresividad de Vivaldi y el impresionante encanto de Händel en aquella melodía.

En cada compás había devoción; devoción, veneración,

éxtasis… Era una pieza de tal belleza que se me saltaron las lágrimas. Dejé de tocar la flauta. Y dejé de canturrear.

El dulce y embriagador perfume de melocotones llenó el pasillo. Incluso Käthe parecía conmovida, pese a no saber distinguir un *concerto* de una chacona. Mi hermana empezó a balancearse. Cerró los ojos, como si así pudiera escuchar mejor la canción.

La música provenía de algún rincón que escapaba de nuestro alcance. Sin soltarnos la mano, Käthe y yo seguimos aquel sonido celestial hasta donde se oía más alto, más claro, más impresionante. Pero no encontramos ningún músico tocando el violín, ningún virtuoso al que felicitar por la exquisitez de su interpretación musical. De hecho, la música parecía salir de detrás de la pared de barro del pasillo, de otra habitación, de otro vestíbulo, de otro mundo. Apoyé el oído sobre el lodo prensado porque ansiaba acercarme al origen de ese sonido.

Sin pensármelo dos veces, empecé a arañar el barro y a cavar. Necesitaba llegar a ese sonido. La música cada vez se oía más cerca y, poco a poco, me fui sumergiendo en las profundidades del Mundo Subterráneo. El barro de aquel muro se movía, se revolvía a mi alrededor, pero yo seguía excavando mi túnel particular hacia la música.

No tenía la menor idea de qué dirección estaba tomando. ¿Dónde acabaría? ¿Con quién me encontraría? No sabía si, al otro lado de ese muro, hallaría la libertad, o el mundo exterior, o al desconocido violinista, o a Josef, o al mismísimo ángel de la música. Lo único que sabía era que no podía morir sin haber contemplado el rostro que se escondía tras la magia.

—¡Sepperl! —grité. O quizá fuese el nombre de Dios.

La boca y la nariz se me llenaron de barro, pero no me importó.

—¡Liesl!

Pese a que el lodo también se había colado en mis oídos, me pareció oír un llanto, un lamento. Mi nombre, tal vez. Conocía esa voz.

—Liesl, por favor.

Sentí unas manos sobre los hombros. Me sujetaban y tiraban de mí con fuerza para sacarme de allí.

—¡No! —chillé, pero tenía la boca llena de barro y me atraganté.

La música cada vez se oía más débil, más lejana, y no pude hacer otra cosa que llorar su pérdida.

—No puedes hacerme esto. No puedes dejarme aquí y pretender que lo haga sola.

De pronto noté algo húmedo en el rostro. ¿Lluvia? ¿Cómo era posible que lloviera bajo tierra?

Otra gota. Y otra. No eran frías, sino todo lo contrario. Las notaba cálidas, casi vivas. Las gotas de lluvia no eran así. Una gota se deslizó hasta la comisura de mis labios y la saboreé. Estaba salada.

Lágrimas. Eran lágrimas.

Käthe estaba llorando.

—Liesl, Liesl —se lamentaba. Me tenía entre sus brazos y no dejaba de acunarme.

—Käthe —gruñí, y luego me puse a toser y a escupir trozos de barro, lodo e incluso de hojas secas.

Tenía los pulmones taponados y cada vez que cogía aire notaba arenilla por la nariz, por la faringe, por el esófago. Cuando por fin recuperé el conocimiento, y el sentido común, me di cuenta de que estaba enterrada hasta el cuello, sepultada por varios kilos de barro y piedras en mitad del pasillo. Estaba cavando mi propia tumba.

—¡Oh, gracias a Dios! —gritó mi hermana, que en ese momento estaba enfrascada en aflojarme los lazos del corpiño para que pudiera respirar con normalidad. Tosí. Vomité. Tosí. Vomité. Y así hasta sacar toda la bilis por la boca.

A lo lejos aún lograba oír los compases fantasmales de aquel violín angelical, pero mi hermana me tenía bien sujeta y no parecía dispuesta a dejar que me moviera un solo centímetro.

—Quédate conmigo —suplicó. Su mirada azul buscaba la mía—. Quédate aquí. No escuches esa canción. No es real. No es Josef. No es papá. Es el Rey de los Duendes. Es una trampa, un truco.

«No es Josef. No es papá. Es el Rey de los Duendes. Es una trampa, un truco.»

Repetía esas palabras como un mantra, silenciando la dulce melodía que me envolvía y que amenazaba con arrebatarme el buen juicio. El perfume a melocotones cada vez era más intenso, más embriagador, solo que ahora también se percibía un ligero olorcillo a putrefacción.

«La marca de los duendes», pensé.

Käthe me limpió el barro y la sangre de la cara y me ayudó a ponerme en pie para guiarme por un pasillo larguísimo y laberíntico.

Käthe, mi querida, dulce e inarmónica hermana. Cada vez que el hechizo del violín amenazaba con dominar mi sensatez y mi cordura, mi hermana me estrujaba la mano. El dolor era insoportable, pero reconozco que disfruté del dolor; me recordaba quién era y qué estaba haciendo. Era Liesl. La hermana mayor de Käthe. Estaba rescatándola de las garras del Rey de los Duendes. Le estaba salvando la vida. Solo que ahora era ella, mi hermana pequeña, la que estaba protegiéndome.

En ese momento, el aroma a melocotón empezó a disiparse. Poco a poco, todos mis sentidos fueron volviendo a la normalidad, aunque la música seguía retumbando en mi cabeza. La magia había desaparecido. No había ningún ángel de la música, ninguna presencia divina, tan solo los falibles sonidos de una interpretación mortal. Hermosa, pero humana.

Junto con mi sentido común, también recuperé la curiosidad. Algo…, alguien estaba tocando el violín; la música se oía muy cerca, más cerca que nunca.

Un rayo de luz se coló por una grieta inmensa que se había abierto en una de las paredes del laberinto. Advertí una sombra en el suelo del pasadizo, una silueta esbelta y delgada. *Der Erlkönig*. Ahora que empezaba a conocer las formas que podía adoptar su cuerpo, ya no podía sorprenderme. Contemplé con atención cómo la sombra del Rey de los Duendes tocaba el violín; el movimiento del brazo derecho era preciso, suave, estudiado. Sentía que Käthe tiraba de mí, pero no quería alejarme de allí. Me acerqué a ese pequeño resquicio de luz y pegué la cara a la pared. Necesitaba mirar a través de esa grieta. Necesitaba verle tocar.

El Rey de los Duendes estaba de espaldas a mí. Esta vez no llevaba un abrigo sofisticado y elegante, ni un traje bordado con hilo de oro. Tan solo llevaba unos pantalones y una sencilla camisa de batista; la tela era tan fina que incluso podía advertir los músculos de su espalda.

Tocaba con rigor y, a decir verdad, tenía un talento musical considerable, pero el Rey de los Duendes no era Josef; no poseía la nitidez de emociones de mi hermano ni su trascendencia. Pero el Rey de los Duendes tenía voz propia, llena de pasión, de nostalgia y de veneración. Y, para mi sorpresa, sonaba… vibrante. Viva. Pude percibir alguna metedura de pata, alguna torpeza, una nota discordante accidental que hacía que su interpretación fuese humana, oh, muy humana. Estaba viendo a un hombre, ¿o era un muchacho?, tocando una melodía con su violín. Era evidente que esa canción le apasionaba y la tocaba hasta conseguir que sonara perfecta a su oído imperfecto. Me había colado en un lugar privado, en un lugar íntimo. Me ruboricé.

—Liesl.

La voz de mi hermana cortó el sonido de la música del Rey de los Duendes como si fuese el filo de una guillotina. Silencio. Él miró por encima del hombro y nuestras miradas se entrecruzaron. Le había pillado desprevenido, y así lo mostraban sus ojos bicolor. Me sentí avergonzada y envalentonada al mismo tiempo. Le había visto despojado de toda su ropa en sus aposentos, pero tenía la impresión de que ahora estaba aún más desnudo. El decoro y la decencia me impulsaban a mirar hacia otro lado, pero algo me lo impedía. Ver su alma al desnudo me había dejado totalmente cautivada.

Nos mirábamos a través de la grieta en la pared. Los dos nos quedamos inmóviles, paralizados. El aire que corría entre nosotros empezó a cambiar; se respiraba el mismo ambiente que precede a una tormenta: un ambiente silencioso, tranquilo, expectante, tenso.

192

Un gruñido rompió ese silencio. Käthe. Y, casi de forma automática, la expresión de la mirada del Rey de los Duendes se ensombreció y volvió a adoptar el semblante distante e intocable de *Der Erlkönig*.

—Liesl —susurró Käthe—. Vamos. Por favor.

Me había olvidado por completo de la existencia de mi hermana. Me había olvidado de por qué estaba ahí. Me había olvidado de todo, salvo de los increíbles ojos del Rey de los Duendes, unos ojos cambiantes, unos ojos grises y verdes y azules y marrones. Käthe me tiró de la manga y, esta vez, la seguí. Me cogió de la mano y, juntas, seguimos el pasadizo a toda prisa. Corríamos lo más rápido que podíamos para escapar de las garras de *Der Erlkönig*, de sus palabras embaucadoras y sus deliciosos hechizos. Teníamos que huir de allí. Por mucho que lo intentara, no lograba comprender por qué mi corazón latía con compasión.

Victoria pírrica

*P*or fin logramos salir del Mundo Subterráneo. Era de noche y miles de estrellas titilaban en el cielo. La luna todavía no había salido y no tenía ni idea de cuánto tiempo había pasado. ¿Lo habíamos conseguido? ¿Habíamos llegado a tiempo?

Miré a mi alrededor. No reconocí el bosque en el que aparecimos. La luz de las estrellas iluminaba aquel paisaje con un resplandor sobrenatural. Los árboles adoptaban unas formas retorcidas y parecían esculpidos por el viento… o por un duende. Crecían como si ansiaran ponerse a bailar con plena libertad por ese bosque, pero sus raíces, bien aferradas al suelo, no se lo permitían. Pensé en las historias que Constanze nos había contado sobre doncellas convertidas en árboles y sentí un escalofrío por todo el cuerpo, pese a que no era una noche especialmente fría.

No, no habíamos llegado tarde. Observé el paraje que tenía ante mí. El cielo era la prueba, la prueba que demostraba que yo había ganado. Se me llenaron los ojos de lágrimas; después de llevar varios días, o eso creía, enterrada y sepultada en un reino de barro, raíces y piedras, no pude evitar emocionarme al ver aquel cielo estrellado.

—Oh —murmuré—. ¡Ven a ver esto!

Me había escurrido por las raíces de un roble descomunal y había logrado colarme por una madriguera para conejos. Käthe y yo habíamos deambulado por un sinfín de pasadizos durante días, o al menos esa era mi percepción. Los túneles se habían ido estrechando cada vez más. A medida que pasaba el tiempo, el barro se volvía más tosco, más húmedo. Cualquier resquicio de civilización fue desapareciendo; en un momento dado, tuvimos que seguir avanzando a gatas. Estaba orgullosa de mi hermana; en ningún momento se había quejado del fango que le manchaba el vestido, ni de las piedras que se le clavaban en las palmas de las manos, ni en las raíces que le tiraban del pelo. Me había dejado anonadada. Su valor me había animado a seguir adelante. No titubeé. No vacilé. Ni siquiera cuando los pasillos empezaron a estrecharse y me embargó una sensación de desesperación.

—Käthe —repetí—. ¡Ven a ver esto!

Me giré para ayudar a mi hermana, pero lo único que vi fueron sus preciosos ojos azules entre las sombras del roble.

—Käthe —dije por tercera vez—. Ven.

Pero ella no se movió. Seguí su mirada, que estaba clavada en algún punto detrás de mí.

—¿Qué te ocurre? —pregunté; me arrodillé frente al árbol y le ofrecí la mano—. Ya está. Todo ha terminado. Hemos conseguido escapar del Rey de los Duendes.

—¿Estás segura?

Me di la vuelta. En un claro del bosque estaba él, el Rey de los Duendes. Llevaba unos pantalones de cuero y una chaqueta de punto. De no haber sido por aquella tez tan blanquecina, o por las puntas afiladas que asomaban por esa sonrisa de suficiencia, le habría tomado por uno de los campesinos del pueblo. Pero no era un campesino. Era demasiado atractivo y demasiado terrible para serlo.

—Estoy segura —dije, y señalé el cielo nocturno—. He vencido. Te he derrotado a ti y a tu laberinto infernal.

—Ah, pero ¿acaso no estamos, en cierto modo, atrapados en un laberinto que tú misma has creado? —preguntó el Rey de los Duendes con tono alegre.

—Además de rey, filósofo —farfullé—. Fascinante.

—¿Me encuentras fascinante, Elisabeth? —preguntó con una voz suave y melosa como el terciopelo.

En aquella máscara de picardía y maldad busqué algún resquicio del joven de mirada tierna e inocente, un ancla a la que poder agarrarme, pero no encontré nada en absoluto.

—No.

El Rey de los Duendes hizo un mohín.

—Eso me ha dolido —murmuró, y se acercó a mí, envolviéndome con su dulce esencia, que olía a hielo y a marga. Con sus dedos largos y elegantes me cogió de la barbilla y me obligó a mirarle—. Estás mintiendo.

—Suéltame —ordené. Estaba temblando, pero mi voz sonó firme.

Él se encogió de hombros.

—Como desees —contestó, y se apartó. Enseguida anhelé el contacto de su piel—. No veo a tu hermana por ninguna parte.

Suspiré. La presencia del Rey de los Duendes había amilanado a Käthe; nada quedaba de la valentía e intrepidez que había demostrado minutos antes. Permaneció oculta entre las raíces del roble y no parecía dispuesta a salir de su escondite.

—Entonces ayúdame a sacarla de ahí —exigí.

Él arqueó una ceja.

—¿Sin tan siquiera un «por favor»? *Tch, tch,* ¿dónde han quedado tus modales, Elisabeth?

—Deseo que liberes a Käthe de las raíces del árbol.

El Rey de los Duendes hizo una reverencia.

—Tus deseos son órdenes.

El roble se partió por la mitad, desde la raíz hasta la rama más alta. Käthe estaba en el corazón del árbol, acurrucada y temblando de miedo.

—Käthe, Käthe —susurré, y la abracé—. Tranquila. Todo ha acabado. Podemos ir a casa.

—No tan rápido —interrumpió el Rey de los Duendes, y dio un paso al frente—. Todavía no hemos terminado.

Mi hermana se encogió y enterró la cara en mi hombro.

—Sí, sí hemos terminado —repliqué—. Teníamos una apuesta.

—¿En serio? Refréscame la memoria.

A veces era demasiado fácil olvidar que *Der Erlkönig* era una criatura ancestral, más antigua que las colinas de aquel paisaje.

—Tenía que encontrar a mi hermana y hallar la salida del Mundo Subterráneo —respondí apretando los dientes—. Y, mira tú por donde, aquí estamos, en el mundo exterior.

—¿Eso es lo que crees?

De pronto me embargó una sensación de miedo, de pavor y, poco a poco, gota a gota, el pánico fue apoderándose de mí.

—Un esfuerzo muy loable, Elisabeth —comentó el Rey de los Duendes—, pero has perdido.

Y, tras esas últimas palabras, el bosque que nos rodeaba empezó a transformarse. Los árboles se convirtieron en columnas de piedra maciza, y las hojas, en retales y jirones. El cielo estrellado se congeló y se agrietó, como un lago helado en invierno. Sentí que Käthe lloriqueaba sobre mi hombro. Pensé que estaba tiritando, que le estaban castañeteando los dientes, pero estaba equivocada; en realidad, estaba repitiendo una especie de mantra: «demasiado tarde, demasiado tarde, demasiado tarde».

—No —susurré—. Oh, no.

Seguíamos en el Mundo Subterráneo.

—Sí —dijo él; la palabra sonó suave, casi sibilante—. He ganado.

Agarré la mano de mi hermana y apreté con fuerza. No iba a entregársela tan fácilmente.

—Bueno —prosiguió el Rey de los Duendes—, ganaré en cuando la luna llena anuncie la llegada del nuevo año.

Me puse rígida.

—¿Aún no he salido?

—Todavía no —admitió él—. Estás cerca. De hecho, estás muy muy cerca. —Hizo un gesto con la mano y la bóveda congelada empezó a formarpequeñas ondas. Las estrellas volvieron a iluminarse, pero esta vez su titileo era más débil y acuoso; me daba la sensación de estar contemplando el cielo desde las profundidades de un lago—. Estamos justo en el umbral —continuó—. El mundo exterior está justo detrás de ese velo.

Käthe inspiró hondo y se volvió para admirar las estrellas. Su resplandor tiñó de plateado su rostro y su cabello.

197

Cerró los ojos, como si no soportara ver la libertad, tan cerca pero a la vez tan lejos.

—¿Cuánto falta para la luna llena? —pregunté.

—Poco —contestó el Rey de los Duendes, que esbozó una sonrisa de oreja a oreja—. En cualquier caso, no os queda tiempo para conseguir escapar de aquí.

—Tienes que darme una oportunidad.

Él se cruzó de brazos.

—No.

—Un caballero respetaría las normas.

—Ah, pero yo no soy un caballero, Elisabeth —respondió el Rey de los Duendes con un sarcasmo lánguido y fingido—. Soy un rey.

Y, de repente, me di cuenta de algo.

—Nunca has valorado la posibilidad de perder. No vas a dejarme ganar.

—Exacto —reconoció, y me mostró esa dentadura salvaje y afilada—. Después de todo, ¿no soy el Señor de las Fechorías?

El Señor de las Fechorías. Por supuesto.

—¿Entonces por qué te has tomado la molestia de jugar? —pregunté—. ¿Por qué te has enfrascado en este juego cuando podías haber conseguido lo que querías desde el principio?

Su rostro se contrajo en una expresión ininteligible.

Pareció envejecer varios siglos de repente. Ante mí tenía a una criatura anciana, agotada. Y entonces recordé que *Der Erlkönig* era un ser ancestral que habitaba esas montañas y esos bosques desde tiempos inmemoriales. Desde antes del propio tiempo.

—No quiero esto —dijo con un hilo de voz tan suave que, por un momento, pensé que lo había imaginado—. Nunca quise esto.

El comentario me pilló por sorpresa y me dejó fría y sin aliento.

—*Mein Herr* —dije—. Entonces qué...

El Rey de los Duendes se echó a reír. Su rostro, antes envejecido, demacrado y ojeroso, adoptó una expresión ma-

198

liciosa, traviesa. Sus rasgos se afilaron: su mirada se volvió brillante y penetrante; sus pómulos se tornaron más marcados y angulosos.

—¿Qué respuesta esperabas, Elisabeth? Juego contigo porque puedo. Porque disfruto con ello. Porque estaba aburrido.

Un grito de rabia e indignación me estranguló. Necesitaba destruir alguna cosa, descargar mi rabia e impotencia contra las injusticias del mundo. Lo único que quería era abalanzarme sobre el Rey de los Duendes y arrancarle cada una de las partes del cuerpo. Ansiaba luchar contra él, un duelo al estilo Ménade contra Orfeo. Cerré los puños.

—Sí —murmuró él—. Adelante. Pégame. Golpéame. —La invitación no estaba solo en sus palabras, sino también en su voz. Avanzó hacia mí—. Descarga tu rabia contra mí.

Apenas nos separaba un centímetro. Nos mirábamos fijamente, sin pestañear. Así, tan cerca de él, me fijé en sus ojos; su ojo gris tenía unas motas plateadas y azules, y unos anillos ámbares y dorados embellecían aún más su ojo verde. Esos ojos se estaban burlando de mí, me invitaban y me incitaban a la pasión. Yo era una brasa ardiente; él, un atizador que me avivaba.

Reculé. Tenía miedo. Miedo de tocarle. Miedo de que encendiera un fuego en mi interior.

—¿Qué —gruñí— quieres de mí, *mein Herr*?

—Ya te he dicho lo que quiero —respondió él—. Te quiero a ti, entera.

Ninguno de los dos apartó la mirada. «Déjate llevar»: eso era lo que sus ojos parecían decirme. Pero no podía hacerlo. Si cedía, si me entregaba a mi furia, no sabía a qué más renunciaría.

—¿Por qué? —pregunté con voz ronca.

—¿Por qué qué, Elisabeth?

—¿Por qué yo?

Aunque hablé en voz baja, el Rey de los Duendes oyó las palabras. De hecho, él siempre me había oído.

—¿Por qué tú? —repitió, y vi un destello en la punta de esos dientes afilados—. ¿Y quién si no? —Hasta sus palabras

199

eran afiladas. Me atravesaron como si fueran un cuchillo—. Tú siempre has sido mi compañera de juegos.

Una risa infantil resonó en mis oídos, pero era más bien un recuerdo que un sonido real; el recuerdo de una niña y un niño bailando juntos en el bosque. Él, el Rey de los Duendes. Ella, la hija del posadero. No, la hija de un músico. No, una música en sí misma.

«Una esposa. Necesito una esposa. ¿Te casarás conmigo algún día?», dijo el niño.

La pequeña música se echó a reír.

«Tan solo dame una oportunidad, Elisabeth.»

—Una oportunidad —susurré—. Dame una oportunidad para ganar. La luna todavía no ha salido.

El Rey de los Duendes se quedó en silencio unos minutos.

—Nadie puede ganar en este juego —dijo al fin—. Ni tú ni yo.

Sacudí la cabeza.

—Al menos tengo que intentarlo.

—Oh, Elisabeth. —El modo en que pronunció mi nombre me estremeció y removió algo en mi interior—. Admiro tu tenacidad, pese a que tu esfuerzo será en vano, te lo aseguro.

Abrí la boca para protestar, para defender mi causa, pero él apoyó un dedo sobre mis labios y me silenció.

—Está bien —murmuró—. Una última oportunidad. Un último juego. Encuentra a tu hermana, y dejaré que os marchéis.

—¿Eso es todo?

Él se limitó a sonreír, aunque su sonrisa, en lugar de tranquilizarme, me asustó.

—De acuerdo —respondí con voz temblorosa—. Venga, Käthe, vayámonos de aquí.

Silencio.

—¿Käthe?

Me di la vuelta. Estaba sola. Mi hermana se había desvanecido.

Otra vez.

«Encuentra a tu hermana.»

Y esta vez sí grité. La cueva vibró con mis chillidos. Rugí de rabia, de asco, de odio, de desesperación. El mundo que me rodeaba volvió a transformarse; por segunda vez, aparecí en aquel bosque extraño y espeluznante. Estaba a la intemperie. Era de noche, para variar, y el cielo estaba despejado. Las estrellas centelleaban en la bóveda celeste.

Estaba en el mundo exterior.

—Oh, no —dije—. No, no, no, no.

Oí el eco de la risa burlona de *Der Erlkönig* resonando entre los árboles del bosque.

—¡Maldito seas! —grité—. ¡Sal de tu escondite y juega limpio!

Y así lo hizo. Estaba junto a una pequeña y lejana arboleda, con Käthe entre sus brazos. Su cuerpo inerte yacía sobre sus brazos como el mantel de un altar, con la cabeza echada hacia atrás y los brazos extendidos. Parecían encarnar una especie de *pietà*: el Rey de los Duendes, el doliente con una sonrisa de suficiencia, y mi hermana, la mártir muerta.

Salí disparada hacia ella, pero, en cuanto mis dedos rozaron su falda, los dos se esfumaron. El único rastro que dejó mi hermana fue un pedazo de seda que había quedado atrapado en la rama de un abedul.

—¡Liesl!

La voz de Käthe se perdió en la lejanía. Me di la vuelta y, desesperada, traté de seguir el sonido de su llanto. Sí, ahí estaba, la había encontrado. Estaba encerrada en una jaula de ramas; pero no, me había equivocado. No era más que un árbol que había brotado entre las zarzas. Y entonces la vi, a merced de varios duendes. Todos la miraban con ojos viciosos y lujuriosos mientras le sujetaban los brazos tras la espalda. Pese a su seductora y atractiva apariencia, ya no parecían humanos. Sus sonrisas lascivas se volvieron amenazadoras.

Corrí hacia ellos y entonces me di cuenta de que no estaban sujetando a Käthe, sino a mí. Estaba rodeada de duendes altos y elegantes, todos cortados por el mismo patrón. Eran copias idénticas del rey: lánguidos, atractivos, crueles. Sen-

201

tí el roce de sus labios en mi piel, pequeños mordiscos en la garganta. Estaban ansiosos por devorarme. No, no eran duendes, sino las ramas podridas de los árboles. Me rasgaban la ropa y me arrancaban el pelo.

—¡Liesl!

Los aullidos de Käthe eran débiles, pero sabía que no andaba muy lejos. De hecho, sonaban bajo mis pies, como si estuviera enterrada justo debajo de mí. Me dejé caer sobre mis rodillas y empecé a arañar la tierra y a cavar como una histérica.

—Ríndete, Elisabeth —me instó el Rey de los Duendes—. Ríndete y entrégate a mí.

Era imposible adivinar de dónde salía su voz, pues parecía venir de todos los rincones del bosque y de ninguno en particular. El Rey de los Duendes estaba en el viento, en la tierra, en los árboles, en las hojas, en el cielo y en las estrellas. Estaba en el propio bosque. Traté de enfrentarme a él, pero era imposible luchar contra alguien capaz de confundir tu noción del tiempo, del espacio e incluso de ti misma.

—¡Liesl!

Un ruido sordo. Aparté las hojas, las ramas, las piedras y el barro y, de repente, mis manos toparon con algo tan rígido y suave como la superficie de un cristal.

—¡Liesl!

Ahí, bajo las palmas de mis manos estaba Käthe, atrapada tras una capa de hielo. ¿Un lago congelado? Golpeé el hielo con todas mis fuerzas mientras gritaba su nombre. ¿Se estaba ahogando? Solté un aullido cargado de frustración. Arañé y aporreé aquella capa de hielo hasta que las manos me empezaron a sangrar. El charco de sangre me impedía ver a mi hermana.

De repente, la escarcha carmesí se desvaneció, revelando la imagen de una Käthe angustiada. Pese a que estaba muerta de miedo, parecía sana y salva. Pegué la nariz al bloque de hielo y caí en la cuenta de que algo no encajaba. Algo no andaba bien. La cabeza empezó a darme vueltas; no advertí la penumbra de las profundidades de un lago congelado, sino el cielo de una noche de invierno. Käthe no estaba boca arriba, sino boca abajo. Estaba postrada sobre la orilla de un lago, no flotando en el agua. Golpeaba el hielo sin parar y ya no sabía quién estaba sobre el hielo y quién estaba debajo. ¿Era yo la que estaba atrapada bajo tierra? ¿O ella?

—Ríndete, Elisabeth.

La cara del Rey de los Duendes estaba reflejada sobre aquella suave pero sólida capa de hielo. Sin embargo, cuando me giré no vi a nadie.

—Déjalo de una vez.

Pero no pensaba rendirme. Busqué algo, cualquier cosa, que pudiera utilizar para romper el hielo que me separaba de mi hermana. Pero no había nada a mi alcance. Ninguna piedra, ninguna rama.

Y entonces pensé en la flauta de madera. Había guardado el instrumento a buen recaudo, en la cinturilla de mi falda, mientras corríamos por los pasillos del Mundo Subterráneo, cuando ya no era capaz de seguir tocándolo porque necesitaba las manos para poder arrastrarme por esos angostos túneles. Palpé la flauta y desanudé las tiras que sujetaban el delantal, la falda y lo que me quedaba de recato. No era momento de ponerse pudorosa, así que me arranqué la ropa y cogí el instrumento.

Percibí el brillo de la inseguridad en la mirada del Rey de los Duendes, cuyo rostro seguía reflejado en el hielo.

—Elisabeth, no…

Pero no dejé que terminara la frase. Agarré la flauta con las dos manos y la levanté. El viento se coló por todos los agujerillos, creando una melodía sibilante tan aguda y ensordecedora que ahogó cualquier otro sonido.

Reuní todas las fuerzas que me quedaban y golpeé la flauta contra el hielo como si de un hacha se tratara.

Resurrección

Abrí los ojos y advertí una luz muy brillante. Después de tantos días bajo tierra y en penumbra, la luz me resultó cegadora y molesta. Me tapé los ojos, pero no logré ver nada. Hacía un frío helador, pero al menos el aire era vigorizante y fresco y, lo más importante, olía a libertad.

—Estoy impresionado.

Entorné los ojos y contemplé las sombras. Apenas se apreciaba la silueta desgarbada y larguirucha del Rey de los Duendes en la oscuridad, pero aquellos ojos… captaban la luz y brillaban como los de un lobo acechante.

—Contra todo pronóstico, te las has ingeniado para romperme, Elisabeth.

Mi risa sonó tan áspera y amarga como las piedras que tenía bajo las manos. A medida que mis ojos se iban ajustando a aquella luz, me di cuenta de que tanto el Rey de los Duendes como yo estábamos tirados en el suelo, como dos soldados caídos en combate.

Estábamos en una habitación con paredes de barro e iluminada por una luz radiante.

La luna llena.

Me incorporé y me doblé de dolor. Tenía el cuerpo entumecido y magullado.

—Käthe —gruñí.

El Rey de los Duendes se levantó y asintió con la cabeza.

—Allí.

A unos metros de distancia yacía un cuerpo menudo. Traté de ponerme en pie, pero aquella habitación no dejaba de dar vueltas a mi alrededor, así que perdí el equilibrio y me caí de bruces. Logré apoyarme sobre las manos y las rodillas. Me arrastré hasta mi hermana.

Käthe estaba inconsciente, pero seguía respirando. Y lo sabía porque, tras cada aliento, expulsaba una pequeña nube de vaho que quedaba suspendida en aquel aire tan frío. Le palpé el pulso: era débil, pero constante. Miré de reojo al Rey de los Duendes.

—Está viva —dijo él—. Y está bien. Sí, tal vez esté un poco magullada, pero créeme, está sana y salva. Y, cuando se despierte en el mundo exterior, no correrá ningún peligro.

Acaricié la frente de mi hermana. Su piel estaba más fría que un témpano de hielo, pero transmitía un calor extraño, un calor humano.

—¿El juego ha terminado? —pregunté—. ¿He ganado?

Él se quedó callado. No abrió la boca durante un buen rato y, por un momento, temí que jamás volviera a articular palabra.

—Sí —admitió. En su voz reconocí algo más que cansancio; reconocí el sonido de la derrota—. Tú ganas, Elisabeth.

Por extraño que parezca, la declaración no me hizo sentir lo victoriosa y triunfante que había imaginado. Tenía el cuerpo amoratado y manchado de sangre. Y estaba tan agotada que creía que iba a desfallecer.

—Oh —fue todo lo que dije.

—¿Oh?

Aunque no podía apreciar su expresión en la sombra, sabía que estaba arqueando una ceja.

—Después de haberme retado, de haberme obligado a utilizar todo mi poder, de haber hecho pedazos mi reino, de haber quebrantado las antiguas leyes… ¿Lo único que se te ocurre decir es «oh»?

No pude evitar dibujar una sonrisa.

—¿Puedo irme, entonces?

—No necesitas mi permiso, Elisabeth —dijo en voz baja—. Nunca has necesitado mi permiso para nada.

Aparté la mirada.

205

—¿Y cómo puedo confiar en ti después de todo lo que me has hecho?

Silencio.

—Sí, he hecho cosas terribles —admitió al fin con un hilo de voz—. Sí, tú te has llevado la peor parte. Y sí, hiciste bien al no fiarte de mí.

El espacio que nos separaba, vacío de palabras, estaba repleto de remordimientos y de recuerdos dolorosos.

—Una vez fuimos amigos —dijo—. Me gané tu confianza. Pero supongo que lo he echado todo a perder, ¿verdad?

—Sí —reconocí.

No tenía motivos para mentirle. Sin embargo, al decirle la verdad sentí una punzada en el corazón. Me dejé caer sobre el suelo y apoyé la cabeza sobre el hombro de mi hermana. Conseguí levantarnos, pero no tenía fuerzas para mantenernos a las dos en pie, así que me desplomé.

—Ahí está —dijo el Rey de los Duendes—. Esa es vuestra salida.

La luz de la luna se colaba por una diminuta grieta en el techo. Por esa minúscula ranura penetró el resplandor plateado de la luna y las estrellas, y el aire frío del invierno.

—Estás muy cerca del final, tan solo tienes que dar un paso más y encontrarás la libertad.

Un paso más. Lo tenía al alcance de la mano; el mundo exterior estaba a apenas seis metros por encima de nuestras cabezas. Después del calvario que había pasado, no era mucho. Pero estaba agotada y no me quedaba ni una gota de energía, ni de determinación.

—A ver —dijo el Rey de los Duendes; advertí una nota de impaciencia en su voz—. ¿A qué estás esperando? Déjame aquí y vete. Vuelve con tu familia. Vuelve con tu madre, con tu padre y con tu abuela, una mujer única e inimitable. Vuelve con tu hermana. Vuelve con tu hermano. Vuelve a tu insoportable e insípida vida y sé feliz.

Mamá. Papá. Constanze. Hans. Por algún motivo que no lograba entender, prefería quedarme sentada junto al Rey de los Duendes que enfrentarme al mundo que me había visto crecer. Después de todo, ¿qué me esperaba allí? Pensé en la falsa realidad que había estado a punto de seducirme: un mundo en el que ya no era Liesl, la fregona de la posada; Liesl, la hermana solterona; Liesl, la muchacha que pasaba desapercibida. Esa era la vida que me esperaba.

—Elisabeth —dijo el Rey de los Duendes—, tienes que irte ya, no puedes demorarte más. La puerta permanecerá abierta mientras la luna siga en el cielo. No tienes mucho tiempo.

—Si estás tan ansioso porque me marche, *mein Herr* —respondí—, entonces conjura una escalera de ramas de vid o unos peldaños de alguna raíz. Sabes de sobra que no soy tan alta, que no podré llegar a la salida.

—Oh, qué lástima, querida. Se me parte el corazón. No puedo conjurar mi nombre, así que mucho menos una escalera.

—Bueno, ya me avisaste de que en este juego no habría vencedores ni vencidos. Debería haberte tomado la palabra.

Hasta su risa sonó cansada.

—Ah, la maldición del vencedor —dijo—. Has pagado un precio más alto por ganar que por perder. —Y, con gesto serio, añadió—: Los dos hemos pagado un precio muy alto.

—¿De veras? ¿Y qué precio has pagado tú, si puede saberse? —No tenía fuerzas, ni ganas, de entrar en una guerra dialéctica con él. Lo último que me apetecía era enzarzarme en una conversación que no resolvería ninguna de mis dudas, así que no me anduve por las ramas—. A ti te ha costado una futura esposa, nada más.

—Oh, Elisabeth. Hemos sacrificado mucho más que eso. Nos lo hemos jugado todo.

Esperé. Apoyé la cabeza sobre la piel suave de Käthe y me dediqué a escuchar el latido de su corazón.

—En cuanto el año viejo llegue a su fin, el mundo morirá. Sin sacrificio, la tierra se vuelve infértil. Sin muerte, no puede haber reencarnación. Una vida por una vida, ese es el precio.

—Ya has oído lo que se dice: ojo por ojo, diente por diente —murmuré.

—Sí —respondió él—. Las antiguas leyes y las leyes divinas no son tan distintas al fin y al cabo.

—Podrías… —empecé, pero las palabras se me quedaron atascadas en la garganta—. Podrías encontrar a otra esposa.

—Sí —reconoció el Rey de los Duendes. Parecía dolido por el comentario—. Supongo que sí.

—¿Supones?

Tardó un buen rato en contestar.

—¿Te gustaría escuchar otra historia, querida? Aunque me temo que no es tan bonita como la última.

—¿Antes de que se ponga la luna? —pregunté, y por el rabillo del ojo observé el umbral al mundo exterior.

Él se echó a reír.

—Tenemos tiempo de sobra.

Asentí.

—Eran tiempos salvajes, violentos, feroces. Los humanos, los duendes, los kobolds, Hödekin y las loreleis convivían todos juntos en el mundo exterior. Las criaturas que habitaban esas tierras discutían, se peleaban, se cazaban, se asesinaban. Era, como ya he dicho, una época truculenta y siniestra. El Líder decidió adoptar prácticas oscuras para evitar más ríos de sangre. Esas prácticas se resumen en sacrificios. El Líder se volvió contra su hermano; los padres, contra sus hijas; los hijos, contra sus madres. Y todo para apaciguar a los duendes. En un intento de frenar aquella oleada de muertes innecesarias, un hombre, un majadero insensato, hizo una oferta a las antiguas leyes de la tierra: se ofreció como sacrificio.

—La última vez fue una doncella hermosa —dije.

—Una doncella valiente —corrigió él.

Sonreí.

—El precio era su alma —prosiguió el Rey de los Duendes—. Ese fue el precio que pagó para expulsar a los duendes y otras criaturas místicas del mundo exterior. Su alma y su nombre. Dejó de ser un mortal y se convirtió en *Der Erlkönig*. A cambio, se le concedió la inmortalidad y el poder de manipular los elementos a su antojo. Restauró el orden en el reino y las estaciones se fueron sucediendo con normalidad. Pero a medida que fue pasando el tiempo, el hombre se volvió más caprichoso y más cruel, pues olvidó lo que era vivir y amar.

No se había equivocado; no era una historia bonita. ¿Qué efectos podía tener la vida eterna en alguien que, en su vida pasada, había sido humano, mortal?

Observé al Rey de los Duendes. En aquel espacio minúsculo que separaba ambos mundos y bajo aquel resplandor etéreo, me pareció ver al mortal que había sido, al joven austero e inocente que había admirado en el retrato de la galería, el muchacho de mirada dulce e ingenua que había sido mi amigo.

—Lo que necesitaba no era la vida de una doncella —susurró el Rey de los Duendes—, sino lo que una doncella podía ofrecerme.

—¿Y qué era eso?

Torció los labios en una sonrisa.

—Pasión.

Noté un ardor repentino en las mejillas.

—No ese tipo de pasión —añadió enseguida. ¿Eran imaginaciones mías o se había ruborizado?—. Bueno sí, eso también. Pasión en todos los sentidos —dijo—. Intensidad. Los duendes no sienten como los mortales —continuó—. Vosotros, los humanos, vivís y amáis con pasión. Nosotros, los duendes, ansiamos eso. Necesitamos eso. Ese fuego nos mantiene vivos. Me mantiene vivo.

—¿Por eso me arrebataste a Käthe? —pregunté, y miré a mi hermana. Pensé en su cuerpo voluptuoso y en su seductora risa—. ¿Por la pasión que te inspiraba?

El Rey de los Duendes negó con la cabeza.

—La pasión que tu hermana me inspira es fugaz, efímera. Yo necesito una brasa, no una cerilla. Algo que arda durante un buen rato, que me dé calor durante esta noche, y durante las noches que están por venir.

—Así que Käthe…

No pude terminar la pregunta.

—Käthe —dijo él en voz baja— era el medio para conseguir el fin, y no el fin en sí mismo.

209

El modo en que habló de mi hermana me molestó sobremanera. Se había referido a ella como a «un medio», como si no valiera nada, como si fuese insignificante. Mediocre. Un objeto que pudiera usar y tirar.

—¿Y para qué fin? —pregunté.

—Ya sabes la respuesta, Elisabeth —murmuró.

Y así era. Los duendes del mercado, la flauta, la vez en que me había concedido el deseo y había salvado la vida de Josef. Todo lo que había hecho, lo había hecho por mí.

—Un medio para conseguir el fin —susurré—. Y el fin siempre fui yo.

Él no lo negó.

—¿Por qué?

El Rey de los Duendes se quedó callado durante unos segundos que se me hicieron eternos.

—¿Quién si no? —replicó con voz jovial—. ¿Quién si no tú?

Estaba evitando contestar mi pregunta. Ni siquiera nos atrevíamos a mirarnos. La penumbra cada vez era más oscura, más opaca, pero la luz que se filtraba por aquella grieta era demasiado brillante, casi cegadora. Sin embargo, intuía que la respuesta estaba ahí, palpitando como un corazón. Se me aceleró la respiración.

—Yo —repetí, pero esta vez un pelín más alto—. ¿Por qué yo?

—¿Y por qué no? —contestó él—. ¿Por qué no la chica que me dedicaba su música en el Bosquecillo de los Duendes cuando era niña?

Llevábamos un tiempo charlando, pero aún no había escuchado lo que realmente deseaba oír. Quería oírle decir que me deseaba. Que me había elegido. Que… Ansiaba oír la verdad que gritaban sus ojos. Sentía sus ojos en todas las partes de mi cuerpo: en el cuello, justo donde el hombro desaparecía entre las mangas de mi camisa, recorriéndome la clavícula, descendiendo por el escote, pasando por las sinuosas curvas de mis pechos. Y entonces caí en la cuenta de algo: llevaba toda la vida esperando ese momento. No necesitaba sentirme hermosa, sino deseada. Quería que el Rey de los

Duendes me reivindicara como suya. Suya y de nadie más.

—¿Por qué yo? —insistí—. ¿Por qué Maria Elisabeth Ingeborg Vogler?

Nos miramos fijamente; parecía que estuviéramos batiéndonos en duelo. Él tenía su orgullo, pero yo también. Si iba a tener que cumplir la promesa que le había hecho a aquel niño en mitad del bosque hacía tantos años, lo menos que podía hacer era oírlo de su propia boca.

—Porque… —empezó—. Porque la música que habita en tu interior me enamoró.

Cerré los ojos. Sus palabras fueron como una chispa que, casi de inmediato, avivó las brasas que recorrían todo mi cuerpo; me llegaron al corazón y sentí un calor muy intenso, un calor que se fue extendiendo por el resto de mi cuerpo como un fuego salvaje e incontrolado.

—Una vida por una vida —dije—. ¿Eso significa…, eso significa que el sacrificio debe morir?

—¿Qué significa morir? —replicó el Rey de los Duendes—. ¿Qué significa vivir?

—Ya te he dicho que el personaje del filósofo no me gusta un pelo —espeté.

Él soltó una carcajada; una carcajada de asombro, pero una carcajada que sonó genuina, que sonó humana.

—No hay nadie como tú, Elisabeth—dijo.

—Responde a mi pregunta.

El Rey de los Duendes se quedó callado unos instantes.

—Sí. El sacrificio debe morir. Debe abandonar el mundo de los vivos y entrar en el reino de *Der Erlkönig*, es decir, adentrarse en el Mundo Subterráneo —explicó. Seguía mirándome fijamente con esos ojos dispares, esos ojos tan cautivadores, tan hermosos—. A ojos del mundo exterior, morirá.

Muerta. Pensé en papá, en mamá, en Constanze, en Hans y, con gran dolor, en Josef. En cierta manera, ya estaba muerta.

—Los dos hemos perdido —murmuré.

Él me miró de reojo.

—¿A qué te refieres?

211

—Tú ganas, y yo pierdo a mi hermana. Yo gano, y condeno al mundo exterior a un invierno eterno. ¿No es ese el verdadero resultado de nuestro juego, *mein Herr*?

Sabía que no podía negarlo.

—Por eso lo que quiero es proponerte algo: un empate. Así los dos conseguiremos lo que queremos. Yo, la libertad de mi hermana, y tú… —tragué saliva antes de continuar—, tú podrás tenerme para ti. Entera.

Él se quedó meditando la oferta durante un buen rato.

—Oh, Elisabeth —dijo al fin—. ¿Por qué?

Miré a Käthe, que seguía tumbada en el suelo, inmóvil e inconsciente.

—Por mi hermana —contesté, y la arrastré hasta el claro de luz—. Por mi hermano —añadí, y eché un fugaz vistazo a la ranura que se abría en mitad del techo—. Por mi familia. Y por el mundo que habita ahí arriba.

El Rey de los Duendes se acercó a mí con paso lento y vacilante, como si el mero hecho de caminar le resultara doloroso.

—Eso no es suficiente, Elisabeth.

—¿No lo es? —pregunté, y escupí una risa siniestra—. ¿El mundo no es suficiente? ¿De veras crees que podría condenar a toda la humanidad a vivir en un invierno eterno y borrar la primavera y la vida durante el resto de los siglos?

Se quedó justo en el borde del haz de luz. La silueta de su cuerpo parecía estar trazada en negro y plata; su mano, esa mano fina y esbelta, se advertía entre las sombras.

—Siempre pensando en los demás —murmuró el Rey de los Duendes—. Pero, aun así, no es suficiente. ¿Nunca has pedido un deseo para ti, Elisabeth?

¿Y eso sería suficiente? Sabía muy bien la respuesta que él quería escuchar, pero no estaba dispuesta a dársela, así que me mordí la lengua. Juegos y más juegos. Si mordía el anzuelo, siempre estaríamos bailando juntos.

—Está bien —dije—. Por amor.

Tardó varios segundos en reaccionar.

—¿Por amor? —preguntó con voz ronca.

212

—Sí —confirmé—. Después de todo, ¿quién no se sacrifica por amor?

Me arrodillé junto al cuerpo inerte de mi hermana y le di un beso en la frente.

—Lo hacemos a diario —añadí, y luego alcé la mirada y traté de distinguir su expresión entre la penumbra. Seguía al otro lado de la ranura de luz. Sus ojos brillaban como dos estrellas en mitad de la noche. Pese a que no podía ver nada más de él, la esperanza y la ilusión que transmitían me conmovieron—. Si no me falla la memoria, tú me dijiste que era una joven altruista y abnegada. Pues bien, ahora apuesto por el interés propio, por el egoísmo. Por una vez en mi vida, voy a pensar en mí.

Él no musitó palabra. El silencio fue tan largo que, por un momento, temí haber cometido un error. Y cuando estaba a punto de sufrir un ataque de nervios, él abrió la boca para hablar.

—Piénsalo bien, Elisabeth —farfulló; advertí un fervor en su voz—. Una vez que tomes la decisión, no habrá vuelta atrás. La elección es definitiva. No soy tan generoso y no pienso ofrecerte otra vez tu libertad.

Titubeé. Podía enfrentarme a él. Podía intentar forzar la situación, provocarle y engañarle para que nos dejara volver al mundo exterior, tanto a mí como a mi hermana. Ya le había vencido una vez, así que podía volver a hacerlo.

Sin embargo, estaba demasiado cansada como para enzarzarme en una discusión. Además, no quería enfrentarme a él ni ponerme a discutir. Quería rendirme porque la rendición era la mayor demostración de valentía y coraje.

—Me ofrezco a ti —repetí, y tragué saliva—. Libremente y por voluntad propia.

—¿Y lo haces por ti?

—Sí —confirmé—. Por mí.

Un silencio eterno.

—De acuerdo —susurró con un hilo de voz—. Acepto tu sacrificio.

A mis pies, Käthe empezó a murmurar, a gimotear algo incomprensible.

—Me comprometo a llevar a tu hermana al mundo exterior —aseguró, y, conteniendo el aliento, prosiguió—. ¿Aceptarás ser mi reina?

Miré hacia otro lado.

—Elisabeth —murmuró. El modo en que el Rey de los Duendes pronunció mi nombre me aceleró el corazón—. ¿Te casarás conmigo?

Y esta vez fui yo la que tardó un buen rato en contestar.

—Sí —dije al fin—. Sí, me casaré contigo.

PARTE III

La reina de los duendes

Mi vida es como un cuenco roto,
que ya no puede contener
una gota de agua para mi alma
ni licor en el frío penetrante.
Arroja al fuego lo perecedero;
fúndelo y moldéalo de nuevo, hasta hacer con ello
una copa regia para él, mi rey.

Una resurrección mejor, Christina Rossetti

Consagración

*E*l Rey de los Duendes se llevó a Käthe sin mediar palabra. Despareció de mis brazos en un abrir y cerrar de ojos. Ni siquiera me dio tiempo a despedirme o a decirle que la quería.

No sé cuánto tiempo me quedé sentada en aquella especie de mazmorra. Tenía la mente en blanco, despojada de cualquier sentimiento, idea o melodía. Debería haber sentido dolor. Debería haber sentido miedo. Pero no, no sentía absolutamente nada, tan solo agotamiento, una extenuación tan profunda que parecía la muerte. Pasaron horas, o días, o minutos, solo Dios lo sabía, hasta que sentí el suave roce de una mano sobre la cabeza.

—Elisabeth.

Abrí los ojos y vi a un muchacho, un joven de mirada dulce e ingenua, que me sonreía con una ternura infinita. Y esa ternura me desató; desanudó las cuerdas que yo misma me había encargado de atar alrededor de mi corazón. Nostalgia, miedo, dolor, resentimiento, deseo… Ese torbellino de emociones me invadió, me abrumó. Empecé a llorar.

El joven alargó el brazo y me secó las lágrimas; aquella caricia era la máxima expresión de cariño y afecto. Quería agarrar esa compasión, esa misericordia infinita con las manos y envolverme en su interior. Solo así encontraría consuelo. En el aire que nos separaba flotaba una disculpa, pero él no abrió la boca.

«Lo siento, Elisabeth.»

Pero ¿por qué iba a sentir lástima por mí? Mi dolor y

sufrimiento eran míos, míos y de nadie más. Y no podía, ni quería, compartirlos con nadie. No lloraba la vida que había perdido, pues no había sido una vida memorable. Ni siquiera había sido una vida que hubiera merecido la pena vivir. Pero lloraba las vidas que ya no podría disfrutar: la vida de mi hermana, la vida de mi hermano, la vida de mi familia. Jamás vería a Josef ante un público expectante. Jamás viajaría junto a Käthe para visitar las grandes ciudades del mundo. Jamás volvería a oírle pronunciar mi nombre.

El Rey de los Duendes me envolvió entre sus brazos y me llevó en volandas hasta mi habitación, hasta mi cubil. El camino que tomó fue corto y en línea recta; al fin y al cabo, podía controlar el tiempo y el espacio a su antojo. Me dejó frente a mi puerta, que seguía cerrada con aquel ridículo artilugio. Y después, tras una cortés reverencia, el Rey de los Duendes desapareció.

Fue un auténtico placer abrir la puerta y echar el cerrojo, como también lo fue escuchar el sonido metálico del mecanismo al deslizar el pestillo. Eso era lo que tantas veces había hecho con mi corazón; ahora, por fin, lo hacía con el mundo.

Estaba vacía. Una embarcación repleta de… nada. Hacía años que el espíritu que habitaba mi alma había desaparecido.

Encendí una vela.

Había oído que las discípulas del convento encendían una vela la noche de vigilia, antes de consagrarse a Cristo, igual que las prometidas solían hacer la noche antes de su boda, antes de consagrarse a sus maridos. Estaba en las profundidades de la Tierra, pero ¿qué distancia me separaba de él? Como buena cristiana, siempre asistía a misa los domingos con el resto de mi familia. Sin embargo, jamás había sentido la presencia de Dios o de sus ángeles. Solo me sentía en el cielo cuando oía tocar a Josef. Eso sí era el paraíso.

Soportaría esa vigilia a solas, sin rezos, sin plegarias, sin oraciones. ¿Por qué iba a rezar? ¿Por gozar de un matrimonio fructífero con muchos hijos? ¿Podría dar a luz a un ser monstruoso, un ser medio humano, medio duende? ¿O podía rezar por disfrutar de algo más egoísta, como la vida que nunca había tenido, una vida plena?

Así que no recé por nada. Me arrodillé frente a la vela, entrelacé las manos y contemplé la llama.

Me despedí del mundo exterior.

Adiós, mamá, siempre tan preocupada y obediente.
Adiós, papá, tu talento y prodigio se han ido desvaneciendo
a lo largo de los años.
Adiós, Constanze, nunca olvidaré tus cuentos.
Adiós, Hans, y adiós a tus caricias en la oscuridad.
Adiós, Käthe, siento haberte fallado.
Adiós, Josef, ojalá sigas tocando hasta tu último aliento.
Adiós a todos, para vosotros es todo mi amor.

219

La boda

Abrí los ojos. La luz que brillaba en mi habitación era cegadora. No recordaba haberme quedado dormida; en algún punto durante la vigilia, me había arrastrado hasta la chimenea que había en el cubil. Había contemplado el baile incesante de las llamas y había compuesto un himno, mi primer himno. Tarareé la melodía infinidad de veces hasta dar con la adecuada. No tenía ningún papel a mano en el que garabatear mis ideas, pero me dio lo mismo. Aquel himno era el símbolo sagrado de esa noche, y de ninguna otra. Nadie entonaría ese ritmo. Nadie le dedicaría esa canción a Dios ni a mí.

La luz anaranjada que emergía de la chimenea bañaba la estancia de un resplandor cálido, como el del sol al amanecer. Entorné los ojos. El retrato del Bosquecillo de los Duendes que decoraba la chimenea, y que según recordaba representaba un paisaje oscuro y sombrío, ahora mostraba un bosque a plena luz del día. Advertí un manto blanco, como si hubiera nevado, y el sol brillaba con toda su fuerza, reflejando su luz sobre aquella blancura nívea. Fruncí el ceño. La luz que emanaba del cuadro parecía filtrarse a través del lienzo e iluminar mi refugio, como si fuese una ventana al mundo exterior. Me puse de pie. Me dolía todo el cuerpo. Me moría de ganas, y de curiosidad, por tocar aquel objeto milagroso.

—Ejem, ejem. Se mira, pero no se toca. Ya te lo dijimos, ¿recuerdas?

Ramita y Ortiga estaban en mi habitación.

—Se llama a la puerta antes de entrar. Ya os lo dije, ¿recordáis? —repliqué.

—No dijiste nada de eso —contestó Ortiga con tono alegre—. Tú pediste una puerta y un cerrojo, pero en ningún momento pediste que la utilizáramos.

—Un problema que arreglaremos de inmediato.

—Tus deseos son órdenes, alteza —murmuró Ramita, que inclinó aquel cuerpo esbelto y demasiado alargado hasta realizar una reverencia. La punta de las ramas que ocupaban su cabeza arañaron el suelo de barro.

—Mis deseos «siempre» son vuestras órdenes —farfullé entre dientes.

Ortiga hizo una mueca.

—Puf —espetó—. Aún no es ninguna «alteza».

Me escudriñó con aquellos ojos negros y brillantes; primero se fijó en mi melena, que estaba desaliñada y sin peinar, después en mis mejillas, que tenía rojas de tanto llorar y, por último, en mis pies descalzos. Era imposible reconocer algún tipo de emoción en aquel rostro tan extraño e inhumano, pero me pareció percibir una pizca de desdén.

—Pero lo será pronto —replicó Ramita.

Sus palabras sacudieron mi cuerpo; noté una emoción fuerte e intensa. No era miedo, pero tampoco placer.

—¿Nos… casaremos pronto? ¿El Rey de los Duendes y yo?

—Sí. En teoría debes reunirte con su majestad en… —Ramita y Ortiga se intercambiaron una miradita que no fui capaz de descifrar— la capilla.

—¿La capilla?

—Así la llama él —dijo Ortiga con indiferencia—. Sigue anclado a sus pintorescos rituales de humanos, aunque la verdad es que da lo mismo. Lo que importa —continuó— es la consumación.

Me sonrojé. Por supuesto. En el mundo exterior, la consumación era la forma de sellar el matrimonio. Y entonces fruncí el ceño. «Pintorescos rituales de humanos.»

Pensé en el joven austero e inocente del retrato de la galería, con la cruz y el violín entre las manos.

—¿Cómo…? ¿Cómo se convirtió su majestad en *Der Erlkönig*? —pregunté.

Pero esa no era la pregunta que me rondaba por la cabeza… o por el corazón.

¿Cómo aquel joven austero e inocente se había convertido en mi Rey de los Duendes?

Sin embargo, ni Ortiga ni Ramita fueron capaces de responder a mis preguntas. En lugar de resolver mis dudas, Ortiga hizo aparecer un vestido de seda y me ordenó que me lo pusiera.

—¿Para qué?

—Las demás reinas se prepararon para el gran día; se engalanaron y se pusieron el vestido más elegante que encontraron —explicó con desprecio—. A menos que quieras asistir a tu propio funeral vestida con harapos.

—¿Funeral? Creía que era mi boda.

Ortiga se encogió de hombros.

—Aquí son lo mismo.

Acepté el vestido de Ortiga. Estaba confeccionado en seda blanca; la tela era tan fina y delicada que casi parecía transparente. El corte era muy sencillo, nada pomposo o exuberante. Una mortaja. Ortiga también conjuró un velo larguísimo; era más transparente que el vestido y estaba decorado con diamantes diminutos. Con sumo cuidado, Ortiga me colocó el velo sobre la cabeza.

Mientras, Ramita se dedicó a elaborar una corona con ramas y candelillas de aliso. Pensé en las coronas que vendían los puestecillos del mercado. Se me partió el corazón al pensar en la corona de flores secas y cintas de colores que había querido comprarle a Käthe aquel fatídico día, el mismo día en que tropezó con los duendes que se hacían pasar por vendedores de fruta. No habría flores ni cintas de colores para mí, tan solo una coronita hecha de ramas secas. Era el día de mi boda, y ni mi madre ni mi hermana me ayudarían a vestirme. Su lugar lo ocuparían dos duendes, una que me odiaba y otra que me compadecía. Y no habría ninguna bendición divina, tan solo una promesa hecha en la oscuridad.

Cuando por fin estuve vestida y arreglada, Ramita y Ortiga me escoltaron hasta el pasillo. Ortiga encabezaba la comitiva. Ramita se quedó en la retaguardia para recogerme el velo y evitar así que se manchara. Las tres recorrimos aquel laberinto de pasadizos y nos adentramos en el corazón del Mundo Subterráneo, donde mi futuro marido inmortal estaba esperándome para que le devolviera a la vida.

En las profundidades de aquel laberinto había un lago.

Después de descender lo que parecía una escalera de caracol interminable, al fin llegamos a la orilla, un lugar desolado e inhóspito. Daba la impresión de que aquella extensión negra hubiera aparecido de repente y de la nada; sus aguas negras estaban iluminadas por candelabros que imitaban la forma de un brazo sujetando una antorcha. Las piedras que rodeaban el lago eran afiladas y brillantes; justo donde la roca tocaba el agua se creaba el precioso efecto de una piscina de agua azul turquesa. En aquella gruta titilaba un sinfín de luces de hada; a los pies de la escalinata flotaba una barcaza que parecía estar esperándome.

—¿Dónde va? —pregunté.

Mi voz retumbó en aquella cueva subterránea. El eco duró varios segundos. Mi voz se desperdigó por aquel espacio como la luz en un prisma.

—Este lago desemboca en multitud de ríos y riachuelos —explicó Ramita—. Sus aguas también bañan los manantiales y los pozos del mundo exterior.

—Pero ese no será tu destino —recalcó Ortiga, y después señaló la barcaza—. Este barco te llevará directa al otro lado, donde te espera el Rey de los Duendes.

—¿Y se supone que debo cruzar el lago sola? —pregunté con voz temblorosa.

—Por ahora sí —respondió Ortiga.

—¿Y quién me guiará?

—Solo puedes ir a un sitio —contestó Ramita—. A la otra orilla. Las loreleis te llevarán hasta allí.

—¿Las loreleis?

—No escuches sus canciones —me avisó—. Su objetivo

223

es seducir a los mortales con sus dulces cánticos para después atraerlos hacia una sepultura sumergida en el agua. Ni siquiera nosotras somos inmunes a sus melodías.

—Entonces, ¿no sois de la misma especie?

Ramita sacudió la cabeza y agitó las telarañas que había enredadas entre su cabello.

—Las loreleis moran por este reino desde tiempos inmemoriales. Ya estaban aquí cuando los duendes hallaron las colinas y las montañas de este mundo. Antaño había tantas loreleis como hojas en los árboles, pero la propagación de los humanos las obligó a trasladarse aquí, bajo tierra.

—Ha pasado muchísimo tiempo desde la última vez que tuvieron a un mortal entre su niebla —añadió Ortiga con una sonrisita picarona—. No me gustaría estar en tu pellejo, la verdad.

—Ah, cállate —la reprendió Ramita—. El Rey de los Duendes la necesita. Todos la necesitamos.

—Puf. —Eso fue todo lo que dijo Ortiga.

Después miró de reojo la barcaza que había a mis pies y me hizo un gesto con la barbilla. Vacilé.

—¿Qué pasa? ¿Tienes miedo? —se burló.

Negué con la cabeza. No eran las nixes que merodeaban por las aguas oscuras del lago lo que me asustaba, sino la siniestra silueta que estaba esperándome al otro lado. Estaba condenada a emprender ese viaje, el último de mi soltería, el último de mi virginidad, totalmente sola, sin nadie que me acompañara. Aquella soledad tan absoluta me encogió el corazón.

Ortiga y Ramita me ayudaron a subir a la barcaza. Con sumo cuidado, la empujaron para que zarpara. La embarcación iba dejando un rastro brillante, una estela de luz azul turquesa. Las ondas que danzaban sobre la superficie del lago se iluminaron, como si algo se hubiera despertado y hubiera cobrado vida. La luz multicolor se reflejaba sobre el blanco níveo de mi vestido y de mi velo; bajo aquel resplandor de colores, la gruta subterránea cobró una belleza inigualable, una belleza que me dejó sin aliento.

En cuanto la barcaza recogió el ancla, empezó a oírse un

sonido suave y envolvente. Era un sonido agudo. El sonido de los dedos acariciando el borde de una copa de cristal, pero más nítido, más parecido a una campanilla. En aquella música tan cautivadora no había palabras ni estructura. Sin embargo, aquella red de sonidos me atrapó con su evocador hechizo.

Pese a las advertencias, me apoyé en la barandilla del barco y miré hacia abajo. Unas siluetas oscuras se revolvían bajo la estela de luces multicolor; dejé la sensatez y el buen juicio a un lado y alargué el brazo para tocarla. Sumergí los dedos en el agua y las ondas de colorines se multiplicaron; saqué la mano de aquellas aguas mágicas y contemplé anonadada cómo resbalaban unas gotas brillantes por toda mi piel. Parecían lentejuelas. De pronto noté una caricia en la palma de la mano, así que metí de nuevo la mano, esta vez hasta el codo. Sentí varios dedos rozándome la muñeca, rodeándola. Las siluetas que nadaban bajo la superficie se volvieron más claras, más nítidas y, de repente, distinguí a una joven. Me estaba mirando. Tenía los ojos de color negro azabache y una melena verde pálido. Su tez parecía de mármol: pálida y reluciente. En ella se reflejaban varios arcoíris; parecía estar forrada de escamas de pez. Pero lo que me dejó sin palabras fue su rostro: unos pómulos pronunciados, un puente de la nariz más bien plano y unos labios pequeños y carnosos. Era la criatura más encantadora que jamás había visto.

Cogió impulso y emergió del agua. Era un ser de luces y sombras. Alzó la mano para acariciarme la mejilla y, al tocarme, los cánticos se intensificaron. Sus labios también relucían. Bajo aquel juego de luces, me incliné un poco más para disfrutar de los susurros que salían de su boca. Quería empaparme de su música, así que cerré los ojos e inspiré hondo.

Un chillido discordante interrumpió la música.

Aquel ruido estridente me pilló desprevenida. Tropecé y la barcaza empezó a balancearse. Las loreleis bufaron, molestas y se sumergieron de nuevo en el agua. Me llevé los dedos a la boca; aún podía sentir el roce frío de sus labios sobre los míos. Las nixes comenzaron a apalear el casco del

barco, amenazando así con volcarlo. Se volvió a oír el chirrido y las aguas regresaron a su cauce.

Las loreleis desaparecieron en las profundidades del lago;
de inmediato, la barcaza dejó de moverse. Estaba sola en mitad de un lago negro. Todavía retumbaban los ecos de aquel
chirrido ensordecedor, el mismo que había silenciado la música cristalina que me había embaucado segundos antes. Me
senté en una esquina de la barcaza. Estaba temblando de
miedo; de miedo y de algo más: el beso que la hermosa joven
había estado a punto de darme, la misma hermosa joven que había estado a punto de ahogarme, había sido premonitorio.

A medida que el bullicio se fue calmando bajo aquella
superficie plana y oscura, el juego de luces titilantes también
fue desapareciendo. El lago quedó sumido en una penumbra
absoluta, una negrura que solo rompía el centelleo de las
luces de hada y las antorchas que ardían en cada rincón. No
sabía cómo mover la barcaza; me aterraba volver a meter las
manos en el agua y, para colmo, la barcaza no tenía ningún
remo o vara de madera con la que propulsarme hacia delante. Me pregunté qué criatura inhumana había espantado a
las nixes; temía que pudiera abalanzarse sobre mí ahora que
sus rivales se habían retirado.

Y entonces, a lo lejos, a una distancia imposible de cal-
cular, oí la voz cálida y granulosa de un violín. De repente, reconocí aquel chirrido discordante; era el sonido de un
violinista pasando el arco de forma indiscriminada sobre las
cuerdas, como si de una guadaña se tratara. El corazón me
dio un vuelco. «¡Sepperl, ven a rescatarme!» Pero no era tan
ingenua, ya no. No era mi hermano pequeño, sino el Rey de
los Duendes.

El violín siguió sonando y la barcaza, al fin, empezó a
moverse por su propia cuenta, como si la música fuera, en
realidad, su motor. Contuve el aliento. El Rey de los Duendes estaba tocando un himno procesional, una majestuosa
pieza para dar la bienvenida a su futura esposa.

El viaje hasta la orilla fue largo y tedioso; a medida que
me iba acercando, la música cambió. Pasó de un himno procesional a una melodía más sencilla: un motivo melódico

repetitivo, una canción alegre y desenfadada; aquellas tonadillas se parecían a los ejercicios de calentamiento que papá nos hacía tocar a Josef y a mí cuando éramos niños. Fruncí el ceño. La melodía me resultó familiar. Las notas galopaban y brincaban a mi alrededor como niños saltando a la comba; daba la impresión de que trataban de despertar algún recuerdo.

Era mía. La pieza era mía.

De niña, había compuesto varias *écossaises*. Lo había hecho después de que unos músicos franceses que viajaban por todo el país se hospedaran unos días en la posada. Era un baile de estilo escocés, o eso me habían asegurado. Su vivacidad y su alegría me habían dejado boquiabierta. Y, además, la melodía era muy simple, por lo que pude componer varias para clavicordio; sin embargo, ahora que la oía tocada por un violín, me vinieron a la memoria varias imágenes. Eran recuerdos, recuerdos de Josef ensayando en su habitación. Debía de tener seis años. Yo tendría unos diez. Había olvidado por completo la existencia de aquella pieza en particular, que, sin duda, era la mejor de toda la serie. Ahora había desaparecido junto con el resto de mis composiciones. Quizás estuviera ardiendo en una hoguera en Dios sabe dónde. Y, sin embargo, seguía viva en las manos del Rey de los Duendes.

La *écossaise* dio paso a un *lied*. Era el *lied* que había compuesto en un arrebato romántico al cumplir catorce años. Noté un calor por todo el cuerpo: era el inconfundible ardor del bochorno. Me avergoncé al recordar a la doncella malhumorada y melancólica que había sido, siempre en la luna y soñando con Hans, el amor de mi vida, o eso creía entonces.

El Rey de los Duendes siguió tocando mi repertorio. Cada vez estaba más cerca de la orilla. Fue un repaso a la cronología de toda mi vida; tocó piezas de mi infancia, de mi adolescencia y de mi floreciente femineidad. Sabía muy bien cómo tocar cada una de las notas y acordes para dar forma a mis reflexiones musicales, y tocarlas tal y como yo siempre las había imaginado. Interpretaba mi música como un escultor, diseñándola, moldeándola y construyéndola hasta crear una imagen perfecta de mí. Josef tocaba como los ángeles, pero todas las piezas que había compuesto para él tenían un punto en común: él, con sus virtudes y sus defectos. El Rey de los Duendes, en cambio, me interpretaba a mí, mostrándome así una visión de Liesl que desconocía. En un sentido metafórico, estaba tocándome.

Me dolió. Escuchar mi música así, tocada por alguien que me comprendía tan bien, que parecía conocerme mejor que nadie, incluso mejor que mi propio hermano, me dolió. Mi música era elegante, trascendente y etérea. No era capaz de soportar su belleza. Quería poder guardarla de nuevo bajo mi piel, esconderla en un lugar sombrío e inaccesible, el lugar donde merecía estar y encerrarla allí para siempre, para que nadie pudiera juzgarla ni apreciar sus defectos.

Las últimas notas de mi música resonaron en aquella caverna. La barcaza se deslizó hasta la orilla y, sin producir ruido alguno, echó el ancla y atracó. Ahí me estaba esperando el Rey de los Duendes, envuelto en un halo anaranjado, en el resplandor cálido y titilante de las antorchas que ardían tras él. A esa distancia parecía un tipo imponente, intimidatorio; llevaba una capa negra hasta los pies y una corona de astas. No logré apreciar su rostro, pero enseguida advertí el violín y el arco en sus manos.

Los dos nos observamos en silencio durante unos instantes. Se me aceleró el corazón y notaba el latido en los tímpanos. El modo en que sostenía el instrumento, de una forma casi cohibida, me cautivó. ¿Ese era el joven de mirada tierna e ingenua? De pronto, el Rey de los Duendes dejó a un lado el violín y el arco. Una vez más, adoptó ese ademán misterioso e implacable.

Se acercó al muelle para recibirme. Pese al silencio que reinaba en la gruta, no oí ninguno de sus pasos. Se movía como una sombra, una sombra que, en un gesto cortés y educado, me ofreció la mano para ayudarme a bajar de la barcaza. Luego me guio por una serie de pasadizos y túneles hasta llegar a una sala enorme y bien iluminada. Durante todo el trayecto no intercambiamos ni una sola palabra. En cuanto mis ojos se ajustaron a aquella luminosidad, eché un vistazo a mi alrededor. Estábamos en una capilla. El techo era altísimo y redondeado, una creación de la naturaleza y no de la mano humana. Unas preciosas cristaleras de vidrio tintado decoraban la sala. Estaban dispuestas a intervalos regulares, siguiendo así un patrón precioso. Sin embargo, las ventanas no daban al exterior, sino que estaban iluminadas desde dentro. Advertí un altar en lo alto de la sala y en el santuario colgaba un crucifijo austero y muy modesto.

Se me humedecieron los ojos. Pese a que la capilla estuviera diseñada y construida por duendes, no cabía la menor duda de que era una iglesia; una iglesia idéntica a las que había visto en el mundo exterior. Allí no había estatuas siniestras de criaturas extrañas. No había ninguna escultura de seres fantásticos o de sátiros de mirada lasciva; no había ninfas eufóricas. Allí no había nada, tan solo Cristo, el Rey de los Duendes y yo.

—Te entiendo, Elisabeth. Comprendo el dolor que sientes ahora mismo —susurró él con voz dulce al ver que me secaba las lágrimas—. A mí me pasó lo mismo la primera vez que pisé el Mundo Subterráneo.

Asentí con la cabeza, pero sus palabras tuvieron el efecto contrario y no pude contener el llanto. No había un sacerdote que bendijera el matrimonio; de hecho, no había nadie. Estábamos solos ante la presencia de Dios. Según mandaba la tradición, era allí, frente al altar, donde el Rey de los Duendes y yo íbamos a intercambiar nuestros votos.

—Prometo… —empecé, pero enseguida reculé.

¿Qué podía decirle a *Der Erlkönig*, el Señor de las Fechorías, la máxima autoridad del Mundo Subterráneo? ¿Qué votos podía ofrecerle? ¿Qué más podía prometerle? Por él había sacrificado mi bien más preciado: mi propia vida.

Él percibió mi titubeo, mis dudas, y me cogió de las manos.

—Juro solemnemente —murmuró— que aceptaré tu sacrificio, tu regalo, tu vida. Aceptaré tu ofrenda que, de manera desinteresada y egoísta, me entregas.

Eché un vistazo a nuestros dedos, que estaban entrelazados. Él tenía las manos de un violinista, con dedos largos y hábiles. Me fijé en las puntas de los de su mano izquierda: estaban encalladas y rugosas por la presión que ejercían sobre las cuerdas. Eran unas manos cariñosas y a la vez crueles; eran, al fin y al cabo, unas manos familiares.

—¿Me lo juras, Elisabeth? —preguntó, y le miré a los ojos, a esos ojos dispares en los que no alcanzaba a ver a *Der Erlkönig*, sino al muchacho austero y tierno—. ¿Me juras que me regalas tu vida libremente y por propia voluntad?

Nos mirábamos sin pestañear.

Y entonces pronuncié mis votos.

—Juro solemnemente —susurré— que me entrego a ti libremente. En cuerpo... y alma.

Su mirada se volvió más afilada, más penetrante.

—¿Te entregas? ¿Entera?

Asentí.

—Sí, entera. Soy toda tuya.

El Rey de los Duendes se quitó un anillo. Estaba forjado en plata y moldeado con la forma de un lobo. Sus garras se deslizaban por todo el aro; sus ojos eran dos gemas de colores distintos: una de un azul glacial y la otra de un verde plateado.

—Con este anillo —prosiguió él, y me sujetó de nuevo las manos—, te nombro mi reina. A partir de ahora serás la legítima soberana de mi reino. Podrás moldear y dirigir la voluntad de los duendes a tu antojo —declaró, y deslizó el anillo en mi dedo anular. Era demasiado grande, así que cerré el puño para no perderlo. Después me envolvió la mano con las suyas—. Serás la legítima soberana de mi reino, de los duendes y de mí —dijo, y luego hincó una rodilla—. Te ruego que seas misericordiosa, mi reina. Suplico tu piedad y tu bendición.

Apoyé la mano sobre su cabeza, la misma que ahora llevaba una alianza. Bajo la palma, sentí que temblaba. Unos segundos más tarde, él se levantó y cogió el cáliz que había sobre el altar.

—Bebamos —propuso, y me ofreció la copa— y sellemos nuestro matrimonio.

El vino era tan oscuro como el zumo de mora o como el

pecado. Recordé el embriagador efecto del vino de los duendes; recordé ese sabor tan dulce y con tanto cuerpo. Recordé a la muchacha desatada y lasciva en que me había convertido esa noche, la noche del baile, y enseguida noté un calor lánguido por todo el cuerpo. Me lleve el cáliz a los labios y, sin pensármelo dos veces, tomé un buen sorbo. Unas gotas de vino se me escurrieron por la comisura, hasta manchar la seda blanca de mi vestido de novia. Parecían gotas de sangre sobre un manto de nieve.

El Rey de los Duendes me arrebató el cáliz y también bebió, pero sin quitarme los ojos de encima. En el aire flotaban varias promesas. Me juré a mí misma que las cumpliría todas.

Después dejó la copa en el altar y, con sumo cuidado, se pasó el dorso de la mano por los labios para limpiar cualquier rastro de vino. Tragué saliva. Después el Rey de los Duendes me ofreció su brazo y, juntos, salimos de la capilla, esta vez como marido y mujer.

Noche de bodas

$\mathcal{D}$espués de atravesar varios pasillos infinitos entramos a un salón en el que se estaba celebrando una gran fiesta. En el centro de aquella cueva inmensa, la misma que había servido como salón de baile días atrás, ardía una hoguera gigantesca. A su alrededor bailaban las retorcidas siluetas de los duendes. Y sobre el fuego giraba un jabalí descomunal; el olor a carne asada era abrumador. En aquella caverna no había ningún tipo de iluminación: ni antorchas, ni luces de hada, ni velas apoyadas en candelabros en forma de brazo humano. El único resplandor provenía de la hoguera; sus llamas incesantes y ensangrentadas dibujaban unas sombras siniestras en las paredes.

Quería huir de aquel lugar aterrador, pero el Rey de los Duendes me sujetaba la mano con firmeza.

—No tengas miedo —me susurró al oído—. Recuerda mis votos.

Pero estaba muerta de miedo. Había bailado en el Baile de los Duendes. Y también había disfrutado de la fiesta, pero aquello era totalmente distinto: era una celebración salvaje, desenfrenada y feroz. El Baile de los Duendes, organizado por el Rey de los Duendes, había estado revestido por una capa de comportamiento civilizado bajo la que yacía el abandono orgiástico. Sin embargo, lo que estaba presenciando no tenía esas sutilezas ni esas elegancias. Aquello no era indulgencia hedonística, sino salvajismo en su estado más puro.

Olía a sangre, a sangre recién derramada. La sangre tenía un olor extraño, una mezcla de cobre, hierro y carne fresca. Por el rabillo del ojo advertí varias siluetas entrelazadas como serpientes que, a juzgar por sus movimientos, parecían estar copulando. La imagen me recordó a la pequeña «obra de arte» que decoraba mi túmulo, la escultura que representaba a una ninfa y un sátiro. La música que sonaba en la cueva provenía de gaitas, trompas y laúdes, una música ruda y rústica, sin ningún tipo de finura o elegancia. El vino me ayudó a superar el miedo, pero aún sentía sus coletazos recorriendo mis venas.

—Ven —dijo el Rey de los Duendes—. Deja que tus súbditos rindan homenaje a su nueva reina.

Sin soltarme de la mano, bajamos las escaleras y nos acercamos a la multitud. Estaba rodeada de cuerpos y rostros fantásticos; todos me miraban con ojos lascivos. Sus dedos, larguiruchos y retorcidos, como las zarzas de un arbusto espinoso, me rasgaban el velo, el vestido, la piel. De repente, un duendecillo bajito y chepudo empezó a brincar a nuestro lado y me ofreció una jarra de vino.

—Ah, la doncella música —dijo—. Una doncella ardiente. Dime la verdad —susurró, y luego me guiñó el ojo—, ¿a su majestad le asusta prender tu fuego?

Parpadeé y me estrujé los sesos en un intento de recordar dónde había visto antes esa cara. El duende empezó a tararear una cancioncilla familiar y, acto seguido, percibí el inconfundible aroma de un melocotón maduro.

El mercado de los duendes.

Al darse cuenta de que le había reconocido, se echó a reír a carcajadas. Unas carcajadas que se volvieron aún más ruidosas al ver que el Rey de los Duendes se había ruborizado.

—Tan solo un soplo de aire, majestad. Un soplo de aire, y arderá en llamas.

El Rey de los Duendes le arrebató la jarra de vino de las manos. Echó la cabeza hacia atrás y vació la jarra. No le importó que aquel arrebato le manchara los labios y la garganta de vino, como si fuera sangre. Después me ofreció lo que quedaba y dibujó una sonrisa de oreja a oreja.

Aquella sonrisa me dejó de piedra. Fue una sonrisa torcida y no pude evitar fijarme en la dentadura puntiaguda

233

y afilada que asomaba de sus labios. Entrecerró los ojos y advertí un brillo malicioso; volvía a ser el Señor de las Fechorías. ¿Quién era en realidad? *¿Der Erlkönig* o el joven austero e inocente al que le había jurado mis votos? Le observé durante unos segundos y después acepté la jarra. En cuanto nuestros dedos se rozaron, percibí un brillo distinto en sus ojos, aunque en ningún momento suavizó la expresión ni su ademán.

Los duendes ulularon y chillaron en cuanto me vieron engullir lo que quedaba de vino. Me quemó la boca y la garganta, y me manchó el vestido. El salón empezó a girar, a dar vueltas a mi alrededor; por un momento, pensé que iba a vomitar.

Todos los ojos estaban puestos en mí; estaban ansiosos por ver mi reacción a los efectos del vino. Inspiré hondo, cuadré los hombros y sonreí. Si aquello podía considerarse una sonrisa, claro. Fue más bien un gesto de desafío, una mueca, como un perro enseña los dientes en una situación crítica. Puede que incluso soltara un gruñido.

Los duendes gritaron como muestra de aprobación y empezaron a silbar. De pronto, comenzaron a frotarse esos dedos larguiruchos para crear un sonido sibilante, como el del viento entre los árboles. No aplaudían como los humanos. Tuve que hacer de tripas corazón para no expresar el asco que sentía. El Rey de los Duendes clavó su mirada sombría en mis labios, aún húmedos, aún manchados de vino. Por primera vez en mi vida, jugué la carta del atrevimiento e hice lo mismo: posé los ojos en sus labios y no los aparté. Él inclinó la cabeza.

—Disfrutemos de la fiesta, mi reina —susurró, y me ofreció una mano pálida y elegante.

Su palma estaba fría. Tenía la piel rugosa, reseca. Sin embargo, percibí un ápice de vida bajo su piel, cosa que me aceleró el corazón. Sin previo aviso, el Rey de los Duendes me arrastró hacia la pista de baile improvisada de la caverna. Los músicos no dejaron de tocar sus melodías salvajes en ningún momento, y nosotros nos dedicamos a bailar. No había unos pasos marcados que seguir, ni tampoco conversaciones civilizadas o diplomáticas que mantener; simplemente, nos dejamos llevar por la música. Yo me entregué a las canciones y bailé como nunca lo había hecho, sin ataduras, sin remilgos. El vino seguía fluyendo por mis venas. Me sumergí entre aquel océano de duendes. Las criaturas me recibieron con los brazos abiertos, me abrazaron, me besaron y me veneraron como si fuese una diosa. Pasaba de mano en mano, de duende en duende; todos y cada uno de ellos quería robarme una pequeña parte de mí, de mi vida, de mi fuego. Yo era su reina, su Cordero de Dios sobre el altar; por eso me rendían homenaje con sus cuerpos, sus agasajos, sus obsequios. Me ofrecieron comida, fruta y bebida: carne asada recién cortada del jabalí, ciruelas y melocotones tan maduros que, con solo cogerlos, explotaban; un vino tan rico y embriagador que enseguida se acababa.

En algún punto perdí el rastro del Rey de los Duendes. Ansiaba verlo, tocarlo…, pero no lo veía por ningún lado. Y entonces me entró el pánico. Los duendes empezaron a cercarme, como una manada de lobos que huelen sangre en el ambiente; de repente, noté que me mordían y me arañaban, como si fuese una presa de caza. Mi miedo parecía excitarlos, pues el frenesí cada vez era mayor. Trataron de arrancarme el vestido y el velo. En un momento dado, noté que me tiraban del pelo. Me puse a chillar como una histérica, aunque lo que me preocupaba no era mi recato ni mi virginidad. Sentía que me estaban chupando la vida, que me estaban absorbiendo toda la energía del cuerpo. Cada vez me sentía más lánguida, más transparente, más liviana… Estaba disolviéndome poco a poco. Ellos, que seguían nutriéndose de mis emociones, cada vez parecían más fuertes, más poderosos.

—No —ordené con un hilo de voz, pero nadie escuchó mis protestas—. No.

Mis súbditos siguieron ignorándome. Su sed de sangre y de vida los tenía cegados, absortos.

—¡Parad! —bramé—. ¡Deseo que paréis!

Mi voz retumbó en las paredes de aquella sala cavernosa. Fue *ipso facto*. Los duendes se quedaron inmóviles y el salón

235

se convirtió en una galería de estatuas con rostros retorcidos, con expresiones de deseo y los brazos aún estirados, como si quisieran alcanzar algo. Sin embargo, advertí un ligero movimiento en aquellos ojos redondos y negros. A juzgar por el vaivén de sus torsos inhumanos, seguían respirando.

Me paseé por el salón, serpenteando entre la manada de duendes, pero ninguno se movió un solo centímetro. Mi deseo los había petrificado, casi literalmente. Seguí abriéndome camino entre las criaturas; sentía sus miradas clavadas en la espalda. Uno de los duendes estaba rellenando una copa de vino y, tras varios segundos, el líquido se derramó, formando un charco rojo en el suelo; otro tenía los dientes clavados en un ciervo muerto al que aún no habían despellejado; otro se había quedado congelado con la espalda doblegada hacia atrás mientras bailaba aquella danza salvaje y desenfrenada.

Me picó la curiosidad y le di un empujoncito a uno de ellos. No opuso resistencia y su cuerpo se balanceó. Después le pellizqué el brazo, con un pelín de crueldad, para comprobar su reacción. No gruñó, ni aulló, ni siquiera hizo una mueca de dolor, tan solo tensó un poquito la boca. Y entonces, sin previo aviso, lo tiré al suelo con todas mis fuerzas.

La criatura salió escopeteada hacia sus camaradas y los derribó como si fueran bolos. Me reí. No reconocí el sonido de mi propia risa: un sonido agudo, salvaje y cruel. Parecía la risa de una mujer demente, malvada. Sonaba como un duende.

Mi risa rompió el hechizo que los había inmovilizado. Los duendes empezaron a abalanzarse los unos sobre los otros, lanzándose entre ellos por los aires y enzarzándose en peleas absurdas. Además de las ruidosas carcajadas de los duendes, también se oía el estruendo de la vajilla al romperse y el ruido metálico de los cubiertos al caer al suelo. Aún se podía oír mi risa entre aquel escándalo.

Eché un vistazo a mi reino. Caos. Crueldad. Abandono. Desde que era una niña había aprendido a contenerme. A refrenarme. Quería ser más inteligente, más ingeniosa, quería ser... más. Ansiaba ser caprichosa, maliciosa, astuta. Hasta ese momento jamás había vivido el embriagante dulzor que conllevaba la atención. En el mundo exterior siempre habían sido Käthe y Josef los que habían cautivado los corazones de la gente; Käthe con su belleza, y Josef con su talento. Yo siempre había sido la gran olvidada, la gran ignorada, la hermana insulsa, apagada y sin talento de la familia. Pero allí, en el Mundo Subterráneo, era el sol alrededor del cual giraba el mundo, el eje que sostenía toda la vorágine. Liesl, una chica insípida, aburrida y obediente; Elisabeth, una mujer que se había convertido en reina.

Al otro lado del salón estaba él, mi rey. Le miré de reojo. No se había unido al alboroto, sino que se había quedado a un lado, olvidado y escondido entre las sombras. Esa noche, mi noche de bodas, estaba reservada para mí. Yo era la protagonista del mundo de los duendes. Era su salvadora, su reina. Y, sin embargo, una parte de mí anhelaba que todos mis súbditos desaparecieran. Deseaba estar a solas con mi marido. Quería ser su objeto de veneración, ser la pieza central de su mundo. Quería despojarme de todas mis inhibiciones y emborracharme de su atención, de su poder, y de vino, para así ser capaz de admitir, al fin, lo mucho que deseaba a *Der Erlkönig*.

Siempre le había deseado, incluso cuando había sido el personaje sombrío y misterioso de los cuentos de Constanze, incluso cuando se había convertido en mi amigo más fiel en el Bosquecillo de los Duendes. ¿Cómo había podido olvidarlo? Conocía ese rostro, esos ojos, ese cuerpo. Conocía esos labios, que siempre se estiraban para dibujar una sonrisa de aprobación; también esa mirada, con aquel brillo centelleante y tan embaucador. Había visto esos dedos finos y elegantes acariciar un diapasón imaginario. Había visto esos brazos sujetando un arco invisible. Y todo eso lo había visto cuando había compartido mi música con él. Le había pillado infinidad de veces observándome con atención. Y precisamente por eso se había convertido en el intérprete más sublime de mi arte. Me resultaba tan cercano y tan familiar como el sonido de mi voz.

A nuestro alrededor, un coro de duendes no dejaba de gritar y de vociferar comentarios groseros y propuestas in-

237

decentes. Pese a que esas palabras me ruborizaron, mantuve bien alta la cabeza y miré a *Der Erlkönig* directamente a los ojos. Mi risa había roto el hechizo que había lanzado sobre mis súbditos, pero el Rey de los Duendes seguía paralizado. Lo había dejado desarmado. No pude contener una sonrisa. Imaginé una línea de dientes puntiagudos y afilados: la sonrisa de un depredador.

Las luces de hada siguieron mi estela por el salón, cabriolando entre los duendes hasta llegar a mi marido. Le iluminaron el rostro o, mejor dicho, aquella máscara inexpresiva. Ni siquiera su mirada revelaba lo que pensaba o sentía. Tampoco advertí ningún temblor que pudiera traicionarle. Y, sin embargo, sí percibí cierta tensión en sus hombros, lo cual me llevó a preguntarme si tenía miedo.

¿Me tenía miedo? Por extraño que pueda parecer, la idea me emocionó. Era la Reina de los Duendes y, por lo tanto, podía obligar o coaccionar a cualquier duende, incluido el rey, a hacer lo que yo quisiera. Los tenía a todos comiendo de mi mano. El poder era más embriagador que el vino. Estiré la espalda y me acerqué a mi marido dispuesta a reclamarle como tal.

Me detuve a escasos milímetros del Rey de los Duendes. Iba descalza y mis dedos rozaron el cuero de sus relucientes botas negras. No se apartó ni reculó, pero tampoco hizo nada por acercarse a mí. Alcé la barbilla y examiné su rostro. Sus ojos transmitían… ¿Recelo? ¿Emoción? ¿Súplica? Fui incapaz de descifrar aquella mirada, de analizar su expresión.

Extendí los dedos para acariciarle la mejilla. Estaba tiritando, pero el temblor era tan débil que pasaba desapercibido a la vista.

—Elisabeth —murmuró; su voz también sonó temblorosa.

De pronto, empecé a sentir esos temblores por los brazos, por el pecho y por los rincones más profundos y secretos de mi ser.

—Elisabeth, yo…

Apoyé un dedo sobre sus labios para silenciarle. Ahora su cuerpo temblaba un poquito más. Deslicé la mano por sus labios, por su mandíbula, por su cuello, por su pecho. Sentí el latido de su corazón bajo la palma; era como tener un pajarito entre las manos.

«Te ruego compasión, mi reina. Te suplico tu compasión y tu bendición.»

Y, de repente, lo entendí. Había depositado toda su confianza y toda su fe en mí, y le asustaba mi misericordia. Noté una punzada en mi tierno y compasivo corazón, que latía al mismo ritmo que el suyo.

No podía contenerme ni un segundo más, así que lo agarré de la capa, tiré de él y los dos nos fundimos en un beso.

El beso es más dulce que el pecado y más feroz que la tentación. No soy bondadosa, no soy amable; soy brusca y salvaje y violenta. Muerdo, araño, lamo, devoro. Deseo y deseo y deseo y deseo y deseo. No dejo nada en el tintero. No reprimo mis deseos.

«Elisabeth», me susurra al oído, y siento que su aliento me llena los pulmones, el cuerpo, las entrañas. Abro la boca para que entre, pero desliza sus manos entre las mías y me acaricia los brazos.

«No, no, no —pienso—. No me apartes. Enciende mi fuego. Haz que arda.»

Pero el Rey de los Duendes no me aparta, sino que me agarra y pega mi cuerpo al suyo. Nuestros labios se separan y se vuelven a unir, como dos bailarines en un vals. Cada vez que él echa la cabeza hacia atrás, yo gruño, pero nunca se aleja más de unos milímetros. Me besa las comisuras de los labios, la barbilla, la mandíbula. Noto su nariz rozándome las mejillas.

Mis movimientos son toscos, torpes. Paso la lengua por la hilera de mis dientes superiores y después le lamo el labio inferior. Sabe a viento de invierno, pero el calor de nuestras bocas es demasiado fervoroso y el beso acaba convirtiéndose en algo lánguido, húmedo y cálido, como una noche de verano. Me tiene inmovilizada, pero, en ese preciso instante, me suelta y desliza las manos por mi cintura, por mis caderas.

Noto la punta de sus dedos recorriéndome la espalda, hasta alcanzar la curva donde la espalda pierde su nombre.

Oh, Dios. No tengo palabras para describir el momento. Sé que estoy lejos, muy lejos del Cielo, pero me da lo mismo. Quiero yacer con el demonio, y quiero hacerlo una y otra vez. Lo único que quiero es sentirme así. Estoy aferrada a su capa. Le agarro como si me fuese la vida en ello. Imagino que la marca de los bordados tardará varios días en desaparecer de las palmas de mis manos.

«Elisabeth —susurra de nuevo—. Elisabeth, yo…»

Pero no dejo que acabe.

«Deseo…»

Hace una pausa. Está tenso.

«Deseo que me hagas tuya. Deseo que me mancilles. Ahora mismo.»

Ahora mismo.

Pinchar y sangrar

El poder de un deseo. En el mundo exterior, los deseos no eran más que anhelos, fantasías, quimeras: eran ideas hermosas, pero insustanciales y siempre inalcanzables. Aquí, en el Mundo Subterráneo, las utopías eran mucho más reales. Criaturas traviesas: astutas y mentirosas, pero tangibles. Palpables. Mis deseos tenían peso. Los sonidos se atenuaban, las luces perdían intensidad. Tardé unos instantes en darme cuenta de que ya no estaba en aquella cueva tan inmensa. Nuestro beso me había embaucado, me había hechizado hasta el punto de evadirme de la realidad. Ya no estábamos rodeados de duendes burlones que nos lanzaban miradas lascivas. Estábamos solos, el Rey de los Duendes y yo. Lo único que no me pasó desapercibido fue el hecho de que sus labios ya no estuvieran sobre los míos; estaba sufriendo, sufriendo como un niño cuando le quitan de las manos un puñado de chucherías: «No..., quiero más, por favor, más».

El Rey de los Duendes se apartó y, al despegarse de mí, no pude evitar lloriquear como una niña pequeña. No quería alejarme de mi esposo. Él frenó mis anhelos amorosos y, con una dulzura infinita, posó una mano sobre mis labios. Le acaricié los dedos con los labios; ansiaba tocar cualquier parte de su cuerpo, por pequeña que fuera.

—Elisabeth, Elisabeth —susurró—. Elisabeth, espera.

¿Esperar? Llevaba toda la vida esperando ese momento. No por la consumación, sino por la validación; ardía en deseo y anhelaba que alguien me deseara con esa misma intensidad. El Rey de los Duendes me veía, me veía tal y como era, pero ahora quería que me conociera, que conociera cada recoveco de mi ser. Sin pensármelo dos veces, cogí impulso y salté hacia él; era una gata, una loba, una cazadora. Estaba hambrienta de sangre, de carne fresca.

—Para —dijo, esta vez con voz más firme. Hice caso omiso a su ruego y tiré de su capa, de su camisa, de sus pantalones—. Para, Elisabeth. Por favor.

Ese «por favor» me mató; no fueron sus protestas, sino esa súplica tan fervorosa lo que me derrumbó.

—¿Parar? —pregunté con voz melosa—. ¿Por qué?

—Porque —empezó; sus palabras sonaron lentas, perezosas—, porque no sabes lo que haces.

Tenía la mente espesa y tardé unos segundos en comprender sus palabras. «No sabes lo que haces.» En cuanto capté el mensaje, me ruboricé.

—Oh.

Volví a la realidad de inmediato y aquellos delirios de lujuria y de deseo se desvanecieron. El aturdimiento se convirtió en desazón, en bochorno. Le di la espalda.

—Si no sé qué hacer —dije con voz temblorosa—, es porque no soy más que una muchacha que no ha gozado del privilegio de una educación, de una formación como Dios manda. Soy una muchacha casta, pura y prístina —añadí, y después tragué saliva—. Pero nunca es tarde, *mein Herr*. Soy una alumna muy disciplinada y aprendo rápido.

—No lo pongo en duda.

Noté su presencia detrás de mí. Estaba a escasos milímetros, pero no se atrevía a tocarme. Me avergonzaba verme así, tan desesperada, tan afligida. No quería estar desesperada, pero lo estaba.

«Oh, Dios, por favor, tócame —pensé—. Por favor.»

Él se acercó un poquito más. No podía verle, pues seguía de espaldas a él, pero sí podía imaginarle. Pensé en esos ojos de lobo, en esa mirada bicolor. La notaba clavada en mi nuca, en el cuello de mi vestido de novia, en mis escápulas descubiertas.

Me imaginé sus dedos, esos dedos largos y esbeltos, a punto de tocarme, pero no lo hicieron. Visualicé toda la escena con una claridad pasmosa; lo único que no fui capaz de imaginar fue la expresión de su rostro.

—Elisabeth —llamó con tono firme—. Hay tantas cosas que aún no sabes. Si las supieras, ¿aún querrías esto?

Escupí una risotada. Ya no podía seguir ocultando mi deseo, ni tampoco mi ímpetu. Y él tampoco. Había notado su miembro viril tras sus pantalones y ya no podía pensar en otra cosa.

—Sí —susurré—. Sí, lo querría. Sí, lo quiero. Quiero esto.

El Rey de los Duendes me agarró por los hombros y me jaló hacia él. Me rodeó el cuello con un brazo, como si fuera una serpiente, y con el otro me sujetó por la cintura. La tela del vestido era tan fina y delicada que podía sentir cada uno de sus músculos pegado a mi cuerpo. Me sostenía con tanta fuerza, con tanta pasión, que incluso temblaba. Tenía la respiración entrecortada y no dejaba de jadear, pues él seguía presionándome la garganta con el brazo.

Arqueé la espalda y cerré los ojos. Busqué su mano, la que me rodeaba la cintura, y entrelacé mis dedos con los suyos. Deslicé la otra mano por su brazo, hasta llegar a su rostro. Le acaricié el pelo; era más suave que el terciopelo. Después palpé la curva de su pómulo y el ángulo de su mandíbula. Él inclinó la cabeza y, con una delicadeza extrema, pasó los labios por la línea de mi cuello hasta llegar al hombro. Un beso casto y suave, un pequeño mordisco. Otro beso, esta vez un poco más húmedo, más apasionado. Gruñí. Y el eco de ese gruñido retumbó en todo su cuerpo.

Despacio, demasiado despacio. Ansiaba que me devorara, que me arrancara el vestido cegado por el deseo. Tomé una decisión: si él no se decidía a tomar las riendas de la situación, lo haría yo. Así que cogí su mano, la que me sujetaba la cintura, y la deslicé hacia abajo, hacia donde yo deseaba que estuviera. Apoyó los dedos en el hueso de la cadera y, poco a poco, fue subiéndome la falda, dejando así al descubierto mi pierna desnuda. Me revolví entre sus brazos, pero no porque quisiera huir de él, sino porque estaba ansiosa porque continuara. Con una lentitud agonizante, alcanzó mi entrepierna

243

y empezó a rozarla, a acariciarla. «No es suficiente —pensé—. Todavía no es suficiente.»

Pasé la mano por su cabeza y le agarré del pelo; estaba impaciente. Él dejó escapar un silbido de dolor. Gemidos de dolor, gemidos de placer, todos en el mismo tono. Enterró los dedos en las fisuras más secretas de mi ser y todo mi cuerpo se tensó. Ahogué un grito. O tal vez se quedara perdido en mi garganta, que él seguía sujetando con fuerza.

Con la otra mano, la mano con la que estaba trazando el camino por mis muslos, mis caderas, por entre mis piernas, le palpé la pelvis. Deslicé los dedos a lo largo de aquella rigidez, la señal inconfundible de su deseo. Sacudió las caderas y noté que se estremecía. Le agarré con más fuerzas y también empecé a balancearme. «Mío —pensé—. Mío.»

Pero, de repente, noté que evitaba mis caricias, que se apartaba, que se alejaba de mí. Solté un gruñido de frustración. Ya no le sentía detrás de mí. Abrí los ojos y me di la vuelta.

244

El mundo pareció inclinarse y, durante unos segundos, sentí que no podía encontrar el equilibrio. El Rey de los Duendes estaba a tan solo un puñado de metros de mí, pero la distancia parecía infinita. Su cabello se había convertido en una maraña de nudos y enredos. Tenía los labios hinchados y las mejillas sonrojadas. Y el brillo de su mirada de lobo era perturbador.

—Basta, Elisabeth —dijo. Estaba sin aliento—. Basta.

Me masajeé el cuello y lo miré boquiabierta.

—¿Basta? —logré articular.

—Sí —contestó él—. Basta. Basta por esta noche. Ahora mismo haré llamar a tus asistentes para que te acompañen a tus aposentos.

—¿Qué? —exclamé, casi sin pensar—. ¿Por qué?

—Porque no quiero esto. No ahora. No así.

La humillación que me hicieron sentir sus palabras me quemó por dentro. Por un momento temí que la seda de mi vestido de novia se incendiara con el mero roce de mi piel. Humillación, vergüenza, lujuria, deseo. Estaba ardiendo en llamas. ¿Cómo podía despacharme de esa manera? La habitación olía a pasión, una pasión mutua, una pasión húmeda y cálida. Y, por si fuera poco, había podido palpar su deseo con mi propia mano.

Sentí que se abría una vieja herida. De ella empezaron a brotar un sinfín de sentimientos. Estaba sangrando vergüenza. No debería haberme arriesgado tanto. Le había entregado mi corazón, había expuesto mis secretos más íntimos a alguien a quien apenas conocía. Y lo único que había conseguido era que me ridiculizara por ser una muchacha sin educación, sin formación. Por ser una muchacha insulsa y sin ningún talento especial.

Me tapé la cara. No quería que el Rey de los Duendes me viera llorar.

Él apoyó una mano sobre mi hombro para consolarme. Eso fue lo que más me dolió. Le quité la mano con desdén.

—No me toques —siseé entre dientes—. No te atrevas a tocarme. No así.

—¿Así cómo? —preguntó él con voz amable.

—Como…, como si no te importara.

Noté un cosquilleo por toda la piel; tenía la sensación de que hubiera cobrado vida y estuviera pidiendo, suplicando, algún tipo de caricia, pero lo único que encontraba era rechazo. Me coloqué bien el vestido de novia y me alisé la falda. El velo, de una tela de gasa con diamantes incrustados, se me había caído durante ese acalorado abrazo y ahora estaba arrugado a mis pies.

—Elisabeth —dijo él—. Me contengo precisamente porque me importa…

—Entonces ¿por qué no me tocas? —respondí, y justo después se me escapó un gemido. Me reprendí por aquel gesto de debilidad—. ¿Por qué no reclamas lo que es tuyo?

—Porque no es mío —respondió el con más vehemencia de la que esperaba—. Eres tú quien debe entregármelo.

—¡Y eso es lo que hago! —grité, y empecé a recoger los metros y metros de velo, como si así pudiera ocultar mi humillación.

—No te deseo —añadió en voz baja—. No así.

Era tan injusto. La lujuria que le oprimía aquellos bom-

245

bachos de cuero había sido más que evidente, pero, por lo visto, era capaz de esconder todo lo que sentía tras su capa, tras una túnica de sarcasmo y un manto de desapego. Me entraron ganas de chillar.

Me di la vuelta.

—Me dijiste que me querías... entera. —Le arrojé sus propias palabras con rencor.

El Rey de los Duendes cerró los ojos, como si así pudiera enmudecerme. Oía el latido de mi corazón aporreándome el pecho. ¿De veras era una muchacha tan desagradable, tan poco agraciada que ni siquiera un duende podía desearme?

—Esta no eres tú —respondió él—. Esta eres tú... desesperada.

Sentí que con sus palabras estaba tirando sal sobre mis heridas.

—¿Y qué quieres de mí, entonces? —repliqué. Sí, estaba desesperada, pero eso era lo que menos me importaba en ese momento—. ¿Por qué te casaste conmigo si no era para esto?

Esta vez fue él, el mismísimo Rey de los Duendes, quien se tambaleó, como si acabara de recibir una bofetada inesperada.

—Si creíste que quería...

Pero no estaba dispuesta a oír lo que tenía que decir.

—Quizás estás sufriendo el famoso remordimiento del comprador —espeté—. Quizá deberías haber elegido a la hermana guapa.

—Elisabeth —dijo el Rey de los Duendes con aire autoritario—. Basta.

Y debería haberle hecho caso, pero no lo hice. No fui capaz de morderme la lengua y contenerme.

—Pues bien, *mein Herr* —empecé—. Te has casado con la hermana fea. Y —continué con una risita aguda y nerviosa— fuiste tú quien tomó la decisión, así que ahora te toca apechugar con las consecuencias. Vamos, querido esposo —dije con modestia fingida, pasando las manos por las pocas y escasas curvas de mi cuerpo—. Ha llegado el momento de dormir con tu esposa. Veamos si puedes soportarlo.

El Rey de los Duendes soltó un sonido de asco e indignación, un sonido que minó la poca seguridad que me quedaba. Noté un nudo en la garganta, pero respiré hondo y me lo tragué.

—Vete a la cama, Elisabeth —ordenó—. Estás borracha.

¿Lo estaba? No era la primera vez que bebía vino… o cerveza; de hecho, cuando era niña, alguna que otra vez me había colado en la despensa secreta de Constanze y había probado los distintos *schnapps* que guardaba allí. Pero jamás había sobrepasado el límite de la embriaguez. Nunca había bebido como papá.

Sentí que el barro del suelo se transformaba en una especie de arenas movedizas. La habitación empezó a dar vueltas a mi alrededor y, de repente, me desplomé. El Rey de los Duendes se tiró al suelo para evitar que me hiciera daño.

—¡Ramita, Ortiga! —llamó, y las dos duendes aparecieron de inmediato—. Llevaos a mi esposa a sus aposentos y aseguraos de que descanse bien.

—No —farfullé, y traté de incorporarme sola. Con movimientos algo torpes, logré ponerme en pie. Respiré hondo y traté de reunir la poca dignidad que me quedaba—. Puedo ir yo sola, *mein Herr*.

Me tropezaba a cada paso, pero, poco a poco, fui alejándome de él. De repente, él hundió los dedos entre mi cabello desaliñado y pegó su cuerpo al mío.

—Claro que te deseo —me susurró al oído—. Pero deseo esa parte de ti que no quieres entregarme. Esta —dijo, y pasó la mano por mi garganta, por mi pecho, por mi cintura— es solo una parte de ti. Cuando dije que te quería entera, hablaba en serio.

—¿Y qué parte de mí no te he entregado?

Él esbozó una sonrisa.

—Ya sabes a qué me refiero, Elisabeth —murmuró, y tatareó unas notas.

Mi música.

Retorcí todo mi cuerpo y me aparté de él. Pedí un deseo: que apareciera una puerta. Y eso fue lo que ocurrió. Giré el pomo y la cerré de un portazo. Ese estruendo atronador fue el último sonido de nuestra conversación.

♈

Mi fanfarronería tan solo duró unos minutos, el tiempo que tardé en llegar a mis aposentos. Los pasadizos del Mundo Subterráneo tenían la particularidad de alterarse a su antojo, así que en menos que canta un gallo me planté delante de mi habitación. Deslicé el pestillo de la puerta y entré a toda prisa. Estaba ansiosa por desahogarme, por liberar todos los gritos de rabia y aullidos de decepción que estaban carcomiéndome por dentro. No podía respirar. Noté un escozor en los ojos, pero no lloré ni una sola lágrima. Quería gritar, quería destrozar la habitación. Quería romper algo. Quería arruinarle la vida.

Me encaminé hacia el saloncito de estilo Luis XV que había frente a la chimenea y fui arrojando los muebles contra las paredes de barro con todas mis fuerzas. Pese a que a primera vista parecían delicadas, las mesas y las sillas eran muy robustas; en lugar de hacerse pedazos, rebotaron y cayeron al suelo. Y entonces sí chillé. Agarré una de las sillas por las patas y la empotré contra la chimenea, que era de travertino brillante. Tuve que golpearla varias veces hasta conseguir que se astillara. Después, arrojé lo que quedaba de la silla al fuego. Y después hice lo mismo con la mesa. Y con la otra silla.

Sin embargo, eso no bastó para descargar mi furia, así que continué con los demás objetos de mi habitación. Los candelabros, las mesitas auxiliares, hermosas obras de arte y horrendos objetos decorativos. Cogí la escultura del sátiro de mirada lasciva y la ninfa orgiástica y la tiré contra la puerta de madera de la habitación. Era de porcelana, por lo que se hizo añicos de inmediato. Grité y gruñí y aullé y lloré y destrocé y pateé y golpeé hasta deshacerme de la última gota de ira y frustración. Me dejé caer sobre el suelo, agotada y jadeante. Miré a mi alrededor; había dejado la habitación hecha una porquería.

El vestido de novia me estaba asfixiando. Traté de arrancármelo con las manos, pero ya no me quedaban fuerzas. Me había vaciado. Había sido una noche tormentosa, una noche llena de esperanzas y decepciones, por lo que agradecí sentir ese vacío. Escuché con atención los crujidos del fuego y traté de establecer un patrón en el sonido. Quería encontrar un sonido. Música. Estructura. Sentido.

Logré ordenar un puñado de notas y creé una melodía. Una ligera subida, una apresurada bajada. Simbolizaba el movimiento de una mano, alzándose poco a poco y cayéndose de golpe. La melodía se repetía una y otra vez, cada vez más y más rápido, hasta que el torbellino de dieciséis notas se convirtió en un acorde tintineante. Jamás había escrito algo así. No era una pieza bonita, sino más bien una creación desordenada, discordante y fea. Era, sin ningún tipo de duda, la melodía que mejor reflejaba cómo me sentía en ese momento.

Papel. Quería plasmar la melodía que oía en mi cabeza sobre un papel. Pero había roto todo lo que había encontrado en la habitación. Se me escapó una risa. Qué típico de mí, siempre metiendo la pata, siempre boicoteándome.

Eché un vistazo a mi vestido de novia; era lo único que había quedado entero e impoluto, salvo por una mancha de vino y un poco de barro por aquí y por allá. Cogí una astilla bastante grande que tenía a mi alcance, carbonicé la punta en la hoguera y después la enfrié rápidamente.

Y entonces utilicé la punta carbonizada para escribir.

Una frase musical incompleta consiguió colarse en mis sueños y me suplicó que la terminara. Pero no era capaz de captar la melodía. No sabía cómo resolver las preguntas y dudas que me planteaba. La frase me resultaba familiar; era como una cancioncita sibilante de mi infancia, pero no lograba recordar dónde la había escuchado.

Di un respingo y me desperté. El fuego de la chimenea había desaparecido y ahora tan solo quedaban los rescoldos. Estaba tumbada en el suelo, sobre un montón de escombros. Y estaba desnuda y muerta de frío. El vestido de novia colgaba de uno de los pilares de la cama; la seda blanca estaba garabateada con carbón. Ahí estaban escritos los restos de mi obra maestra. Pasé mis manos mugrientas por la falda.

La tela era tan frágil. Tan delicada. Aquellos pintarrajos eran temporales, casi efímeros. Si pasaba un dedo por encima, borraría todo el trabajo. Tecleé los dedos y repasé todas las notas; resistí a la tentación de destruir la partitura, aunque en realidad era lo que más me apetecía. Respiré hondo y me contuve.

La seda se agitaba suavemente, produciendo así un murmullo muy tranquilizador. En mi túmulo estaba soplando una suave brisa. Me levanté tiritando, dispuesta a buscar de dónde salía esa brisa espectral. De repente, tropecé con un umbral.

Pestañeé varias veces. Mi túmulo estaba sellado, cerrado bajo llave. La puerta seguía estando ahí, pero junto a la chimenea había un arco que jamás había estado allí. La brisa se colaba por la diminuta ranura que había entra la puerta y el suelo. Miré por encima del hombro. El desastre que había formado era la prueba incontestable de mi ira y frustración. Esa era mi habitación. Esa era mi cama. Ese era mi vestido de novia. No quería volver a ponerme ese vestido, así que cerré los ojos y deseé una muda, un vestido. Cuando los abrí, encontré uno sobre la cama. Estaba arrugado y chafado, como si alguien lo hubiera dejado ahí tirado de cualquier manera. Me lo puse y me adentré en la oscuridad.

En cuanto atravesé el umbral empezaron a titilar varias luces de hada; parpadeaban a cámara lenta, lo cual me sorprendió un poco. Gracias a su suave resplandor advertí una serie de habitaciones, todas más grandes y más lujosas que mi túmulo; sin embargo, transmitían intimidad y familiaridad. Y, de repente, vi un clavicordio.

Contuve la respiración. El instrumento era precioso; estaba fabricado en una madera rica, cálida y oscura que brillaba bajo las luces de hada. Casi de forma reverencial, pasé las manos por encima de las teclas. Estaban tan pulidas que resplandecían. Era una octava más alta que los clavicordios que teníamos en la posada; cuando pulsé una tecla, el sonido llenó la sala. No percibí aquella resonancia estridente y metálica que siempre producían los instrumentos de casa.

Sin pensármelo dos veces, empecé a ensayar una melodía. Tocar ese instrumento era todo un lujo, así que me permití el capricho y me puse a soñar despierta. Me había perdido, pero ahora, por fin, una pieza que yo había creado había vuelto a mis manos. Y entonces me fijé en una pila de papeles y un bote de tinta que había sobre una mesita, justo al lado del clavicordio.

Eran como un lienzo en blanco. Pergamino con pentagramas ya dibujados que esperaban que alguien escribiera una clave, un tono, una armadura. Me puse tensa de inmediato. «Otro truco —pensé—. Otra burla del Rey de los Duendes.» La sala parecía contener los ecos silenciosos de una risa socarrona.

Admito que tuve la tentación de vaciar el tintero sobre el teclado y romper las partituras en mil pedazos. Pero el recuerdo del desconocido alto y elegante en el mercado me frenó. Un desconocido alto y elegante que se había acercado a una chica sencilla, modesta y sin pretensiones solo porque había oído la música que vivía en su interior y había querido liberarla. Encogí los dedos. Me moría de ganas por acariciar las teclas. Deseaba poder plasmar todos mis sentimientos sobre el papel. El vestido de novia seguía colgado en mis aposentos, tan cerca y a la vez tan lejos. Quería convertir el carbón en tinta.

Pero no lo hice.

Me di la vuelta y volví a mi habitación; las luces de hada se fueron apagando una a una, como si fueran velas. No quería saber qué hora era. El cuadro del Rey de los Duendes que decoraba la chimenea mostraba un paisaje invernal, nevado y gris. Tenía una luz especial. Me recordó al resplandor previo al alba. Pero también podían ser las últimas luces del atardecer. Era muy difícil saber qué momento del día era, sobre todo porque los copos de nieve distorsionaban la luz.

Entorné los ojos. Habría jurado que estaba nevando, nevando de verdad. El paisaje parecía haber cobrado vida propia. Los copos de nieve se deslizaban por el paisaje hasta posarse sobre las ramas de los árboles. «Deben de ser alucinaciones», pensé. Tal vez fuese por la falta de sueño. O quizá todas las lágrimas que había derramado habían acabado por nublarme la visión. Me acerqué un poco más.

Y fue entonces cuando me percaté de que no eran imaginaciones mías. Estaba nevando en el mundo exterior, en concreto en el Bosquecillo de los Duendes. Aquel cuadro era como una de las ventanas de la posada. De repente noté una punzada de nostalgia. Añoraba mi hogar. Y a Josef. Y a Käthe. Y a mamá y a papá. Incluso a Constanze. Incluso echaba de menos a la muchacha que había sido: Liesl, la hija solícita y responsable, la hermana mayor cariñosa y afable, la compositora en la sombra. Pese a haber tenido una vida bastante precaria y sin alicientes, siempre había sentido que ese era mi lugar. ¿Qué lugar tenía ahí? ¿Quién era yo en el Mundo Subterráneo? Una reina abandonada, una esposa ignorada. Una doncella, al fin y al cabo. Daba igual donde estuviera, siempre me topaba con un muro de indiferencia, de rechazo. Incluso entre los duendes.

Todavía me sentía avergonzada y humillada por lo ocurrido, pero no quería seguir pensando en eso, así que centré toda mi atención en aquel cuadro encantado. El Bosquecillo de los Duendes me estaba llamando a gritos, así que desobedecí las advertencias de Ramita y Ortiga y alargué el brazo para tocarlo.

Me sobresalté cuando mis dedos tocaron el cristal. Pegué la nariz para examinarlo de cerca. Una nube de vaho cubrió la superficie de cristal y ocultó el paisaje del bosque tras una niebla espesa e infranqueable. Cuando el vaho se disipó, me di cuenta de que el escenario había cambiado por completo. Di un paso atrás y tropecé con un montón de escombros. Me caí y me hice un corte en la palma de la mano con algo muy afilado. Sin embargo, no me dolió. Mientras, en el Bosquecillo de los Duendes, un joven se sentó frente a un escritorio y empezó a garabatear algo a toda prisa.

—¡Sepperl!

No me oyó. Por supuesto que no me oyó. Mi hermano pequeño había crecido desde la última vez que lo había visto. Estaba más delgado, más alto, más esbelto. Iba vestido como un auténtico caballero, con una levita con bordados azul pastel, unos bombachos de satén y un lazo de raso alrededor del cuello. Cualquiera habría jurado que provenía de una familia acaudalada. Había cambiado tanto que, de habérmelo cruzado por la calle, no lo habría reconocido.

La puerta que había a sus espaldas se abrió. François. A Josef se le iluminó la cara nada más verle. Noté un escozor en la garganta. Mi hermano también me había mirado así, como si su alma estuviera entre mis manos, pero de eso ya había pasado mucho tiempo. Su alma ya no estaba entre mis manos. Me había sustituido.

Josef preguntó algo. François negó con la cabeza. Él hundió los hombros, triste, desilusionado. Arrugó el papel que tenía entre las manos. ¿Una composición? No. No había ningún pentagrama, ninguna nota. Solo palabras. Una carta…

Mi aliento volvió a empañar el cristal.

—¡Sepperl! —grité, pero cuando el vaho se disipó, mi grito de angustia se quedó atrapado en mi garganta.

La imagen había cambiado por completo. Tras el cristal había una joven arrodillada junto a una cama. Por un momento pensé estar contemplando mi propio reflejo, pero entonces me fijé en el brillo dorado que asomaba por debajo del pañuelo que llevaba atado en la cabeza.

Käthe.

Con aire cansado, se quitó aquel delantal repleto de manchas y se preparó para irse a la cama. Y justo cuando estaba a punto de retirar las mantas y acurrucarse en la cama, se detuvo. Hurgó debajo de la almohada y sacó un fardo de papeles.

Enseguida me di cuenta de que era el pequeño *lied* que había compuesto y que había dejado en la posada antes de irme. «*Für meine Lieben*», había escrito: para mis seres queridos.

Mi hermana acarició el mechón de pelo que había atado alrededor del lazo. Sus ojos azules se llenaron de lágrimas y después se llevó la partitura al pecho. Al menos no había muerto en el mundo exterior. El vaho empañó de nuevo el cristal.

El enorme sacrificio que había hecho, casarme con el mismísimo Rey de los Duendes, me parecía el error más estúpido que jamás había podido cometer. Mi vida, mi futuro, mis seres queridos… Lo había tirado todo a la basura, cegada por el egoísmo, por la ambición. Porque por una vez, solo por una vez en mi vida, había querido sentirme querida. Deseada. El Rey de los Duendes había asegurado que me quería; le había creído y había apostado toda mi vida a esa carta.

¿El sacrificio había valido la pena? Me sentía vacía y abandonada; sentí una punzada en el corazón y el dolor fue tan intenso, tan fuerte que incluso podía palparse. Me desplomé sobre el suelo. No podía respirar. El amor que sentía por mi familia era infinito, pero en ese momento estaba a punto de asfixiarme.

Las que vinieron antes

—¿*E*stá bien?

—Qué sé yo. Es difícil saberlo con los mortales. Su cuerpo se marchita tan rápido.

—Está sucia.

—Debió de pasárselo en grande a noche. —Una risita por lo bajo—. En fin, es un buen presagio. Al menos para nosotras.

—¿Deberíamos despertarla?

Me revolví al oír esas voces en mi habitación. Ramita. Ortiga.

—Claro. Dichosa holgazana.

Ortiga. Pese al agotamiento y la tristeza, enseguida reconocí esa voz cargada de desprecio. No se tomaba ninguna molestia en ocultar su fastidio, lo cual me recordó a Constanze. Constanze. Sentí la inconfundible punzada de la añoranza y, con un tremendo esfuerzo, me incorporé. Ortiga dio un respingo y retrocedió, pero en esa fracción de segundo logré verla con la mano abierta, dispuesta a darme una bofetada para tratar de despertarme.

—¿Qué ocurre? —pregunté con voz ronca.

El cuadro que había sobre la chimenea volvía a mostrar el Bosquecillo de los Duendes. Debían de haber pasado varias horas, pues el manto de nieve que cubría el paisaje era mucho más grueso.

—No puedes pasarte todo el día tirada en la cama —respondió Ortiga—. O en el suelo, mejor dicho. Qué curioso —añadió, y luego dibujó una sonrisa, dejando al descubierto aquellos dientes afilados—. Pensaba que vosotros, los mortales, preferíais la comodidad de una cama; pero mírate: durmiendo entre montones de basura, como un verdadero duende.

Puse los ojos en blanco y Ramita me ayudó a ponerme en pie. Había utilizado el vestido a modo de manta, por lo que, al levantarme, me resbaló y cayó al suelo. Me crujieron varias articulaciones y sentía todo el cuerpo entumecido. Desde luego, los huesos humanos no estaban creados para dormir sobre un suelo de barro y escombros.

—Ya se comporta como una nativa —le comentó Ortiga a su camarada—. ¡Dónde habrá dejado esas ridículas ideas mortales sobre el pudor y la decencia!

Me puse el vestido como era debido.

—Si habéis venido a despertarme, al menos podríais haber tenido la decencia de traerme un buen desayuno —protesté. Ramita se dio media vuelta, dispuesta a satisfacer mis deseos, pero sacudí la cabeza—. Tú no, Ramita —dije, y señalé a Ortiga—. Tú. Irás tú.

Ortiga hizo una mueca, pero desapareció en un santiamén. Ramita realizó una pomposa reverencia y arañó el suelo con la maraña de telarañas y nidos que tenía sobre la cabeza.

—Ramita —llamé—, ¿qué es ese cuadro que hay sobre la chimenea?

Torció el gesto en una expresión inescrutable. De entre las dos, ella siempre me había parecido más compasiva, pero en ese instante recordé que, pese a su aparente amabilidad y buena disposición, no era mi amiga. Sin embargo, era lo más parecido a una confidente que tenía en el Mundo Subterráneo y, para qué engañarnos, echaba de menos tener compañía. Echaba de menos a Käthe.

—Lo has tocado, ¿verdad? —preguntó ella.

Asentí con la cabeza.

Ella soltó un suspiro.

—Es un espejo, alteza.

—¿Un espejo? —repetí. Lo miré de reojo, pero lo único que vi fue el Bosquecillo de los Duendes nevado—. Entonces ¿por qué...?

—Trajeron ese espejo —empezó Ramita, que señaló con la barbilla el cuadro con marco dorado que había sobre la repisa de la chimenea— del mundo exterior. Al igual que la mayoría de los espejos fabricados allí, está bañado en plata. Y aquí, en el Mundo Subterráneo, la plata se rige por unas leyes totalmente distintas. Este espejo no te mostrará tu reflejo, sino lo que él quiere que veas.

Josef. Käthe. Fue como si alguien me hubiera estrujado el corazón.

—Por eso te advertí que no lo tocaras —añadió—. Tus ideas, tus sentimientos, tus dudas… Eso es lo que refleja, no tu rostro.

—Entonces… ¿la visión que me muestra el espejo no es real? —pregunté, desesperada.

Necesitaba que ese espejo mágico fuera real. Así podría ver crecer a Josef. Podría verle convertido en el gran hombre que estaba destinado a ser. Y así también podría ver florecer a Käthe. Podría verla convertida en la mujer que sabía que podía llegar a ser. Así no olvidaría qué es vivir, pese a que la vida ya se había olvidado de mí.

Ramita torció los labios.

—Yo no me fiaría de lo que uno puede ver en ese espejo, alteza. La plata no miente, pero puede encubrir verdades con la misma facilidad que puede mostrarlas.

De repente, los fantasmas de mi familia se colaron en la habitación y se acomodaron a nuestro alrededor.

—Según dices, la plata no mostrará mi reflejo —recapitulé—. ¿Qué puede hacerlo?

—El agua es la mejor opción, desde luego, pero también puede servirte una superficie de azabache pulido… o de bronce o incluso de cobre. —Ramita cogió un cuenco de cobre del suelo y lo sostuvo a la altura de mi rostro para que pudiera contemplar mi reflejo.

Tenía peor aspecto de lo que había imaginado. La ceniza y la mugre se habían incrustado en mis mejillas, pero ni siquiera con eso podía disimular las sombras amoratadas que tenía bajo los ojos. Advertí unas marcas que me atravesaban las mejillas y la mandíbula; era el inconfundible rastro de las lágrimas. Tenía la cara hundida, demacrada, envejecida. Y, por si todo eso fuera poco, el cuenco me distorsionaba los rasgos: una nariz aguileña y una barbilla regordeta. O puede que realmente fuese así de fea.

Tragué saliva.

—Estoy hecha un desastre. Estoy horrorosa.

—Pero eso tiene remedio —dijo Ramita con aire alegre—. Me han contado que a los mortales les gusta bañarse, así que me han mandado llevarte a las fuentes termales. Ven —dijo, y me hizo un gesto para que la acompañara—. No tienes ni que pedírmelo con un «deseo...».

Se me escapó una risa. Fue una broma pésima, pero me gustó oírme reír; me ayudó a aliviar parte del dolor y la nostalgia que me oprimían el corazón. Me gustó poder charlar y reírme con alguien, pese a que no fuese mi hermana. Pese a que ni siquiera fuese una amiga.

El ser humano no está concebido para vivir aislado. No estamos hechos para vivir en soledad. Eché un vistazo a los fantasmas de mi familia; seguían sentados allí, en mis aposentos, invisibles al ojo pero visibles a mi corazón. Estaba muerta para el mundo exterior, pero no podía evitar tratar de encontrar consuelo y compañía, del mismo modo en que las flores anhelan la luz del sol en la oscuridad.

Después del baño, Ramita y Ortiga me escoltaron hasta las profundidades del Mundo Subterráneo, al mismísimo corazón de la ciudad de los duendes para llenar mi armario de vestidos y ropa nueva. La verdad era que sentía curiosidad por visitar un *atelier* dirigido por un sastre que, en realidad, fuese un duende. Ortiga y Ramita no llevaban prendas normales y corrientes, sino que preferían vestirse con prendas tejidas de hojas, ramas y zarzas. El mero hecho de que los duendes tuvieran diseñadores y costureros me intrigaba muchísimo.

Los pasadizos iban cambiando a medida que avanzábamos por aquel laberinto de túneles. En la zona donde estaba situada mi habitación, los pasadizos eran retorcidos y estrechos, y estaban repletos de cuadros, retratos y otros objetos decorativos; sobre los suelos de barro se extendían unas alfombras infinitas. Los caminos que rodeaban el lago subterráneo eran más pequeños, más angostos, más húmedos y más pedregosos.

Nos estábamos acercando al centro de la ciudad; allí, los pasillos eran mucho más amplios y algunos parecían verdaderas avenidas. El suelo ya no era de barro, sino que estaba pavimentado con piedras preciosas enormes, la mayoría de ellas del tamaño de mi cabeza. Resplandecían bajo nuestros pies. Estaban muy pulidas, seguramente porque miles, o tal vez millones, de pies las habían ido alisando con el paso de los siglos. A ambos lados de esas inmensas avenidas se alzaban unos portales de madera tallada a mano, o eso parecía. Advertí unas «ventanas» en el segundo y tercer piso de cada edificio.

Algo no encajaba. La ciudad era extraña, poco natural, artificial. Allí no había bullicio. No había vida; estaba totalmente vacía. No se había construido con el tiempo, sino que daba la sensación de haber sido creada de la noche a la mañana. Había una simetría en aquellas edificaciones que no seguía la estética que, hasta el momento, había visto en el mundo de los duendes. Percibí una monotonía rígida que parecía tan ordenada y estructurada como una sinfonía barroca.

—¿Alguien vive aquí? —pregunté.

—Los duendes no viven en las ciudades —respondió Ortiga—. No somos como vosotros, los mortales. No nos gusta vivir apretujados, los unos encima de los otros. La mayoría somos solitarios y vivimos en túmulos conectados con el de nuestra familia, nuestro clan. Aquí —dijo, señalando los escaparates que nos rodeaban— es donde comerciamos.

—¿Comerciáis? —pregunté, atónita—. ¿Los duendes hacéis negocios?

Ortiga me lanzó una mirada cargada de resentimiento.

—Sí. Por supuesto.

Había carteles sobre cada uno de los comercios. Palabras escritas en el alfabeto de los duendes. O emblemas familiares, quizá. Tal vez el que teníamos enfrente anunciaba un tàller de artesanía de oro. Y puede que el de al lado fuese una joyería especializada en piedras preciosas. Había visto verdaderas obras de arte en el Mundo Subterráneo, creaciones impresionantes que, sin duda alguna, eran mucho más sofisticadas que las que había visto en mi mundo. Según las historias que solía contarnos Constanze, los objetos ideados por los duendes eran legendarios y siempre se habían considerado un tesoro; se habían librado guerras por esos objetos y más de un imperio había caído por el afán de conseguir uno.

—Cuánto esfuerzo habéis dedicado para construir una ciudad en la que nunca vivirá nadie —murmuré.

Eché un vistazo a mi alrededor y me fijé en esas arcadas talladas a mano, en las preciosas fachadas y en los escaparates… Tanto trabajo para nada.

—No siempre ha sido así —comentó Ramita—. Los duendes nunca nos reuníamos en la ciudad. Antes el comercio se realizaba al aire libre, en bosques y otros rincones sagrados del mundo exterior.

—¿Y qué cambió?

Ramita se encogió de hombros.

—*Der Erlkönig*. Cuando se hizo con el trono, impuso un montón de costumbres muy extrañas.

Fruncí el ceño.

—¿Mi Rey de los Duendes? —solté sin pensar, y luego me corregí—: ¿El Rey de los Duendes?

Ortiga tenía una expresión siniestra en el rostro.

—*Der Erlkönig* es *Der Erlkönig*. Solo a los mortales os importa dónde acaba uno y dónde empieza el otro.

—Mira, ya hemos llegado a la sastrería —anunció Ramita con aire jovial.

Entonces, justo cuando estaba a punto de regañar a Ramita por su evidente intento de desviar el tema, me distraje.

La sastrería estaba dispuesta como si fueran unos grandes almacenes, con vestidos en los «escaparates» y varias prendas colgadas en perchas. En una esquina advertí un inmenso espejo de cobre pulido. El espacio estaba iluminado por cientos de luces de hada: aquellas motas de luz parpadeaban y flotaban en el aire, aportando así una apariencia suave y difusa a toda la estancia. A Käthe le habría encantado.

Al pensar en mi hermana sentí una punzada en el corazón. No, más que eso, sentí como si alguien hubiera clavado decenas de alfileres en mi corazón, que ya estaba destrozado. La imaginé acariciando las lujosas piezas de tela que se amontonaban en la sastrería de nuestra aldea, contemplando con aquellos ojos azul zafiro los suaves terciopelos, los elaborados bordados, las brillantes sedas y los coloridos satenes. A mi hermana siempre le habían fascinado las cosas bonitas y suntuosas. Pasear por las tiendecitas del pueblo junto a mi hermana era un pasatiempo que me fascinaba y me repugnaba a partes iguales. Lo despreciaba porque sabía que jamás podría ser tan guapa y elegante como ella. Y me encantaba porque ella disfrutaba tanto que acababa por contagiarme su alegría. Me sequé las lágrimas que me humedecían las pestañas.

—Ah, carne fresca.

De repente, un duende se materializó a mis pies. Di un respingo. Llevaba una cinta métrica alrededor del cuello y sujetaba varios alfileres entre los dientes. Un sastre. Entorné los ojos y me fijé un poco más. Y fue entonces cuando caí en la cuenta de que los alfileres eran, en realidad, unos bigotes, como los de un felino. Bigotes de acero.

—Sí, esta es la última de *Der Erlkönig* —me presentó Ortiga, y me dio un empujón.

El sastre me olisqueó.

—Pues no es para tanto —murmuró. Me observaba con detenimiento—. Aunque me resulta familiar.

Su escrutinio me intimidaba.

—¡Bien! —exclamó el sastre, e hizo un gesto mostrándome la tienda—. Bienvenida a mi humilde *atelier*. Llevamos vistiendo a las novias de *Der Erlkönig* desde tiempo inmemorial, así que has venido al lugar adecuado. Aquí encontrarás un infinito abanico de vestidos, todos perfectos para una reina. Así que dime, ¿qué puedo hacer por ti?

Contemplé los hermosos trajes que había expuestos en

la sastrería. Estaban un pelín pasados de moda; de hecho, algunos eran del siglo anterior, como mínimo. Acaricié los vestidos con los dedos. Pese a que las telas eran lujosas, ricas y preciosas, los efectos del paso del tiempo eran más que evidentes. Advertí algún que otro remiendo, algún que otro arreglo. Nada, ni siquiera las manos de un duende, podía disimular o esconder el inevitable rastro del tiempo en esas prendas tan especiales. A medida que me iba fijando en esos detalles, empecé a ver que todo lo que me rodeaba estaba desmoronándose, descomponiéndose, muriéndose. Y fue entonces cuando entendí que todos esos vestidos ya habían pasado por otras manos. Por las manos de mis predecesoras, para ser más concreta. De mis rivales. Descarté la idea de inmediato.

El sastre pululaba por su tienda, acariciando los vestidos con sus dedos largos y retorcidos. Eligió uno al azar y me lo mostró.

—Ah, sí —dijo—. Es precioso, ¿verdad? Del color de las tormentas y los océanos, o eso me han dicho. Este vestido —continuó— perteneció a Magdalena. Era hermosa; hermosa según los parámetros de los mortales, por supuesto. Hermosa, pero estúpida. Oh, nos lo pasamos en grande con esa, eso no puedo negarlo, pero la consumimos demasiado pronto. Su fuego se apagó y nos dejó sumidos en un mundo frío y oscuro.

El vestido estaba hecho a mano; estaba pensado para una muchacha alta y corpulenta, con unas caderas generosas y una cintura de avispa. El traje, un *robe à la française*, era de una seda azul preciosa, probablemente para resaltar los rasgos de la mujer que lo había llevado: tez pálida, cabello oscuro y ojos azules, a juego con el vestido. Debía de poseer una belleza inigualable, un atractivo capaz de dejar sin aliento a cualquier hombre. Imaginé al Rey de los Duendes contemplando esa belleza, disfrutando de sus encantos, saboreando sus mejillas como si fuesen melocotones maduros.

—Y este —comentó Ortiga, señalando otro vestido— lo llevó Maria Emmanuel. Era una mujer muy remilgada. Se negó en rotundo a entregarse a su marido. Estaba prometida con otro hombre. ¿Era un carpintero? En fin, aún no entiendo qué vio el rey en ella, pero los dos tenían una extraña devoción por una figurita clavada a una cruz de madera. Esa mojigata fue la que más duró, y eso que ni siquiera se dignó a entregarse al rey y al reino. Además, durante su reinado, todos sufrimos. El caso es que ella también murió. Estaba anclada al pasado, al mundo exterior, a ese mundo que podía ver pero que ya estaba fuera de su alcance.

Ese vestido era mucho más sencillo y estaba hecho de una lana gris muy austera. Podía imaginarme a la chica que lo había llevado, una persona devota y creyente, como una mujer de Cristo. No debía de ser hermosa, pero su mirada era de un gris claro y luminoso, y brillaba con el fervor de su pasión y fe. No era como Magdalena, cuyos encantos habrían sido carnales y terrenales. Maria Emmanuel debía de brillar con su luz interior y seguramente mostraba la belleza de una santa o de una mártir. Al parecer, los gustos del Rey de los Duendes eran muy variados.

263

Ortiga y el sastre continuaron explicándome todos los romances del rey. Yo los escuchaba, pero enseguida olvidaba sus nombres y sus historias personales. Aquello no era una sastrería al uso, sino un mausoleo. Los vestidos eran todo lo que quedaba de las mujeres que se habían casado con el Rey de los Duendes. Todas ellas habían quedado reducidas a un vestido. Me pregunté qué vestido sería el mío una vez que el Rey de los Duendes me hubiera consumido.

—¿Y qué hay de la primera Reina de los Duendes? —pregunté—. ¿Dónde está su vestido?

Tres pares de ojos negros y brillantes me miraron atónitos. Y después el sastre intercambió una miradita cómplice con Ortiga.

—Ella no tiene vestido —contestó Ramita.

—¿No? —Miré alrededor de la tienda y repasé todos los maniquíes; estaban dispuestos en fila y no había dos iguales—. ¿Por qué no?

Ortiga pellizcó a Ramita, pero esta apartó el brazo.

—Porque —respondió Ramita— vivió.

La sastrería empezó a dar vueltas a mi alrededor, junto con los maniquíes y los tres duendes. Todo se volvió borroso y la tienda se convirtió en un ciclón de colores y sombras.

—Vivió —repetí—. ¿A qué te refieres?

Ninguna musitó palabra, lo cual era un hecho casi insólito. Supuse que la muchacha, en un acto de valentía, había hallado el modo de escapar del Mundo Subterráneo y seguir con su vida sin condenar al mundo exterior a un invierno eterno. ¿Cómo lo había conseguido? ¿Era posible?

—¿Cómo se llamaba? —susurré.

—Su nombre se perdió con el paso de los años —contestó Ramita.

—Se olvidó, no se perdió —interrumpió Ortiga—. Lo arrancamos de nuestra memoria. No la honramos.

—Escucha bien, mortal —dijo el sastre—. Lo que las antiguas leyes te dan también ellas te lo quitan. No creas que se marchó de rositas, ilesa, intacta o entera. Estás muerta, muchacha. Tu vida es nuestra.

—Pensaba que mi vida era del Rey de los Duendes.

Los tres se echaron a reír a carcajadas.

—¿Y de quién —preguntó Ortiga— crees que es su vida? ¿A quién crees que pertenece?

Sus sonrisas eran dos hileras de dientes afilados, salvajes. Sentí un escalofrío por todo el cuerpo.

—A ver, ¿qué te parece si buscamos un vestido bonito para tu cena con *Der Erlkönig*? —preguntó el sastre—. Nos acaban de llegar unas telas preciosas del mundo exterior. Si no me falla la memoria, aún están calientes de los cuerpos que las llevaron, aunque esos cadáveres ya están pudriéndose.

Di un paso atrás.

—¿Qué...? ¿Cómo...? —tartamudeé. No fui capaz de formular las preguntas. El horror me estrangulaba la garganta.

—Ah, los días de invierno —dijo el sastre, que se relamió esos bigotes de acero. ¿Eran imaginaciones mías o las manchas que vi en sus ropas eran de sangre?—. El año viejo está a punto de terminar, mortal, y la tierra es nuestra. Escapa del Mundo Subterráneo y serás nuestra para siempre.

Magdalena, Maria Emmanuel, Bettina, Franziska, Ilke, Hildegard, Walburga; mis predecesoras, mis rivales y mis hermanas. Cada una de ellas se había casado con *Der Erlkönig*. Cada una de ellas había renunciado a su vida. ¿Habían sido conscientes del inmenso sacrificio que habían hecho? ¿Y yo? Todas habían fallecido, pero sus espíritus seguían rondando por allí y los vestigios de sus almas todavía podían palparse en las costuras de esa colección de vestidos harapientos. Sus fantasmas estaban allí, a mi alrededor. Oía el susurro de su voz, llamándome, suplicándome, rogándome. «Únete a nosotras. Únete a nosotras.» Pero había una voz que no lograba escuchar. Una voz que había enmudecido. La voz de la doncella valiente y audaz.

«Ella vivió —pensé para mis adentros—. Logró huir del Mundo Subterráneo y vivió.»

Sal a jugar

El salón de banquetes era, en realidad, otra cueva. Me recordó al salón de baile. Los techos eran altísimos y abovedados, como los de una catedral, y de ellos colgaban unos carámbanos de piedra que casi rozaban el suelo. La estancia estaba iluminada por cientos de luces de hada. Era como adentrarse en la boca de un monstruo, cuyos colmillos amenazaban con atravesarme en cualquier momento. Esperé a mi señor y marido en la entrada porque quería que fuese él quien me acompañase hasta mi asiento.

Cerré los ojos y traté de serenarme. Las varillas del corsé me oprimían las costillas y los pulmones, por lo que no podía respirar hondo. El corazón me latía a mil por hora. ¿Palpitaba tan deprisa porque estaba nerviosa o porque estaba emocionada? No tenía ni idea.

Ortiga, Ramita y el sastre se desvivieron para mostrarme toda la colección de vestidos. La mayoría no me favorecía en absoluto; los colores eran demasiado vivos o demasiado pálidos, algunos estaban diseñados para alguien más alto, para alguien más esbelto… En definitiva, para alguien «más» que yo. La idea de llevar el vestido de otra mujer, de otra mujer muerta, me ponía la piel de gallina, así que me negué en rotundo a elegir entre esos vestidos, lo cual enfureció a los tres duendes. Al final, el sastre, que estaba a punto de perder los nervios, me tiró un vestido viejo y de color pardusco, y me amenazó con obligarme a ponérmelo si no ponía un poco de voluntad y cooperaba.

Se quedó boquiabierto al ver que aceptaba la propuesta. El sastre cogió el vestido y lo remendó para convertirlo en un vestido de gala muy sencillo. Con sus dedos largos y espigados empezó a rasgar las costuras. El objetivo era usar esa tela para diseñar un traje más «ponible». La rapidez y la destreza con que trabajaba me dejó atónita; en cuestión de segundos, había transformado aquel vestido horrendo en una falda larga y un corpiño modesto. El vestido era de un color marrón cenizo, un marrón apagado y aburrido; como el del barro. Y también del mismo color que las plumas de un gorrión.

—Buenas noches, Elisabeth.

Noté un aliento gélido en la nuca. Me estremecí y sentí unos dedos de hielo acariciándome la espalda. Era él, el Rey de los Duendes. Me volví y me incliné en una pomposa reverencia.

—Buenas noches, *mein Herr.*

Se acercó mi mano a los labios en un gesto de cortesía y caballerosidad. Estaba resplandeciente; parecía un pavo real, con su preciosa levita de color verde musgo cosida en seda y con bordados en dorado y bronce que pretendían imitar las hojas en otoño. Había elegido unos bombachos de satén color crema y unas calcetas más blancas que la nieve. No pude evitar fijarme en sus zapatos: eran negros y estaban decorados con ilustraciones de duendes que había visto de niña. Estaba deslumbrante, como Rey de los Duendes y como hombre.

—¿Cómo estás, querida? —preguntó él, sosteniéndome las manos. Se había puesto guantes. Yo, en cambio, no llevaba—. ¿Te ha gustado el clavicordio?

Me puse rígida de inmediato. Pensé en aquel imponente instrumento que había visto en la sala que había junto a mi habitación, esperando a que me sentara en la banqueta y empezara a componer. La belleza de esas líneas y de su sonido me había cautivado y había destruido mi escudo de defensa.

—¿Estás burlándote de mí? —pregunté.

El Rey de los Duendes se sorprendió.

—¿Y por qué iba a burlarme de ti? ¿No te ha gustado el regalo?

Le aparté las manos de forma brusca y me di la vuelta. No podía aceptar ese regalo, no de él; su mera existencia me recordaba el inmenso vacío que ahora habitaba en mi interior, ese vacío que anhelaba estar lleno.

—Por favor —dije—. No fue un regalo, fue un ataque.

De pronto, cerró los ojos y su expresión se volvió fría, despiadada, implacable. No me había dado cuenta de que, hasta entonces, había estado hablando con el joven de mirada tierna e inocente. Desapareció y *Der Erlkönig* ocupó su lugar.

—¿Cenamos, mi reina? —dijo.

La distancia que ahora nos separaba era más fría y más cortante que una brisa de invierno. Me ofreció el brazo, y lo acepté. Me acompañó hasta la inmensa mesa que había en el centro del salón.

En cuanto me acomodé en un extremo de la mesa, él desapareció y reapareció en el otro extremo. Todo ocurrió en un abrir y cerrar de ojos.

268 La mesa, que era larguísima, estaba ubicada junto a una chimenea gigantesca que era más alta que yo; en su interior, estaba asándose un jabalí descomunal. De entre las sombras empezaron a salir una multitud de camareros; cada uno sujetaba un plato o una bandeja con alimentos que jamás había visto. Dos camareros sacaron el jabalí de la chimenea y lo dispusieron sobre una bandeja repleta de fruta.

—Bendigamos la mesa —anunció el Rey de los Duendes en cuanto nos quedamos a solas.

Yo ya había cogido el cuchillo y el tenedor, lista para empezar a cenar. Avergonzada, los dejé sobre el regazo y agaché la cabeza. Por lo visto, mi marido era más devoto que yo. Sentía curiosidad por esa fe tan fervorosa, pero me mordí la lengua. El Rey de los Duendes pidió al Señor que bendijera esos alimentos… en latín.

¿Dónde había aprendido latín? Mi conocimiento de la lengua era rudimentario y apenas recordaba algunas palabras de las clases a las que solía asistir los domingos. Dejé de asistir porque preferí pasar más tiempo junto con Josef y los duendes, en el bosque. «Paganos», así nos llamaba mi madre, porque consideraba que habíamos perdido nuestra fe en Dios. Pero a Josef y a mí no nos importó; éramos de la misma especie que *Der Erlkönig*, y él no creía en Dios. Sin embargo, el Rey de los Duendes que tenía ahora delante hablaba latín con fluidez y era un músico extraordinario. ¿Quién era, en realidad?

—Amén —dijo al acabar la bendición.

—Amén —repetí.

Y empezamos a comer. La forma de mis cubiertos me divirtió: el tenedor representaba un duendecillo alto y espigado, con sus dedos larguiruchos y garras afiladas, que hacían las veces de los dientes del tenedor; el cuchillo, en cambio, parecía un enorme colmillo que asomaba de una sonrisa.

Los camareros volvieron a entrar en el comedor para cortar y trinchar la carne. Luego la dispusieron sobre otra bandeja. La carne estaba bastante cruda; de hecho, al cortarla, aún goteaba sangre.

Cenamos sin cruzar ni una sola palabra. Me serví un trozo de carne asada y algunas verduras y raíces. Eché un vistazo a los demás platos y reconocí natillas, flanes y otras exquisiteces, pero no me resultaron apetitosas, sino todo lo contrario, me revolvieron el estómago. Tenían ese toque tan peculiar de los duendes. A primera vista, parecían extrañas, artificiales, podridas; los bombones parecían hechos de barro; el glaseado de las pastas, limo.

—¿Qué ocurre? ¿La comida tampoco es de tu agrado, mi reina?

Alcé la cabeza del plato. El Rey de los Duendes me miraba con una expresión de amargura, con los labios apretados. Me fijé en su plato; se había servido una porción minúscula que apenas había tocado.

—No, *mein Herr* —respondí, y traté de reformular mis palabras—. Tus ofrendas no me resultan apetitosas.

—¿No? —dijo, y clavó el tenedor en su trozo de carne con una fuerza descomunal—. ¿Y se puede saber qué te apetece?

Estaba de mal humor. Su expresión cada vez era más taciturna, más lúgubre. Se puso de morros, igual que solía

269

hacer Käthe cuando se enfadaba. Estaba actuando como un niño cuando le quitan su juguete favorito, como un niño mimado y malcriado que está acostumbrado a salirse siempre con la suya.

Así que decidí no responderle. Me limité a encoger los hombros mientras daba un buen sorbo de vino.

—Eres muy especial, mi reina —comentó él—. Recuerda que pasarás el resto de tu vida aquí, así que te aconsejo que empieces a acostumbrarte.

No tenía réplica para eso, así que tomé otro sorbo de vino. Seguimos cenando en un silencio sepulcral. Ninguno de los dos nos molestamos en disimular nuestra falta de apetito, pero, aun así, los duendes siguieron sirviendo más y más platos. Siempre que disponían una bandeja sobre la mesa, bajaba la barbilla en señal de agradecimiento. Él, en cambio, se mantuvo impertérrito. Se dedicó a beber vino, una copa tras otra. Cuando los camareros tardaban en rellenarle la copa, se molestaba, se irritaba. Nunca le había visto beber tanto vino, pero parecía sobrio. De haber sido mi padre, ya estaría riéndose a carcajadas o llorando a lágrima viva.

270

Notaba que el Rey de los Duendes estaba nervioso, inquieto. El silencio que se había instalado entre nosotros le incomodaba y estaba ansioso por romperlo. Estaba de un humor de perros; cada minuto que pasaba iba a peor. No paraba de mover las bandejas y los cuencos por encima de la mesa. Lo hacía con tal brusquedad que en más de una ocasión tiró la comida al suelo. Los duendes, histéricos, se apresuraban a recoger todo lo que caía al suelo. Las palabras se le acumulaban en la boca; sin embargo, en lugar de soltarlas, se las tragaba, pues su orgullo no le permitía dar su brazo a torcer.

Al final, no tuvo más remedio que hacerlo.

—Bueno, querida —dijo al fin.

Quería llenar esa quietud con sonido, con una conversación superficial y sin sentido. En ese aspecto, se parecía un poquito a Josef. Mi hermano siempre tocaba el violín porque no soportaba el silencio. Yo, en cambio, tenía la capacidad de moldear el silencio y convertirlo en música para mis oídos.

Así que no dije nada y esperé.

—¿De qué temas podríamos debatir durante la cena? ¿Se te ocurre alguno chispeante? —prosiguió el Rey de los Duendes—. Al fin y al cabo, nos queda toda una vida por delante para conocernos —dijo, y tomó otro sorbo de vino—. ¿Qué te parece el vino? Un añejo espectacular, en mi humilde opinión.

No musité palabra. Me movía con el mismo automatismo que un robot: cortaba diminutos pedazos de carne, me los metía en la boca y los mordía muy lentamente.

—¿Y qué me dices del tiempo? —continuó él—. Aquí, en el Mundo Subterráneo, no hay estaciones: el tiempo es siempre el mismo. Pero, según he oído, ahora mismo es invierno en el mundo de ahí arriba. Y se rumorea que este año la primavera tardará un poquito en llegar.

Me quedé inmóvil, con el tenedor sostenido delante de mi boca. Pensé en algo que el sastre había dicho: durante los días de invierno, la tierra pertenecía a los duendes. De repente, la comida que tenía en la boca se convirtió en cenizas y se deslizó por mi garganta. Tomé un sorbo de vino.

El Rey de los Duendes no soportó mi silencio ni un segundo más.

—¿No vas a hablar?

Me serví otro trocito de asado.

—De eso ya te estás encargando tú —respondí en voz baja.

—No te tenía por una conversadora tan aburrida, Elisabeth —espetó. Tenía el ceño fruncido—. Antes hablabas por los codos. Siempre tenías ganas de charlar conmigo. En el Bosquecillo de los Duendes. Cuando éramos niños.

¿*Der Erlkönig* había sido un niño? Era un ser intemporal, ancestral; sin embargo, creía recordar su rostro, el rostro de un niño regordete y rollizo. Si cerraba los ojos y me transportaba a mi infancia, veía a una niña bailando en el bosque, junto a un niño.

—La verborrea de una niña no puede compararse con una conversación chispeante, *mein Herr* —respondí, y dejé los cubiertos encima de la mesa—. Pero ¿qué solía contarte?

271

Él dibujó una sonrisa, pero no sabía si era burlona o sincera.

—Muchas cosas. Querías ser una compositora famosa. Querías que tu música se escuchara en los auditorios de todo el mundo.

Noté una explosión de dolor en el pecho; el fuego se encendió de inmediato, pero siguió ardiendo con fuerza durante un buen rato. Tenía razón. Había soñado con todo eso. Pero había llovido mucho desde entonces. Olvidé mis sueños cuando Josef destapó su gran talento y nos robó la atención de papá; cuando mi padre me dejó bien claro que el mundo no tenía ningún interés en escuchar mi música. Porque era una música extraña. Porque era una música perturbadora. Porque la había compuesto una mujer.

—Es evidente que me conoces muy bien —dije—. Así que no hace falta que hablemos.

Su rostro se volvió oscuro, sombrío.

—¿Qué demonios te pasa, Elisabeth?

Alcé la vista y le miré directamente a los ojos.

—No me pasa nada.

—Mentira —replicó él. Se revolvió en su asiento. Pese a que nos separaba una mesa infinita y un sinfín de platos y bandejas, me dio la sensación de que estaba muy cerca, «demasiado» cerca. Tras esos ojos de lobo se estaba formando una tormenta y el aire que había entre nosotros crepitaba con electricidad—. No eres la Elisabeth que recordaba. Creía que si te…, que si te convertías en mí… —empezó, pero no fue capaz de terminar—. Esto —dijo, y señaló el espacio que nos separaba— no es lo que tenía en mente.

—La gente crece, madura, evoluciona, *mein Herr* —contesté—. La gente cambia.

Me lanzó una mirada fulminante.

—Eso es más que evidente —murmuró él, que se quedó observándome durante unos instantes. Después se reclinó en su asiento, se cruzó de brazos y apoyó los pies en la mesa—. Ah, en fin, ha sido error mío. Aquí, en el Mundo Subterráneo, la noción del tiempo, y de su paso, es distinta. Lo que para mí son un puñado de días, son varios años para ti. O eso parece. —La tormenta que se había arremolinado en su mirada se volvió más oscura. Un pobre y desafortunado duende trató de apartar uno de los pies del Rey de los Duendes para limpiar las migajas—. ¿Qué estás haciendo? —espetó él.

El duende le miró aterrorizado y trató de escurrirse hasta las cocinas, pero el Rey de los Duendes fue más rápido que él. Lo agarró por el cogote y le asestó una patada que lo envió a la otra punta del comedor.

Estaba horrorizada.

—¿Cómo has podido hacer eso?

El brillo de su mirada era espeluznante.

—Si ese duende miserable pudiera, no dudaría en hacerme lo mismo —respondió él.

—Eres *Der Erlkönig* —dije—. Eres su rey, y tu poder es infinito. Tú eres la razón por la que no pueden escapar del Mundo Subterráneo. Lo menos que puedes hacer es tener un poco de compasión.

Él resopló.

273

—Son mis prisioneros, pero también son mis carceleros —replicó—. Si pudiera deshacerme del peso que comporta ser el guardián del Mundo Subterráneo, lo haría sin dudarlo. Si pudiera merodear por el mundo exterior como un hombre libre, lo haría. Pero soy el prisionero de mi propia corona.

Esa confesión me dejó de piedra. Había asumido que podía viajar entre ambos mundos a su antojo porque, de pequeña, en el Bosquecillo de los Duendes, siempre aparecía cuando yo lo requería. Siempre había parecido estar a mi entera disposición. Pero, a su manera, estaba atrapado. Igual que yo.

—De ser un hombre libre, ¿qué harías? —pregunté.

La pregunta le atravesó el corazón. El dolor se fue extendiendo por el pecho, por el cuello, por la cara…, como una bomba expansiva. Sus rasgos cobraron vida y su tez recuperó algo de color; volvía a ser el muchacho austero de la galería de retratos: joven, idealista y vulnerable.

—Tocaría mi violín. —Las palabras salieron de su boca de inmediato, casi sin pensar—. Viajaría por todo el mundo tocando el violín, hasta que alguien me llamara por mi nombre y me considerara su hogar.

Su nombre. Su hogar. ¿Qué había dejado mi Rey de los Duendes en el mundo de los mortales? ¿A qué había renunciado? Imaginaba lo tormentoso que debía de ser ver todo lo que habías conocido y amado transformarse, evolucionar y desaparecer ante tus ojos mientras tú seguías vivo e igual que siempre. O tal vez fuese peor morir y no tener la oportunidad de ser testigo de esos cambios.

El Rey de los Duendes me miró a los ojos y, durante un breve instante, le vi. Vi al hombre que se escondía tras la máscara de *Der Erlkönig*. Vi el reflejo del muchacho que una vez había sido. Pero pestañeó y esa imagen se desvaneció.

—¿Y tú, Elisabeth? —preguntó, arrastrando cada una de las palabras—. ¿Qué harías si fueses libre?

Noté un escozor en los ojos y aparté la mirada. Me había devuelto la pregunta con una volea maliciosa. Ambos lo sabíamos.

—Podemos jugar a esto todo el tiempo que quieras —dijo—. Una pregunta por otra pregunta, una respuesta por otra respuesta.

—Puedes guardarte tus respuestas para ti solito —contesté—. No tengo más preguntas.

—Oh, Elisabeth —dijo con voz tristona—. ¿Qué nos ha ocurrido? ¿Qué te ha ocurrido? Antes eras mucho más apasionada, mucho más extrovertida. Ya no veo a mi amiga de la infancia. ¿Por qué no sales y juegas, Elisabeth? ¿Por qué?

Me acababa de lanzar varias preguntas, pero no tenía ganas ni fuerzas para contestarlas. Los dos acabamos de cenar sin cruzar una sola palabra más.

Después de que los duendes recogieran la mesa, me invitó a acompañarle a sus aposentos privados. Reconozco que sentí un suave hormigueo en la espalda al imaginarme de nuevo en su habitación, así que accedí. Estaba confundida. Me habría encantado ser capaz de poner orden en el torbellino de sentimientos que tenía hacia él, por mi marido y carcelero, por mi amigo y enemigo. Una parte de mí anhelaba abrazarle, pero otra prefería mantener las distancias. Él me ofreció el brazo y, juntos, nos marchamos del comedor.

En un abrir y cerrar de ojos nos plantamos en una estancia preciosa; el mobiliario y la decoración eran elegantes, lujosos y acogedores. Había dos chimeneas. Una de las paredes estaba forrada con estanterías. Al fondo se alzaban unos inmensos espejos de plata que mostraban un bosque en invierno, cubierto con un manto de nieve. En el centro de la sala había un clavicordio. De la repisa que había junto al instrumento, colgaba un vestido blanco con manchas de barro. Arrugué la frente.

—¿Dónde...? —empecé, pero se me escapó un gallo y me aclaré la garganta—. ¿Dónde estamos? Pensaba que íbamos a tus aposentos.

El Rey de los Duendes asintió.

—Querida, estamos en mi salón privado. Y bien, ¿qué te parece?

—Pero..., pero está conectado... —No fui capaz de terminar la frase.

—Conectado con tus aposentos —acabó él—. Así es, desde luego. No olvides que, después de todo, estamos casados.

Me ruboricé.

—Entonces, tus aposentos...

—Están al otro lado de esta pared —dijo, y señaló la pared que había justo enfrente de mi habitación. Me fijé en que no había ninguna puerta que uniera su habitación con el salón privado. Él se percató de que estaba buscando algo y murmuró—: No hay un camino directo de tu cama a la mía. Y, si lo deseas, puedo alejar nuestras camas todavía más.

Me ardían las mejillas, pero negué con la cabeza.

—No —dije—. Está bien. —Cuadré los hombros, alcé la barbilla y, con la mayor indiferencia del mundo, añadí—: No olvides que, después de todo, estamos casados.

Advertí una tímida sonrisa formándose en las comisuras de sus labios. Conjuró dos sillas y un diván frente a una de las chimeneas.

—Relájate, querida.

Me acomodé en el diván. De entre las sombras aparecieron un chico y una chica. Los dos eran guapos y atractivos; uno llevaba un decantador de brandy; el otro, una bandeja con dos copas de cristal. Me quedé sin palabras. No había reparado en esa pareja de duendes hasta entonces, pero lo que más me sorprendió no fue su repentina aparición, sino su aspecto físico: parecían jóvenes de carne y hueso, jóvenes humanos. La mayoría de los duendes que había visto eran como Ortiga y Ramita: criaturas de cuento.

Uno de ellos me ofreció una copa de brandy. Ahogué un grito; por un momento, me había parecido ver a Josef a mi lado.

Parpadeé. El rostro que estaba esperándome a mi lado no era el de mi hermano pequeño; su tez era demasiado pálida, sus pómulos demasiado angulares, sus rasgos demasiado finos. Sin embargo, había algo que me recordaba a Josef, tal vez el mohín de sus labios o el sesgo de sus cejas. Pero esa mirada era la de un duende: unos ojos negro azabache que ocupaban toda la córnea.

El Rey de los Duendes me miró de reojo.

—¿Qué pasa, querida? —preguntó al darse cuenta de mi sorpresa—. Oh, Elisabeth —dijo—. ¿No habrás olvidado a mis niños cambiados?

Apoyó la mano sobre el joven y, de forma cariñosa, le acarició la cara. El muchacho no mostró ningún tipo de reacción, pero cuando el Rey de los Duendes le echó la cabeza hacia atrás para darle un beso, advertí una sonrisa puntiaguda y afilada. Era una sonrisa lasciva, una sonrisa astuta. Y entonces caí en la cuenta de que era uno de los pretendientes que había conocido en el baile y con quien había jugueteado un poco.

Tomé un sorbo de brandy para disimular mi desasosiego. Sabía a melocotón maduro, a rayo de luz, a vida. Al tragarlo, sentí una quemazón desde la garganta hasta el estómago. Tosí.

El Rey de los Duendes estudió mi cara; estaba roja como un tomate. Luego hizo un gesto a sus súbditos y los dos se esfumaron en un santiamén.

—Y bien —dije, tratando de reconducir la situación y de relajar el ambiente—, ¿qué podemos hacer para matar el tiempo? —pregunté. No sabía si era aquel salón o el brandy, pero de repente me entró calor, mucho calor.

El Rey de los Duendes se encogió de hombros y luego posó los ojos sobre el clavicordio; el instrumento brillaba bajo el resplandor dorado del fuego y de las luces de hada.

—Eso depende de ti —respondió—. Estoy a tus órdenes, alteza.

Todo me parecía tan extraño, tan surrealista. No podía creer que estuviera con él, en aquel salón tan fastuoso y elegante, con una copa de brandy en la mano. Cuando Käthe y yo jugábamos a ser baronesas y duquesas adineradas, imitábamos sus gestos distinguidos y refinados. Sin embargo, ahora que me encontraba en esa situación, estaba totalmente perdida. En la posada nunca había disfrutado de momentos tranquilos, momentos de esparcimiento. Después de servir la cena, tenía que fregar los platos, limpiar la mesa y barrer el suelo. Mamá y yo siempre nos habíamos ocupado de ese tipo de tareas; nos partíamos la espalda mientras papá se iba por ahí con sus amigos, mientras Constanze descansaba en su habitación, mientras Käthe se acicalaba y se miraba al espejo, mientras Josef tocaba el violín.

—¿Qué harías tú?

El Rey de los Duendes se sirvió una copa de brandy y su cabellera dorada y plateada le tapó la cara.

—Tocaría algo de música.

Yo sujetaba la copa con las dos manos, como si así pudiera protegerme de lo que sabía que iba a suceder. Sabía que me pediría que tocara algo. Que me pediría escuchar mi música.

—Está bien —dije. Él me miró con los ojos entornados. Fue una mirada afilada, una mirada punzante. Pero lo que verdaderamente me estremeció fue esa expresión de satisfacción y esperanza de su cara—. ¿Por qué no tocas algo para mí en el clavicordio, *mein Herr*?

277

Noté un ligero cambio en su mirada, como si hubiera perdido ese brillo tan especial.

—Como desees, mi reina.

El Rey de los Duendes dejó su copa de brandy sobre la mesa y se dirigió hacia el clavicordio. Se plantó frente a la banqueta, se retiró los faldones de la levita y, con aire elegante, se sentó. Posó las manos sobre las teclas y empezó a tocar.

Al principio no reconocí la pieza que había elegido para la ocasión, pero después de unos segundos me percaté de que se trataba de una cancioncita infantil muy sencilla; Käthe y yo solíamos tararearla cuando jugábamos en el bosque. El Rey de los Duendes introdujo alguna que otra variación. Yo me limité a disfrutar de la música y, en un momento dado, me di cuenta de que estaba marcando el ritmo con el pie.

Las variaciones resultaron ser un poco toscas y su ejecución en el clavicordio no era del todo limpia y clara. Para ser un personaje mítico y legendario, la verdad era que su interpretación musical sonaba… mundana, casi mediocre. Pero el modo en que acariciaba las teclas era delicada y hábil; su sentido del ritmo era maravilloso y se deslizaba por aquella melodía como si la hubiera creado él mismo.

Noté un suave cosquilleo en los dedos. Estaba nerviosa, inquieta. Me moría de ganas por acercarme a él y proponerle una variación distinta, sentarme a su lado y crear nuestra versión de esa melodía. Quería posar mis manos sobre las suyas para guiar esos dedos largos y esbeltos; quería cambiar el tenor de la música, acelerar unos acordes, ralentizar otros. El Rey de los Duendes se dio cuenta de que le estaba observando y se le sonrojaron las mejillas, o eso me pareció. Movía los dedos por el teclado con una destreza sin igual.

—En fin —dijo cuando hubo acabado—, espero que haya sido de tu agrado, querida. A diferencia de ti, no gozo del don de la improvisación. Y mis manos están más acostumbradas al tacto de las cuerdas y del arco.

—¿Quién te enseñó a tocar? —pregunté. Me temblaba todo el cuerpo, pero no tenía una pizca de frío. De hecho, estaba muy acalorada.

278

Me contestó con una sonrisa enigmática.

—Y ahora te toca a ti, Elisabeth.

Pasé de sufrir un calor sofocante a un frío glacial. Estaba hecha un manojo de nervios. Un sudor frío me empapó todo el cuerpo.

—Oh, no —dije, y meneé la cabeza—. No.

Mi negativa le sentó como una patada en el estómago. Respiró hondo y volvió a probarlo:

—Vamos, Elisabeth. Por favor. Te lo estoy pidiendo por las buenas.

—No —repetí, esta vez con voz más firme y autoritaria.

El Rey de los Duendes soltó un suspiro de exasperación y luego se levantó de la banqueta.

—No lo entiendo —murmuró—. ¿Por qué tienes tanto miedo? Siempre fuiste una niña valiente e intrépida, y más cuando se trataba de tu música. Cuando tocábamos juntos, en el Bosquecillo de los Duendes, no reprimías tus emociones, ni te dejabas llevar por tus temores. Te mostrabas tal y como eras.

Los temblores se convirtieron en sacudidas, y las sacudidas, en convulsiones. Estaba a punto de desfallecer. El Rey de los Duendes no me quitaba el ojo de encima. En cuestión de segundos, pasaba de tener un frío helador a un calor abrasador. Al final, se acercó a mí y me cogió de las manos. No opuse resistencia y dejé que me acompañara hasta el clavicordio.

—Vamos —dijo, pero en cuanto mis dedos rozaron las teclas, los encogí y los escondí en el regazo—. Elisabeth —susurró—. Aquí no hay nadie más, tan solo tú y yo.

Ese era el problema. No estaba sola. Estaba junto al Rey de los Duendes. No podía tocar para él. No era Josef, mi hermano, mi alma gemela. Era otra persona.

Negué con la cabeza.

Estaba a punto de perder los nervios. Soltó un suspiro cargado de impotencia y frustración y me dio la espalda. Con paso airado, se dirigió a la otra punta de la habitación. Al volver, me arrojó una pelota de seda blanca.

—¿Por qué no tocas lo que has estado componiendo? Esto...

Las palabras se le atragantaron en cuanto extendió la tela y la examinó con esa mirada inquisitiva. Enseguida me di cuenta de lo que era: mi vestido de novia sobre el que había anotado los acordes de una melodía. Las notas estaban escritas con ceniza. Me puse de pie de un brinco, pero él era demasiado rápido, o yo demasiado lenta y no pude evitar lo inevitable. El Rey de los Duendes leyó aquella partitura improvisada. En ella había vertido mi alma, mi corazón.

—Hmmm —murmuró mientras observaba las marcas del vestido, la música que había plasmado en él—. Estabas muy enfadada cuando escribiste esto, ¿verdad? En tus notas percibo ira, rabia, impotencia —dijo, y luego se dignó a mirarme a los ojos—. Oh, Elisabeth —susurró—. Compusiste esta canción en tu…, en nuestra noche de bodas, ¿verdad?

No pude contenerme. Le di una bofetada. Aquel arrebato le pilló desprevenido. Él se llevó una mano a la mejilla y se tambaleó.

—¿Cómo te atreves? —dije—. ¿Cómo te atreves?

—Elisabeth, yo…

—Renuncié a mi música por ti. Me obligaste a sacrificar mi vida, mi voluntad, mi futuro. Me entregué a ti. ¿Y ahora me vienes con esto? —espeté—. ¡No tienes derecho! No tienes derecho a mirar así a mi música.

Me abalancé sobre él para arrancarle el vestido de las manos; quería romperlo, destruirlo, quemarlo. Pero él me lo impidió.

—No pretendía… Es solo que… yo pensaba…

—¿En qué pensabas? —repliqué—. ¿Creías que te estaría agradecida? Dime, ¿qué esperabas? ¿Qué pretendías al regalarme un instrumento como este, tan hermoso y tan perfecto? No puedo…, no puedo… —Pero no sabía qué era lo que no podía hacer.

—¿No es lo que querías? —murmuró, y vi que se le ruborizaban las mejillas—. ¿No es lo que deseabas? ¿Tu música? ¿Tiempo para componer? ¿Liberarte de todas tus responsabilidades? —preguntó; soltó el vestido y se acercó a mí. El Rey de los Duendes era delgado, pero alto. A mi lado, parecía una torre—. Te he dado lo que siempre has querido. Estoy cansado de intentar cumplir tus expectativas.

—Y yo estoy cansada —respondí— de intentar cumplir las tuyas.

Estábamos tan cerca que incluso podía notar su aliento rozándome los labios.

—Pero yo jamás te he pedido nada.

Me iba a echar a llorar en cualquier momento.

—¿Nada? —pregunté entre sollozos—. Mi hermana. Mi música. Mi vida. Me pediste que renunciara a todo porque anhelabas la compañía de una chica que desapareció hace mucho tiempo. Ya no soy esa chica, *mein Herr*. Hace mucho tiempo que dejé de serlo. Así que dime, ¿qué quieres de mí?

Silencio. Fue como la calma después de una tormenta. Pero yo era el viento y la furia que avivaba la tormenta. No iba a permitir que me dejara con la palabra en la boca.

—Ya te dije lo que quería —respondió con un hilo de voz—. Te quiero a ti, entera.

Escupí una carcajada, un sonido agudo y agitado.

—Entonces tómame —dije—. Tómame. Es tu derecho, *mein Herr*.

El Rey de los Duendes inspiró hondo. La furia que cabalgaba en mi interior cambió de tecla, de menor a mayor. El sonido de su respiración me transformó, y di un paso hacia delante.

—Tómame —insistí. Ya no estaba enfadada—. Tómame.

Ardía de deseo. Nuestros cuerpos estaban cerca, muy cerca. Tan solo los separaba una capa de seda bordada y otra de lino. Cada centímetro de mi piel necesitaba y suplicaba sus caricias; incluso podía sentir el calor que desprendía su cuerpo. El minúsculo espacio que había entre los dos estaba tan vivo como nosotros. Mis manos temblorosas se movían solas; mis dedos se deslizaron por los botones de su chaleco para después enterrarse en el pañuelo de raso que llevaba atado alrededor del cuello.

—Elisabeth —farfulló—. Todavía no.

Quería deshacer el nudo del pañuelo, pegar mi cuerpo al suyo y fundirnos en un apasionado beso. Pero no lo hice.

—¿Todavía no? —pregunté—. ¿Por qué?

Era más que evidente que me deseaba, que deseaba ese momento, pero aun así no cedió a la tentación y se contuvo.

—Porque —me susurró al oído— quiero saborear este momento. —Se enroscó un mechón de pelo alrededor de sus manos y empezó a juguetear con él—. Antes de que te vayas.

Me eché a reír.

—No pienso irme a ningún lado.

Torció los labios.

—Cuánto más tiempo pases aquí, más pronto te irás.

La figura del maldito filósofo otra vez.

—¿Qué significa eso? —pregunté.

—La vida —respondió él en voz baja— es más que un deseo carnal. Tu cuerpo es una vela, y tu alma, la llama. Si enciendo esa vela… —explicó, pero no terminó la frase.

—Una vela nueva, sin estrenar, no es más que un puñado de cera y una mecha —contesté—. Preferiría encender la mecha, a sabiendas de que el fuego acabará consumiendo la vela, que resignarme a vivir en la oscuridad.

Los dos nos quedamos en silencio. Albergaba la esperanza de que él acortara la distancia que nos separaba. Pero no lo hizo. En lugar de eso, me apartó. Me alejó de él.

—Te dije que te quería… entera —murmuró, y apoyó un dedo sobre mi pecho, bajo el que latía mi desesperado y confundido corazón—. Y te tendré, pero solo cuando te entregues por completo a mí.

Una vez más sentí el eco del dolor en el inmenso vacío que se había creado en mi interior.

—El día en que por fin liberes esa parte de ti, esa parte que tanto te empeñas en negar —dijo, y me agarró por la nuca—, esa parte que he añorado y deseado desde que te vi por primera vez, solo entonces te haré mía, Elisabeth. —Inclinó la cabeza y añadió—: Serás mía, entera.

Noté el roce de su pelo en mis labios y me di la vuelta con la boca entreabierta, dispuesta a recibir su beso.

Pero no me besó. Apartó la cara y dio un paso atrás, dejándome desamparada, vacía.

—Solo entonces —repitió—. No me conformaré con

ninguna otra cosa. No me conformaré con la mitad de tu corazón porque ansío toda tu alma. Solo entonces probaré tu fruto y saborearé cada gota de él, hasta que desaparezca.

Me estremecí. Tuve que hacer de tripas corazón para no ponerme a llorar ahí mismo. Su sonrisa era casi perversa.

—Tu alma es preciosa —añadió, y miró de reojo el vestido de novia que él mismo había tirado al suelo—. Y la prueba está ahí. En tu música. Si no te asustara tanto compartirla conmigo, si esa parte de ti no te aterrorizara tanto, me habría entregado a ti hace mucho tiempo.

Y, de repente, el Rey de los Duendes se esfumó, se desvaneció en un remolino de seda bordada. El único rastro que dejó fue un olor a hielo, a frío, a invierno.

Minutos más tarde, ¿o tal vez fuesen horas?, me siento frente al clavicordio. Repaso las manchas que yo misma he escrito sobre la tela de mi vestido de novia. Las palabras del Rey de los Duendes retumban en mi cabeza: «tú, entera; tú, entera». Son como un mantra, como un estribillo pegadizo, como una melodía que uno no puede dejar de canturrear. Lo que desea no es mi cuerpo, sino mi música. Soy mucho más que la carne y los huesos que albergan mi espíritu. Quiero entregarle esa parte tan recóndita de mi ser, más íntima y profunda que el placer carnal que podamos alcanzar. Pero no sé cómo hacerlo. Es más fácil entregarle mi cuerpo que mi alma.

Cojo una hoja de papel y la pluma. La sumerjo en el tintero, pero no escribo una sola nota. Echo un vistazo a las manchas que garabateé en nuestra noche de bodas, pero las veo borrosas, distorsionadas. Es una parte de mí tan secreta, tan sagrada, que no sé si podré soportar compartirla con alguien más. Soy como mi vestido de novia, frágil, delicado y efímero; las manchas de ceniza son como mi música, que, con el paso del tiempo, acabarán por desaparecer. Pero, aun así, soy incapaz de escribir una sola nota.

Mis lágrimas y las gotas de tinta humedecen y arrugan el papel; unas gotas minúsculas caen sobre el pentagrama, formando varios compases de ocho notas. En algún lugar empieza a sonar un violín. Me parece oírlo al otro lado de la pared. El Rey de los Duendes. Apoyo las manos sobre el clavicordio y sigo la melodía. Ahora que nuestros cuerpos no se interponen entre nosotros y no nos estorban, nuestro yo verdadero alza el vuelo y se pone a bailar. Su música suena complicada y misteriosa; la mía, extraña y emocional. Y, sin embargo, las dos encajan a la perfección, creando una melodía armoniosa y a contrapunto, sin disonancia. Creo que empiezo a entenderlo.

Sumerjo la pluma en el tintero otra vez y transformo mis lágrimas en una canción.

El niño cambiado

—¡*L*iesl!

Alguien estaba gritando mi nombre. Me revolví bajo el peso de las mantas. Abrí un ojo, pero la negrura era tan opaca y absoluta que enseguida volví a dormirme.

«¡Liesl!»

La voz me resultó familiar, pero no lograba recordar dónde la había oído antes. Ni tampoco cuándo. No podía seguir ignorando esa voz, así que al final me froté los ojos y los abrí. Estaba en el Bosquecillo de los Duendes. Advertí una silueta de color carmesí que se dirigía hacia mí. La reconocí incluso antes de ver su rostro. ¿Quién más iba a robarme mi capa roja?

«¡Käthe!», llamé, pero no se oyó nada. Me había quedado muda.

Mi hermana miró a su alrededor, como si hubiera oído el eco de su nombre. Escudriñó el bosque y no me vio. Estaba plantada delante de sus narices y no me vio.

«¡Käthe!», grité de nuevo, pero me había vuelto invisible para ella.

—Liesl —murmuró ella mientras paseaba entre los árboles del bosque—. Liesl, Liesl, Liesl.

Mi hermana coreaba mi nombre una y otra vez, como si fuese un mantra… o un hechizo. Le temblaban las manos. Hurgó en la bolsa de cuero que llevaba colgada del hombro y sacó un fajo de papeles. El corazón me dio un vuelco. Era la última pieza que había compuesto en la posada, mi antiguo hogar. Era la canción que había titulado *Der Erlkönig*.

Y entonces Käthe rebuscó algo más en su bolsita. Sacó un trozo de papel y un lápiz. Me sorprendí al ver los bocetos dibujados sobre el papel: manos, ojos, labios, vestidos. No tenía ni la más remota idea de que mi hermana supiera dibujar. Y menos aún que supiera hacerlo tan bien. Apoyó el papel sobre su rodilla y empezó a garabatear algo. Me acerqué para ver qué estaba dibujando, ¿tal vez un árbol?, pero enseguida me di cuenta de que no estaba dibujando, sino escribiendo: «Querido Josef».

Una carta. Estaba escribiendo una carta, una carta de socorro: «Liesl ha desaparecido. Liesl ha desaparecido. Liesl ha desaparecido».

Käthe no prestó la más mínima atención a la ortografía, ni tampoco a su caligrafía. Estaba ansiosa por escribir el mensaje:

> Liesl ha *desaparcido* y todo el mundo *prece* haber olvidado su *nomre*. No estoy loca. No, no estoy loca. Y yo tengo la *prrueba*, la tengo en mis manos y quiero confiártela. Por eso te estoy *escribendo* esta carta. Publícala Josef. Tócala. Toca su *musica*. Y después escríbeme, por favor. Escribe también a mamá. Cuéntales a todos que Liesl existe. Que Liesl vive.

Ni siquiera se molestó en firmar con su nombre. Dobló la carta y la sujetó como si fuese un artefacto muy valioso. Después, con paso tembloroso y dubitativo, se coló entre los árboles y desapareció. De repente oí un grito estrangulado, un gemido ahogado. El chillido retumbó en cada rincón del bosque. Me quedé de piedra cuando vi que Käthe rompía el papel en mil pedazos. Estaba rabiosa, furiosa. Los trozos quedaron esparcidos por el suelo, como si fuesen pétalos caídos de un árbol. La brisa agitó las hojas secas y los pedazos de papel. Alargué un brazo para tocar uno, pero temía atravesarlo, como si estuviese hecho de humo.

Agarré el papel con los dedos. Era sólido. Así que me dediqué a recoger todos y cada uno de los trocitos; empecé a montar aquel rompecabezas. Una parte de una mano, la punta de un dedo, la comisura de unos labios, el brillo de una mirada. Me busqué, busqué la prueba que demostrara mi existencia, pero no encontré nada. Allí donde solía estar escrito mi nombre solo había un espacio en blanco. A mi alrededor, el mundo se volvió negro. Me tapé la cara y me eché a llorar.

El sonido de un violín. Me emocioné al reconocer esos compases tan dulces y aquella nitidez emocional tan exquisita.

Josef.

Dejé de sollozar y alcé la mirada. Vi a mi hermano pequeño y a François. Estaban tocando para un público expectante. En cuanto terminaron la pieza, en sincronía y al mismo tiempo, el público se puso en pie. Recibieron una gran ovación, aunque no pude oír los aplausos, ni tampoco las palabras que estaban articulando. Entrecerré los ojos y les leí los labios: «*Encore! Encore!*». El auditorio estaba abarrotado, pero no oía nada. Estaba sumida en un silencio sepulcral.

Josef hizo una rápida reverencia y después se marchó del escenario con una brusquedad que rozaba la mala educación. François dijo algo para calmar los ánimos y tranquilizar a los asistentes, que se habían quedado un tanto confundidos por la repentina e inesperada huida de mi hermano. Después, salió corriendo detrás de Josef. Los seguí hasta la habitación contigua; era una sala minúscula, privada, íntima. François parecía furioso y no dejaba de hacer aspavientos, señalando al público que esperaba en el auditorio. Los dos se pusieron a discutir. François estaba furibundo e indignado. Mi hermano, en cambio, permaneció lacónico y taciturno. Después de unos instantes, Josef meneó la cabeza y soltó algo que dejó a François sin palabras.

«Liesl.»

No oí mi nombre, pero no hizo falta. Resonó en mi corazón. Josef repitió mi nombre, cosa que pareció ablandar a François. Se acercó a mi hermano y lo estrechó entre sus brazos. No pudo contener más las lágrimas y se echó a llorar sobre ese hombro fornido y musculado. François le acarició el pelo para intentar calmarlo, igual que habría hecho yo. Y, de repente, empezó a besarle, pero no como habría hecho yo;

le besaba con pasión, con ternura, con astucia, con destreza. Aparté la mirada para darles algo de privacidad y volví al escenario, donde mi hermano había dejado su violín y el arco. La partitura estaba abierta sobre el atril:

> *Für meine Lieben, ein Lied im stil*
> *die Bagatelle, auch Der Erlkönig.*

Casi me da un infarto. Fue como si alguien me hubiera atravesado el pecho y me hubiera arrancado el corazón. Mi música. Mi hermano estaba tocando mi música. Y no para él, sino para el mundo entero.

Sonreí. Me senté frente al clavicordio y pasé los dedos por aquellas teclas de marfil tan brillantes. Empecé a tocar una sonata de Mozart; de niños, Josef y yo habíamos tocado esa pieza millones de veces. Poco a poco, con cada nota que tocaba, el sonido fue volviendo.

Oí unas pisadas a mis espaldas. Alguien cogió el violín y, sin mediar palabra, empezó a tocar la sonata. Me di la vuelta y esbocé una sonrisa, mi sonrisa de hada.

Sepperl.

Mi hermano del alma, mi hermano pequeño. Estaba guapísimo, con sus tirabuzones dorados y esos ojos azules tan grandes y tan brillantes. Había perdido esas mejillas regordetas que todos adorábamos pellizcar. Ahora presentaba un rostro mucho más anguloso, con unos pómulos afilados y una mandíbula muy marcada. Tocamos como siempre lo habíamos hecho, aunque percibí algo distinto en su interpretación.

La música de Sepperl siempre había sido transparente y prístina; un sonido delicado, preciso y trascendente. Tocaba como si fuese de otro planeta, con una nitidez tan precisa que incluso parecía implacable, despiadada. Su música era hermosa. Tan etérea. Tan mística. Sin embargo, el tenor de su interpretación había cambiado. Ahora era más cálido, más lánguido, más misterioso, más… humano.

Mis dedos titubearon sobre el teclado.

La música me empujaba, me zarandeaba, me poseía. La voz que oía no era la de Josef, sino la mía. Era la voz que sonaba en mi cabeza cuando componía, la voz que escuchaba cuando estaba enfadada, contenta o triste. Entorné los ojos y eché un vistazo. ¿Era Sepperl? La persona que estaba tocando el violín se parecía muchísimo a mi hermano, pero no era él. ¿Cómo podía haberme confundido? ¿Cómo había podido cometer ese error? Los tirabuzones dorados caían, en realidad, de una melena plateada y sus ojos eran una mezcla de gris y verde.

El Rey de los Duendes.

¿Quién era, en realidad? ¿El Rey de los Duendes o Josef? Tenían un aire parecido, aunque no se asemejaban en nada, igual que los hombres que decoraban las paredes de la galería de los retratos; todos eran hombres distintos, pero al mismo tiempo todos eran *Der Erlkönig*. Aparté las manos del clavicordio. El violinista se acercó y me dedicó una sonrisa por la que asomaron unos dientes afilados. Sus ojos azules palidecieron hasta volverse grises y, tras unos instantes, se tiñeron del negro opaco y sólido de los ojos de un duende.

Me desperté con un grito ahogado. Creí oír las notas de una canción, pero la melodía se desvaneció junto con el sueño. Había estado tocando con alguien… ¿Con Sepperl? No, no era él, sino alguien más alto y más espigado, alguien capaz de moldear los sonidos que retumbaban en mi interior y transformarlos en una música totalmente desconocida, pero terriblemente familiar al mismo tiempo. De repente, me asaltó una duda, pero preferí no pensar en ello; lo último que me apetecía era analizar esa idea y tratar de comprenderla, así que la ahuyenté; unos segundos más tarde, desapareció con los vestigios del sueño.

Pese al fuego que ardía y crepitaba en la chimenea, estaba helada de frío. Me incorporé en la cama; me dolía todo el cuerpo y no podía dejar de tiritar. La sensación era como si tuviera gripe. Estaba muerta de sed y de hambre. Y, por si fuera poco, tenía morriña. Añoraba mi hogar. Quería llamar a mi madre, pedirle que me trajera una taza de leche caliente con hierbas y hacerme un ovillo bajo sus brazos mientras me acariciaba el pelo con esas manos ajadas de tanto trabajar. «*Mutti, Mutti* —quería sollozar—. *Mutti*, no me encuentro bien.»

De haber estado en el mundo exterior, mamá y Constanze me habrían reprendido por haberme quedado tanto tiempo metida en la cama. «El sol no descansa, y nosotras tampoco»: esa era una de las frases favoritas de mamá. Incluso en los peores días, esos días en los que sentía que alguien me arrancaba las tripas de cuajo, esos días en que la futilidad de mi existencia amenazaba con asfixiarme, siempre conseguía sacar fuerzas para enfrentarme a la interminable lista de tareas y quehaceres que me esperaba. Me resultaba más fácil no pensar en el largo camino que tenía por delante; de hecho, cuando me detenía y miraba a mi alrededor, me hundía, me ahogaba en esa ciénaga horrenda en la que se había convertido mi vida.

Ahora que no tenía responsabilidades ni obligaciones que atender, no sabía cómo ordenar mi no-vida. No sabía en qué ocupar las horas. Quería entretenerme con algo importante, algo que mereciera la pena. El clavicordio que había en la habitación contigua, en el salón privado de mi esposo, era toda una tentación; las notas que había escrito en el vestido de novia me llamaban a gritos, suplicándome que no las olvidara. «Escríbela», me instaba una vocecita. Me pareció oír al Rey de los Duendes. «Escribe tu música.»

Quería hacerlo. Por supuesto que quería hacerlo. Pero una parte de mí aún no estaba preparada para ver y leer las notas que había garabateado sobre esa tela de seda blanca; no estaba lista para asumir el rechazo, la humillación y la frustración que había plasmado allí. La música que había compuesto junto a Sepperl era más prudente, más segura; mi hermano siempre había estado ahí para guiarme y corregir mis errores. La bagatela que había escrito para él, la pieza que había bautizado con el nombre del caballero que nos inspiraba a los dos, también estaba en manos de Josef, unas manos mucho más cultas e instruidas que las mías. Pero eso, el inicio de la sonata inspirada en mi noche de bodas, era demasiado deshonroso.

«Es magnífica porque es deshonrosa —murmuró la vocecita—. Es magnífica porque es real.»

Me levanté de la cama y me dirigí hacia el salón privado de mi marido. Estaba demasiado débil y cada vez iba a peor. Pensé en llamar a Ramita o a Ortiga para que me trajeran algo de comer o de beber, pero la verdad era que prefería estar sola. Quería llorar. Había derramado lágrimas de rabia, impotencia y melancolía al convertirme en la esposa del Rey de los Duendes, pero no me había permitido el lujo de llorar a moco tendido. Necesitaba desahogarme y llorar como una niña pequeña, sin prejuicios ni ataduras. El peso de aquel lamento contenido me oprimía los pulmones y el corazón.

Me senté frente al clavicordio. El llanto estaba ahí, arrastrándose por mi garganta, deslizándose por los rincones de mi nariz y de mis ojos, pero no lograba salir, no lograba escapar de mi cuerpo. Pensé en mamá, en papá, en Constanze. Pensé en Josef. Y también pensé en Käthe.

Cada vez que pensaba en Josef sentía una punzada en el corazón; era un dolor real, palpable, como si alguien me hubiera clavado un puñal en el pecho y me hubiera dejado tirada, desangrándome. Le echaba muchísimo de menos. Estar sin él era como perder una parte de mí; como si alguien me hubiera arrancado un brazo o una pierna. ¿Cómo iba a poder vivir sin un brazo o una pierna? Anhelaba recuperarle y llenar ese inmenso vacío que había dejado en mí.

También añoraba a Käthe; la añoraba como se añora un día de verano en una fría noche de invierno. Mi amor por mi hermana era constante, como su presencia en mi vida. Habíamos dormido en la misma habitación desde niñas. Josef formaba parte de mí, pero Käthe me definía, daba forma a mis límites y llenaba los espacios más oscuros. Era el rayo de luz que iluminaba mi penumbra, el dulzor que compensaba mi amargada disposición. Sabía quién era porque sabía quién no era: mi hermana. Sin mi hermana a mi lado, me volvía inestable, insegura. Había perdido el bastón sobre el que me apoyaba.

No podía soltarlos. No podía dejarlos marchar. Los fantasmas de mi familia estaban atrapados y necesitaba que alguien me desgarrara, me abriera en canal. «Déjalos marchar. Déjalos marchar. Déjalos marchar. Déjalos marchar.» No podía hacerlo sola. Necesitaba liberarlos, soltar el insoportable peso del dolor y aliviar ese sufrimiento. Necesitaba que alguien me despojara de esa tristeza, que me ayudara a cicatrizar la herida. Necesitaba que alguien cargara con ese dolor por mí. Necesitaba un amigo.

Enterré la cabeza entre mis manos; mis lágrimas salpicaron las teclas de marfil del clavicordio. Fue un llanto silencioso y constante, un llanto que no alivió ese peso que me oprimía el pecho.

Mi día a día en el Mundo Subterráneo se redujo a una rutina que podía describirse como mecánica: dormir, comer, dormir, pasear, dormir, comer, dormir, sentarme frente al clavicordio, dormir, pasear, dormir. Pasaba la mayor parte del tiempo en mis aposentos, durmiendo. Al principio me pareció todo un lujo, sobre todo después de tantos años obligada a madrugar y a levantarme antes que salieran los primeros rayos de sol. Pero, con el paso de los días, ni siquiera esas siestas eternas me consolaban. El tiempo pasaba demasiado despacio y empecé a saborear la amargura del aburrimiento. Y lo odiaba.

Ramita y Ortiga me propusieron tomar un pícnic a orillas del lago. Acepté porque, para qué engañarnos, tampoco tenía nada mejor que hacer. Vimos a varias lorelei asomando la cabecita por la superficie para luego desaparecer bajo esas aguas negras. Y en la otra punta de la playa vi a un grupo de niños cambiados que jugaban y correteaban por la arena. De repente, me asaltó una imagen: Josef, con su rostro de siempre y con ojos de duende. Fruncí el ceño.

—¿Qué son los niños cambiados? —pregunté.

Ortiga me lanzó una mirada fulminante.

—¿Y por qué lo preguntas, mortal?

Podría haberla castigado por dirigirse a mí en esos términos, pues me debía un respeto. Al fin y al cabo era su reina, su alteza. Pero Ortiga, al igual que Constanze, siempre me llamaba como quería.

—Es solo curiosidad —respondí—. ¿Son…, son niños? ¿Son los hijos del Rey de los Duendes?

Ramita y Ortiga se echaron a reír; sus risotadas agudas retumbaron en todos los rincones de aquella inmensa cueva.

—¿Hijos? —dijo Ortiga con desdén—. No. No ha habido ninguna unión entre una mortal y *Der Erlkönig* que haya sido fructífera.

—Bueno, en realidad… —empezó Ramita, pero su compañera la cortó.

—Los niños cambiados no son nada, pobres necios —farfulló Ortiga—. Ni carne ni pescado, ni humanos ni duendes.

—¿Y cómo es posible? —pregunté.

Los observé con detenimiento; estaban saltando y brincando entre las rocas, zambulléndose en el agua y salpicándose los unos a los otros. Bajo el tenue resplandor de aquella gruta, parecían una cuadrilla de niños de colegio, una pandilla un tanto dispar y desharrapada, pero un grupo de críos al fin y al cabo. Jamás habría dicho que eran las criaturas elegantes con las que había bailado y flirteado en el baile de los duendes. Percibí una inocencia en todos ellos, pero también unos rasgos atemporales, ancestrales. Podrían tener quince años. O quinientos.

—Si no son hijos de humanos y duendes, ¿qué son?

—Son —contestó Ramita en voz baja— el producto de un deseo.

El silencio que se instaló en la caverna fue atronador. Ortiga miró a Ramita de reojo.

—¿Un deseo?

Y en ese preciso instante desenterré un recuerdo, un recuerdo que ya casi había borrado de mi memoria: el sonido del llanto de mi hermano en la otra punta del pasillo, suplicándome que le salvara la vida. De pronto, una de las niñas cambiadas, una joven guapa y atractiva, se acercó a mí.

—¿Qué te dijimos, alteza? —dijo Ramita—. Las antiguas leyes dan y las antiguas leyes quitan.

Asentí con la cabeza.

—Imagina que eres una niña —prosiguió Ramita—. La peste negra está arrasando tu aldea y no deja títere con cabeza. A su paso solo deja un rastro de muerte. Se lleva a todos los hombres, mujeres y niños. Ves a tu padre enfermar y fallecer; ves a tu madre hincharse como un globo; ves a tu hermano pequeño cada día más flaco, más pálido, hasta convertirse en un fantasma. Los entierras a todos, uno a uno, en el jardín helado de tu casa y te preguntas dónde habrán ido. ¿Al cielo? ¿O a un sitio peor? Así que pides un deseo. Pides no sufrir su mismo destino que todos ellos. Pides esconderte en un lugar donde la muerte no pueda alcanzarte.

La niña cambiada que se había deslizado hasta mi lado alargó el brazo y me ofreció la mano. La estreché. Era una criatura enclenque y menuda, con las orejas puntiagudas y los dientes afilados.

—Cuidado —advirtió Ortiga—. Muerden.

En cuanto entrelazamos los dedos, se le iluminó la expresión. Sus mejillas cobraron unas pinceladas de color y su tez ya no parecía tan pálida, tan enfermiza. Su cuerpecillo, hasta entonces escuálido y consumido, se volvió lánguido y esbelto. Y los rasgos esqueléticos de su rostro se suavizaron. Ahora tan solo parecía una cría hambrienta y desvalida. La niña cambiada respiró hondo y, a mi alrededor, el mundo perdió un ápice de luz. Se volvió un poco más oscuro, más siniestro. Aparté la mano y Ortiga se rio disimuladamente.

—Y ahora imagina —prosiguió Ramita— que eres un muchacho. Eres el pequeño de dos hermanos y eres famoso en el pueblo por tu belleza y encanto personal. Tu madre era la más hermosa de su generación, pero los años no pasan en vano y el tiempo no la ha tratado bien. Viste con ropas que ya no son apropiadas para su edad y se excede con el maquillaje. Tu hermana está felizmente casada con un hombre maravilloso, pero, por desgracia, contrae viruela. Sus secuelas son evidentes: cicatrices y marcas por todo el rostro que arruinarán su belleza de por vida. Así que te miras al espejo y pides un deseo: seguir siendo joven y apuesto durante el resto de tus días.

—Qué triste —murmuré.

Atrapado y atormentado por tus propios deseos. Sabía

muy bien qué se sentía, pues la tiranía de mis deseos me estrangulaba a diario.

—Oh, los mortales sois demasiado blandos —comentó Ortiga con desprecio—. No sientas pena por ellos. Se lo buscaron ellos solitos.

—¿Pueden caminar por el mundo exterior?

—No —respondió Ramita.

—Entonces ¿cómo…? —empecé, pero la pregunta se me quedó atravesada en la garganta al pensar en mi hermano.

Ortiga se echó a reír, pero Ramita se quedó mirándome con aquellos ojos negros e inexpresivos, imposibles de descifrar.

—Los deseos que pidieron fueron deseos egoístas —explicó—. El tuyo, en cambio, fue un deseo altruista.

No quería seguir hablando del tema. Estaba inquieta, incómoda, así que me puse en pie.

—Vámonos.

—¿Ir adónde, alteza? —preguntó Ramita.

—A algún sitio —susurré—. A cualquier sitio.

Estaba a punto de estallar. No aguantaba más ese aburrimiento, esa futilidad. Quería desgarrar algo, romperlo en mil pedazos, destruirlo, chillar a pleno pulmón. Pero el grito parecía estar atrapado en mi interior y no podía dejarlo salir.

—Mmmm —murmuró Ortiga. Al darme cuenta de que su rostro se cernía sobre mi hombro, reculé. Se había encaramado a la pared de la gruta y estaba suspendida sobre mí. Respiraba hondo, como si quisiera inhalar la esencia dc algún perfume delicioso—. Qué emociones tan fuertes —ronroneó—. Qué fuego. Es tan caliente, tan ardiente.

—Aléjate de mí —exclamé, y le di un empujón.

Perdió el equilibrio y se cayó de bruces al suelo, provocando la risa histérica de Ramita.

Aquellas carcajadas tan sonoras llamaron la atención de los niños cambiados, que enseguida dejaron de brincar entre las rocas y se arrastraron hacia nosotras con el mismo sigilo que un gato. Tenían el cuerpo de un niño pequeño, pero se movían con una elegancia sinuosa, con un ademán que, sin lugar a dudas, no era propio de un ser humano.

A medida que se iban acercando, se iban animando. Sus rostros mostraban una expresión vívida y sus movimientos se tornaron más alegres y menos sobrenaturales. Extendí los brazos, dispuesta a recibirlos con la más cálida de las bienvenidas.

Sus rasgos, familiares y ajenos al mismo tiempo, me recordaban a los míos. Los envidiaba. Añoraba estar rodeada de los míos.

Uno de los niños cambiados, un joven, me cogió de la mano. Y la olisqueó. Ese gesto me ablandó el corazón. Quería abrazarle. Anhelaba el consuelo de la presencia humana y echaba de menos la compañía que solían ofrecerme Käthe o Josef. Ese muchacho me recordó un poco a Josef: tenía la misma barbilla afilada, la misma cara en forma de corazón.

De repente, me apretó uno de los dedos con fuerza.

—¡Au! —grité.

Me había hecho daño. Estaba sangrando.

—¿No te había dicho que mordían? —me dijo Ortiga

entre risas.

El joven también se echó a reír. El eco de sus carcajadas creó una cacofonía horrenda, como si estuviera burlándose de mí. Y después se relamió la sangre que había quedado entre sus manos.

Unos dedos larguiruchos se enroscaron alrededor de mis tobillos, como si fuesen las zarzas de un arbusto. Ramita. Tenía una expresión enfermiza en el rostro, una mezcla de hambre y de compasión. «No —pensé—. No. Ramita, no. Ella no.»

La duende y el niño cambiado se tambalearon y se arrastraron hacia mí; el olor de mi sangre les atraía como moscas a la miel. La intensidad de mis emociones, de mi vida mortal, los alimentaba. Los nutría. Los avivaba. Los aparté de una patada en un intento de espantarlos, pero se aferraban a mí como si fuesen dos garrapatas.

—Parad —ordené—. ¡Por favor, parad!

Pero no pararon. Estaban descontrolados, cegados por el hambre. Tiré de los dedos de Ortiga, que me agarraban la falda del vestido. Logré zafarme de Ramita, pero no se iban a rendir tan fácilmente. De entre las sombras se escabulleron más duendes, atraídos por mi miedo, mi terror, mi pavor.

«Es el fin —pensé para mis adentros—. Así es como voy a morir. Olvidada e ignorada, devorada por una panda de duendes famélicos.»

Una explosión de ira y cólera me devolvió las fuerzas. No iba a dejarme dominar por el pánico. Tuve un momento de claridad y sensatez. No iba a morir así. Tal vez estuviera destinada a morir aquel día, pero no iba a dejar que fuese de una manera tan vergonzosa, tan ignominiosa. Si iba a morir, yo misma elegiría el cómo. ¿Acaso no era la Reina de los Duendes? Mis súbditos estaban obligados a cumplir mis deseos, a cumplir mi voluntad.

—Basta.

Una palabra, una orden. Todos se quedaron petrificados: estaban obligados a obedecer mis deseos, mi voluntad. No tuve que decir nada más. Los aparté de mi camino, los empujé. Eran como estatuas de mármol, detenidas en el tiempo y en el espacio. Hice caer a más de uno. No me anduve con remilgos y les pisoteé los dedos a mi paso. Oí varios huesos crujir bajo mis pies, como si fueran ramitas. Algunos se retorcieron de dolor y, a decir verdad, disfruté al ver la agonía en sus ojos. Quería que me temieran, que me respetaran. Quería que supieran qué pasaría si volvían a pasarse de la raya.

Pero no eran solo los duendes, sino todo el mundo. El Rey de los Duendes. El maestro Antonius. La condescendencia de papá. La expresión de aburrimiento de Hans cuando dejaba que practicara con el clavicordio. Las miradas incrédulas de los aldeanos cuando recordaban que yo también había sido una niña prodigio, una niña con talento. Quería dejar de vivir a la sombra de Josef. Quería que todo el mundo, tanto el exterior como el subterráneo, se inclinara ante mí.

Una vez. Solo una vez.

Solo una vez.

«Enciende mi llama, mein Herr —pensé—. Aviva mi fuego y mírame arder.»

297

Misericordia

—*E*stás distraída, querida —dijo el Rey de los Duendes desde el clavicordio.

Alcé la vista de la copa de vino y del mechón de pelo con el que había estado jugueteando durante los últimos minutos. Sobre mi regazo había un libro abierto, pero no había sido capaz de leer una sola palabra.

—¿Hmmm? —murmuré, y pasé varias páginas de golpe—. No, no lo estoy.

El Rey de los Duendes arqueó una ceja.

—He tocado tres piezas seguidas, y no has musitado palabra.

Me puse a toser para disimular el bochorno.

Desde aquella primera y desastrosa noche, nuestras veladas habían cobrado un matiz cómodo, casi reconfortante. Habíamos sido capaces de establecer una rutina bastante soportable. Había días en que pasábamos varias horas leyendo en voz alta. Yo prefería la poesía, pero al Rey de los Duendes le gustaban más los relatos filosóficos, como era de esperar. Podía leer en latín, griego, italiano, francés y alemán, pero también otros doce idiomas. Era culto e instruido; tal vez hubiese sido un erudito en el mundo exterior. Otros días, en cambio, el Rey de los Duendes tocaba algunas piezas en el clavicordio mientras yo disfrutaba de un buen libro junto a la chimenea. Esos eran mis momentos favoritos, cuando la música, y no las palabras, llenaba el silencio que había entre nosotros. Esa noche, mi marido quiso deleitarme con varias *sonatinen*, de Scarlatti. Para la ocasión, yo había elegido un libro de poesía italiana.

No entendía el italiano, pero tampoco era necesario. Aprovechaba esos momentos para dejar volar la imaginación. El libro no era más que una excusa; me permitía observar al Rey de los Duendes sin que él se diera cuenta. En realidad, no leía; todo era puro teatro.

Después de esa primera noche, jamás volvió a invitarme a tocar mi música para él.

Al principio fue todo un alivio. Sin embargo, a medida que iba pasando el tiempo, ese alivio se convirtió en culpabilidad, después en fastidio y, por último, en rabia. Era un engreído, cosa que me sacaba de mis casillas. Estaba convencido de que acabaría dando mi brazo a torcer. Estaba tan seguro de que tarde o temprano me rompería, cedería y le entregaría mi música que se permitía el lujo de contemplarme desde el banco del clavicordio con esa mirada distante y misericordiosa.

Pero estaba equivocado. Ya estaba rota, y la música seguía atrapada en mi interior. Notaba su cosquilleo en mis entrañas y sentía que en cualquier momento me desgarraría la garganta con tal de salir, de liberarse.

—¿Todo va bien, Elisabeth?

No, nada iba bien. Todo se había ido al traste desde que acepté su mano y accedí a convertirme en la esposa de *Der Erlkönig*, desde que me arrebató a mi hermano, desde que me regaló esa flauta en el mercado, desde... siempre. Nada había ido bien desde que encerré mi música en mi caja y en mi corazón. Pero no iba a hacerle tal confesión.

—Estoy bien —mentí.

Su mirada se volvió más punzante; sus pupilas se dilataron, tiñendo de negro carbón el gris y el verde de sus ojos. El Rey de los Duendes me tenía bien cogida la medida: sabía interpretar mis respiraciones, mis pausas, mis cesuras. Había estudiado cada uno de mis gestos, igual que un músico en una orquesta; y ahora estaba esperando a que el director, es decir, yo, diera un paso al frente y llevara la batuta. Me conocía tan bien que incluso sabía cuándo iba a cambiar el tempo.

Me repasó de pies a cabeza, aunque su mirada se detu-

299

vo varios segundos en mis hombros, que llevaba al descubierto. Después se deslizó por mis brazos, por mi cuello, por mi escote.

—¿Qué ocurre?

Supongo que no había sido muy sutil. Por primera vez en mi vida, decidí cuidar mi aspecto; después del episodio a orillas del lago, había obligado a Ortiga y a Ramita a llevarme de nuevo a la sastrería. Quería un vestido nuevo. No, quería una armadura. El sastre no tuvo más remedio que descoser un traje precioso, un vestido de tafetán de color crema y con bordados dorados. Con todos esos retales, creó un diseño muy original. El vestido parecía una camisola; la falda era muy vaporosa y empezaba justo debajo del poco pecho que tenía. Lo que más me gustó fue la cola enorme que arrastraba tras de mí. Toda aquella estructura se sujetaba con unas tiras diáfanas que se ataban a los hombros, de forma que mis brazos quedaban totalmente al descubierto. Sobre el corpiño se habían encastado diamantes, cientos, miles, una miríada de diamantes; titilaban como estrellas en un cielo nocturno. Ortiga y Ramita me habían recogido el pelo en una corona de trenzas y la habían decorado con diminutos diamantes cuyo brillo contrastaba con mi melena oscura. Por primera vez, albergué una esperanza: que el Rey de los Duendes me encontrara guapa.

Me pareció una idea ridícula y absurda; al fin y al cabo, él era un apuesto caballero; yo, una muchacha del montón. Sin embargo, el deseo que había entre los dos era palpable, era real. No tenía nada que ver con la belleza. Ese deseo seguía ahí. Siempre estaba ahí, asfixiándome y estrangulándome, hasta dejarme sin respiración.

Así que respondí a la pregunta del Rey de los Duendes de la única manera que pude.

—¿No te gusta mi vestido nuevo? —solté.

Eso lo descolocó.

—Eh… ¿Qué?

—Mi vestido —insistí—. ¿No es de tu agrado?

Estaba perplejo y desconcertado, pero también parecía receloso.

—Es hermoso, Elisabeth.

—¿Y yo? ¿Soy hermosa?

El Rey de los Duendes frunció el ceño.

—Esta noche estás muy animada, querida.

Había esquivado mi pregunta. Ya no soportaba estar ahí sentada ni un segundo más. Me levanté del sillón y empecé a caminar de un lado a otro, nerviosa. Sí, esa noche estaba animada. Animada para enzarzarme en una pelea.

—Contéstame —ordené—. ¿Te parezco hermosa?

—Ahora mismo, tal y como te estás poniendo, no.

Me eché a reír. La risa que retumbó en aquella habitación sonó histérica, demente.

—Pareces mi padre. Es una pregunta fácil, *mein Herr*.

—¿Lo es? —replicó él, mirándome con los ojos entrecerrados—. Entonces dime, querida, ¿qué te gustaría escuchar? ¿La respuesta fácil o la sincera?

Estaba temblando, aunque no sabía si de dolor o de miedo.

—La verdad —murmuré—. Fuiste tú quién me enseñó que la cruda y fea realidad siempre es mejor que una mentira piadosa.

Tardó varios instantes en contestar.

—Creo que ya sabes la respuesta, Elisabeth —susurró.

Cerré los ojos para contener las lágrimas. A pesar de todo, tenía la esperanza de que fuera distinto, de que el deseo me hiciera parecer hermosa a sus ojos y pudiera convertir un gorrión en un pavo real.

—¿Por qué? —balbuceé, apenada—. ¿Por qué me quieres?

—Elisabeth, ya hemos hablado de esto muchas veces. Yo…

—Sí, sí, no hace falta que me lo repitas. Te enamoraste de la música que sonaba en mi interior. Mi alma es maravillosa. Y cuando por fin me entregue a ti entera, tú… —murmuré—, tú también te entregarás entero.

El Rey de los Duendes no musitó palabra; me observaba fijamente con esos ojos de distinto color.

—Pero eso no significa nada para mí, *mein Herr*. Tus palabras no significan nada para una muchacha aburrida y sin encanto alguno como yo.

De pronto, mi marido arrastró el banco, produciendo un ruido ensordecedor. Se puso en pie. Sus pasos eran livianos, casi mudos; parecía un lobo caminando entre la nieve. Al fin atravesó ese muro invisible que nos separaba y apoyó una mano sobre mi cabeza.

—La belleza del espíritu es mucho más hermosa y duradera que la belleza del cuerpo —murmuró con voz dulce—. Ya lo sabes.

Abrí los ojos y le aparté de un manotazo. Ese violento arrebato nos pilló a los dos desprevenidos. Sentí una quemazón en la palma de la mano. Él se quedó atónito y perplejo.

—Eso —dije— es el ejemplo perfecto de una mentira piadosa.

Por un momento creí que trataría de consolarme y tranquilizarme, como un padre haría al presenciar una rabieta de su hijo. Pero no fue así. Advertí un brillo extraño en su mirada. Era malicia. Torció la boca. Bajo el tenue y cálido resplandor de la chimenea, las puntas afiladas de sus dientes relucían.

—¿Quieres la fea y cruda realidad, Elisabeth? —amenazó—. Muy bien, pues aquí la tienes. —Empezó a dar vueltas por la habitación, como si fuese un animal salvaje y sin domesticar encerrado en una jaula. Sí, parecía un lobo. Y me moría de ganas por ponerlo en libertad—. Te quería porque eres aburrida y extraña, y no tienes encanto alguno. Porque un hombre puede pasar una eternidad junto a una lista infinita de hermosas esposas. Créeme, lo sé por experiencia propia. Con el paso de los años, sus rostros y sus nombres acaban desvaneciéndose, olvidándose. Y porque a ti, esa muchacha aburrida y sin encanto alguno, siempre te recordaré.

El Rey de los Duendes dibujó una sonrisa casi feroz. Se me aceleró el pulso y, en lo más profundo de mi ser, sentí que las cuerdas que apresaban mi corazón empezaban a aflojarse. Me levanté del sillón, con la respiración entrecortada, pero él se dio la vuelta antes de que pudiera tocarle, antes de que su naturaleza salvaje pudiera fundirse con la mía. Dejé caer la mano.

—¿Qué es la vida eterna sino una muerte lenta y paulatina? —preguntó el Rey de los Duendes—. Vivo en una perennidad tediosa, en una insoportable infinitud; la muerte me consume día a día, y soy incapaz de sentir de verdad. —Se dirigió de nuevo al clavicordio y pasó la mano por encima de las teclas.

No se me ocurrió nada que decir a eso. El abismo que se había abierto entre nosotros me parecía infranqueable; él estaba a un lado; yo, al otro. Y, allá donde mirara, no veía ningún puente.

—Tu intensidad, tu ferocidad —susurró—. Es algo que ansío, algo que anhelo, Elisabeth. De veras.

Se acomodó en el banco y tocó una tecla. Y después otra. Y otra. Cada nota resonó en mi pecho, en ese inmenso vacío en el que solía vivir mi música.

—Daría todo lo que tengo por volver a sentir —musitó; habló tan bajito que apenas pude oírle—. Durante mucho tiempo, creí que jamás podría sentir de nuevo. Pero entonces te oí tocar tu música en el Bosquecillo de los Duendes. La tocabas para mí. Entonces, por primera vez en una eternidad, albergué la esperanza…, pensé…

Otro silencio, un silencio lleno de secretos y de palabras calladas. Noté el peso de las palabras en mi boca, pero preferí tragármelas.

—Tu música —dijo él, al fin—. Tu música era lo único que me mantenía cuerdo, que me hacía humano. Gracias a ella no me convertí en un monstruo.

Empezó a soplar una brisa, una brisa que me puso la piel de gallina. El Rey de los Duendes siguió tocando el clavicordio, ensartando notas como perlas en un collar.

—Y esa —prosiguió— es la fea y cruda realidad, querida. Podía casarme contigo y así hacerme con una pequeña parte de ti. Pero no puedo tener lo que realmente anhelo. —Y agachó la cabeza—. A no ser que te rompa.

A no ser que me rompiera.

Y en ese preciso instante, encajé las piezas del rompe-cabezas.

—No te tengo miedo —musité.

—¿No? —contestó él, y levantó la cabeza—. Soy el Señor de las Fechorías, el rey del Mundo Subterráneo —declaró. Los ojos le hacían chiribitas—. Soy la crueldad y la locura personificadas. Tú no eres más que una muchacha. —Sonrió, mostrándome esos dientes afilados—. Y yo, un lobo que merodea por el bosque.

Una muchacha. Una doncella. Pero estaba equivocado. Yo era la Reina de los Duendes. Era su reina. El lobo no me asustaba, ni tampoco esa naturaleza salvaje e indomable capaz de despellejarme, de destrozarme.

Me acerqué al clavicordio y me senté en el banco, a su lado. Él no me quitaba ojo de encima. En su mirada percibí asombro, placer, satisfacción. Ni un solo ápice de recelo.

—Tal vez no sea más que una muchacha, *mein Herr* —murmuré—, pero soy una muchacha valiente.

304

Posé las manos sobre el teclado. Pese a que estaba temblando, toqué un acorde. Do mayor. El Rey de los Duendes se relajó y soltó un profundo suspiro.

—Sí, Elisabeth —susurró, y me acarició la mejilla—. Sí.

Pero no toqué. En lugar de eso, apoyé la mano sobre la suya; después, la deslicé hacia mi cuello.

—Elisabeth, ¿qué…?

Trató de retirar la mano, pero yo la agarré con fuerza para impedírselo. Me incliné sobre él, desafiándole, tentándole. Deseaba al lobo; ansiaba su hambre, ese deseo irrefrenable capaz de anularme, de destruirme. Quería que me destruyera porque, en el fondo, quería volver a nacer.

—Eres —dije— el monstruo que anhelo.

Ahora el que temblaba era él.

—No sabes lo que dices.

En sus palabras percibí cierto pánico.

—Oh, pero es la verdad.

Y, de repente, de las profundidades de mi memoria emergió un recuerdo: la pequeña Liesl esperando pacientemente sobre el rellano del primer piso. Esperando a que su papá volviera de una audición con un famoso empresario teatral. Por aquel entonces, Sepperl tan solo tenía tres años, pero ya se intuía que sería una gran promesa del violín. Liesl estaba ansiosa por mostrarle a su padre lo que era capaz de hacer. Había dedicado incontables horas a ensayar una chacona de Tomasino con el violín más pequeño que había en casa. Había practicado la pieza hasta conseguir tocarla a la perfección. Pero cuando papá volvió a casa, llegó con un aliento que apestaba; su violín, un Stainer, no estaba en la funda. Liesl empezó a tocar en cuanto lo vio entrar por la puerta, una pieza alegre para una cálida bienvenida, pero él le quitó el violín y lo partió por la mitad. «Nunca servirás para nada. No tienes ni la mitad del talento de tu hermano», dijo él.

—Podría hacerte daño —dijo el Rey de los Duendes, y sentí esa promesa en sus manos. Estaba a su merced, pues me tenía agarrada por la garganta.

—Lo sé.

Se desenterró otro recuerdo. Josef tocando una pieza que yo había escrito. Papá entrando en la trastienda para elogiar y felicitar a su hijo por sus esfuerzos. ¡Tan salvaje, tan indómita! —había dicho papá—. Tenemos que conseguir que publiquen esto, hijo mío; tienes el potencial para cambiar y transformar la música tal y como la conocemos hoy en día». Josef quejándose, explicándole a papá que la verdadera autora de esa pieza era yo. Papá endureciendo la mirada. «Un esfuerzo decente. Pero no puedes ser tan idealista, Liesl. Tienes que madurar y dejar de soñar despierta. No puedes ser tan romántica.»

—Entonces ¿por qué, Elisabeth? —murmuró el Rey de los Duendes—. ¿Por qué?

Habían pasado diez años. Una década. Entonces yo era una niña de nueve años, y componía sola y en secreto. Había robado dos velas que a duras penas habíamos podido pagar y me había quedado despierta hasta altas horas de la madrugada enfrascada en mi música, en mis partituras. Esa noche, papá estaba durmiendo junto a su esposa, un hecho excepcional que siempre sacaba una sonrisa a mamá y volvía generoso a papá. El mundo estaba dormido y yo estaba sola.

Hasta que Josef me encontró. «¿Liesl? —había preguntado con esa voz somnolienta—. Liesl, ¿qué haces despierta a estas horas?»

Ira, rabia y celos, todas esas emociones explotaron de repente en mi interior. Cerré la mano en un puño, golpeé la vela y la cera se derramó por todo el suelo.

Y, en aquel ataque de histeria, le di un bofetón a mi hermano.

Se echó a lloriquear. Sus gritos despertaron a todo el mundo. Papá se puso a gritar como un loco mientras mamá lloraba a moco tendido y Käthe se acurrucaba en una esquina, temblando. Constanze prefirió esconderse. Estaba envuelta en llamas. Allá donde mirara, solo veía columnas de fuego.

Todas mis partituras estaban ardiendo. De pronto, alguien me dio un tortazo en la mejilla. Me dejó una marca en la piel, una marca más roja y más grande que la de Josef. La suya no tardaría en desaparecer. La mía también acabaría desapareciendo, junto con tres intensos y arduos años de laborioso trabajo. Todo ese trabajo se había convertido en un montón de cenizas.

Se evaporó ese recuerdo y emergió otro. Y luego, otro. Y otro. Todos tenían que ver con los ataques que había sufrido mi corazón, hasta que aprendí a guardar mi música en una jaula. Había querido ocultar mi verdadero yo tras la coraza de una niña buena, de una hija obediente y responsable. Dejé de ser yo misma y me convertí en Liesl, la doncella que vivía en la sombra. Llevaba tanto tiempo siendo esa Liesl que ya no recordaba quién era en realidad. Después de tantos años viviendo en la oscuridad, no sabía cómo volver a la luz.

—Porque… —respondí, con un hilo de voz—, porque, para encontrarme, necesito que me rompas.

Apoyé la mano izquierda sobre el clavicordio. Y él inspiró hondo.

—No sabes lo que dices.

Le miré directamente a los ojos y pulsé una tecla.

—Sí, sí lo sé.

La nota quedó suspendida en el aire. Sus pupilas se dilataron y después se contrajeron. Percibí terror en esos ojos bicolor. Un terror que enseguida se transformó en fiereza, en salvajismo y, segundos después, en pánico. *Der Erlkönig* estaba en conflicto con su verdadera naturaleza. Estaba librando una guerra con su corazón.

—No, no lo sabes.

Pulsé otra tecla.

Se le escapó un suspiro, un suspiro largo y tembloroso. Sus manos se deslizaron hasta mis hombros y noté un titubeo; no sabía si lanzarse y abrazarme o contenerse y distanciarse. Una vez más, pulsé una tecla. Y después otra. Y después otra. Era mi manera de llamar al lobo, de hacerle salir de su guarida.

—Quiero que me encuentres —susurré.

El Rey de los Duendes dio un paso atrás. Nuestras miradas se cruzaron; en ese instante, no vi al lobo, sino al joven austero e inocente.

Le observé con detenimiento.

—No te tengo miedo.

—¿No? —cuestionó él, y cerró los ojos—. Entonces eres una insensata.

Y, cuando volvió a abrir los ojos, el joven austero e inocente había desaparecido.

Nuestros labios se funden en un beso húmedo; la pasión es desenfrenada. Nuestros dientes chocan entre sí y nuestras lenguas se enroscan como dos serpientes. El salón privado desaparece a nuestro alrededor y, por fin, el Rey de los Duendes y yo nos dejamos llevar por nuestras emociones.

Aterrizamos en una cama de hojas que crujen y susurran cada vez que nos movemos, cada vez que nuestros cuerpos se estremecen. El mundo que ahora nos rodea es oscuro, secreto, seguro.

Me sujeta la cara con las dos manos y me besa como si quisiera beberse mi aliento, mi sangre, mi vida. Sus movimientos son seguros y diestros; los míos, toscos y patosos.

Me aferro a su espalda y lo aprieto contra mí; quiero sentir cada centímetro de su cuerpo, como si fuese una segunda piel. Siento el mordisco de los diamantes que llevo cosidos al corpiño. Me retuerzo. Siento un picor en todo el cuerpo. No, no es un picor, sino el ardor de un fuego imparable.

«No sabes lo que dices —me murmura una y otra vez en la boca—. No puedes saberlo.»

No lo sé, pero quiero aprender. Quiero que me lleve hasta el límite, quiero que me ayude a descubrir hasta dónde puedo llegar y quiero que después me rescate, me salve. «Encuentra mis límites —le suplico—, y después destrúyelos.»

Tiro de la cinta de raso que lleva alrededor del cuello y le palpo el pecho en busca de los botones de su camisa. Le quito la camisa. Está frío como un témpano de hielo. Ese contacto tan gélido me estremece. Araño el vestido porque deseo arrancármelo, despojarme de él, como una serpiente cuando muda la piel y deja atrás una mera carcasa. Quiero estar desnuda y sentir el roce de su piel, de sus dedos, de sus manos, de su lengua.

«Para», susurra, pero no le hago caso. Ya no sé cómo parar. Me da miedo porque no sé si volverá a repetirse. Así que continúo e intento quitarme el vestido.

«Elisabeth.» El Rey de los Duendes me inmoviliza las manos y siento el peso de su cuerpo sobre el mío. Me quedo sin respiración, pero no porque el peso me oprima el pecho, sino por su mirada. Veo al joven inocente y austero; de repente, me avergüenzo de mi afán, de mis ansias, de mi empeño por ser una insensata.

Aparto la mirada. Las mejillas me arden. La mano que me acaricia el rostro es más fría que el hielo, pero tierna y cariñosa.

«Mírame.»

Pero no puedo.

«Elisabeth.»

Lo miro; el joven austero sigue ahí, esperando que le siga hacia el bosque. Ya no trato de ocultar mi deseo, mi anhelo, así que ladeo la cabeza para besarle. Siento su aliento sobre mis labios. De repente, nuestras bocas se funden en una sola. El beso se vuelve apasionado, salvaje. En un momento dado, paramos de besarnos, pero solo para coger aire. Entonces, atisbo la sombra del demonio en ese rostro angelical. El lobo ha salido a jugar.

En un abrir y cerrar de ojos, nuestros cuerpos vuelven a pegarse y nos besamos. Nos abrazamos, pero no lo bastante fuerte. Nunca será lo bastante fuerte. Nuestras manos recorren el mapa de nuestros cuerpos, pasando por cada colina, por cada valle, explorando, descubriendo. Sus dedos me acarician el interior del muslo y ahogo un grito mientras enredo mis dedos entre su pelo.

El tiempo se detiene. Él se detiene. Yo me detengo. Nos miramos. En sus ojos advierto una pregunta. Mi lengua tiene la respuesta. Pero no articulamos una sola palabra. Ese instante se queda congelado en mi corazón, junto con la pregunta y la respuesta.

—Deseo… —digo con voz ronca, pero no sé qué deseo.

—Tus deseos son órdenes para mí —susurra el Rey de los Duendes.

Podría parar. Podríamos parar. Podría recular y encerrarme de nuevo en ese rincón de mi corazón, el mismo rincón donde habita mi música y mi magia, un lugar escondido, secreto y seguro.

—No tienes… —empieza.

El resto de la frase queda suspendida en el aire. «No tienes que hacerlo.» Una elección. Me está ofreciendo una elección. Es el regalo más sincero y generoso que jamás me ha hecho.

—Sí —respondo. Mi voz suena clara, firme—. La respuesta es sí.

Me estrecha entre sus brazos y me inmoviliza, cegado por la pasión, por el deseo. Desliza el brazo derecho hasta mi garganta y presiona con fuerza. Toso, pero el Rey de los Duendes no me oye. Me cuesta respirar. Jadeo. Se me humedecen los ojos. Plenitud. Eso es lo que mejor describe el momento: plenitud.

Duele. Duele mucho. Siento el deseo de reprimirme, de

dominar mi lengua y mi boca, pero contengo el deseo: no quiero que pare. Ha encontrado mis límites. He encontrado mis límites. Pero más allá del umbral del dolor hay algo más.

Libertad.

Me echo a llorar. De mi cuerpo sale una avalancha, un torrente de emociones, de belleza, de vergüenza. Mi mente se convierte en un lienzo blanco y todo mi ser se vacía. Solo queda mi cuerpo, mi carcasa. Liesl ha desaparecido y quedo reducida a lo esencial, a mis cimientos: música, magia, imaginación e inspiración. La sensación es aterradora por su intensidad y entonces grito un nombre, pues quiero, «deseo», que el Rey de los Duendes me ancle y vuelva a ser quien era.

Él levanta la cabeza y nuestras miradas se cruzan. Sus ojos, vidriosos, oscuros y opacos, se vuelven claros y sinceros; el lobo se está escondiendo en su cueva y regresa el joven austero e inocente. Pero en cuanto reaparece, se fija en las lágrimas que caen por mis mejillas y se aparta de golpe.

«No, no te vayas —quiero suplicar, pero no soy capaz de articular una sola palabra—. Estoy aquí, estoy aquí. Por fin estoy aquí.»

—Oh, no —dice él—. Oh, no, no, no.

Da un paso atrás. Y después otro. Y entierra la cara entre las manos.

El Rey de los Duendes se hace un ovillo en una esquina de la cama y me da la espalda. A medida que voy recuperando la sensatez, me doy cuenta de que estamos en los aposentos privados del Rey de los Duendes. Me acurruco a su lado. Tengo el vestido hecho jirones, roto y descosido, pero me da lo mismo. Le envuelvo entre mis brazos.

—Soy —susurra— el monstruo del que tanto te advertí.

—Eres —contesté con voz ronca— el monstruo que tanto reclamé.

—No merezco tu compasión, Elisabeth.

Y nos quedamos ahí tumbados, en silencio. El único movimiento es el vaivén de nuestro pecho con cada respiración.

—No —digo al fin—. No mi compasión, sino mi gratitud.

Él se ríe. El sonido me resulta conmovedor, pues está cargado de esperanza. Se da la vuelta y me abraza.

—Oh, Elisabeth —murmura—. Eres una santa.

Pero no soy una santa. Abro la boca para protestar, pero la sal de mis lágrimas me mancha los labios y me quedo callada. Escucho el latido del corazón del Rey de los Duendes. Cierro los ojos y, justo antes de ceder al sueño, musito la verdad, aunque él no me oye.

No soy una santa, soy una pecadora. Quiero pecar una vez. Dos veces. Infinitas veces.

Romance en do mayor

*U*na luz deslumbrante, casi cegadora. Traté de abrir los ojos y, durante unos instantes, me sentí perdida, desorientada. No sabía dónde estaba. Entorné los ojos para tratar de averiguarlo; un espejo, un espejo chapado en plata. Estaba colgado sobre la cama del Rey de los Duendes y mostraba un pueblecito. A primera vista, no lo reconocí.

La aldea era diminuta y estaba asentada en las faldas de una montaña que tampoco reconocí. Sobre la cima de la montaña advertí un pequeño monasterio; el claustro tenía vistas al pueblo; desde uno de los balcones, un sacerdote con gesto autoritario observaba con desprecio a las masas penitentes. Mi espejo siempre me mostraba el Bosquecillo de los Duendes, mi lugar sagrado. Me preguntaba si ese era el lugar sagrado del Rey de los Duendes.

En el mundo exterior brillaba el sol. Mi esposo dormía profunda y plácidamente a mi lado. Su respiración era sosegada. Nos habíamos dormido abrazados, pero, a lo largo de la noche, nos habíamos ido distanciando hasta encontrar nuestro reino particular en ambos lados de su cama. La frontera que nos separaba estaba marcada por un montón de ropa de cama. Nos habíamos tocado de la forma más íntima posible e imaginable, pero ninguno de los dos lograba soportar la cercanía del otro. O, al menos, todavía.

El Rey de los Duendes parecía haber desaparecido bajo aquel amasijo de sábanas, mantas y edredones. Lo único que se veía de él era su melena despeinada y un hombro desnudo que asomaba entre las sábanas. Yo estaba desnuda y dolorida. Tenía la parte interna de los muslos manchada de sangre. Quería huir de allí lo antes posible, volver a mis aposentos. Necesitaba asearme y estar a solas. De repente, rememoré todo lo ocurrido la noche anterior y noté un calor agradable en mis entrañas. Esa sensación agradable y placentera no vino sola, sino con una oleada de dolor, de escozor. Necesitaba estar sola, ordenar mis pensamientos y centrarme.

Muy lentamente y con el mayor sigilo posible, me levanté de la cama y traté de limpiar aquel desastre. El Rey de los Duendes no se revolvió entre las sábanas. Estaba sumido en un sueño profundo y, por lo visto, sordo. Dormía como un lirón, como un bebé después de pasar toda la noche en vela, llorando. Y entonces recordé el tacto de sus lágrimas sobre mi piel. No podía enfrentarme a él, no después de que él hubiera derramado esas lágrimas y hubiera manchado mi alma. Le había acariciado, le había conocido, había visto sus recovecos más oscuros; sin embargo, sus lágrimas eran lo único que me avergonzaba.

—Deseo volver al salón privado —dije con un hilo de voz, aunque no le hablé a nadie en particular.

En un santiamén me planté de nuevo en el salón, junto al clavicordio. Las piernas me temblaban tanto que perdí el equilibrio y acabé de rodillas sobre el suelo. El dolor era palpable, pero no percibí ni un solo ruido. Era como si alguien hubiera insonorizado la sala.

Mi vestido de novia. Mi verdadero vestido de novia.

En cierto modo, el mundo había cambiado. Yo había cambiado. El Rey de los Duendes se había inmiscuido en el trastero de mi vida y lo había puesto patas arriba. Lo había desordenado…, y lo había hecho a conciencia. Ahora no podía hacer otra cosa que recoger aquel desaguisado y tratar de ordenarlo todo tal y como estaba. Mi vida estaba dividida en dos mitades claras y perfectas: el antes y el después.

Liesl. Elisabeth. Había sido Liesl hasta el momento en que nos abrazamos, en que le concedí misericordia a mi marido y él me absolvía de mi vergüenza. Había salido de aquel encuentro amoroso como una mujer, como una mujer distinta: ya no era Liesl, sino Elisabeth. Había puesto a prueba los límites de esa identidad nueva en un intento de conocerla más a fondo.

El salón privado tenía un aspecto muy distinto a la luz del día. Los inmensos espejos que adornaban una de las paredes parecían ventanales por los que se colaba el resplandor dorado del sol. Me fijé en una fortaleza que había sobre la cumbre de una colina bordeada por un río. La bandera que ondeaba era de color blanco y rojo. Salzburgo. Había varias montañas de nieve, pero a lo largo del río Salzach se advertían unos claros verdes. Los primeros indicios de la primavera. Sonreí.

Me senté frente al clavicordio y apoyé las manos sobre el teclado. Y luego hice una pausa. Sentía que me había quitado un gran peso de encima al librarme de la vergüenza que me corroía el alma. Pero esa libertad también me asustaba. No sabía cómo actuar. Así que toqué unos cuantos acordes, inversiones en do mayor, antes de extenderlos y convertirlos en arpegios.

De inversiones a arpegios, y de arpegios a escalas. Recorrí todas las teclas y creé una melodía mecánica muy simple, sin sentido. Era como una meditación. Como un rezo. Mi mente empezó a reorganizarse, a guardar todos los recuerdos en los cajones correspondientes, a ordenar ese caos desorganizado. Después de ese breve calentamiento, cogí el vestido de novia de la percha y lo extendí sobre el clavicordio. Por fin estaba lista para dar un paso más allá.

Se acabaron las melodías improvisadas, repetitivas y aburridas. Se acabaron las partituras garabateadas sin ton ni son. Estaba lista para coger mi música, una música áspera y tosca, y transformarla en algo que mereciera la pena.

Me concentré, dispuesta a componer.

Cogí una pluma, la sumergí en el tintero y empecé a anotar una melodía muy básica. En cuestión de segundos llené toda una hoja. También me dediqué a añadir varias notas con ideas que se me iban ocurriendo en relación con el acompañamiento, con los compases… Cuando sentí que había volcado todos los pensamientos garabateados en el vestido de novia, lo dejé caer sobre el suelo. El vestido ya había cumplido con su propósito.

No sabía mucho sobre Haydn, Mozart, Gluck o Händel o de cualquier otro compositor que había estudiado. Tampoco sabía mucho sobre las piezas que habían compuesto y que, de niña, seguro que había tocado frente al clavicordio. En mi caso, la música no volaba por mi mente por gracia divina. No era como si Dios me estuviese dictando las notas. Se rumoreaba que Mozart jamás había hecho copias de sus partituras, que no existían bocetos de sus obras, pues sus composiciones eran perfectas; cuando las pasaba de su mente al papel, jamás cometía un error.

No podía decirse lo mismo de Maria Elisabeth Ingeborg Vogler. Cada nota, cada frase, cada acorde me suponía un trabajo agónico que requería una revisión constante. Confiaba ciegamente en las teclas del clavicordio; ellas me dirían qué notas elegir, qué inversión introducir. Yo no era Josef y, por lo tanto, no poseía su conocimiento musical; tenía que probar cada acorde que oía en mi cabeza y escucharlo varias veces para decidirme. Me encantaba. Esa obra era mía, mía y de nadie más.

Tenía los dedos manchados de tinta. Sin querer también había salpicado las teclas. Pero preferí ignorar los goterones de tinta negra e incluso los rasguños de la tinta sobre el papel. Solo oía la música que sonaba en mi cabeza. Por una vez, no había rastro de Josef, ni rastro de papá, ni rastro de la voz amargada y resentida que me juzgaba. No existía nada más, tan solo la música y yo, yo, yo.

De pronto percibí otra presencia en la habitación.

Llevaba trabajando una hora, más o menos, pero hasta ese momento no me había dado cuenta de que no estaba sola. Su presencia se inmiscuyó lenta y paulatinamente en mi consciencia; emergió de entre las profundidades de mis pensamientos, como si fuese un sueño. No había sido capaz de distinguir la percepción de mí misma de mi percepción del Rey de los Duendes. Había perdido por completo el sentido de identidad.

Alcé la cabeza.

El Rey de los Duendes estaba justo en el umbral que separaba sus aposentos privados de ese salón. No había ningún

315

obstáculo que impidiera el paso entre su habitación y la mía. Llevaba un atuendo muy sencillo, más propio de un pastor que de un monarca. De haber tenido un sombrero, estoy convencida de que hubiera jugueteado con él para disimular su timidez. Se quedó allí, vacilante y dubitativo, a la espera de que le diera permiso para entrar. No logré descifrar la extraña expresión de su rostro.

Se aclaró la garganta.

—¿Estás…, estás bien, mi reina?

Qué distante. Qué formal. Siempre utilizaba el apelativo de «querida», con su ya clásico tono sarcástico. O me llamaba Elisabeth. Parecía empeñado en llamarme así. De hecho, era el único que se refería a mí con mi nombre de pila. Y, a decir verdad, deseaba volver a ser «su» Elisabeth.

—Estoy bien, gracias, *mein Herr* —respondí con la misma frialdad.

El abismo que nos separaba se volvió aún más profundo, más infranqueable. Me moría de ganas por construir un puente para poder atravesarlo, pero no sabía cómo hacerlo. Habíamos compartido momentos mucho más íntimos que ese. ¿De qué más puedes despojarte cuando ya lo has entregado todo?

En cuanto nuestras miradas se cruzaron, él miró hacia otro lado. Me invadió una sensación rara e inexplicable cuando me di cuenta de que había pillado a mi marido en un descuido espontáneo. Me estaba observando con una expresión… de admiración. Admiración. Sí, admiración por mí. Me sentí desnuda. Y mi mente, que en ese momento ya había logrado ordenar, pasó a ser un caos descontrolado.

—¿Cuánto tiempo llevas ahí? —pregunté.

Las palabras sonaron a acusación. El Rey de los Duendes se puso tenso.

—El suficiente —respondió—. ¿Te importa?

A Liesl sí le hubiera importado.

—No —contesté—. No me importa. Por favor, toma asiento.

Él asintió con la cabeza y dibujó una sonrisa casi imperceptible. Como siempre, las puntas de sus dientes afilados asomaron por esa sonrisa, pero no me resultaron tan amenazantes como en otras ocasiones. Se acercó hasta el diván y se acomodó; se recostó y después cerró los ojos para disfrutar de la pieza que estaba tocando.

Aquella era una intimidad totalmente distinta. Estaba dentro de mí, formaba parte de mí, tanto en cuerpo como en alma. Al principio pensé que tan solo estaba dejando entrever un rincón de mi mente, pero no tardé en percatarme de que, en realidad, el Rey de los Duendes ya estaba en mi cabeza. Una sugerencia por aquí, una revisión por allá... Sus propuestas eran tan diestras y sutiles que su voz acabó fundiéndose con la mía. Éramos la misma voz. Con Josef, la metodología era muy diferente: yo componía una pieza y se la entregaba para que se encargara de darle forma hasta crear un producto acabado. Sin embargo, con el Rey de los Duendes, la música era algo que moldeábamos juntos, igual que solíamos hacer cuando era una niña.

Y entonces lo rememoré todo. Mis recuerdos de ese muchacho me invadieron como un tsunami; derribaron las compuertas que yo misma me había encargado de construir para contener las mareas. Se llevaron por delante todas las telarañas de vergüenza y decepción para mostrar una amistad sincera, pura y brillante. Habíamos bailado juntos en el Bosquecillo de los Duendes, habíamos cantado juntos y habíamos compuesto música juntos. Cada vez que acababa una pieza, iba corriendo al bosque para reunirme con él. Para compartir mi música con él. Hasta que mi padre me ordenó que creciera, que madurara.

«Lo siento mucho —pensé—. Siento mucho haberte traicionado.»

Las manos me temblaban sobre el clavicordio. El Rey de los Duendes abrió los ojos.

—¿Todo va bien?

Le sonreí. Fue una sonrisa auténtica, genuina. Me embargó una sensación de calidez, de familiaridad, de hogar. Y después de un buen rato reconocí la emoción en cuestión: felicidad. Era feliz. No recordaba la última vez que me había sentido así, feliz.

317

—¿Qué? —preguntó él con cierta timidez.

—Nada —murmuré, pero no fui capaz de ocultar mi sonrisa.

—Esa es tu respuesta favorita —replicó él con una sonrisa de oreja a oreja; la ternura de esa sonrisa me partió el corazón. Cuando sonreía así, rejuvenecía varios años, incluso décadas. Ahí estaba, el joven de mirada tierna e ingenua. No quedaba ni rastro de *Der Erlkönig*.

—A veces —dije, sacudiendo la cabeza—, desearía que no me conocieras tan bien.

Él soltó una carcajada. No advertí ningún gesto socarrón, ni tampoco una mirada de soslayo. El ambiente que se respiraba en aquel salón cada vez era más relajado, más ameno. Seguimos trabajando en silencio, aunque nuestros pensamientos y sensaciones seguían fluyendo entre nosotros. Sobraban las palabras. El tira y afloja de la música, con sus altibajos y sus giros repentinos, nos balanceaba, nos bamboleaba.

Aquella extraña conversación llegó a su fin en cuanto toqué las últimas notas de la pieza.

—Hermosa —musitó el Rey de los Duendes—. Trascendente. Es más fascinante…, más fascinante que el paraíso y que el mundo exterior. Igual que tú.

Me ruboricé y, con disimulo, agaché la cabeza para que él no se diera cuenta.

—Podrías cambiar el rumbo de la música —prosiguió él—. Podrías cambiar el mundo exterior si…

Pero no terminó la frase. Si… ¿qué? ¿Si publicara mi música? ¿Si lograra esquivar o superar las trabas que imponía mi nombre, mi sexo, mi muerte? Mi destino estaba en el aire, pero era un obstáculo invisible a la vez que insalvable. Moriría allí, sin que nadie supiera de mi existencia, sin que nadie me recordara. Percibí el sabor de la injusticia en la garganta, un sabor amargo y nauseabundo.

—Si el mundo exterior estuviera preparado para escuchar a alguien como yo, quizá —dije con tono alegre—. Pero me temo que no soy suficiente para ese público.

—Tú, querida —dijo el Rey de los Duendes—, eres más que suficiente.

De haber salido de otros labios, el cumplido habría sonado coqueto, insinuante e incluso pícaro. Un comentario bonito para halagarme, embaucarme y llevarme a la cama. Había oído ese tipo de lisonjas entre los huéspedes de nuestra posada. Me habían dedicado palabras parecidas en más de una ocasión. Sin embargo, dudaba que el Rey de los Duendes pretendiera halagarme; en su boca, esas palabras sonaron como una verdad sin adornos. Sí, era más que suficiente. Era mucho más que mis limitaciones, más que mis modales, simplemente «más».

—Gracias.

De haber sido Käthe, habría respondido al cumplido con un guiño coqueto o un comentario algo malicioso. Pero no era como mi hermana; yo era Liesl, una chica insulsa, sosa y sincera que no se andaba con chiquitas. No. Era Elisabeth, una chica insulsa y honesta; una chica con las ideas muy claras y un gran talento. Acepté sus palabras como si fuesen un regalo y, por primera vez en mi vida, las asimilé sin sentir ningún tipo de dolor.

Después de un buen rato, ¿horas?, ¿minutos?, el primer movimiento de la melodía que ya había bautizado como *Sonata de noche de bodas* estaba terminado. Pese a la rabia y la indignación de sus notas, el tono era do mayor. La forma del primer movimiento estaba ahí, igual que la mayor parte de su estructura. La toqué en el clavicordio para oírla de principio a fin, pero era imposible tocar la parte principal y el acompañamiento con tan solo dos manos.

De forma instintiva, alargué el brazo, buscando a Josef. Pero, como era de esperar, mi hermano no estaba allí.

Sentí una punzada en el corazón, como si alguien me hubiera clavado un puñal en el pecho. Ahogué un grito y me llevé la mano al corazón, como si así pudiera aliviar ese dolor. Por un momento creí que estaba sangrando, pero cuando me miré la mano no advertí ni una sola mancha de sangre.

—¡Elisabeth! —exclamó el Rey de los Duendes, y vino corriendo hacia mí.

Tardé unos instantes en recuperar el aliento.

—Estoy bien —dije—. Estoy bien —repetí, y aparté esas

manos que suplicaban ayudarme. Le regalé una sonrisa un tanto indecisa—. Ha sido un susto. Ya se me pasará.

Su rostro era ilegible, opaco, tan inescrutable como el de sus súbditos.

—Tal vez deberías descansar.

Negué con la cabeza.

—No. Todavía no. Necesito oír esta pieza al completo. Es solo que… —dije con una sonrisita burlona— me hace falta otro par de manos.

Él suavizó la expresión.

—Tal vez…, tal vez pueda ayudarte. Con tu música.

Me quedé mirándole fijamente. Él apartó la mirada.

—Olvídalo —murmuró entre dientes—. Solo era una idea. Da lo mismo. No pretendía ofenderte…

—Sí.

Él se quedó mudo; levantó la cabeza y me miró directamente a los ojos.

—Sí, por favor —corregí—. Por favor —repetí al notarle un tanto inseguro y vacilante—. Me encantaría oír esta pieza tocada por un violín.

Nos quedamos mirándonos varios segundos más. Hasta que él parpadeó.

—Tus deseos son órdenes, Elisabeth —susurró con una sonrisa—. Siempre he dicho que el poder que ejerces sobre mí es incontrolable.

Elisabeth. Volvía a ser Elisabeth. El modo en que pronunció mi nombre me provocó una sensación de nostalgia, de anhelo.

—Como desees, Elisabeth —insistió, pero esta vez con voz más dulce—. Como desees.

PARTE IV

El rey de los duendes

Cuando sus promesas compensaban mis esperanzas,
cuando mi alma lo buscaba durante el día y durante la noche,
cuando mi lámpara iluminaba y mi vestido era blanco,
y todo parecía perdido, salvo la Perla.
Y, pese a todo, como sigue llamándome con dulzura,
como aún recuerda lo que yo casi he olvidado
yo seguiré mi camino y cargaré mi cruz.

Ven a mí, Christina Rossetti

La muerte y la doncella

*T*odo cambió. Desde la noche en que el Rey de los Duendes rompió mi coraza y me desnudó, el ambiente que se respiraba entre nosotros se tornó más pesado, más espeso. En él se distinguía una emoción muda. Gracias a él… y a sus manos, me había convertido en una mujer nueva y renovada; había conseguido entrar en mis entrañas, en mi espacio más sagrado y, desde ese momento, mi música no había dejado de salir a borbotones.

Por fin comprendí qué era eso de la gracia divina. A partir de entonces, nuestras veladas se transformaron en un sueño febril, un sueño en el que solo hacíamos una cosa: música. Dejé de obsesionarme con el paso del tiempo y perdí por completo la noción de él. Ya no distinguía el ayer, el hoy y el mañana, un uróboros de horas que se enroscaba sobre sí mismo. En mi interior ardía un fuego muy intenso y no necesitaba ningún tipo de sustento mortal para sentirme viva. Dormir, comer, beber…, nada de eso podía compararse con la energía y vitalidad que me proporcionaba la música. Mi vida dependía de la música y del Rey de los Duendes. Las notas eran mi ambrosía; sus besos, mi néctar.

—Otra vez —le pedí en cuanto terminamos de tocar el primer movimiento de la *Sonata de la Noche de Bodas* por séptima vez—. ¡Otra vez!

Llevábamos varias horas moldeando y retocando esa pieza. Los dos, mi marido y yo. Cada vez que él la tocaba, oía y comprendía algo distinto en el movimiento, en mi interior. Una pieza que empezaba con una gran dosis de rabia e impotencia y que, poco a poco, se transformaba en una nostalgia inexorable. Y, al mismo tiempo, desprendía cierta alegría.

Había marcado un tempo *allegro*.

Quería que la pieza fuese rápida. Dinámica.

Alegre. Animada.

—¿Otra vez? —preguntó el Rey de los Duendes—. ¿No has tenido suficiente, querida?

Estaba agotado. Su interpretación de la pieza sonaba cansada. Sí, en sus notas distinguí cansancio. Y miedo. Mi insistencia y perfeccionismo habían acabado por extenuarle. Y a mí también. Pero me daba lo mismo; no quería parar. La jaula en la que mi corazón había permanecido encerrado tantísimos años por fin se había abierto; sentía que estaba volando como un pajarillo. Por primera vez en mi vida me sentía libre. Mi alma ya había alzado el vuelo. No podía tocar, no podía componer, no podía pensar lo bastante rápido; mis dedos no podían seguir el ritmo vertiginoso de mi mente y se quedaban rezagados constantemente. Y los fallos y las meteduras de pata que resultaban me provocaban carcajadas y a la vez un mar de lágrimas. Más. Quería más. Necesitaba más. Si el pecado de Lucifer era el orgullo, el mío era la codicia. Más y más y más. No tenía suficiente. Y jamás tendría suficiente.

—No —declaré—. Nunca.

—Frena un poco, Elisabeth —respondió él, entre risas—. Creo que ni siquiera el mismísimo Dios podría seguirte el ritmo.

—Dejemos que lo intente —bromeé; la sangre que corría por mis venas burbujeaba como el champán—. ¡Estoy segura de que ganaría a sus ángeles si echáramos una carrera!

—Cariño, cariño —susurró el Rey de los Duendes, que agitó los brazos—. Déjalo ya. El primer movimiento es espléndido.

Sonreí. Sí, era espléndido. Yo era espléndida. No, más que eso, era invencible.

—Lo es —dije—. Pero podría serlo aún más.

Las manos me temblaban y sentía calambres en todos y cada uno de los dedos. Estaba nerviosa, emocionada, exaltada, como un perro de caza ante su presa. Una vez más, solo una vez más…

El Rey de los Duendes se percató de que estaba temblando y frunció el ceño. Aparté las manos del teclado y las escondí entre las faldas.

—Elisabeth, basta.

—Pero todavía queda mucho trabajo por hacer —protesté—. El tema suena bien, pero los pasajes del medio son… ¡Oh!

Una gota de sangre cayó sobre las teclas de marfil. Un poco desconcertada, la limpié. Y entonces cayó otra gota de sangre, pero esta vez aterrizó sobre mi mano. Y después le siguió otra. Y otra. El Rey de los Duendes hurgó en sus bolsillos. Sacó un pañuelo y me limpió la nariz. El pañuelo, de un lino más blanco que la nieve, enseguida se tiñó de rojo. Quedó empapado en sangre, lo cual me alarmó. De pronto, el mundo se ralentizó y el tiempo se detuvo. Sentí que todos mis pensamientos, que hasta entonces correteaban a toda prisa como ciervos por el bosque de mi mente, se tambaleaban y caían.

¿Sangre?

—Descansa.

La palabra sonó como una orden, pero la sentí como una caricia. El Rey de los Duendes dio una palmada y de repente aparecieron Ortiga y Ramita; una sujetaba un vaso de cristal; la otra, una botella llena de un licor de color ámbar. Llenaron el vaso de aquella extraña bebida y, sin musitar palabra, me lo ofrecieron.

—¿Qué es? —pregunté.

—Coñac.

—¿Para qué?

—Hazme caso: bébelo.

Arrugué la nariz, pero al final tomé un sorbo. Noté el ardor del licor deslizándose por mi garganta y calentándome el corazón. Él se dedicó a observar cómo vaciaba el vaso.

—Muy bien —dijo—. ¿Te encuentras mejor?

Pestañeé. No podía negar que había funcionado. Me quedé anonadada. Mis manos, a las que tantos años de frus-

325

traciones habían dejado temblorosas e inestables, por fin se tranquilizaron. Me palpé el rostro. Ya no sangraba por la nariz, lo cual fue un alivio. Pero el torrente de notas y acordes que hasta entonces había brotado de mi alma también había parado.

—Bueno —resolvió el Rey de los Duendes al ver que la hemorragia se había detenido. Me quitó el vaso de la mano y se sentó en el banco, a mi lado—. Llevamos un buen rato tocando tu música. Podemos disfrutar de nuestras veladas haciendo otro tipo de cosas.

Me acarició la mejilla y se inclinó hacia mí; su mirada transmitía una preocupación genuina y sincera. Esa ternura con la que me miraba y me trataba me desarmaba por completo. De repente, noté que en mi interior se encendía un fuego totalmente distinto. El Rey de los Duendes siguió acariciándome la mejilla. Cerré los ojos.

—¿Y qué propones, *mein Herr*?

Sus labios rozaron el lóbulo de mi oreja.

—Se me ocurre alguna que otra cosa.

Estaba más tensa que la cuerda de un violín; deseaba, anhelaba que deslizara esas manos ásperas y encallecidas por todo mi cuerpo hasta tocar la tecla adecuada.

—Podríamos dejar las partituras y el violín, y dedicarnos a tocar otro tipo de música —murmuré.

El comentario debió de espantarlo, pues enseguida se apartó. Abrí los ojos y analicé su expresión: en ella no vi deseo, sino más bien preocupación.

«Cuanto más arda la vela...»

De repente, el pañuelo empapado en sangre me pareció un presagio.

Desterré esa premonición de mi cabeza. Me sentía feliz. Plena. Por fin tenía la música al alcance de la mano y, por si fuera poco, tenía a un magnífico intérprete a mi entera disposición. El Rey de los Duendes era un concertista consumado, un músico especializado en el violín y en mujeres. Y, a decir verdad, tanto los violines como las mujeres se le daban de maravilla. Mis brazos, mis pechos, mi estómago, mis muslos; con tan solo acariciar mis labios, era capaz de despertar emociones exquisitas, emociones que jamás había sentido. Era indudable: estaba en manos de un virtuoso.

Así que le besé; le besé con fervor y con pasión para que mi fuego arrasara sus preocupaciones y mis dudas. Saboreé su inquietud y noté que se convertía en algo más agradable, más placentero. Pasé las manos por sus brazos y lo atraje hacia mí.

Dejé que el Rey de los Duendes me tocara como a su violín durante el resto de la noche y me olvidé por completo de la sonata, del pañuelo ensangrentado y de la vela. Él era el arco, y yo era las cuerdas. Las yemas de sus dedos recorrieron todo mi cuerpo, haciéndome así entonar una preciosa melodía.

Cuando me desperté, él ya se había marchado. En algún momento de la noche, el Rey de los Duendes me había metido en la cama y me había arropado, pero no se había acurrucado a mi lado. No tenía ni idea de dónde estaba mi marido, pero me pareció oír el sonido de su violín en algún rincón escondido de ese mundo.

El espejo que estaba apoyado sobre la repisa de la chimenea mostraba el Bosquecillo de los Duendes bañado por una luz escalofriante; era imposible saber si era el alba o el ocaso del día. Los alisos estaban en flor; por lo visto, la primavera los había despertado antes que al resto del bosque. Esbocé una sonrisa y me levanté de la cama.

El salón privado estaba vacío.

—No está aquí —comentó alguien entre carcajadas desde las sombras.

Ortiga.

—Lo sé.

El Rey de los Duendes no se había llevado el violín. Lo había dejado apoyado en su caballete, es decir, en las manos de un sátiro de mirada lasciva, que sostenía las curvas sinuosas del instrumento con unas garras retorcidas que más bien parecían garfios. Sin embargo, aún podía oír esos compases lejanos y fantasmales, un sonido familiar y a la vez irreconocible.

—¿Oyes eso?

Ortiga meneó sus orejas de murciélago.

—¿Oír el qué?

—La música —respondí, y pasé los dedos por el violín del Rey de los Duendes—. Pensé que era *Der Erlkönig*.

Las dos escuchamos con atención aquel débil sonido. La música sonaba tan flojita que era imposible identificarla, pero el oído de Ortiga era mucho más agudo que el mío. Tras unos instantes, sacudió la cabeza.

—No oigo nada.

¿Estaba mintiendo? Me costaba creer que una de mis asistentes personales me estuviera engañando de una forma tan vil y descarada, pero Ortiga me observaba con esa expresión impasible e ilegible; no era una expresión de burla, pero tampoco de empatía. Por una vez, pensé que quizás estaba siendo sincera y decía la verdad.

Sí, tal vez fuesen imaginaciones mías. Al fin y al cabo, en mi cabeza siempre sonaba música, pero jamás de una forma tan clara y literal. Esa música no sonaba dentro de mí.

Ortiga, que estaba recostada sobre el clavicordio, como un gato, me observaba con detenimiento; estaba jugueteando con mis partituras; sus garras finas y afiladas estaban dejando más de una marca sobre las notas de la *Sonata de noche de bodas*.

—¿Qué quieres? —me preguntó con desdén.

De haber sido Ramita, estoy segura de que me hubiera traído una bandeja con algo de comida, un buen tazón de té, un vestido limpio y, casi seguro, otras pequeñas comodidades para hacerme sentir mejor. Y, lo mejor de todo, sin tener que pedírselo. Pero a Ortiga le fastidiaban sobremanera esos deseos tácitos y siempre encontraba el modo de cumplir mis órdenes al pie de la letra, pero de mala gana.

El estómago me rugió. No recordaba la última vez que había tenido hambre. Sí, estaba hambrienta. Más que eso. Estaba famélica. De pronto, me mareé y empecé a bambolearme.

—Sería todo un detalle —comenté con amabilidad y cortesía— que me trajeras algo de comer.

Ortiga resopló. Traté de disimular una sonrisa; le irritaba aún más cuando le hablaba con tono afable y cordial que cuando lo hacía de forma autoritaria y tirana. Chasqueó sus dedos larguiruchos y de inmediato se materializaron dos niños cambiados con varias bandejas a rebosar de jabalí asado, filetes de carne, rábanos y pan. No pude evitar fijarme en el plato de fresas que asomaba de una de las bandejas. Se me hizo la boca agua.

—¿La comida no está…? —empecé, y luego miré a Ortiga de reojo.

—Ni una gota de magia —respondió—. De todas formas, la magia no funciona con la Reina de los Duendes.

Esa respuesta disipó todas mis dudas. Los niños cambiados desaparecieron entre las sombras y, sin pensármelo dos veces, me abalancé sobre aquel banquete. Devoré la comida descuidando la elegancia y los modales aprendidos durante mi vida en el mundo exterior. La salsa del asado estaba deliciosa. La saboreé durante un buen rato; distinguí romero, salvia y tomillo, el humo de la madera al arder y el toque salado de la corteza.

—Y todavía tienes apetito —farfulló Ortiga—. Me dejas de piedra.

El comentario me confundió.

—¿A qué te refieres?

Ella se encogió de hombros.

—A estas alturas, todas las demás ya habían dejado de comer.

Ignoré sus palabras y continué engullendo comida.

—¿No te pica la curiosidad? —preguntó Ortiga al comprobar que no había mordido su anzuelo—. ¿No quieres saber qué te deparará el futuro?

Mordí un trozo de pan.

—¿Y qué me queda por averiguar? He entregado mi vida al Mundo Subterráneo y todo apunta a que jamás volveré a poner un pie en el mundo de los vivos.

Pensé en todos los días que había pasado sentada frente al clavicordio, en todas las noches que había pasado entre los brazos del Rey de los Duendes. Me ruboricé.

329

—Para el mundo exterior, estoy muerta. Muerta y enterrada.

«Cuanto más arda la vela...»

La comida se me atragantó, pero me obligué a tragármela.

Ortiga me acercó el plato de fresas.

—Sabes lo que el trato conlleva, pero no lo que augura —respondió, y dibujó una sonrisa de oreja a oreja.

Solté un suspiro.

—Escúpelo de una vez, Ortiga —ordené—. Te mueres de ganas por contármelo, así que hazlo ya.

Dejó el plato en el suelo, junto a mis pies.

—Los primeros frutos de tu sacrificio —dijo y, con sus dedos largos y esqueléticos, cogió una fresa—. Interesante. Todavía no es temporada de fresas. ¿Es tu fruta favorita?

Pensé en las fresas silvestres que crecían en la pradera que se extendía junto a la posada. Llegué al mundo en pleno verano; para mi cumpleaños, la pradera siempre estaba llena de fresas. Cada año jugábamos a ver quién podía comer más: yo, mi hermana o las criaturas que habitaban el bosque. Siempre que podíamos, Käthe y yo nos escabullíamos, desatendíamos nuestros quehaceres y nos llenábamos la panza de fresas. Sin embargo, las manchas rosas de las manos siempre nos delataban.

—Sí.

Las fresas siempre me habían fascinado. Eran jugosas y dulces. Pero además sabían a largas tardes de verano y a risas compartidas.

—Siempre fueron mi regalo de cumpleaños preferido.

Ortiga se echó a reír.

—Las primeras en florecer, las primeras en marchitarse. Disfruta de tus fresas mientras puedas; el sabor enseguida se evaporará en tu boca.

—¿Perdón? ¿Qué significa eso? —pregunté; cogí el plato del suelo y lo apoyé en mi regazo.

—¿Eres consciente de lo que significa vivir, alteza? —respondió; puse los ojos en blanco. Estaba rodeada de filósofos—. La vida es mucho más que el aliento y que la sangre. Es… —Ortiga se comió su fresa con gran deleite— el gusto, el tacto, la vista, el oído y el olfato.

Eché un vistazo a las fresas. Estaban en su punto óptimo de maduración. Su piel era de un rojo muy apetecible. Eran perfectas.

—El precio que has pagado no son los años que te quedan de vida. ¿En serio creías que las antiguas leyes son tan misericordiosas e indulgentes? No. No solo has vendido tu corazón, sino también tus ojos, tus oídos, tu nariz y tu boca.

Se relamió el jugo de las fresas que se le había quedado entre los dedos.

—Poco a poco, te robarán todos tus sentidos: tu vista, tu olfato, tu gusto, tu tacto… Será un festín lento, muy lento. Tu pasión, tu viveza, tu capacidad de sentir…, las leyes lo absorberán todo. Y cuando no seas más que una sombra borrosa de lo que eres, entonces, por fin, morirás. ¿Pensabas que tu palpitante corazón sería el mayor de los sacrificios que se te exigiría? No, mortal. Tu latido es el último de los sacrificios. Y el menos importante.

La cruda y fea realidad que acababa de desvelarme Ortiga me dejó sin palabras. Y sin aliento. Se me revolvieron las tripas. No fui capaz de meterme otro bocado de comida en la boca.

—Ah, sí —continuó, y cogió otra fresa del plato—. Tus sentidos abandonarán tu cuerpo. Uno a uno. ¿A cuál estás dispuesta a renunciar primero, mortal?

¿A cuál estaba dispuesta a renunciar? A ninguno. ¿Cómo iba a renunciar al sabor de las fresas? ¿O al perfumc dc una noche de verano, o al tacto de la seda en mi piel, o al privilegio de contemplar al Rey de los Duendes con mis propios ojos? ¿Al sabor de sus besos, al tacto de sus manos cuando acariciaba los valles y las colinas de mis curvas o al sonido de su violín? Y la música, oh. Dios, la música, ¿sería capaz de soportar la agonía de su pérdida?

—No lo sé —susurré—. No lo sé.

Ortiga robó otra fresa del plato.

—Entonces comamos y bebamos, pues mañana… —empezó, pero no terminó la frase.

331

Por primera vez en mucho tiempo sentí el peso del sacrificio al que me había comprometido. Y me di cuenta de su inmensidad. Llevaba años renegando de mí misma, escondiendo mi verdadero yo, pero aun así sabía que la pérdida de mis sentidos acabaría por devastarme, por apagarme. Sobre todo ahora que había probado y saboreado todo lo que el cuerpo podía ofrecer.

—¿Cuánto tiempo? —pregunté—. ¿Cuánto tiempo me queda antes… de que todo empiece a desvanecerse?

Ortiga se encogió de hombros.

—Hasta donde alcance la memoria, supongo.

—¿Y qué significa eso?

Advertí un destello en los ojos de Ortiga.

—¿Sabes lo que hace rodar la rueda de la vida, mortal?

Aquel repentino cambio de rumbo en la conversación me dejó desconcertada, confundida.

—No.

Ella sonrió. Esta vez sí fue una sonrisa mezquina, llena de desprecio y de mofa.

—El amor.

Solté una risa incrédula.

—¿Qué?

—Lo sé, es una idea absurda. Pero no por eso es menos poderosa, o menos cierta. —Ortiga se inclinó hacia mí y respiró hondo, como si pudiera oler mi tristeza, mi ira, mi confusión—. Mientras el mundo exterior te recuerde, mientras tengas un motivo para amar, tu olfato, tu gusto, tu vista, tu oído y tu tacto no desaparecerán.

Arrugué el ceño. Afiné el oído y distinguí el mismo violín; estaba tocando esa canción imposible de identificar, pero a la vez tan familiar. Parecía una señal, una llamada.

—¿Estás diciendo que, mientras alguien me recuerde, seguiré viva, tal y como soy ahora?

Ortiga me observaba con atención.

—¿Ese alguien te quiere?

Pensé en Josef. Y en Käthe.

—Sí.

—¿Y cuánto tiempo crees que durará ese amor? ¿Te seguirán queriendo cuando todo rastro de ti se haya esfumado, cuando sus mentes racionales les repitan una y otra vez que no existes, o cuando les resulte más fácil olvidarte?

Cerré los ojos. Rememoré aquel extraño sueño que había vivido durante unos días, ¿o tal vez habían sido semanas?, cuando *Der Erlkönig* me arrebató a Käthe por primera vez. Había caído en la trampa, y lo había hecho de lleno. Había sido tan fácil inmiscuirme en aquella versión de la realidad; una realidad, por cierto, en la que mi hermana no existía. Pero también recordé aquella sensación de que algo andaba mal, de que algo no encajaba, de que, pese a que todo apuntaba a lo contrario, su ausencia era la única explicación al inmenso vacío que se había instalado en mi corazón. Pensé en Josef y, de repente, sentí una punzada en el corazón. Una punzada de miedo. Mi hermano pequeño, mi alma gemela, había logrado salir de la posada para lanzarse a una vida llena de alegrías, de oportunidades, de aventuras. Imaginaba que debía de estar muy bien acompañado, por lo que sería muy fácil olvidarme. Pero entonces me asaltó un detalle de ese sueño: una partitura abierta sobre un atril. *Für meine Lieben, in Lied im stil die Bagatelle, auch Der Erlkönig.*

Abrí los ojos.

—Su amor durará hasta su último aliento —respondí, con confianza.

Ortiga resopló.

—Eso dicen todas.

Las dos nos quedamos en absoluto silencio. Yo aún escuchaba aquel dichoso violín tocando en la lejanía, pero Ortiga no parecía oír ninguna de sus notas, ni siquiera las más agudas. Cogí una fresa del plato y me la llevé a los labios; saboreé el dulzor de su piel carmesí y disfruté de su esencia, una fragancia que olía a verano. Di un mordisco y su sabor explotó en mi boca; de inmediato, me invadieron un torrente de recuerdos. Mamá y yo haciendo mermelada de fresa mientras Constanze preparaba una tarta. Los labios de Käthe teñidos de rosa después de haberse zampado varias delicias de contrabando. Los dedos pegajosos de Josef y las

333

marcas que dejaban en el cuello de su violín y que tanto me costaba quitar.

Y, de repente, me percaté de que sí reconocía la música que sonaba a lo lejos. Una canción evocadora y un pelín extraña, casi como una bagatela.

Era mía.

Y quien tocaba el violín era Josef.

Aparté los restos del banquete y me dirigí al clavicordio. Ortiga no se despegó de mí; parecía una garrapata que se había aferrado a mi hombro, molesta, inoportuna y persistente. Traté de ahuyentarla. Ella me respondió arrojando todos mis papeles por los aires. Le lancé una mirada asesina, pero eso no la acobardó. Se quedó mirándome fijamente, hasta que articulé un deseo. Resopló, claramente molesta, y luego chasqueó los dedos. Un instante después, todas mis notas y papeles se ordenaron en una pila, junto al clavicordio.

Pero, en lugar de seguir trabajando en la *Sonata de noche de bodas*, me senté en el banco y toqué la pieza que había bautizado como *Der Erlkönig*; así sentía que acompañaba a mi hermano, aunque fuese desde otro mundo, desde otro reino.

«Mientras el mundo exterior te recuerde.»

Mi música. Por supuesto. Todo lo demás se marchitaba, perecía o se olvidaba. La música, sin embargo, era inmortal. Aunque estuviera muerta para el mundo de los mortales, una parte de mí seguiría viva gracias a mi música.

Ortiga cogió el plato de fresas y lo colocó sobre el clavicordio. Esas fresas eran tan brillantes, tan rojas, tan tentadoras. No pude contenerme. Me comí hasta la última fresa, agradecida por saborear aquel dulzor tan irresistible.

Una oportunidad para soñar

Cuando me desperté, miré a mi alrededor y vi a Josef.

Estaba en una sala extraña y desconocida. La habían decorado con mucho estilo y los muebles eran lujosos, casi ostentosos. Mi hermano, que llevaba pijama y un gorro, estaba sentado frente a un escritorio. Debía de ser muy tarde, pues las velas estaban a punto de consumirse. Tenía los dedos sucios, manchados de tinta. Estaba sujetando una pluma muy delicada con la que escribía unas palabras sobre un papel.

—Querida Liesl —dijo.

Una carta. Josef estaba escribiéndome una carta.

—Ya han pasado seis meses desde que partí de la posada, y aún no he recibido noticias tuyas —continuó. Hizo una pausa mientras anotaba todas las palabras—. ¿Dónde estás, Liesl? ¿Por qué no me has escrito?

«Sepperl, Sepperl, *mein Brüderchen*, estoy aquí», dije. Pero, una vez más, me había quedado sin voz, como un personaje de una película muda.

De pronto, mi hermano alzó la cabeza, como si pudiera intuir que estaba ahí, en esa misma sala. «¡Josef! —grité—. ¡Sepp!» Frunció el ceño y, un segundo después, retomó la carta.

—Mamá me envía una carta cada semana, y Käthe me escribe a todas horas, pero tú…, de ti no tengo nada.

A mi hermano le costaba horrores sujetar la pluma. Su herramienta natural siempre había sido un arco; lo blandía con gran delicadeza, con una muñeca suelta y elegante y unos movimientos suaves y fluidos. Sin embargo, parecía estrangular la pluma con sus dedos; los trazos de su escritura se veían toscos, extraños. Al verle tan torpe con la pluma, pensé que quizá por eso siempre había preferido dictarme todas sus cartas y notas, porque no sabía escribir.

Casi pierdo el equilibrio y me caigo de bruces al suelo. «Mi hermano no sabía escribir.» Había aprendido las letras de la mano de mamá, como Käthe y yo, y era indudable que sabía leer. Pero papá, obsesionado con convertir a su hijo en otro pequeño Mozart, lo había apartado de la educación formal para que dedicara todas sus horas libres en aprender y practicar el alfabeto musical.

Josef sumergió la pluma en el tintero. Con la punta, dibujó unos trazos cuidadosos, lentos y deliberados sobre el papel. Su caligrafía era deforme e infantil; ni siquiera había aprendido a unir las letras.

—No dejo de preguntarme el porqué de tu silencio. No logro encontrar un motivo que pueda explicarlo. Es como si fueses un fantasma, un espectro. Es como si no existieras. Pero ¿cómo es posible? ¿Cómo puedes ser un fantasma si tengo la prueba de tu existencia entre mis manos?

Y entonces echó un vistazo al escritorio. La pieza que había titulado *Der Erlkönig* estaba ahí, abierta sobre un portafolio. Distinguí mi caligrafía bajo la luz parpadeante de las velas.

—Allá donde estés, quiero que sepas que muchos ya han podido disfrutar de tu música. Toqué *Der Erlkönig* en uno de mis conciertos. Cuánto me habría gustado que hubieras visto las caras del público. Tu música los dejó embelesados —me percaté de que tachaba las dos últimas palabras—, los transformó. Ojalá hubieras oído cómo gritaban *Encore! Encore!* No estaban aclamándome a mí, Liesl, sino a ti. A tu música.

No pude contener las lágrimas. No sabía que un fantasma pudiera llorar.

—François insiste en que intentemos publicar la pieza. Cree que es una obra propia de un genio. Es listo y astuto. Confío en su criterio.

Josef miró por encima del hombro; su mirada era tierna, amorosa, así que la seguí. François estaba durmiendo en el sofá, con el brazo sobre los ojos.

—Pero no daré ningún paso sin tu permiso. Necesito saber que esto es lo que tú quieres.

«Sí —grité—. ¡Sí!»

—François no entiende por qué estoy retrasando tanto la decisión. No parece comprender que eres tú quien la debe tomar, no yo. Cada día me despierto con la esperanza de recibir noticias tuyas. Anhelo saber de ti o, al menos, recibir alguna prueba indiscutible de la existencia de mi talentosa hermana mayor, de mi compañera musical, de mi conexión con el Mundo Subterráneo.

Me moría de ganas por abrazar a mi Sepperl, a mi amado hermano pequeño y compañero musical. Pero cuando lo intenté, mis manos atravesaron su cuerpo. Y eso me partió el corazón en mil pedazos. Jamás volvería a caminar por el mundo exterior. Jamás volvería a abrazar a mi familia.

—Nos hemos instalado en París, así que, por favor, te lo ruego, te lo suplico, escríbeme a través del maestro Antonius. —La mano le temblaba, por lo que el nombre del Maestro Antonius resultó ser un borrón ilegible.

Josef soltó una grosería en francés.

—París no me ha fascinado, aunque supongo que no te sorprende. Si has leído mis cartas, sabrás cuánto añoro nuestra pequeña posada y el Bosquecillo de los Duendes. He estado en las ciudades más destacadas de Europa y sus paisajes son cautivadores, pero nada puede compararse con nuestro hogar. A Käthe le encantaría vivir aquí; cada vez que voy a un baile, al que también acude la sociedad más distinguida y elegante, con esos trajes cursis y ostentosos, pienso en ella. Esta vida no está hecha para mí, Liesl. Los viajes me están pasando factura y no he vuelto a ser el mismo. Me siento débil. Apenas tengo tiempo de recuperarme de los viajes, pues siempre debo atender un concierto, una exhibición.

En cuanto Josef escribió esa última palabra, noté un cambio en su interior. Soltó un suspiro y, de repente, pareció en-

337

cogerse. Se volvió más pequeño, más enclenque, más débil. El ajetreo de los viajes se notaba en su rostro; estaba demacrado, mucho más huesudo y pálido. Y fue entonces cuando caí en la cuenta de que parecía enfermo. Consumido.

—Mi añoranza afecta a mi interpretación. Lo sé. El maestro Antonius también lo sabe.

Al escribir el nombre del maestro Antonius, noté que apretaba la pluma, que presionaba demasiado la punta sobre el papel, más de lo necesario.

—Es un gran violinista y un músico excepcional. He aprendido muchísimo a su lado, pero carece de paciencia. No es como tú, ni tampoco como François, y él…

De pronto, dejó de escribir, como si le costara dar con la palabra apropiada. Lo conocía tan bien que no necesitaba oír esa palabra para saber cómo se sentía. Los indicios hablaban por sí solos: hombros tensos, mandíbula apretada y mirada de anhelo. No podía apartar los ojos de François; lo contemplaba como si ese joven de tez oscura fuese su escudo y, al mismo tiempo, su refugio. Tachó las últimas palabras y continuó.

—Nadie lo entiende. François hace todo lo que puede, pero no es capaz de ponerse en mi lugar, y, como ya sabrás, soy torpe en palabras y no encuentro el modo de explicarle cómo me siento. Es un muchacho brillante; habla francés, italiano e incluso se defiende en inglés. Pero el alemán le cuesta una barbaridad. Y, en fin, yo soy un negado para las lenguas. Un zopenco, según el propio maestro Antonius.

Cerré los puños. La noche en que mi hermano actuó delante del maestro Antonius, debería haberme dado cuenta de que no era el mentor que necesitaba. Y, de hecho, sí que me di cuenta. Ese tipo vanidoso y egoísta jamás reforzaría la moral de mi hermano, sino todo lo contrario.

—El mundo que se extiende más allá de nuestro pequeño hogar, de nuestro Bosquecillo de los Duendes, es mundano y superficial. Carece de magia, de encanto. Siento que me han desterrado de mi hogar, del lugar donde nací y me crie. A medida que pasan los días, mi talento se va desvaneciendo. Me da la sensación de haberme quedado ciego, sordo, mudo.

El único momento en el que siento que conecto de nuevo con el mundo es cuando toco tu música.

Josef hizo otra pausa y dejó la pluma sobre el escritorio. Echó un vistazo a la ventana. De inmediato, su expresión se volvió soñadora. Empezó a mover los dedos, como si estuviera frente a un teclado invisible; con la mano derecha empezó a hacer movimientos suaves y muy ensayados. Creí que había acabado de escribir, pero de repente cogió de nuevo la pluma y retomó la escritura.

—Suelo soñar con nuestra familia, con Käthe, Constanze, mamá y papá. Pero tú nunca apareces en mis sueños. Es como si no existieras. A veces pienso que eres un producto de mi imaginación, pero la música me dice todo lo contrario. ¿Habré perdido la cordura? Temo haberme vuelto loco, la verdad.

Se agarró a los bordes de la mesa con tal fuerza que perdió el color en los nudillos.

—Sueño con nuestra familia, pero en más de una ocasión he soñado con un desconocido alto y elegante —añadió, y miró por el rabillo del ojo a François, con una expresión de culpabilidad—. Nunca dice nada. Lleva una capa y oculta su rostro tras una capucha. Cada vez que le veo, siento terror y alivio. Le suplico que me muestre sus facciones; pero cuando se retira la capucha, soy yo. Yo soy el desconocido alto y elegante.

De haber estado viva, me habría desmayado. Estaba ocurriendo algo extraño. Algo terrible. Algo ancestral. Algo que escapaba a mi entendimiento.

—Ojalá pudieras venir, Liesl. Ojalá pudieras venir y traer tu magia y tu música contigo. Si te estoy pidiendo un imposible, por favor, perdóname. Es solo que deseo que estés aquí, a mi lado. Envíame tu música. Sin ti, sin nuestra conexión con el Mundo Subterráneo, estoy perdido.

Traté de envolver a mi hermano entre mis brazos, pero solo era un fantasma, así que atravesé su cuerpo como si fuese una nube, una burbuja de aire. Josef volvió a alzar la mirada y frunció el ceño. La llama de la vela arrojaba una luz parpadeante.

—Tu fiel e incondicional hermano —acabó—, Sepperl.

Dejó la pluma a un lado y tendió la carta para que se secara la tinta. Después cogió el candelabro y se acercó a François. Josef extendió una manta sobre el joven y se quedó ahí parado durante unos segundos, observando cómo dormía. Lo miraba con ternura, con cariño y con cierta preocupación. Era, sin lugar a dudas, una mirada llena de amor.

Y, de repente, aquella imagen se rompió en mil pedazos; se hizo añicos y se desmoronó a mi alrededor como si fuesen esquirlas de vidrio. Un espejo.

Un sueño.

Ahogué un grito y me desperté de ese sueño. Tenía los ojos llenos de lágrimas. El corazón me latía a mil por hora; tenía mucho calor y, al mismo tiempo, estaba helada. El camisón estaba empapado de sudor y tenía la piel húmeda y pegajosa. Pese a que era primavera en el mundo exterior, en el Mundo Subterráneo siempre hacía frío, como si *Der Erlkönig* impusiera un invierno eterno allá donde fuera.

En la chimenea ardía un fuego intenso y vivo que desprendía un calor reconfortante. Pero no soportaba estar ahí quieta y no aguantaba ni un minuto más encerrada en mi túmulo: mi cárcel y a la vez mi hogar. Saqué una falda y una blusa del armario, dos prendas sencillas y prácticas. Hasta entonces, cada vez que abría el armario me topaba con una colección de vestidos de gala muy elegantes, trajes muy bonitos pero poco cómodos. Sin embargo, esa noche encontré algo totalmente distinto a eso y muy parecido a lo que solía llevar en el mundo exterior: prendas sencillas, prácticas y cálidas.

Me vestí en un santiamén, abrí la puerta y salí al pasillo. Esa noche me apetecía salir a dar un paseo, pero sin rumbo fijo. Me daba lo mismo allá donde me llevaran los pies.

Pasé por la ciudad de los duendes, que estaba alumbrada por decenas de luces de hada parpadeantes y centelleantes; pasé por el inmenso salón de baile donde el Rey de los Duendes y yo habíamos bailado por primera vez como marido y mujer. No me detuve, pues quería adentrarme en las profundidades del reino. Las avenidas pavimentadas se convirtieron en callejuelas estrechas, rocosas, escarpadas y abruptas. Las paredes estaban mojadas y el ambiente se volvió frío y húmedo.

Y, de repente, llegué al lago del Mundo Subterráneo. Eso era lo más lejos que podía ir. Sumergí los dedos de los pies en la orilla, creando así unas ondas de luz que se expandieron por la superficie. El agua estaba fría, más fría que la de un manantial alpino. Me pregunté cómo era posible que esas aguas fluyeran por los ríos y los lagos del mundo exterior.

Y entonces empecé a oír una melodía. El sonido era alto y claro, como cuando uno acaricia el borde de una copa de cristal. Aquellos cantos tan hermosos y espeluznantes resonaron en la gruta, en mi corazón y en mis huesos. Las loreleis.

—Precioso, ¿verdad?

Di un respingo. A mi lado apareció un niño cambiado; fue tan de repente que por un momento pensé que habría atravesado la pared rocosa que rodeaba el lago.

—Sí —respondí con cautela.

Era la primera vez que hablaba con un niño cambiado. Eran los súbditos más callados del Rey de los Duendes, los pretendientes más zalameros del baile de los duendes, los niños perdidos y hambrientos del mundo exterior y los habitantes más misteriosos y monstruosos del Mundo Subterráneo. No sabía absolutamente nada de ellos, salvo que habían sido «el producto de un deseo». En ese momento, recordé una noche en particular, una noche en la que había pedido un deseo; Josef no era más que un bebé de meses y lloraba de forma desconsolada por la escarlatina.

—Son muy peligrosas, ¿lo sabías? —murmuró el niño cambiado, que se arrastró por el suelo para acercarse un poco más a mí. Traté de disimular mi desazón. Pese a todo, sentía lástima por aquellas pobres criaturas, por la vida que estaban condenadas a llevar, por su existencia liminal—. Son hermosas, pero peligrosas.

—Sí —repetí—. La última vez que atravesé este lago estuve a punto de sucumbir a sus encantos, a su hechizo.

Me observaba sin pestañear; no pude evitar fijarme en sus ojos, unos ojos negros, brillantes y espeluznantes. Su rostro era el de un humano, pero sus ojos eran los de un duende.

—¿Qué ocurrió?

Me encogí de hombros.

—*Der Erlkönig* me salvó.

Él asintió con la cabeza, como si mi respuesta lo explicara todo.

—Por supuesto. Lo último que querría es que descubrieras su secreto.

—¿Y qué secreto es ese?

El niño cambiado ladeó la cabeza.

—Las loreleis son las custodias de la puerta de entrada al mundo exterior.

Sentí un escalofrío por todo el cuerpo. Aquello me dejó de piedra.

—¿Una puerta de entrada? ¿De veras…, de veras existe una puerta de entrada al mundo exterior?

—Sí. Está en el otro extremo del lago.

Contemplé el lago durante unos instantes. Sus aguas eran tan oscuras que era imposible avistar el fondo. Era un lago negro, negro como la obsidiana. Negro como la muerte. Pero al otro lado había luz. Luz y vida. Si pudiera…

—No es seguro —comentó el niño cambiado, que seguía observándome con detenimiento—. No puedes cruzar el lago sin un guardián, sin un protector.

Me ruboricé y aparté la mirada. Me había distraído y había dejado que mis emociones se reflejaran en mi expresión.

—Toma —dijo, de repente—. Tengo un regalo para ti.

Un tanto desconcertada, extendí las manos. Me dio un ramo de flores silvestres.

—Gracias —murmuré, perpleja. Era un ramo bastante austero, un puñado de tréboles blancos unidos con un lazo.

El niño cambiado sacudió la cabeza.

—No me las des a mí. Lo dejó para ti en el Bosquecillo de los Duendes.

Estaba confundida.

—¿Quién lo dejó?

—Una chica —contestó—. Una joven de melena dorada que llevaba una capa roja.

«Käthe.»

—¿Cómo…, cómo…?

Los duendes solo podían deambular por el mundo de los mortales durante los días de invierno.

—Esa arboleda es uno de los pocos lugares sagrados en los que el Mundo Subterráneo y tu mundo se solapan —explicó la criatura con indiferencia—. La joven entró en el bosquecillo, pronunció tu nombre y después dejó las flores en el suelo. Se marchó y las recogí para dártelas en mano.

Claro. Todo encajaba. Ahora comprendía por qué Josef y yo siempre corríamos hasta el Bosquecillo de los Duendes, por qué era el lugar donde siempre veía al Rey de los Duendes y por qué había ido hasta allí para sacrificar mi música y así ganarme la entrada al Mundo Subterráneo.

Porque era un portal.

Una idea empezó a formarse en mi cabeza, una idea frágil y arriesgada y cargada de esperanzas. Opté por descartarla, pues no quería alimentar una ilusión basada en un imposible. El niño cambiado se dio la vuelta, dispuesto a marcharse.

—Espera —pedí—. Un momento, por favor.

La criatura se cruzó de brazos y ladeó la cabeza. Su rostro era humano, pero su expresión era, sin lugar a dudas, la de un duende, inescrutable, ilegible.

—¿Qué… puedes contarme de mi hermano?

—¿Tu hermano?

—Sí —contesté—. Josef.

Y, de pronto, percibí un brillo extraño en esos ojos negros.

—Los mortales sois todos iguales —respondió él—. Nacéis rápido y morís rápido. Sois como las efímeras por la noche.

—Pero —repliqué— Josef no está muerto.

Y entonces dibujó una sonrisita.

—¿Y cómo estás tan segura de eso?

Agaché la cabeza.

—¿Qué...? —dije, e hice una pausa para recuperar el aliento—. ¿Qué es Josef?

El niño cambiante no quiso explicarse, pero en el fondo conocía la respuesta. En cierto modo, siempre lo había sabido. Mi hermano murió la noche en que lo oí llorar, cuando la fiebre escarlata se apoderó de su cuerpo. Lo fue consumiendo poco a poco hasta convertirlo en un fantasma. Antes de padecer escarlatina, era un niño sano y robusto, con las mejillas sonrosadas y un pelín regordete. Cuando el médico por fin logró que le bajara la fiebre, apenas quedaba una sombra de lo que había sido; en aquella cuna yacía una criatura demacrada y de piel cetrina. Todos creímos que fueron los estragos de la fiebre, pero, en el fondo, siempre supe que había ocurrido algo más.

—¿Cómo es posible que un niño cambiado viva en el mundo exterior? —susurré.

Él se encogió de hombros.

—Solo tiene una explicación: gracias al poder de...

—De un deseo —terminé. No sabía si reír o si llorar—. Ya lo sé.

—No —alegó él—. Gracias al poder del amor.

Sentí como si me hubieran dado una patada en el estómago. Me daba la sensación de que las normas que imperaban en el Mundo Subterráneo estuvieran cambiando. No era capaz de entender su significado.

—¿Amor?

El niño cambiado volvió a encogerse de hombros.

—Tú le quieres, ¿verdad? A tu hermano, me refiero.

¿Era mi hermano? ¿Y cómo podía atreverme a ponerlo en duda? La naturaleza de Josef no cambiaba el hecho de que fuera mi alma gemela, mi amanuense, el escultor de mi corazón. Por supuesto que era mi hermano.

—Sí —contesté—. Le quiero.

—Entonces se quedó por ti. Ninguno de nosotros ha logrado quedarse en el mundo exterior mucho más tiempo, la verdad. Si nos alejamos del Mundo Subterráneo, nos marchitamos, nos desvanecemos. Tú lo llamaste por su nombre y, además, lo quieres entero, tal y como es. Ese es el poder.

«Siento que me han desterrado de mi hogar, del lugar donde nací y me crie, y a medida que pasan los días mi talento se va desvaneciendo. Me da la sensación de haberme quedado ciego, sordo, mudo.»

—Oh, Josef —suspiré, y me llevé la mano al corazón.

—No te preocupes —dijo el niño cambiado—. Volverá pronto. Al final, todos acabamos volviendo.

Sinfonía inacabada

*D*e todas mis emociones mortales, la esperanza era, sin lugar a dudas, la más dolorosa. Podía sobrellevar los demás sentimientos, lidiar con ellos y tratar de desecharlos. La rabia era como una cerilla; se encendía rápido, pero se extinguía con la misma rapidez. La tristeza cada vez era más aguantable y menos dolorosa. Y la felicidad asomaba de vez en cuando, siempre fugaz. Pero la esperanza…, la esperanza era una emoción terca y testaruda. Era como una mala hierba; por muchas veces que la arrancara, seguía saliendo.

La esperanza era muy dolorosa.

Dolía cuando, noche tras noche, el Rey de los Duendes me metía en la cama, me arropaba y me daba un beso casto en la frente. Dolía cuando veía cómo el ramo de tréboles de mi hermana se secaba, se marchitaba. Dolía cuando me daba cuenta de que no volvería a escuchar el violín de Josef, llamando mi nombre en la menor.

Y también dolía cuando pensaba en el portal que había en el lago subterráneo, así como en el mundo que había al otro lado del umbral.

Me pasaba el día tratando de ahogar la esperanza. Porque la hermana gemela de la esperanza era la desesperación, que era infinitamente peor. Si la esperanza era dolor, la desesperación era la ausencia de dolor. La ausencia de cualquier sentimiento. La ausencia de preocupación.

Y eso era precisamente lo que anhelaba: sentir.

Sin embargo, la rutina del día a día cada vez me resultaba más tediosa, más insoportable. Me costaba llenar el tiempo con algo que me emocionara o ilusionara. Ni siquiera las actividades que siempre me habían fascinado me proporcionaban una gota de felicidad. El Rey de los Duendes y yo no dejamos de trabajar en el primer movimiento de la *Sonata de noche de bodas* hasta que consideramos que había quedado perfecto, hasta que creímos enmendar todos los errores. Había oído el *allegro* más veces de las que había podido contar y, a pesar de que ya no había nada que pulir, tampoco me sentía especialmente orgullosa de la pieza.

«No te bloquees. Sigue componiendo —había dicho el Rey de los Duendes en un intento de animarme—. Compón algo más. Trabaja en el siguiente movimiento.»

Lo intenté. O, mejor dicho, traté de intentarlo. Pero fui incapaz. Contemplaba las teclas blancas y negras del clavicordio durante largas horas, pero había perdido la inspiración. No sabía cómo continuar esa pieza y no se me ocurría ninguna genialidad para empezar otra nueva. Y entonces caí en la cuenta de por qué no sabía cómo continuar la pieza: porque desconocía el final de la historia.

¿Cómo terminaba una pieza inspirada en la rabia, en la impotencia y en el deseo? ¿Cómo podía acabar? Conocía muy bien las reglas y sabía cuál debía ser la estructura de una sonata. Tres movimientos: rápido, lento, rápido. Una declaración del tema, una deconstrucción, una resolución. Pero, para mí, no había conclusión, tan solo un *decrescendo* lento y chisporroteante.

Estaba viviendo los últimos años de mi vida.

Creía saber lo que era la impotencia. Creía saber lo que era la futilidad. Y no podía haber estado más equivocada.

«Mientras tengas un motivo para amar», había dicho Ortiga. Tenía muchos motivos para amar. Acaricié los tréboles blancos que había sobre la partitura.

«Mientras el mundo exterior te recuerde.»

¿Podía… enviar una especie de mensaje? ¿Podía enviar una prueba de mi amor, igual que habían hecho mis hermanos, Käthe y Josef?

«Esa arboleda es uno de los pocos lugares sagrados en los que el Mundo Subterráneo y tu mundo se solapan.»

Y entonces la llama de la esperanza volvió a encenderse. Y esta vez el dolor fue más intenso que nunca.

Mi Rey de los Duendes tenía muchas caras: embustero, músico, filósofo, erudito, caballero. Debía admitir que me había encantado descubrir todas esas facetas, pues cada una me había revelado otra dimensión, otra perspectiva que me ayudaba a entender mejor a mi esposo.

Pero había una en particular que no me había gustado en absoluto: la de mártir.

Tardé un tiempo en entender esa reticencia tan curiosa, ese distanciamiento tan prudente. Pese a que cada vez se mostraba más cariñoso y ya no reprimía gestos de afecto, como un beso en el hombro o una caricia en la mejilla, lo cierto era que parecía distraído y había descuidado todo lo demás.

«Cuanto más arda la vela…»

Ahora, cada vez que me tocaba lo hacía con demasiada cautela, con una delicadeza ensayada y consciente, con una ternura tan estudiada que me sacaba de quicio. Entre nosotros se había abierto una puerta y quería que fuera lo bastante valiente como para atravesar el umbral y tratar mi cuerpo como si fuese su hogar. Pero había una línea que se negaba a cruzar; pese a la pasión que transmitía con sus besos y caricias, nunca se atrevía a entrar. Si hubiera podido reírme, mis carcajadas se habrían oído incluso en el mundo exterior.

Ahora lo que nos frenaba no era mi pudor ni mi recato, sino su culpabilidad.

—No estás prestando atención —dije una noche, después de cenar.

—¿Hmmm?

Habíamos acabado de tocar una serie de *suites* en sol menor escritas por un compositor que desconocía. El Rey de los Duendes tenía un repertorio inacabable de música, una biblioteca inmensa de libretos y porfolios que había robado del mundo exterior. Muchos de los nombres de los compositores se habían perdido en el tiempo; me preguntaba si sus fantasmas se revolvían cada vez que alguien tocaba su música. Al principio pensé que todas las piezas habían sido ideadas y creadas por el mismo compositor, pues todas tenían la misma caligrafía. Pero un día el Rey de los Duendes admitió que había copiado las notas de su puño y letra.

—Trabajé como copista —explicó.

Pero después cerró la boca y no dijo una sola palabra más; insistí e insistí, hasta hacerle perder la paciencia.

Y, justo después de ese episodio, él se mostró arrepentido, compungido y mucho más sumiso, lo cual solo sirvió para enervarme todavía más. Entre esa pataleta infantil y ese momento de congoja y desconsuelo, creí sentir esa chispa que a veces se encendía entre nosotros. Durante un breve instante, todos mis sentidos cobraron vida y se volvieron más intensos y agudos que incluso en el mundo exterior.

Pero su culpabilidad era como agua para mi fuego y frustraba todas mis esperanzas.

—No estás prestando atención —repetí—. Estás tocando de memoria; he oído ese… vacío.

El vacío del que me quejaba no estaba solo en su interpretación, sino también en los silencios que se instalaban entre nosotros. Antes los llenábamos de música y complicidad, pero ahora estaban vacíos.

El arco, que aún estaba apoyado sobre las cuerdas, no dejaba de temblar. Las cerdas rebotaban sobre el puente del violín, emitiendo así un sonido nervioso, exaltado.

—Perdóname —respondió él—. Estoy cansado. Hace días que no duermo bien y me acuesto a altas horas de la madrugada.

No estaba mintiendo, aunque cualquiera habría dicho lo contrario. Las ojeras moradas hablaban por sí solas. No había pegado ojo desde hacía semanas. Además, tanto Ramita como Ortiga se habían encargado de informarme de que el Rey de los Duendes no dormía, sino que pasaba las noches vagando por los pasadizos serpenteantes del Mundo Subterráneo.

—Entonces descansemos —propuse.

Di una palmada y Ortiga y Ramita se materializaron de inmediato. Ortiga apareció con un decantador de coñac y una copa; Ramita, con un plato de fresas. Le serví la copa de coñac al Rey de los Duendes y luego se la ofrecí.

Mi esposo era un experto en leer entre líneas y no se le escapó el significado de ese gesto.

—Estoy bien, Elisabeth.

Encogí los hombros y después tomé un sorbo. El sabor del licor era muy suave, como si lo hubieran rebajado con agua.

—En fin —dije—. ¿Y cómo sugieres que matemos el tiempo, *mein Herr*?

—Como tú quieras, querida —contestó él—. Tus deseos son órdenes para mí, ya lo sabes.

—¿En serio? —dije. Me levanté del banco del clavicordio y di un paso al frente—. Entonces sospecho que ya sabes cómo me gustaría matar el tiempo.

El Rey de los Duendes alzó el arco como si fuese una espada y se escondió tras su violín, como si este fuese un escudo.

—Esta noche no, querida.

«Esta noche no. Y mañana tampoco. Y las noches que están por venir tampoco.» De haberme quedado una gota de pena y tristeza, me habría echado llorar. Si no me hubiera vaciado de toda mi rabia y de toda mi ira, me habría puesto a gritar. Pero no quedaba nada, tan solo esperanza y desesperación. Y, en ese momento, la desesperación estaba ganando la batalla.

—Muy bien —murmuré, y volví a acomodarme frente al clavicordio.

No sabía qué hacer con las manos; si alzarlas y rendirme o si cogerle del pescuezo y estrangularle. Quería desahogarme, descargar toda mi frustración y plasmarla en una canción. Pero no sabía cómo expresar aquella vorágine de confusión con palabras, así que opté por apoyar los dedos sobre el teclado. Un tintineo discordante, un puñado de notas que chocaban entre sí.

—Te propongo un juego.

El Rey de los Duendes se relajó un poco, aunque su mirada de lobo seguía siendo precavida y recelosa.

—¿Qué juego, querida?

—Verdad o atrevimiento.

Él arqueó las cejas.

—¿Un juego de niños?

—Son los únicos juegos que conozco. Vamos, *mein Herr*, estoy segura de que recuerdas todas las tardes que jugamos juntos en el Bosquecillo de los Duendes.

Se le escapó una sonrisa.

—Claro que sí, Elisabeth. Son recuerdos inolvidables.

—Bien. —Mi esperanza revoloteaba en mi estómago—. Empezaré yo.

Me levanté del banco y me acomodé en el suelo, con el plato de fresas delante de mí. Doblé las piernas y las escondí bajo las faldas, como solía hacer cuando era una niña. El Rey de los Duendes no hizo ningún comentario; guardó el instrumento y se sentó a mi lado. Alcé las manos, mostrándole las palmas. Sin trucos. Él entrelazó sus manos con las mías. Sin trampas.

—Empezaremos con preguntas fáciles —propuse—. ¿Cómo te llamas?

Echó la cabeza hacia atrás y se rio.

—Oh, no, Elisabeth. Es una pregunta que no puedo responder. Elige otra.

—¿No puedes o no quieres?

Me lanzó una mirada severa.

—No puedo. Y no quiero. Las dos cosas. Da lo mismo. Elige otra pregunta o propón un atrevimiento.

No esperaba que el juego fuese a empezar tan mal, y, a decir verdad, aún no había pensado en la lista de atrevimientos, es decir, en los castigos por negarse a contestar una pregunta. Así que opté por formular una distinta.

—Está bien. ¿Cuál es tu color favorito?

—El verde. ¿Y el tuyo?

Desvié la mirada al plato de fresas que tenía delante.

—El rojo. ¿Olor favorito?

—Incienso. ¿Animal favorito?

Clavé la mirada en sus ojos.

—El lobo. ¿Compositor favorito?

—Tú.

La respuesta fue tan simple, tan sincera, que me dejó anonadada.

—De acuerdo —dije con voz temblorosa—. Pasamos al siguiente nivel. Te haré cinco preguntas; puedes responderlas con honestidad y sinceridad, o elegir atrevimiento. Después te tocará a ti, así que ve pensando qué cinco preguntas querrás hacerme.

El Rey de los Duendes asintió con la cabeza.

—Sé que cada noche deambulas por el Mundo Subterráneo. ¿Adónde vas?

Advertí una expresión de dolor en su rostro, pero no vaciló y contestó de inmediato.

—A la capilla.

La respuesta me sorprendió.

—¿A la capilla? ¿Por qué?

—¿Es la segunda pregunta?

Lo medité unos segundos.

—Sí.

Una pausa.

—Ahí encuentro consuelo. —Me quedé callada, esperando a que continuara—. Rezo al Señor, y eso me consuela, aunque, por lo visto, mis oraciones nunca llegan a sus oídos.

—¿Y por qué rezas?

Mi esposo me observaba con los ojos entrecerrados, analizando cada una de mis palabras, de mis gestos.

—Por expiación.

—¿Y qué debes expiar?

Su mirada resplandecía.

—Mi egoísmo.

Me moría de ganas por seguir hurgando en esa dirección, pero solo me quedaba una pregunta y no quería malgastarla.

—¿Cómo te convertiste en *Der Erlkönig*?

El Rey de los Duendes hizo un movimiento brusco con la cabeza y, de repente, me soltó las manos.

—No te atrevas, Elisabeth.

No iba a permitir que sus amenazas me intimidaran, así que mantuve las manos frente a mí.

—Me has prometido que serías sincero y contestarías con la verdad.

Abrió las aletas de la nariz.

—Siempre ha habido un *Der Erlkönig*. Y siempre habrá un *Der Erlkönig*.

—Esa no es una respuesta.

—Pues es la única respuesta que vas a obtener. Si no vas a aceptarla, entonces propón un castigo y lo cumpliré.

Lo estudié durante unos instantes. Rememoré la primera fábula que me había contado. El rey conocía de primera mano el precio del sacrificio. Había vendido su alma y su nombre a los duendes. Su alma… y su nombre. Entonces pensé en la galería de retratos; representaba la evolución del linaje real. Diferentes hombres coronados como el Rey de los Duendes. Mi Rey de los Duendes era *Der Erlkönig*, pero *Der Erlkönig* no era cada Rey de los Duendes que había habido. ¿A quién había entregado mi marido su nombre? ¿A quién había entregado su alma?

—Tu nombre —susurré—. Esa será tu penalización por no contestar la pregunta: darme tu nombre.

Él se puso tenso.

—No, Elisabeth. Te daré todo lo que me pidas, salvo eso.

—¿Pedir un nombre es pedir demasiado?

El Rey de los Duendes me contemplaba con la mirada turbada, llena de mil emociones distintas. De pronto, envejeció varios siglos. Su apariencia era la de un muchacho sano y fuerte, pero era una criatura ancestral.

—Lo es —respondió en voz baja—. Es un precio demasiado alto.

—¿Por qué?

Soltó un suspiro, un suspiro que sonó como una ráfaga de viento entre los árboles.

—¿Quién eres, Elisabeth?

—¿Ahora eres tú quién hace las preguntas? —repliqué—. Lo siento, pero todavía no has pagado la penalización.

—¿Quién eres, Elisabeth? Responde esa pregunta, y entonces lo entenderás.

Fruncí el ceño.

—Soy... —empecé, pero no sabía cómo continuar. El Rey de los Duendes no me presionó, sino que se limitó a esperar. Su paciencia era infinita; su paciencia era inmortal—. Soy... la hija del posadero. —Esa era la respuesta que habría dado cuando era Liesl, pero había llovido mucho desde entonces.

El Rey de los Duendes negó con la cabeza.

—Eso es lo que eras antes.

—Soy... pianista. Una compositora.

Esbozó una pequeña sonrisa, pero después volvió a sacudir la cabeza.

—Eso es lo que eres. Pero mi pregunta no es qué, sino quién eres, Elisabeth.

—Soy...

¿Quién era? Hija, hermana, esposa, reina, compositora; me había ganado esos títulos por azar o por méritos propios, pero no me sentía reflejada en uno solo. Ninguno me representaba en mi totalidad. Cerré los ojos.

—Soy... —repetí, esta vez en voz baja— una chica con música en el alma. Soy hermana, hija y amiga. Soy alguien que protege a capa y espada a sus seres más queridos. Una amante de las fresas y de la tarta de chocolate. Una apasionada de las canciones en tonos menores, de juegos de niños. Una muchacha a quien le encanta escabullirse de sus quehaceres rutinarios para disfrutar de la compañía de sus hermanos. Tengo malas pulgas, pero soy muy disciplinada. Soy autoindulgente y egoísta, pero también abnegada y altruista. Estoy llena de compasión y de odio y de contradicción. Soy... yo.

Abrí los ojos. El Rey de los Duendes me miraba con anhelo, con una melancolía infinita que ni siquiera se molestó en disimular. El corazón me amartillaba el pecho y sentía todo el torrente de emociones fluyendo por mis venas. Su mirada era cristalina, transparente. Y en ella distinguí el hombre que había sido, mi joven austero e inocente.

—Eres Elisabeth —dijo—. Un nombre, sí. Pero también un alma.

Y entonces lo comprendí. No podía darme su nombre porque no era nadie; era *Der Erlkönig*. Las antiguas leyes le habían arrebatado su nombre, su esencia. Y en su interior solo quedaba un vacío infinito. El vacío que había dejado el alma del joven austero e inocente estaba pidiendo, rogando, que alguien lo llenara.

—Soy Elisabeth —afirmé—. Pero Elisabeth no es más que un hombre. Una palabra vacía que lleno con mi ser. Tú también tuviste un nombre una vez. Lo sé porque oigo los ecos de ese nombre en tu interior.

No podía explicar por qué quería su nombre. En realidad, no importaba; era *Der Erlkönig*, el Rey de los Duendes, *mein Herr*. Eran títulos que le habían otorgado sin que él los hubiera reclamado. Yo anhelaba conocer esa parte de él que no pertenecía al Mundo Subterráneo, sino al mundo exterior. Al hombre mortal que había sido. Al hombre mortal que podría haber sido... conmigo.

—Ha desaparecido —dijo él—. Se ha perdido. Se ha olvidado.

Nos quedamos en silencio durante un buen rato. Tal vez su nombre se hubiera olvidado, pero no se había perdido.

—En fin —dijo él en un momento dado, rompiendo así el silencio—. ¿Aceptas mi respuesta? —preguntó, y extendió las manos, mostrándome las palmas.

No. Claro que no la aceptaba. Su explicación no respondía a mi pregunta, pero sabía que no podría sonsacarle nada más y que no me quedaría más remedio que conformarme con eso.

—Sí —contesté—. Te toca —dije, y entrelacé mis manos con las suyas.

—Bien —murmuró, y esbozó una sonrisa de oreja a oreja—. Te haré cinco preguntas, Elisabeth. Debes responderlas con total sinceridad o, si lo prefieres, pagar una penalización.

Asentí con la cabeza.

—¿Por qué no has continuado trabajando en la sonata? Hice una mueca. Nuestra sonata... La *sonata de noche*

355

de bodas. El primer movimiento ya estaba terminado, pero no había vuelto a coger la pluma. No había escrito ni una sola nota más. Habíamos llenado nuestras veladas de música, pero no de «mi» música.

—No lo sé —respondí.

—Esa no es una respuesta.

—Es la verdad.

El Rey de los Duendes arqueó las cejas. Era evidente que no iba a aceptar mi respuesta.

—No lo sé —repetí. Lo cierto era que lo había intentado en varias ocasiones. Quería terminar la pieza. Quería escribir algo que hubiera nacido de mí, algo que el mundo pudiera escuchar y reconocer como mío. Pero cada vez que me sentaba frente al clavicordio, cada vez que apoyaba los dedos sobre las teclas, me quedaba en blanco. No se me ocurría nada—. No…, no puedo continuar. No sé cómo continuar. Es como si…, como si se hubiera muerto.

El Rey de los Duendes entrecerró los ojos, incrédulo, pero no podía darle otra respuesta. Estudió mi expresión durante unos segundos, pero no me pidió que me justificara. Simplemente pasó a la siguiente pregunta.

—¿Qué echas de menos del mundo exterior?

Inspiré hondo. Él se mantuvo impasible, impertérrito. Traté de descifrar su expresión, pero era imposible. ¿Qué pretendía con esa pregunta? ¿Ser cruel? ¿Consolarme? ¿O simplemente sentía curiosidad?

—Muchas cosas —respondí con voz vacilante—. ¿Por qué lo preguntas?

—Lo siento, Elisabeth, pero tu turno de preguntas ya ha terminado. Sé sincera y responde la pregunta. O, si lo prefieres, puedo proponerte una penalización.

Bajé la cabeza. No sé por qué, pero no podía explicárselo mirándole a los ojos.

—La luz del sol. La nieve. El sonido de las ramas golpeando el cristal de la ventana durante una tormenta. Sentarme frente a la chimenea en pleno verano, el cosquilleo de una gota de sudor deslizándose por la nuca. Y después la sensación de una brisa fría que se cuela por una ventana abierta. —Miré de reojo el plato de fresas que había sobre el clavicordio—. Añoro el sabor ácido y refrescante del limón, así como el sabor amargo de la cerveza.

Sentí el inconfundible escozor de las lágrimas en los ojos, pero no lloré. No podía llorar. No me quedaban lágrimas.

—Echo de menos incluso lo que no nunca creí que echaría de menos. El hedor acre y almizclado de una posada abarrotada de viajeros. El calzado de cuero. La paniculata. La lana mojada. Hombres, mujeres, niños —enumeré, y solté una risotada—. Gente. Añoro a la gente.

El Rey de los Duendes se quedó mudo. Todavía no me atrevía a mirarle a los ojos. Sabía que seguía ahí porque nuestras manos estaban entrelazadas.

—Si pudieras —susurró—, si tuvieras la oportunidad, ¿dejarías el Mundo Subterráneo?

Esta vez fui yo la que aparté las manos; las escondí tras la espalda porque no quería que viera cómo me temblaban.

—No.

—Mentirosa —gruñó.

Cuadré los hombros, erguí la espalda y me armé de valor para mirarle a los ojos. Tenía la boca torcida en una sonrisa burlona, pero su mirada denotaba tristeza.

—Aquí —empecé— me he encontrado a mí misma. Aquí tengo un espacio solo para mí. Es un regalo que nunca busqué, y que agradeceré siempre.

—No fue un regalo —corrigió el Rey de los Duendes, y luego cogió el plato de fresas y me lo ofreció. Escogí la fresa más grande, más roja, más apetecible—. Tan solo es un premio de consolación.

Se puso en pie.

—¿Adónde vas?

—El juego ha terminado. Estoy cansado.

—Entonces, ¿aceptas mi respuesta?

Se quedó mirando aquella fresa inmensa.

—No.

—¿Y qué penalización debo pagar?

Apretó la mandíbula.

—Acábate las fresas, Elisabeth. Es lo único que te pido.

Fue una petición un poco extraña, pero obedecí sin rechistar. Di un mordisco.

Me atraganté.

No sabía a nada.

Eché un vistazo a la fresa; la fruta seguía teniendo un aspecto muy apetecible y jugoso. Aún podía oler su inconfundible perfume, un olor dulce que me recordaba las tardes de verano. Sin embargo, sin su sabor, la fresa quedaba reducida a una fruta blanda de piel granulosa. Se me revolvieron las tripas.

El Rey de los Duendes no dijo nada. Se limitó a observar cómo saboreaba esa fresa insípida, mi penalización.

El portal

—*T*engo un regalo para ti.

Era el niño cambiado, otra vez, el mismo con el que había charlado a orillas del lago subterráneo. Ahí estaba, otra vez. Era el único lugar que se me había ocurrido para esconderme de Ortiga y Ramita. Los días se me hacían eternos y no sabía con qué ocupar las horas; era incapaz de componer, incapaz de jugar, incapaz de comer. Había adelgazado; las costillas se intuían bajo mi piel y tenía los pómulos mucho más marcados, más afilados. La comida había perdido todo su sabor, algo que no había pasado desapercibido a ojos de Ortiga, que disfrutaba de lo lindo cada vez que entraba en la habitación con mi desayuno, mi almuerzo o mi cena. Comía solo para fastidiarla, pero me costaba una barbaridad, pues el comer se había convertido en un acto reflejo, no en un acto de placer.

El niño cambiado sujetaba un objeto y me lo ofrecía como si fuese un tesoro, como si fuese un pajarito.

—¿Otro?

Asintió. Y entonces abrió las manos, como si fueran una flor delicada, y me mostró lo que escondían: una especie de masa carmesí, del mismo color que la sangre. Ahogué un grito.

El niño cambiado ladeó la cabeza. Me observaba con esos ojos negros, opacos e inexpresivos. Eché un segundo vistazo y caí en la cuenta de que no se trataba de un animal moribundo y ensangrentado, sino de un puñado de fresas. Estaban magulladas, aplastadas, rotas.

359

—Oh —susurré, casi sin aliento—. Gracias.

—No me las des a mí —contestó él—. Te las manda la joven de melena dorada.

Käthe. La joven de melena dorada. Por primera vez desde hacía muchos días, dibujé una pequeña sonrisa; mi humor, hasta entonces apagado e indiferente, empezó a animarse.

—¿Una ofrenda en el bosque?

El niño cambiado asintió de nuevo.

—Estaba agazapado entre las sombras, pero la vi. Dijo tu nombre y te deseó feliz cumpleaños.

¿Cumpleaños? Lo había olvidado por completo. Hacía mucho tiempo que había dejado de contar los días, las semanas, las horas. El Mundo Subterráneo nunca cambiaba, pues no había estaciones, y los meses y los años iban pasando sin que uno se diera cuenta. Ahí abajo, el paso del tiempo era aburrido, incluso tedioso.

—¿Ya es verano?

—Sí. Es un verano especialmente caluroso, pero el paisaje está frondoso, exuberante. —Su voz transmitía la misma emoción que su mirada, es decir, ninguna, pero me pareció percibir una nota de anhelo, de melancolía.

Esa nostalgia retumbó en mi interior.

En el mundo exterior, ese sería mi vigésimo cumpleaños.

—Desearía poder verlo con mis propios ojos —murmuré.

Un deseo inútil. Podía utilizar a los duendes a mi antojo, pues estaban a mis órdenes y sabía que obedecerían sin protestar, pero ese era un deseo imposible.

El niño cambiado no dijo nada, tan solo alargó los brazos y me mostró de nuevo aquella masa de fresas silvestres.

Cuando Käthe y yo íbamos a recoger fresas, siempre discutíamos sobre cuáles eran las mejores. Ella se empeñaba en coger las más grandes; yo, las más rojas. Según ella, era la elección más inteligente, pues con un esfuerzo mínimo, conseguías llenar la cesta bastante rápido. Yo siempre replicaba que las más grandes no siempre eran las mejores; para mí, las fresas más rojas, más vibrantes y más maduras siempre eran las más dulces.

Las fresas que sostenía el niño cambiado entre sus manos eran pequeñas, pero todas eran de un rojo perfecto. Brillaban como rubíes en la oscuridad. Ojalá hubiera querido probarlas. Ojalá hubiera podido comérmelas con el mismo placer de antaño. Pero el sabor de las fresas, del chocolate, de la mostaza sobre una rebanada de pan crujiente... había desaparecido.

Aun así, cogí una fresa.

—Gracias —dije, y di un mordisco.

Sentí una explosión de dulzor en la boca. No, más que eso; saboreé ese inconfundible dulzor, pero también los rayos de sol bañando la pradera, el verdor de los limoneros, el calor de una tarde de verano. Me invadió un torrente de recuerdos.

También percibí el sabor del amor de mi hermana.

—Oh —suspiré—. ¡Oh!

Devoré el resto de las fresas con gran ansia; me metí en la boca todas las que pude, como si fuera una niña. Debería habérmelo tomado con calma, debería haber sido más paciente, debería haber saboreado las fresas una a una. Pero en ese momento todo me daba lo mismo. El mundo que me rodeaba empezó a cobrar algo de color. De repente, sentí un brote de adrenalina por todo el cuerpo.

El niño cambiado decidió no interrumpir mi banquete particular y no musitó palabra. Cuando tragué el último bocado de ese delicioso manjar, me percaté de que me observaba con... envidia. Era la primera expresión humana que veía en un niño cambiado y, a decir verdad, me sorprendió.

—Lo siento —murmuré, y me lamí el jugo de fresa que me había quedado en los labios—. No pensé que te apetecería probarlas.

Él se encogió de hombros.

—No pasa nada. En mi boca, solo sabrían a ceniza, así que no te preocupes.

Sentí compasión por aquella pobre criatura. Al fin y al cabo, ese niño cambiado y yo no éramos tan distintos. No estábamos muertos, pero tampoco vivos. Había recuperado mi sentido del gusto, pero no solo eso, también una avalancha de emociones; sentí un nudo en la garganta, un nudo de pena y tristeza por aquel niño cambiado. Le cogí de las manos.

Me miraba con ojos hambrientos, famélicos. Y entonces, tal vez demasiado tarde, recordé la advertencia de Ortiga: «Cuidado, muerden».

Pero el niño cambiado no se movió. Tan solo cerró los ojos e inspiró hondo. Un gesto que me conmovió. Me recordaba muchísimo a Josef; esa fragilidad tan dulce, ese misticismo tan etéreo. Ese niño cambiado no llevaba una vida plena. Y, de repente, me alegré de que mi hermano estuviera tan lejos de ese mundo, de mí, del destino que le habría tocado vivir de no haber sido por el amor que sentía por él.

«Aléjate, Sepperl —pensé para mis adentros—. Aléjate, y no vuelvas nunca.»

—Dicen que el amor puede salvarte, liberarte —susurró el niño cambiado—. Que si una persona, solo una persona, te ama con locura, puedes regresar al mundo exterior —añadió, y después abrió esos ojos opacos, esos ojos de duende, y me imploró—: ¿Me amarías?

Sus palabras, pequeños regalos. Por fin comprendí por qué ese niño cambiado me había buscado. Una mano invisible me aplastó el corazón. Me moría de ganas por abrazarlo, por consolarlo como habría consolado a mi hermano pequeño: dándole besos en las puntas de los dedos después de que papá le hubiera obligado a practicar las escalas infinitas veces. Siempre venía a buscarme con las manos llenas de heridas y ensangrentadas. Pero ese muchacho no era mi hermano.

—Lo siento —dije con la mayor ternura que pude.

El niño cambiado no reaccionó ante mi rechazo. Observé su rostro en busca de alguna emoción, dolor, tal vez, o ira; pero no advertí nada, tan solo esa expresión extraña e inhumana de los duendes.

—La próxima vez te traeré más fresas —respondió—. ¿Hay algo que quieres que le lleve a la joven de melena dorada?

La propuesta me dejó de piedra. Fue como si hubiera oído un trueno en mitad de aquella gruta y después se hubiera instalado un silencio sobrenatural. No podía dar crédito a lo que acababa de oír.

—¿Tú… puedes hacer eso?

Se encogió de hombros.

—No puede verme, ni tampoco oírme. Pero si puedo traerte sus regalos, supongo que podría llevarle algo de tu parte.

Esperanza. Sí, eso fue lo que sentí en mis entrañas. Esperanza.

—¿Podrías… llevarme contigo?

Él se quedo observándome unos instantes, pero, como siempre, no fui capaz de leer su mirada.

—De acuerdo —resolvió al fin—. Mañana. Reúnete aquí conmigo mañana.

Salí disparada hacia mis aposentos; recogí todas las partituras de la *Sonata de noche de bodas*, la copia que había empezado en limpio, los borradores en sucio…, en fin, todo lo que encontré. Los doblé sin ningún tipo de cuidado, formando así un revoltijo de música y pensamientos incoherentes; después los até con el lazo que mi hermana había utilizado para sujetar el ramo de tréboles.

—¿Qué estás haciendo? —preguntó Ortiga.

Las duendes habían aparecido sin avisar; la sala estaba totalmente desierta cuando había llegado. A veces sospechaba que, además de ayudarme en lo que pudiera necesitar, también me espiaban. Enseguida me sentí culpable por pensar eso. El Rey de los Duendes no tenía motivos para espiarme, del mismo modo que yo no tenía motivos para ocultar mis acciones.

Hasta ahora.

—Nada —me apresuré a decir—. No es de tu incumbencia.

—¿Hay algo que podamos hacer por ti, alteza? —se ofreció Ramita.

De mis dos asistentes, ella era la más amable, la más dispuesta a mostrar deferencia en lugar de desdén.

—No, no —insistí—. Estoy bien. Y ahora, largaos, las dos, y dejadme sola.

Ortiga se encaramó al clavicordio y clavó su mirada en mí. Después, inspiró hondo, como si estuviera olisqueando el aire.

—Hmmm —murmuró—. Hueles a esperanza —dijo, y luego dibujó esa sonrisa espeluznante—. Interesante.

Ignoré la provocación.

—Baja de ahí, pequeño homúnculo.

—A esperanza... y a sol de verano —añadió Ramita. Cuando su melena de ramas me arañó el brazo, no pude evitar dar un respingo—. Así huele el mundo exterior. Así huele... ella.

Me quedé de piedra y dejé de recoger toda mi música.

—¿Quién?

Ortiga saltó desde el clavicordio y derribó a su compañera. Ramita aulló de dolor.

—¿Quién? —repetí.

—Eres tonta de remate—soltó Ortiga mientras arrancaba puñados de telarañas de la cabeza de Ramita—. Eres una bufona estúpida y sentimental.

—¡Basta! —grité; el efecto fue automático. La fuerza de mi deseo, de mi voluntad, las separó y las arrojó al otro extremo de la habitación—. Tú —dije, señalando a Ortiga—, lárgate. Y tú —añadí, dirigiéndome a Ramita—, quédate aquí y explícate.

Ortiga intentó desobedecerme; todo su cuerpo se retorció, se contorsionó, resistiéndose a cumplir mi orden. Pero, después de unos segundos, empezó a desvanecerse. Lo último que desapareció fue su cabeza, con esa mueca de rabia, impotencia y desprecio.

Ramita se postró a mis pies. Varios trocitos de telaraña flotaban en el aire, como motas de polvo. La pobre criatura estaba temblando.

—Ramita —dije—, no voy a hacerte daño.

—Lo sé, alteza —comentó ella, y alzó la cabeza—. Pero se supone que no debo mencionarla.

—¿Mencionar a quién?

—A la doncella sin nombre.

El tiempo se detuvo. Las llamas que asomaban de la chimenea se congelaron; las motas de polvo y de telaraña quedaron suspendidas en el aire, como si fuesen estrellas.

—¿Te refieres —pregunté con voz dulce— a la primera Reina de los Duendes?

La que vivió.

—Sí, alteza.

La doncella valiente y sin nombre. La había borrado de mi mente, de mi memoria. Había olvidado por completo que había sido la primera y única esposa del Rey de los Duendes que había logrado sobrevivir, pese a entregarse en sacrificio.

—¿Cómo? —susurré—. ¿Cómo consiguió escapar?

—No lo hizo —respondió Ramita, que cerró esos dedos larguiruchos y nudosos en puños—. Él la dejó marchar.

Noté que algo se rompía tras mis ojos: dolor, explosión, una epifanía.

—¿Qué?

Ella asintió con la cabeza.

—*Der Erlkönig* la amaba, y la dejó marchar.

En ese preciso instante noté el inesperado y doloroso mordisco de los celos.

Der Erlkönig había amado a la doncella valiente. Su amor por ella había sido tan grande que incluso había quebrantado las antiguas leyes y había puesto en peligro el mundo.

—¿Cómo —pregunté con un hilo de voz— es posible?

—No lo sé —susurró Ramita—. Pero sus sacrificios se hicieron desde el amor, un amor tan inmenso que abarcaba el mundo exterior… e inferior. El amor que los unía era un puente, así que lo cruzaron.

Arrugué la frente.

—¿Lo cruzaron? ¿Los dos?

La pobre criatura no dejaba de tiritar y de retorcerse los dedos. Estaba nerviosa, inquieta, angustiada. Mis preguntas la estaban poniendo entre la espada y la pared.

—Ramita —dije—, ¿estás diciendo que… que la doncella valiente y *Der Erlkönig* abandonaron el Mundo Subterráneo… juntos?

La galería de retratos del Rey de los Duendes. El rostro de *Der Erlkönig* cambiando a lo largo de los años. ¿Una línea de sucesión? ¿Hijos? ¿Herederos? Pero Ortiga había asegurado que ninguna de las uniones entre mortales y seres del Mundo Subterráneo había dado frutos. «Siempre ha habido un *Der Erlkönig*. Y siempre habrá un *Der Erlkönig*.»

Ramita se puso a llorar a moco tendido. Horrorizada, advertí una pequeña franja de granito en su pecho, una mancha gris que, poco a poco, fue extendiéndose. Meneó los dedos y oí una serie de chasquidos, como ramas en mitad de un vendaval. Sus garras, sus nudillos, sus palmas... Todo fue desapareciendo bajo una corteza gruesa y áspera. La duende más amable y cariñosa que había conocido hasta el momento se estaba transformando en un montón de raíces y roca.

—¡Para! —chillé—. ¡Basta!

Pero no pude detener la transformación; ella siguió retorciéndose hasta convertirse en una espantosa escultura de piedra.

—¡La libero! —vociferé—. ¡La libero!

El tiempo se reanudó. Las llamas volvieron a chisporrotear en la chimenea. Mi asistente me miraba sin pestañear. No había ni rastro de la corteza que, momentos antes, había invadido su cuerpecillo.

—¿Hay algo más en lo que pueda ayudarte, alteza? —se ofreció, y luego ladeó la cabeza, pero fui incapaz de interpretar esa mirada negra y opaca.

Durante unos instantes pensé que lo había imaginado todo.

—No —dije con voz temblorosa—. Puedes irte.

Esperaba que se esfumara al instante. Sin embargo, en lugar de retirarse, Ramita se quedó allí, con la mirada puesta en la *Sonata de noche de bodas* que tenía doblada debajo del brazo.

—No sé lo que te traes entre manos —dijo—, pero, sea lo que sea, no te fíes de los niños cambiados.

Abrí la boca, pero después la cerré.

—Pese a su aspecto, no son seres humanos. Recuerda lo que te dijimos.

Escondí las partituras tras la espalda.

—¿Y qué me dijisteis exactamente?

—Que muerden.

A pesar de la advertencia de Ramita, al día siguiente volví al lago subterráneo. Tal y como habíamos quedado, el niño cambiado estaba esperándome en la orilla. Parecía nervioso, pues no dejaba de balancearse y de juguetear con las manos. Me recordaba muchísimo a Josef. Y no solo por la caída de sus ojos o por el ángulo de sus pómulos, sino también por la forma de sus hombros y el modo en que se mordía el labio inferior.

—¿Estás preparada? —preguntó el niño cambiado.

Asentí.

—¿Tienes el regalo para la joven de melena dorada?

Asentí de nuevo y saqué la copia de la *Sonata de noche de bodas*.

—Bien —dijo la criatura—. Vamos.

367

Me condujo hasta un embarcadero muy escondido donde nos esperaba un pequeño esquife. No era la barcaza que me había llevado hasta la capilla, desde luego; estábamos en otra zona del lago. Nos subimos al barco y, de repente, aquellos cantos hermosos y embelesadores que había oído la noche de mi boda empezaron a resonar en la gruta.

Las loreleis.

«Las loreleis son las custodias de la puerta de entrada al mundo exterior», había asegurado el niño cambiado.

El esquife navegaba sobre aquellas aguas negras a toda velocidad. No volvimos a intercambiar una sola palabra. Nuestro silencio lo llenaban los cantos de las loreleis. En un momento dado, me pareció percibir un rugido bajo esas notas.

—¿Qué es ese sonido? —pregunté, y la respuesta no tardó en llegar.

El lago se había ido estrechando. Ahora no era más que una corriente de agua, un río. Nunca creí que un esquife como ese pudiera navegar a esa velocidad. El bramido cada vez se oía más cerca; los rápidos cada vez eran más grandes, más peligrosos.

No sé cuánto tiempo estuvimos serpenteando por aquellos afluentes, pero, por fin, después de lo que me pareció una eternidad, el torrente se convirtió en un riachuelo agradable que desembocaba en una especie de cueva artificial. Allí, la luz era distinta. Tardé unos instantes en caer en la cuenta de por qué: porque la luz que se filtraba en aquella gruta venía del mundo exterior.

El niño cambiado se bajó del esquife y lo arrastró hasta la orilla. Después de anclarlo, me ayudó a bajar. Los rayos de luz se colaban por unas grietas diminutas, iluminando así aquella gruta tan oscura. Nos estábamos dirigiendo hacia una sala con paredes de arcilla y un techo apuntalado con un sinfín de raíces.

—Estamos justo debajo del bosque —informó el niño cambiado.

Después señaló un punto en el techo, un pequeño agujero entre aquella amalgama de raíces y piedras. Era un hueco lo bastante grande como para que una persona menuda como yo pudiera escurrirse.

Me ayudó a escalar hasta allí arriba, aunque no fue difícil, pues estaba lleno de asideros en los que apoyarse y propulsarse. Y, por fin, asomé la cabeza.

La luz era cegadora. Tuve que cubrirme los ojos, pues tan solo veía una blancura infinita. Me quemaban, me escocían. De pronto noté unos lagrimones brotando de mis ojos y deslizándose por mis mejillas.

Sin embargo, poco a poco, fui recuperando la visión. Cuando por fin fui capaz de soportar aquella luz tan brillante, aparté las manos. El Bosquecillo de los Duendes. La última vez que había estado allí, los alisos estaban desnudos, desprovistos de hojas. Ahora, en cambio, estaban totalmente cubiertos de un follaje espeso y verde. El suelo estaba recubierto de una alfombra verde y exuberante. Inspiré hondo y enseguida reconocí ese olor tan embriagador: era el olor del Bosquecillo de los Duendes en pleno verano, una esencia que olía a indulgencia y a oportunidad.

—Gracias —le dije al niño cambiado—. Gracias.

No respondió. Tan solo se limitó a observarme. Rodeé el anillo de alisos, esa pequeña arboleda tan especial y tan familiar para mí. Acaricié todas las ramas, hojas y troncos; fue como si estuviera reencontrándome con un puñado de viejos amigos. Y, cuando terminé mi paseo particular, rocé algo extraño, algo que no reconocí.

Fruncí el ceño. No había ninguna valla, o cortina, o un linde físico. Y, sin embargo, tenía la sensación de estar a punto de cruzar un límite, de violar una propiedad privada.

—El umbral entre los dos mundos —informó el niño cambiado—. Si atraviesas el umbral, estarás en el mundo exterior.

Lancé una mirada de soslayo a la criatura. Sus palabras sonaron casi a burla. A desafío. Pero, como siempre, su expresión se mantuvo ilegible, impertérrita. No insistió. De hecho, no volvió a abrir la boca. Decidí explorar aquel portal.

Encontré varios indicios que apuntaban directamente a Käthe: trocitos de un lazo de seda, un pedazo de papel con garabatos e incluso el comienzo de lo que a primera vista parecía un bordado. Me agaché para tocarlos y, esta vez, mis dedos no traspasaron esos objetos.

—¿Por qué puedo tocar y ver y oler estas cosas? —pregunté, maravillada.

—Estamos en uno de los pocos lugares intermedios que existen —respondió el niño cambiado—. Todos estos objetos pertenecen a ambos mundos. Hasta que tú los toques, son del mundo exterior. Y hasta que la joven de melena dorada se lleve tu regalo a casa, será del Mundo Subterráneo.

Metí la mano en el bolsillo y palpé la partitura de la sonata.

—¿Y si Käthe no ve mi regalo?

El niño cambiado se encogió de hombros.

—Entonces nunca abandonará el Mundo Subterráneo.

Contemplé el bosque que se extendía detrás de aquel círculo de alisos. Mi hogar estaba tan cerca, pero tan lejos al mismo tiempo. Me moría de ganas por adentrarme en ese bosque, ir corriendo a casa y entregarle mi música a mi hermana en mano. En persona.

Y entonces se me ocurrió una idea perversa. ¿Qué pasaría si cruzaba el umbral? Hacía un calor bochornoso y los rayos de sol me quemaban la piel. Era pleno verano. El invierno nunca había estado más lejos. Si daba una vuelta por allí y después regresaba al Mundo Subterráneo…, no estaría rompiendo mi promesa al Rey de los Duendes, ¿verdad? Me había entregado a él y a su reino, y lo había hecho de propia voluntad. Volvería. Regresaría. Di un paso hacia delante, acortando así la distancia que me separaba de la barrera, de la frontera.

Eché un vistazo por encima del hombro y miré al niño cambiado, que seguía observándome con esa expresión impávida, indescifrable.

Primero los dedos, después la mano, después la muñeca y después el brazo.

Estaba en el otro lado. Por fin. No sé en qué momento crucé el umbral, pero la sensación que me abrumó cuando pisé el suelo del mundo exterior no dejaba lugar a la duda. Mi visión se volvió más clara; mi oído, más agudo; mi respiración por fin recuperó su ritmo habitual. Estaba viva.

Estaba viva.

Estaba viva de una forma que jamás había imaginado: sentía el flujo de la sangre palpitando por todo mi cuerpo y un torrente de energía recorriendo mis venas. Cada partícula de polvo y de mugre, la caricia sedosa de los vientos *föhn*, unas brisas cálidas que soplaban desde los Alpes, el suave aroma de la levadura y de una masa esponjosa en el horno.

El olor a pan recién hecho. La posada. Mamá. Käthe. Me caí de rodillas al suelo. Estaba ahí. Estaba viva. Deseaba arrancarme la ropa y corretear desnuda por el bosque. No quería que nada, absolutamente nada, se interpusiera entre la vida y mi cuerpo. Todos mis sentidos cantaban, entonaban una sinfonía de sensaciones apabullantes. Me eché a llorar.

Unos gemidos horrendos y cargados de dolor resonaron en el bosque. Me daba lo mismo si el niño cambiado, Dios o el mismísimo Diablo me juzgaban. Lloré y lloré y lloré. Necesitaba despojarme de toda mi tristeza, de mi dolor, de mi melancolía y de mi alegría. No fue hasta que puse un pie en el mundo exterior cuando me di cuenta del torrente de emociones que había estado reprimiendo dentro de mí.

Extendí los brazos en cruz y cerré los ojos, como si así pudiera abarcar toda la belleza del bosque, como si así pudiera sentir la intensidad de los rayos de sol en mi rostro.

La luz cambió.

Abrí los ojos y vi que una nube estaba pasando frente al sol. Sin embargo, había algo que no encajaba. El resplandor que iluminaba el bosque parecía más débil, más fino, más gris. Los vientos *föhn*, que siempre chamuscaban los valles que se extendían en las faldas de los Alpes, me acariciaban las mejillas con un aliento frío.

Miré de reojo al niño cambiado, confundida. Y empecé a recular.

De pronto su sonrisa se volvió salvaje. Sus ojos de duende brillaban con malicia.

En un abrir y cerrar de ojos, el aire se volvió gélido. Una fina capa de escarcha empezó a arrastrarse por las ramas y las hojas, formando un precioso encaje de hielo.

Invierno.

Me puse de pie de un brinco y salí disparada hacia el Bosquecillo de los Duendes.

—¿Por qué no me has alertado? —grité.

El niño cambiado soltó una risotada, un sonido espeluznante que me perforó el tímpano.

—Porque no he querido.

Y entonces, de las raíces de los alisos, brotó una miríada de manos y brazos. Chillé y traté de esquivarlos. Clavaron las garras en la tierra y empezaron a salir uno a uno. Tenía frente a mí una horda de niños cambiados.

—La Reina de los Duendes nunca podrá volver al mundo exterior —dijo el niño cambiado—. Pero tú, mortal, has quebrantado las antiguas leyes. Gracias a ti, ahora podemos campar a nuestras anchas por este mundo.

—¡Me has engañado! —protesté, y corrí hacia él, dispuesta a tirarle al suelo, a estrangularle y a quitarle esa vida que tanto ansiaba.

Pero fue más astuto de lo que creía. Esquivó mi ataque con total facilidad y me cogió de las muñecas con una fuerza sobrehumana.

—Por supuesto —se mofó—. De todas sus esposas, tú has sido la más boba, la más ingenua. Nunca nos había costado tan poco engañar a alguien. Tu corazón es tan blando que puede moldearse como si fuese un bloque de barro. Lo único que necesitaba era un poco de compasión.

De pronto, sus rasgos empezaron a cambiar. Unos labios más estrechos, unos hombros más caídos, unas pestañas más largas. Frente a mí tenía una copia idéntica a mi hermano. Ahogué un grito.

—Contigo ni siquiera tuve que cambiar de forma radical. Podría hacerlo si quisiera. Igual que todos.

Parpadeé. No podía apartar la mirada de ese rostro. Del rostro de mi hermano. Era igual que él, hasta el último detalle, desde la forma de su nariz hasta las pecas de sus mejillas. Era perfecto, salvo por una cosa: sus ojos seguían siendo los ojos negros y opacos de un duende.

—Eres un monstruo —siseé.

El niño cambiado esbozó una sonrisa maliciosa.

—Quiero volver —dije—. ¡Quiero volver!

—No.

—¡Deseo volver!

Echó la cabeza hacia atrás y soltó una carcajada escalofriante.

—Has perdido tu poder, Reina de los Duendes —contestó con tono de burla—. Ya no puedes obligarme a nada.

Sacudí la cabeza.

—Entonces volveré sin ti.

—Demasiado tarde —canturreó.

Los demás, sus hermanos y hermanas, repitieron las palabras a coro: «Demasiado tarde, demasiado tarde, demasiado tarde».

—Tomaste una decisión, mortal. Cruzaste el umbral y ya no hay vuelta atrás.

Unos nubarrones oscuros y agoreros se arremolinaron en el cielo. Noté la caricia helada de un copo de nieve en la mejilla. Un segundo después, se derritió. Se acercaba una ventisca. Había condenado al mundo exterior a un invierno eterno, y todo por mi deseo egoísta de vivir.

Me derrumbé y me desplomé sobre el suelo. El peso de la culpa y del horror pudo conmigo. «Oh, Dios —recé—. Oh, Dios, perdóname. Lo siento mucho. Por favor, sálvanos. Por favor.»

Pero Dios hizo caso omiso a mis oraciones. Cada vez nevaba con más fuerza y los copos de nieve se acumulaban en mis hombros, en mi espalda, en mis manos. Bajé la mirada y no pude evitar fijarme en el anillo que llevaba en el dedo anular; los ojos del lobo incrustados brillaban con luz propia, uno verde y el otro azul.

«Con este anillo, te nombro mi reina. Serás la legítima soberana de mi reino, de los duendes y de mí.»

—Por favor —le susurré al lobo—. Por favor. Me entregué a ti por voluntad propia. Y me entregué entera. Quiero volver, *mein Herr*. Ayúdame a volver.

De haberlo sabido, habría gritado su nombre. Pero mi esposo no tenía nombre, tan solo ostentaba un título. No sabía si podía o si quería oírme.

El hielo había congelado las ramas, los árboles, el bosque. Sin embargo, no tenía nada de frío. De repente, me entró un sueño terrible. No pude resistir y caí en la tentación: me tumbé en el suelo y cerré los ojos. Quería sumergirme en un sueño eterno y no volver a ver el mundo que había destrozado.

—¡Elisabeth!

Reconocí la voz de inmediato. Tuve que hacer un esfuerzo casi sobrehumano para ladear la cabeza y revolverme en el suelo. Traté de abrir los ojos, pero tenía las pestañas pegadas por el hielo. Me había quedado ciega.

—¡Elisabeth!

Me rodeó con sus brazos y me levantó en volandas.

—Aguanta, querida, aguanta —me susurró esa voz al oído.

—Me entregué a ti —gruñí—, por voluntad propia. Y me entregué entera.

—Lo sé, querida. Lo sé —aseguró él. Me estrechó entre sus brazos y noté una oleada de calor por todo el cuerpo. Era calor de verdad, no ese calor falso y engañoso que te embarga cuando estás a punto de morir congelada.

Por fin pude abrir los ojos. Ahí estaba: el Rey de los Duendes.

—¿Aceptas mi promesa? —pregunté con voz ronca, pero firme.

—Sí, Elisabeth. Sí, la acepto —respondió él.

Aquellos ojos dispares brillaban como nunca. De pronto advertí... ¿lágrimas? Alargué el brazo para secarlas, pero me había quedado sin fuerzas.

La tormenta de nieve se disipó, el cielo se despejó y recuperó su azul añil. A nuestro alrededor, el hielo se deshizo y todo el bosque se tiñó de verde. No sabía que *Der Erlkönig* pudiera llorar. Me pregunté qué podrían presagiar sus lágrimas. Y, en ese preciso instante, perdí el conocimiento.

Zugzwang

$\mathcal{U}$nos gritos ensordecedores me despertaron. Volvía a ser una niña. Estaba hecha un ovillo bajo las sábanas, junto a Käthe. Las dos estábamos escuchando la tremenda discusión de nuestros padres. Se peleaban por dinero, por Josef, por Constanze. Cuando no estaban comiéndose a besos o dedicándose halagos al oído, se enzarzaban en peleas memorables. Y, cuando discutían, siempre gritaban.

—¿Cómo habéis dejado que pasara esto?

Y, acto seguido, algo se rompió en mil pedazos.

—¡Os avisé! ¡Os dije que no le quitarais el ojo de encima!

Otro estruendo. Otra cosa, tal vez una bandeja de porcelana, tal vez una estatua de mármol, se hizo añicos. Abrí los ojos y vi al Rey de los Duendes. Estaba que echaba humo por las orejas. Ortiga y Ramita estaban en el suelo, encogidas de miedo. Parecían dos animales indefensos, con las orejas gachas y balanceándose hacia delante y atrás, como si estuvieran haciendo una reverencia a su rey.

—Largaos —rugió. Y arrojó un jarrón directamente a la cabeza de Ramita—. ¡Largaos!

—¡Para! —grité, y el jarrón se quedó suspendido en el aire. El Rey de los Duendes se dio la vuelta. Las duendes me miraban con los ojos como platos—. No lo pagues con ellas —añadí—. No han hecho nada malo.

El jarrón se cayó al suelo.

—¡Tú! —bramó. Tenía los ojos inyectados en sangre y las mejillas coloradas. Nunca lo había visto tan furioso, tan fuera de sí—. Tú…, tú…

—Marchaos —les dije a mis asistentes.

No hizo falta que se lo repitiera.

El Rey de los Duendes dejó escapar un grito de rabia e impotencia; dio una patada a una pequeña mesita auxiliar. Salió disparada hacia la chimenea, provocando así una explosión de cenizas y brasas. El Rey de los Duendes sacó a rastras la mesa de la chimenea y la tiró al suelo con todas sus fuerzas. Se partió en mil pedazos. Parecía un niño con un berrinche monumental. Tenía los puños cerrados y la cara retorcida en una mueca de fastidio.

Sabía que debía sentir lástima por él. Sabía que debía estar arrepentida. Pero no pude contenerme y me eché a reír.

La primera risita que se me escapó casi se me atraganta. Hacía muchísimo tiempo que no me reía, y los músculos de la felicidad y el humor parecían haberse atrofiado. Sin embargo, cuánto más reía, mejor me sentía. Me zambullí en mi alegría, en esa sensación de júbilo, como si fuese una fuente burbujeante.

376

—¿Se puede saber qué —preguntó el Rey de los Duendes con cierto sarcasmo— te hace tanta gracia, querida?

—Tú —respondí, entre risas—. ¡Tú!

Él entrecerró los ojos.

—¿Te divierto, Elisabeth?

Me dejé caer sobre la cama. Tenía espasmos en la espalda de tanto reír y me empezaba a doler el estómago. Pasados unos segundos, ese repentino ataque de risa empezó a calmarse. Mi cuerpo dejó de sacudirse al ritmo de aquellas carcajadas incontrolables y entró en un estado de serenidad absoluta. Me sentía liberada, liviana, animada. Tenía la cabeza apoyada en el borde de la cama, por lo que el mundo parecía estar del revés.

—Sí —dije—. Me diviertes.

—Pues me alegro de que al menos uno de los dos se divierta —farfulló, aún molesto—. Porque estoy muy enfadado contigo.

—Lo sé, y lo siento —contesté—. Pero no me arrepiento de nada.

La verdad nos cayó como un jarro de agua fría. Nos pilló a los dos por sorpresa. El Rey de los Duendes palideció de repente, pero yo... no podía estar más llena de vida, de fervor. No tenía que mirarme al espejo para saber que había recuperado el color en las mejillas y el brillo en la mirada. Lo notaba en la sangre que fluía por mis venas. Había puesto un pie en el mundo exterior... y había vuelto.

Y el Rey de los Duendes estaba furioso. Todo su cuerpo estaba tenso; su mirada, encendida. Y apretaba las mandíbulas con fuerza. Su ira se palpaba en el ambiente, que, de repente, se notó pesado. En una ocasión había asegurado que había dejado de sentir emociones intensas, pero era evidente que le hervía la sangre y estaba tratando de controlar su rabia, su cólera. Se me aceleró la respiración.

—¿Qué, *mein Herr*? —pregunté—. ¿Creías que diría lo contrario?

Las pupilas de esos ojos desiguales se contraían y se dilataban constantemente. Retorció los dedos, que cobraron el aspecto de garras salvajes. El lobo que habitaba en su interior se había despertado y estaba ansioso por salir.

«Ven —pensé para mis adentros—. Ven a por mí.»

—Sí, fui un tonto al pensar que te importarían las consecuencias de tus actos.

Recordé lo ocurrido. El cielo recuperó su azul añil, el hielo se derritió y la vegetación volvió a su exuberante verdor. También rememoré las lágrimas que habían brotado de esos ojos pálidos cuando el verano ganó la batalla al invierno y se instaló en el mundo que nos rodeaba.

—¿He condenado al mundo a vivir en un invierno eterno?

Mi pregunta retórica solo sirvió para irritarle todavía más. Habría hecho lo imposible por tragarse la verdad, pero, pasados unos segundos, la escupió.

—No.

—¿Los ciudadanos del Mundo Subterráneo corretean por el mundo exterior?

Una pausa furiosa.

—No.

—Entonces no he causado ningún daño.

Soné despreocupada, impertinente, imprudente. Era el tonito que usaban las mujeres para coquetear y flirtear con sus pretendientes. Era, sin duda, una conducta temeraria. Él estaba a punto de perder los estribos, a punto de agarrarme por los hombros y castigarme por mi insensatez. Y eso era justo lo que quería. Quería el dolor y el placer, pues así me cercioraba de que seguía viva.

—¡Ningún daño! —vociferó él, y cogió una escultura de la repisa de la chimenea y la tiró contra la pared—. ¿Y si no te hubiera oído? ¿Y si no te hubiera traído de vuelta al reino? ¿Y si...?

No terminó la frase, pero no hizo falta, pues la oí suspendida en el aire de la habitación.

«¿Y si no hubieras querido volver?»

Me levanté de la cama y me acerqué a mi esposo. Cada vez que daba un paso hacia delante, él daba uno atrás. Pero en un momento dado chocó con la pared. Lo tenía acorralado y no podía huir de mí. Apoyé las manos sobre su pecho y me puse de puntillas para susurrarle algo al oído.

—He vuelto —murmuré—. He vuelto por voluntad propia.

En un movimiento rápido y brusco, me sujetó por los hombros. Vaciló. No sabía si quería apartarme o estrecharme en un abrazo. Me clavó los dedos en el brazo.

—No te atrevas a hacerlo otra vez. Jamás. —Cada una de sus palabras fue como un dardo dirigido a mi corazón, un dardo intencionado y muy preciso—. Jamás.

Sentí su ira y su miedo en sus dedos, en sus manos. Todo su cuerpo estaba en tensión. Mi esposo titubeó; no sabía si seguir con la regañina y ponerme en mi lugar o si dejarme marchar. Me contagió sus temblores; de pronto, alguien rasgó la cuerda que nos conectaba, provocando una serie de ecos y resonancias en mi interior.

Y entonces le besé.

El Rey de los Duendes se quedó petrificado. Lo agarré de la camisa y lo acerqué a mí. Me aferré a él como se agarra a un salvavidas alguien que se ahoga en el mar. Me devolvió el beso con desesperación. Cada beso era más salvaje, más agreste y más húmedo que el anterior. Me rodeó con sus brazos y sentí sus manos en la espalda de mi vestido. Le palpé el pecho de la camisa, hasta llegar al cuello; entonces deslicé las manos para acariciar su piel desnuda.

Fue como volver a casa.

—No —susurró sin dejar de besarme; no sabía si era una orden o una súplica—. No. No. No.

«No me toques. No me tientes. No intentes salir del Mundo Subterráneo otra vez.» No entendí por qué estaba protestando, pero me dio lo mismo. Éramos dos vehículos sin frenos y sin conductor; ambos sabíamos que la colisión sería inevitable.

—No lo haré, no lo haré, no lo haré —contesté, aunque no tenía ni idea de qué le estaba prometiendo.

Me importaba bien poco, la verdad. Sus caricias me estremecían y borraban cualquier pensamiento consciente.

En ese momento enredó sus dedos en mi cabello y tiró de mí. Nos separamos. Estiré el cuello para seguir besándole, pero él no cedió. Con la otra mano, me cogió de la barbilla y me obligó a mirarle a los ojos.

Esos ojos. Tan pálidos, tan sorprendentes, tan distintos. Notaba su aliento cálido en mi piel. Ambos nos miramos durante un buen rato. Me quedé anonadada al darme cuenta de que estaba frente al joven austero e inocente, no frente a *Der Erlkönig*, el lobo. Y en ese instante comprendí lo que me había estado rogando.

«No me abandones.»

Noté una oleada de calor por todo el cuerpo. Sin embargo, cuando ese calor alcanzó mi corazón, se convirtió en dolor.

—Nunca —murmuré.

Y, al oír esa palabra, sus ojos se transformaron. Se endurecieron y cobraron el brillo de dos piedras preciosas, de un zafiro y una esmeralda. Su rostro se convirtió en la máscara de *Der Erlkönig*. Inclinó la cabeza y me rozó el cuello con sus labios. Noté un mordisco justo en el hombro y deslizó la mano hasta mi clavícula.

—Bien —gruñó.

Y, de repente, en un movimiento rápido y experto, me rasgó el vestido y me desnudó.

Nos movemos con brusquedad, con torpeza, con afán, con deseo. Nos desplomamos sobre la cama. Estamos entrelazados. De lejos, parecemos un enredo de piernas desnudas y prendas de ropa. Somos como un par de lobos.

Nuestros cuerpos se redescubren, se familiarizan, se adaptan a la forma del otro. Abrazo al Rey de los Duendes y lo siento mío, como algo familiar y nuevo al mismo tiempo.

—No —dice él.

«No te vayas.»

—Nunca —musito.

Tratamos de encontrar un ritmo, un consenso, una progresión, pero ninguno de los dos quiere dar su brazo a torcer, pues ambos deseamos dominar al otro. Lo merezco. Me lo he ganado después de tanto tiempo de indiferencia, de desamor. Él lo merece, se lo ha ganado porque he estado a punto de abandonarle, de huir del Mundo Subterráneo, de condenar al mundo entero. Estamos furiosos, pero nuestra rabia es muy juguetona; parecemos dos sabuesos entrenando para la caza posterior.

El Rey de los Duendes siempre ha sido generoso en nuestro lecho marital, pero ahora comprendo hasta qué punto. Me inmoviliza los hombros y me sujeta por las muñecas. Se inclina sobre mí. Tan solo unos milímetros separan nuestros rostros. Su expresión es salvaje y feroz. Frunce el ceño y su boca está torcida en una sonrisa burlona. El joven austero ha desaparecido; ahora no hay nadie que pueda guiarme por el bosque.

Funde sus labios con los míos y nuestras lenguas se entrelazan en un vals evocador. Desliza sus manos por todo mi cuerpo, hasta alcanzar mi entrepierna. Noto el peso de su cuerpo sobre el mío y me tenso.

El Rey de los Duendes para de repente.

—Tus deseos son órdenes para mí —murmura, y espera a oír mi respuesta.

Vacilo y después asiento con la cabeza.

—Sí —susurro—. Sí.

No sé si estoy preparada para esto, pero, antes de que pueda pensármelo dos veces, él da el paso. Me quedo sin aire en los pulmones. Siento algo más que plenitud, siento… una satisfacción infinita. Arqueo la espalda y abro los ojos. Creo estar en el cielo, pero el cielo está muy lejos. Las luces de hada titilan en el techo, como estrellas en un firmamento que jamás verán la luz del día.

Y entonces empieza el juego. Nuestros tempos coinciden y emitimos un ritmo que cada vez suena más salvaje, más agreste. No soy yo. No soy Elisabeth. No soy una doncella. Soy una criatura asilvestrada, una criatura del bosque y de la tormenta y de la noche. Echo a correr y paso por sueños y fantasías, por todos los cuentos de mi infancia, por las historias oscuras e insólitas, extrañas y curiosas. Soy instinto. Estoy hecha de música, de magia y de *Der Erlkönig*.

Estoy perdida.

Poco a poco, vuelvo a ser yo misma. Recupero cada centímetro de mi cuerpo, cada sentido. Primero los pies. Después las manos. Y después mi cuerpo, que sigue envuelto en su abrazo, en su calor. El mundo se vuelve a teñir de colores; de repente, noto el sabor metálico de la sangre en el labio. Me he debido de morder sin querer. Recobro la vista y el tacto y el gusto y el olfato.

No oigo nada. Decido esperar. Pasan los segundos, pero lo único que escucho es el latido de mi corazón.

«Poco a poco, te robarán todos tus sentidos: tu vista, tu olfato, tu gusto, tu tacto… Será un festín lento, muy lento.»

Estoy muerta de miedo.

El Rey de los Duendes se percata de que estoy aterrorizada y me acaricia la mejilla. Noto algo húmedo en la nariz. Está sangrando.

Percibo el horror recorriendo el cuerpo de mi marido. Un segundo más tarde, se aparta de mí.

«¿Elisabeth?»

No puedo oírle, pero sí leerle los labios. Reconozco las sílabas de mi nombre a la primera.

«¡Elisabeth!»

Grita algo más, pero no soy capaz de entenderle. Las palabras se difuminan en un zumbido amortiguado; de repente, las palabras de Ortiga resuenan en mi cabeza: «¿Pensabas que tu palpitante corazón sería el mayor de los sacrificios que se te exigiría? No, mortal. Tu latido es el último de los sacrificios. Y el menos importante».

El Rey de los Duendes vuelve a gritar algo. Entonces, en un abrir y cerrar de ojos, aparecen mis dos duendes.

No, por favor. No. He vuelto del mundo exterior. Mi hermana aún me recuerda. Mi hermano pronunció mi nombre. Ortiga y Ramita revolotean a mi alrededor. No quiero apartar la mirada de mi esposo. Necesito respuestas, pero sé que no puede dármelas, pues me he quedado sorda y no oigo absolutamente nada.

Justicia

*D*istinguí la melodía de un violín a lo lejos; era una melodía triste, una melodía que transmitía melancolía, arrepentimiento y una disculpa.

—¿Josef? —murmuré, aún adormilada.

Enseguida me di cuenta de que aquella melodía no salía del violín de mi hermano pequeño. No percibí la nitidez tan característica de Josef en las notas, sino algo totalmente distinto; distinguí una nostalgia profunda, una tristeza que solo años (quizá siglos) de anhelo podrían inspirar. 383

Era el Rey de los Duendes.

Ahogué un grito y me incorporé en la cama. De repente, recordé todo lo que había ocurrido entre nosotros y sentí una oleada de calor por todo el cuerpo. Y, acto seguido, un escalofrío. Un escalofrío por el miedo a las consecuencias que eso podría conllevar. Me estremecí y me llevé las manos a los oídos con una mezcla de temor y esperanza.

—Está despierta.

Reconocí la voz de Ortiga de inmediato. Me di la vuelta y las vi. Allí estaban, mis dos duendes, observándome con esa mirada negra e inexpresiva. No me había quedado sorda, lo cual me procuró una sensación de alivio indescriptible. Respiré hondo y traté de contener las lágrimas. No había perdido el oído. Todavía no. Aún conservaba mis cinco sentidos y, al parecer, seguían intactos. Aparté las sábanas y me levanté de la cama. Me moría de ganas de entrar en el salón privado, sentarme frente al clavicordio y tocar la música que, por un momento, creí haber perdido.

—¡Espera, majestad, espera! —gritó Ramita, pero fui más rápida que ella y no pudo alcanzarme—. Debes descansar.

Y tenía toda la razón. Me temblaba todo el cuerpo y sentía que iba a desfallecer en cualquier momento. Estaba débil, como si hubiera sufrido un episodio febril, pero me dio lo mismo. La música se revolvía en mi interior y sentía que quería salir por cada poro de mi piel, por mis ojos, por mis dedos. Necesitaba liberarla o, de lo contrario, acabaría explotando.

Entré corriendo al salón privado. Enseguida me percaté de que Ortiga y Ramita habían sacado mi *Sonata de noche de bodas* del bolsillo de mi delantal y la habían colocado sobre el clavicordio, pero no estaba de humor para componer.

No era capaz de producir música, tan solo una cacofonía de sonidos que simbolizaba el caos ingobernable que reinaba en mí. Me senté en el banco y presioné, golpeé, aporreé las teclas del clavicordio, desatando así todo mi alivio, mi rabia, mi sorpresa y mi alegría. Improvisé notas, mutilé acordes. Y lloré. Me entregué a la borrasca de emociones que se había creado en mis entrañas y no dejé de tocar hasta que la tormenta hubo amainado.

Y, como reza el dicho, después de la tormenta, llega la calma. Y en esa calma oí la respuesta de un violín.

«Lo siento, Elisabeth.»

Oí la disculpa del Rey de los Duendes con perfecta claridad, como si lo tuviera delante de mí. La música siempre había sido nuestro lenguaje, un lenguaje de amor, de risa, de lamentaciones. Dejé que tocara y tocara y tocara, hasta que, al fin, apoyé las manos sobre el teclado y toqué mi misericordia.

«Te doy las gracias, te perdono. Te doy las gracias, te perdono.»

Pero el violín no parecía contentarse con mi absolución y siguió tocando un *ostinato* de culpabilidad y vergüenza. Traté de adaptar mi melodía a la suya, de encontrar un acompañamiento, un *basso continuo*, pero el Rey de los Duendes no dejaba de cambiar el tempo, los acordes, la clave... Su melodía era un conjunto de variaciones; todas ellas destilaban remordimiento.

«Soy un monstruo. Soy un monstruo. Soy un monstruo.»

Su melodía seguía sonando, pero era imposible unirme a ella.

—Ve a buscarlo —le ordené a Ortiga, que estaba distraída destruyendo una pila de papeles en sucio—. Ve a buscar a *Der Erlkönig*.

Hizo una mueca, pero sabía que no tenía más remedio que obedecer. Sin embargo, cuando volvió, lo hizo sola.

—¿Dónde está?

Por primera vez me pareció detectar una pizca de vergüenza en su expresión. Miró al suelo y farfulló una excusa.

—Su majestad no vendrá —murmuró.

El Rey de los Duendes no estaba sometido a mi voluntad, a diferencia de mis dos duendecillas, pero, aun así, no desistí y decidí enviar a Ramita a buscarlo. Albergaba la esperanza de que la amabilidad de Ramita lo convenciera. Pero, al igual que su compañera, regresó sola.

—¿Qué ocurre? ¿*Der Erlkönig* está tan avergonzado que no se atreve a reunirse conmigo? —pregunté—. Preferiría que se disculpase en persona, no a través de las notas de su violín.

—Está en la capilla, majestad —explicó Ramita.

—Y nunca le interrumpimos cuando está rezando —añadió Ortiga.

Las miré, anonadada.

—¿Qué? Me apostaría el pellejo a que a vosotros, los duendes, os importa un bledo su Dios. ¿Me equivoco?

Ortiga se cruzó de brazos.

—Sí, te equivocas —espetó.

—Nosotros, los duendes, no violamos lugares sagrados —dijo Ramita—. Un detalle que vosotros, los mortales, nunca tuvisteis con nosotros. Seguimos las antiguas leyes, pero respetamos la fe de su majestad. ¿Quiénes somos para censurar o rechazar lo extraño y desconocido?

Eso sí me sorprendió. Según las fábulas que nos contaba

Constanze, los duendes eran criaturas sin honor ni moral, seres dispuestos a mentir y robar y engañar para conseguir sus objetivos. Pero ¿quién era yo para cuestionar las antiguas leyes?

—Está bien —dije—. Ojalá pudiera arrancarle su voz, pero ya que es imposible... Traedme su violín.

Mis asistentes intercambiaron una mirada incrédula. Sí, había sido una idea absurda y ridícula.

Solté un suspiro de impotencia.

—De acuerdo. Dejadme a solas. Ya se me ocurrirá algo.

Ramita y Ortiga se dedicaron otra mirada; un segundo después, se esfumaron.

Esperé.

Esperé a que el Rey de los Duendes acabara, a que se despojara de toda su culpabilidad. Esperé a que su violín enmudeciera para así poder responder.

Organicé mis papeles y empecé a trabajar en el segundo movimiento de la *Sonata de noche de bodas*, el *adagio*.

«Eres el monstruo que tanto reivindico, *mein Herr*.»

A través de los inmensos espejos que abarrotaban las paredes del salón privado contemplé el río que serpenteaba por la ciudad de Salzburgo y utilicé ese paisaje como inspiración. Oí el *pizzicato* de un violín mientras las gotitas de hielo se deshacían, anunciando así la llegada de la primavera. También percibí el suave murmullo de un arroyo. *Arpegios* en el fortepiano. Escribí unas notas sobre la partitura que tenía delante de mí. Aún no había decidido el tono, pero sopesaba la idea de que fuese en do menor.

Modulé los arpegios sin ton ni son, sin ningún propósito en concreto, tan solo para jugar con el sonido hasta dar con el acorde perfecto, con el acorde que pudiera ponerme los pelos de punta. Pero no oí nada que me fascinara, así que empecé a expandir los arpegios. Mejor. Algo de color cromático. Noté que, bajo las notas, empezaba a arremolinarse cierta tensión. Me gustó. Lo reconocí de inmediato: era el insoportable peso del deseo.

No quería que el Rey de los Duendes pudiera responderme, así que no le di la oportunidad.

Para el primer movimiento me había inspirado en mi rabia e impotencia. El tema no era excepcional y la melodía jamás llegaba a resolver su potencial, hasta el final. El segundo movimiento, en cambio, trataría sobre la pérdida, sobre los sueños imposibles e inalcanzables. Sobre el mundo exterior. Sobre mi cuerpo. Sobre su cuerpo. Sobre el deseo que latía bajo nuestra piel y que unía los dos movimientos.

Garabateé algunas notas y añadí estas nuevas ideas al alegro.

Más suave. Más dulce. El tempo del adagio era mucho más lento, lo cual le otorgaba un aire más meditativo, más melancólico. Sin embargo, no pretendía crear una melodía de complacencia y resignación. No, quería que la melodía le inquietara, le molestara y le trastornara, y que, al mismo tiempo, le cautivara y le tentara. Notas más altas, una pausa, una resolución. Pensé en las manos del Rey de los Duendes deslizándose por mi piel. Una pausa para respirar y después un acorde casi doloroso. Y así, una y otra vez. El Rey de los Duendes había marcado su huella en mi persona. Y yo marqué esos cambios sobre la partitura. Me incliné sobre las notas; todo mi cuerpo se balanceaba y se sacudía al ritmo de la música. Cerré los ojos e imaginé al Rey de los Duendes detrás de mí, con las manos apoyadas sobre mis hombros. Dieciséis notas en una escala cromática. Esas mismas manos, con los dedos extendidos, acariciándome el cuello hasta llegar a la clavícula, rozándome los hombros, el escote. Un suave descenso en las notas, un *glissando*, octavas más lentas. Solté un suspiro.

Y el suspiro retumbó en la habitación.

«Deja que el Rey de los Duendes me escuche. Deja que oiga mi frustración y mi perdón.»

Toqué y compuse, pero sobre todo, esperé. Esperé la caricia de una mano en mi pelo, el aliento de un beso en el cuello. Esperé a que su sombra se cerniera sobre las teclas, a que sus lágrimas cayeran sobre mi hombro. Esperé y esperé y esperé hasta el amanecer, hasta que la oscuridad se disipó, confirmando así que el Rey de los Duendes jamás había estado allí.

Y

No había funcionado. Estaba segura, casi convencida, de que mi música, la música que él tanto ansiaba y anhelaba, bastaría para tranquilizar al Rey de los Duendes y liberarle de ese sentimiento de culpabilidad. Pero los minutos, las horas y los días fueron pasando y mi marido siguió manteniendo esa distancia insalvable. No me había vuelto a tocar, ni a dirigir la palabra, ni a mirarme a los ojos desde nuestro desastroso encuentro, después de regresar del mundo exterior.

Le echaba de menos.

Añoraba nuestras charlas frente a la chimenea; durante esas veladas, él se dedicaba a leer en voz alta las memorias de Erasmo y Kepler y Copérnico, y yo, que por fin había dejado mi vergüenza de lado, entonaba los poemas que había aprendido de memoria. Añoraba nuestros juegos infantiles de verdad o atrevimiento, sus juegos de manos y sus bromas. Añoraba trabajar juntos en nuestra sonata. Pero, sobre todas las cosas, añoraba su sonrisa, su mirada bicolor y esos dedos tan largos y elegantes, perfectos para la música y para la magia.

El Rey de los Duendes no parecía dispuesto a dar su brazo a torcer, pero yo no me iba a resignar. Le sacaría de su madriguera, aunque fuera a rastras.

El segundo movimiento de la sonata estaba casi terminado, y la voz del Rey de los Duendes no estaba presente. Dejé la pluma sobre el escritorio.

—Ortiga —llamé.

Y la duende se materializó *ipso facto*.

—¿Qué quieres ahora, Reina de los Duendes? —preguntó con desprecio.

—¿Dónde está *Der Erlkönig*?

—En la capilla, como de costumbre.

—Llévame a él.

Ortiga arqueó una ceja, o eso intuí, porque, en realidad, no tenía cejas.

—Eres más valiente de lo que creía, mortal. Interrumpir los rezos de su majestad es, sin duda, un acto de atrevimiento.

Me encogí de hombros.

—Creo en el perdón eterno de Dios.

—Pero no será el perdón de Dios lo que necesites.

Sin embargo, Ortiga acabó por acatar mis órdenes y me acompañó hasta la capilla para que así pudiera rescatar el violín del Rey de los Duendes. En cuanto llegamos a la entrada, Ortiga se esfumó en un abrir y cerrar de ojos.

La capilla estaba vacía.

Estaba furiosa con Ortiga. Me reprendí por haber dejado que volviera a engañarme por enésima vez. Tendría que haber recurrido a Ramita. Me di la vuelta, dispuesta a marcharme, pero justo entonces atisbé el violín por el rabillo del ojo. Estaba frente al altar.

El violín del Rey de los Duendes.

Atravesé aquel inmenso pasillo para recuperarlo, para quitarle la voz y la culpa. En las paredes, las vidrieras de las ventanas brillaban con una luz sobrenatural. En aquel salón no había bancos ni sillas; después de todo, no había un sacerdote que dirigiera una misa, ni tampoco parroquianos que quisieran asistir a ella. Sobre el altar colgaba un crucifijo de madera; justo encima del presbiterio, estaba el violín del Rey de los Duendes.

En cuanto mis manos tocaron esa madera antigua y cálida, un suspiro resonó a mi alrededor.

Me asusté tanto que casi se me escurre el violín de las manos. Me di la vuelta, pero allí no había nadie.

—No sé si estás ahí, Señor, pero aquí me tienes, una vez más, arrodillado frente a ti, rogando tu perdón, suplicando tu ayuda. Aquí, en el Mundo Subterráneo, estoy demasiado lejos de ti, pero sigo anhelando tu presencia.

La voz salía de uno de los nichos que custodiaban el pasillo, unos diminutos espacios de devoción donde uno podía encender una vela y rezar. De puntillas, me acerqué al nicho que había a mi izquierda, de donde surgía esa voz.

El Rey de los Duendes estaba arrodillado frente a una mesita, con los ojos clavados en una pequeña escultura de

Cristo chapada en oro. A su alrededor había varias velas encendidas que iluminaban el rostro del Señor con un resplandor dorado muy agradable.

—Cualquiera pensaría que, a medida que pasan los años, el inmortal se acostumbraría a la muerte. Al fin y al cabo, todos los demás se deterioran, se marchitan y se pudren. Pero, para alguien como yo, no es más que otra existencia. ¿Acaso los mortales reflexionan sobre el paso del tiempo, acerca del cambio de las estaciones? ¿Se preguntan por qué el verano da paso al otoño? ¿O el otoño al invierno? No, ellos confían en que el mundo seguirá rodando y en que la vida y el calor regresarán a sus vidas. Y, sin embargo…

El Rey de los Duendes alzó la cabeza. Pegué la espalda contra la pared de piedra para evitar que pudiera verme.

—Y, sin embargo, el inconfundible frío del invierno no me pasa desapercibido. El aliento gélido de la muerte nunca alivia esa punzada de dolor. He sido testigo de cómo mis esposas han florecido y se han marchitado, pero…

Titubeó.

«No debería estar aquí. Debería dejar que el Rey de los Duendes se confesara en privado.» Me giré para irme.

—Pero Elisabeth…

Al oír mi nombre, me detuve.

—Elisabeth no es como las flores que han pasado antes por aquí. Su belleza es efímera, pasajera. Uno aprende a admirarlas mientras viven, pues es bien sabido que, un día u otro, no serán más que un montón de ceniza. En cuanto sus pétalos empiezan a teñirse de marrón, me despido de ellas.

Era una conversación con Dios, una conversación en la que desnudaba su alma. Sabía que no debía estar allí, pero no podía moverme. No «quería» moverme.

—Me tildarían de cruel, o eso supongo. Ella también me creería un ser cruel. Pero ser cruel, frío y distante fue la única solución que hallé para poder sobrevivir —explicó. Después se echó a reír y la carcajada que retumbó en la capilla sonó a sarcasmo—. ¿Por qué un inmortal debería preocuparse por sobrevivir? Oh, Señor, cada día es una lucha por sobrevivir.

Su voz adoptó una cadencia más suave y sus oraciones ya no parecían súplicas, sino más bien reminiscencias.

—Mi vida, mi mera existencia, es una tortura eterna. Firmé un acuerdo con el Diablo, y estoy en el Infierno. Es algo que jamás entendí hasta que me coronaron rey de este maldito lugar. Me aterraba tanto morir que aproveché la oportunidad para escapar de su oscuridad. Qué tonto fui. Qué tonto soy.

Y entonces inclinó la cabeza.

—Rabia, tristeza, alegría, deseo. Emociones que no sentía desde tiempos inmemoriales. Sobre todo alegría. De todas ellas, la rabia es la más familiar, pues la amargura y la desesperación llevan siglos siendo mis fieles compañeras de vida. Pero, a pesar de todo, aún anhelo sentir intensidad. A pesar de los años, aún no he olvidado la chispa, la llama. Anhelo volverla a sentir, aunque gracias al tiempo y a la eternidad ya me he acostumbrado al vacío, a la frialdad.

Me llevé el violín al pecho y cerré los ojos. Me habría encantado salir de mi escondite, estrecharlo entre mis brazos y consolarlo.

—Me rendí hace mucho tiempo. Todas mis esposas vinieron al reino dispuestas a morir; sus vidas en el mundo exterior ya habían acabado. Todas querían una última oportunidad de volver a sentir, y yo se la concedí. Gracias a mí, gozaron de más lágrimas y de más placer. Y, lo más importante, les proporcioné una catarsis única. Me utilizaron igual que yo a ellas. Entonces, cuando fallecieron, las desprecié por haberme abandonado, por no haberme llevado con ellas, por obligarme a llorar su muerte hasta que llegara la siguiente. Pero Elisabeth…

Contuve el aliento.

—Elisabeth nunca fue una flor de invernadero. Es un roble robusto. Si sus hojas caen, ella se encargará de que vuelvan a brotar en primavera. Cuando decidió entregarme su vida, aún no estaba preparada para morir. Pero lo hizo de todas formas. Y lo hizo porque amaba, amaba de corazón.

Se me escaparon unas lágrimas.

—Sé lo que me dirías, Señor. Debería haber actuado de

una forma más piadosa, más religiosa, y haberla devuelto al mundo exterior —admitió, y se le quebró la voz—. Pero fui egoísta.

No pude soportar la situación un minuto más. Sentía que estaba violando su intimidad. Me había colado en la capilla para arrebatarle la voz, para silenciarle, cuando, en realidad, lo que debería haber hecho era escucharle.

—Conozco el significado del amor, Señor. De hecho, fuiste tú quién me enseñó a amar. Tú me mostraste el camino a través de tus palabras, a través de la muerte, pero no he comprendido el significado del sacrificio hasta ahora. Para amar de verdad, uno debe entregarse, abnegarse. Deja que me entregue. Mándame fuerza, Señor, pues la necesitaré en los días venideros.

Y, de pronto, surgió el sonido del llanto, el sonido que llevaba varios minutos conteniendo.

—En tu nombre lo pido, amén.

Si tú estás conmigo

$\mathcal{M}$e escabullí hasta el salón privado para estudiar el violín que tenía entre las manos. Era más bien sencillo, desprovisto de cualquier tipo de ornamentación. La madera era hermosa, con alguna mancha de color ámbar. Resultaba más que evidente que el instrumento era bastante antiguo; la tapa estaba un pelín abollada y rascada después de varias décadas de uso y, a primera vista, daba la sensación de que se había cambiado el cuello, el clavijero y la voluta. Pensé en la voluta que había visto en el retrato del joven austero en la galería, con forma de rostro femenino y con una expresión desfigurada, una mezcla de dolor y placer. En aquel momento me había resultado familiar. Me pregunté qué habría pasado con él.

Lo cogí de su atril. Era un instrumento como tantos otros que había tenido entre las manos y había tocado, pero debía reconocer que ese en particular parecía tener vida propia. La madera se sentía cálida bajo mi piel, igual que me había pasado con la flauta que el Rey de los Duendes me había regalado hacía..., oh, hacía muchísimo tiempo. Era como si te devolviera las caricias. Como sujetar la mano de alguien. Como entrelazar la mano con la del Rey de los Duendes.

No debería haberlo cogido.

«Para amar de verdad, uno debe entregarse, abnegarse.»

No debería haber oído esas palabras. No había sido el momento ni el lugar. El Rey de los Duendes y yo merecíamos poder mirarnos a los ojos después de revelar nuestros secretos más íntimos. Y yo acababa de arrebatarnos eso. Una oleada de arrepentimiento.

Mea culpa, mein Herr. Mea maxima culpa.

Coloqué el violín sobre el hombro, apoyé la barbilla y respiré hondo. Enseguida reconocí la suave esencia de la colofonia. Después distinguí un aroma más terroso y almizcleño incrustado en la madera. El olor gélido del hielo enroscándose por las curvas sinuosas del violín, y el olor abrasador de los leños ardiendo en una chimenea. El perfume del Rey de los Duendes.

Lo primero que hice fue afinar el instrumento, aunque alguien lo había tocado hacía poco, por lo que no necesitó muchos ajustes. Toqué algunas escalas para calentar; deslicé los dedos por el cuello del violín y así acostumbrarme a sus cuerdas, a su forma, a su textura. No había dos violines idénticos. Aunque a primera vista parecieran iguales, siempre había detalles distintos, por muy sutiles que fuesen. Este violín era mucho más antiguo que los que teníamos en la posada o, mejor dicho, que los pocos que nos quedaban. El ángulo del cuello y el cuerpo eran distintos, igual que el largo del diapasón. Y en cuanto apoyé el arco sobre las cuerdas, el sonido que oí fue más profundo, más rico.

No había tocado un violín desde el Baile de los Duendes; ese día me uní a los músicos y, juntos, entonamos un minueto. Fue la primera vez que había dejado que la semilla de la música brotara en mi interior. Mi instrumento siempre había sido el clavicordio, aunque más bien por necesidad que por elección propia. Por un lado, tenía que acompañar a Josef; por otro, me resultaba muy fácil visualizar mi música en un teclado. Sin embargo, el primer instrumento que aprendí a tocar fue el violín; por lo tanto, ocupaba un lugar muy especial en mi corazón. No tenía las manos de Josef, ni tampoco el talento del Rey de los Duendes, pero sabía defenderme bastante bien.

Noté su vibración en la caja de resonancia del instrumento y, en consecuencia, en mi mandíbula. Cerré los ojos y me dejé llevar por su música. Después de ese breve calentamiento, decidí dar rienda suelta a mis dedos. Quería que se movieran en plena libertad… Tocaron el inicio de una nueva chacona, frases de mis sonatas preferidas y acordes de dieciséis notas.

Hacía muchos años que no tocaba una pieza entera con el violín. De hecho, no recordaba la última vez que había practicado. No sentía los dedos ágiles, sino más bien torpes, tal vez por falta de práctica y disciplina. No podía seguir el ritmo de los tempos ni recordar una pieza entera, de principio a fin. Pero no tenía que demostrar lo talentosa y virtuosa que era. No, ya no. Elegí un aria muy sencilla, una que mamá solía canturrear mientras hacía las tareas de la posada.

«Si tú estás conmigo.»

Sí, era él. Estaba susurrando algo.

«Entonces partiré tranquilo y alegre, a la muerte y a mi descanso.»

No recordaba cuándo había sido la última vez que su presencia se había inmiscuido en mi mente, pero enseguida me di cuenta de que el Rey de los Duendes estaba allí.

«Oh, qué feliz sería mi final, si tus queridas manos fuesen lo último que viera, si tus queridas manos cerraran para siempre estos ojos fieles y creyentes.»

El resuello de una respiración entrecortada. Abrí los ojos, pero allí no había nadie más. Sin embargo, notaba su mirada clavada en la nuca, una mirada disimulada e invisible. También sentí sus dedos acariciándome el cuello, deslizándose por el brazo sobre el que sujetaba el violín. Y con la suavidad y delicadeza de una pluma, me sujetó el codo mientras yo movía el brazo sobre las cuerdas, formando un arco perfecto y continuo.

—Si tú estás conmigo —murmuré, sin dejar de tocar.

Una invitación.

—Estoy aquí, Elisabeth.

El arco pareció titubear y, de repente, dejé caer los brazos. En ese instante, de entre las sombras, apareció el joven austero.

El Rey de los Duendes era un experto en el arte de los disfraces; se había mostrado como un desconocido alto y elegante, como un pastor joven y pobre, como un rey déspota y egoísta, pero jamás había visto al muchacho del retrato. Hasta ahora. La túnica negra resaltaba la palidez de su piel y teñía su melena dorada en un amasijo de telarañas blancas. Para la ocasión había elegido un atuendo sencillo, nada ostentoso. La túnica tenía el cuello y las mangas lisas, sin bordados ni adornos. De repente me pareció estar delante de un sacerdote, de un hombre sencillo, puro y hermoso.

—Si me llamas, vengo de inmediato —dijo.

Dejé el violín y el arco sobre una mesa y extendí los brazos.

—Siempre eres bienvenido, *mein Herr*.

No necesitamos decir una sola palabra más.

Nos fundimos en un abrazo. Nos quedamos así durante un buen rato, ajustando el ritmo de nuestra respiración hasta convertirnos en un único pulmón, reconociendo cada curva y cada surco de nuestros cuerpos. Y fue precisamente en ese momento cuando caí en la cuenta de que mis brazos estaban vacíos desde hacía demasiado. El Rey de los Duendes llevaba mucho tiempo viviendo en mi mente; ahora deseaba abrazar algo más que la idea que tenía de él. Quería abrazarle «a él».

—Oh, Elisabeth —me susurró al oído—. Tengo miedo.

Estaba nervioso e inquieto; temblaba como una hoja en mitad de una tormenta.

—¿Y de qué tienes miedo? —pregunté.

Él soltó una carcajada de desesperación.

—De ti —respondió—. De la perdición. De mi corazón.

Su corazón. Sentía su latido bajo mi oído, un latido rápido e inseguro.

—Lo sé —murmuré—. Yo también tengo miedo.

Una confesión. Era la primera vez que admitía mi debilidad ante él. Y eso le pilló totalmente desprevenido. Le había entregado mi mano, mi música, mi cuerpo. Lo único que no le había entregado había sido mi confianza. Había violado su intimidad en la capilla; eso merecía una compensación.

Me besó.

Y esta vez fue un beso distinto a todos los demás. Sin pasión, sin frenesí, sin ansias. Y entonces comprendí que nuestros besos anteriores no habían sido un regalo, sino un robo. Nos habíamos robado los besos. Los habíamos arrebatado sin pensar en dar algo a cambio.

—Elisabeth —dijo sin apartar sus labios de los míos—, te he hecho mucho daño.

—No —repliqué, y negué con la cabeza—. Rompí mi promesa. Te entregué mi música, pero no mi confianza.

Y era verdad. Le había dado todo, salvo lo que realmente necesitaba. Lo que el Rey de los Duendes anhelaba no era mi mano en matrimonio, ni mi cuerpo en su lecho, ni siquiera mi música. Debería haber confiado en él cuando no era más que una niña y le dedicaba mis canciones en el bosque. Debería haber confiado en él cuando decidí convertirme en su esposa. Debería haber confiado en él cuando quiso que fuera yo misma.

—Oh, Elisabeth —suspiró el Rey de los Duendes. Me miraba con los ojos brillantes, vívidos, intensos—. Tu confianza es hermosa. Deja que te entregue la mía.

Y entonces se arrodilló frente a mí.

Estaba confundida. Traté de ayudarle a ponerse de nuevo en pie, pero él respondió abrazándome la cintura.

—*Mein Herr*, ¿qué…?

—Si tú estás conmigo —murmuró—. Oh, qué feliz sería mi final —dijo, y luego me miró a los ojos— si tus queridas manos fuesen las que acunasen mi alma.

Su mirada, esa mirada bicolor, era cristalina y transparente. Por fin podía atisbar al muchacho que había sido. El muchacho que podía haber sido antes de que un lobo salvaje lo transformara y lo consumiera. Antes de convertirse en *Der Erlkönig*. Me temblaban las piernas, así que me senté en el banco del clavicordio.

—Elisabeth —murmuró—, te entregaste a mí, entera. Deja que haga lo mismo por ti. Deja que me entregue a ti.

Agachó la cabeza y me besó la rodilla con una ternura infinita. Y entonces empecé a encajar las piezas del rompecabezas.

—¿De veras…, de veras dejarías que te condujera hacia la oscuridad? ¿Hacia lo salvaje?

—Sí —susurró él. Sentí cada vibración de su voz y cada movimiento de sus labios sobre la pierna—. Sí.

Vacilé.

—Pero… no conozco el camino.

Noté que sonreía.

—Confío en ti.

Confianza. ¿Tendría el valor suficiente para aceptarla? ¿Sería capaz de soportar su peso? Sí, era la Reina de los Duendes, pero, en el fondo, no era más que una chica que se había criado en la posada de un pueblo. No era más que Elisabeth.

Pero ¿no era también una doncella valiente?

Tragué saliva.

—De acuerdo —dije, y después le acaricié el pelo y se lo aparté de la frente—. Como desees.

—Como «tú» desees.

El Rey de los Duendes inclina la cabeza; es un gesto de gratitud, de veneración, de sumisión. Enredo los dedos en su melena, una melena espesa y exuberante, e intento que levante la cabeza para poderle mirar a los ojos.

—Mírame —suplico.

Nos miramos fijamente durante un buen rato. La desnudez de su mirada me enternece, pero también me inquieta. Sus ojos transmiten confianza, pero también nerviosismo y expectación. Se ha despojado de todo su poder. Y es ahora cuando me doy cuenta de que se despojó de él hace mucho tiempo. Renunció a él para entregármelo a mí cuando le ofrecí mi vida a cambio de la de mi hermana. Cuando le ofrecí mi música. Cuando le ofrecí mi alma, mi cuerpo, mi todo. Es mi siervo. Come de la palma de mi mano. No era consciente de ello, hasta ahora. Ahogo un grito. Podría hacerle daño, aunque no sé si podría soportar verle sufrir.

Tengo su corazón al alcance de la mano. Y siempre lo he tenido.

Me ha entregado su corazón y su confianza. Sé muy bien lo que deseo, lo que anhelo y, al pensarlo, se me eriza el vello de la piel. El corazón me martillea el pecho y siento su palpitar en los oídos. Se me acelera la respiración y empiezo a jadear. Trato de no perder el control. Ni los modales.

—¿Harías…, harías todo lo que te pidiera? ¿Fuera lo que fuese? —pregunto. Pese a mis esfuerzos por mantener la voz firme, las palabras suenan temblorosas, quebradizas—. ¿Sin reproches, sin preguntas y… sin burlas?

Él asiente y me dedica una sonrisa cargada de cariño y dulzura.

—Sí, mi reina —murmura sin apartar la mirada de mis ojos—. Tus deseos son órdenes para mí.

Siento una risa nerviosa trepando por mi garganta, pero logro contenerla. La Reina de los Duendes no está pidiendo placer, sino exigiéndolo. Pero no soy solo la Reina de los Duendes. También soy Liesl, Elisabeth, la joven —no, la mujer— cuyo único anhelo es que el hombre que está postrado a sus pies la toque, la libere, la despoje de toda responsabilidad, pues no tiene ni idea de qué hacer con la confianza que le ha entregado.

De forma lenta y tímida, deshago los lazos de mi vestido. El Rey de los Duendes observa cada uno de mis movimientos con atención, casi con admiración. Esta vez no consigo controlar mi reacción y noto una bola de fuego en el pecho que, poco a poco, se va extendiendo por todo mi cuerpo. Sin embargo, mis movimientos son firmes, seguros. Él tiene la mirada clavada en mí. Me sonrojo.

Está a la espera. A la expectativa. Poco a poco voy recuperando la seguridad en mí misma.

—Ponte en pie —ordeno.

Él obedece.

—Desnúdate.

El Rey de los Duendes arquea las cejas, atónito.

—Por favor —añado.

Uno a uno se desabrocha todos los botones de la camisa. Ha elegido un conjunto bastante informal para la ocasión. No lleva levita ni calzones de seda, tan solo una camisa

399

sencilla y unos pantalones. Sin embargo, tarda una eternidad en quitarse la ropa. Contengo el aliento; no me había dado cuenta de cuánto deseaba poder verle así, al descubierto. Nada de miradas furtivas durante nuestros encuentros accidentales en sus aposentos, ni el asomo de la piel desnuda entre las capas de raso y bordados. Tan solo piel, piel desnuda.

Se quita la camisa. No puedo evitar fijarme en su torso, un torso esbelto y musculado. Algo llama mi atención: una cicatriz sobre el pecho izquierdo. Es bastante pequeña, fina y plateada. El resplandor dorado que emana de la chimenea la ilumina. Es esbelto y delgado, mucho más delgado que los muchachos de la aldea. Y, de repente, me viene a la mente el recuerdo de Hans: fornido, robusto y atlético. Siempre había creído que el cuerpo de Hans era perfecto, pues encarnaba la masculinidad y la fuerza. Sin embargo, el Rey de los Duendes hecha por tierra todas mis creencias, ya que su elegancia es casi femenina. Pero no hay nada de delicado en él. Sus brazos son fuertes, y su torso, robusto. Las sombras dibujan unas formas juguetonas sobre todo su cuerpo, esculpiendo así la silueta de su cuerpo en una obra de arte.

Sus ojos se posan en mí. El joven austero e inocente me mira y leo una pregunta en sus ojos.

—Sí —digo, aunque no sé a qué le estoy dando permiso exactamente—. Sí, adelante.

Un suspiro muy largo. Esos ojos, unos ojos de otro mundo, por fin parecen liberarse de una carga fatigosa, sofocante. Es la carga de la inmortalidad. La carga de la indiferencia infinita. Por fin ha podido deshacerse de esa carga. De hecho, ahora soy yo quien carga con su peso. Sonríe.

Y es entonces cuando entiendo que la confianza que me ha entregado es, en realidad, un poder. La Reina de los Duendes no es la única que puede moldear la voluntad de aquellos que la rodeaban; yo puedo hacerlo. Elisabeth, yo. Entera.

—Ven aquí —le ordeno al fin, y le ofrezco la mano—. Ven y sígueme hacia la luz.

Él acepta mi mano sin rechistar y le guío hacia mis aposentos. Después le abrazo y nos dejamos caer sobre la cama. Nos quedamos tumbados durante unos instantes, en silencio. Ya no soy la Reina de los Duendes, «su» reina; soy Elisabeth, mortal, humana, de piel caliente. Y él ya no es el Rey de los Duendes, «mi» rey; es mi marido, el hombre que se esconde tras esa máscara de mito y leyenda. Nos desprendemos de todos nuestros prejuicios y nos miramos con detenimiento. Estamos desnudos, en mente, en cuerpo y en alma.

Le beso. Y él me devuelve el beso. Es un baile exploratorio de labios y lengua. Estamos aprendiendo un nuevo lenguaje. Y lo estamos haciendo juntos. Hay un vacío en mi interior que me pide, me suplica, que lo llene, que lo llene de él. Pero, por ahora, prefiero seguir gozando del dulzor de este momento, de esta comunión.

Y, de repente, nuestros cuerpos se funden.

Esta vez, no me resisto, no me aparto. Estoy en pleno control de mi cuerpo y, en ese momento, pierdo la consciencia. Mi mente es un lienzo en blanco. Una *tabula rasa*. Él me ha reescrito y siento que ya no soy la misma. Es una revelación casi divina. Sé que tendré que reconstruirme, rehacerme. Vuelvo a la realidad y me doy cuenta de que el Rey de los Duendes no deja de repetir mi nombre entre susurros, como un mantra, un rosario, una oración.

—Elisabeth —murmura—. Elisabeth, Elisabeth, Elisabeth.

—Sí —respondo.

«Estoy aquí. Estoy aquí, al fin.»

Yo soy el ritmo. Él es la melodía. Yo aporto el *basso continuo*. Él trae la improvisación.

—Sí —le susurro al oído—. Sí.

Rodamos sobre el lecho y nuestros cuerpos se separan. Nos quedamos tumbados, con la respiración aún agitada. A medida que pasan los segundos, llega la calma, la serenidad, el silencio. El latido de mi corazón recupera su ritmo normal. Me invade una sensación de lasitud y letargo. Mi cuerpo entra en un estado de relajación profunda. Él se revuelve; yo me hago un ovillo a su lado y apoyo la cabeza sobre su hombro, mientras le acaricio el pecho con la barbilla. Me sorprende que su piel sea tan suave. Parece terciopelo.

No decimos nada. Sucumbo al suelo y empiezo el inevitable e inexorable descenso hacia el mundo de los sueños. Pero antes de quedarme dormida, escucho tres palabras que me emocionan.

—Te quiero, Elisabeth.

Me aferro a él y me desmorono por dentro.

—Dios mío, yo también te quiero.

El cuento de la doncella valiente

—*C*uéntame un cuento —dije.

Nuestros cuerpos seguían entrelazados. El Rey de los Duendes pasó sus delicados dedos por mi brazo; dibujando círculos los fue deslizando por mi hombro, hasta llegar al valle que separa mis pechos.

—¿Hmm?

—Cuéntame un cuento —repetí.

—¿Qué tipo de cuento?

—Un cuento para antes de dormir. Y, por favor, que tenga un final feliz.

Él se rio por lo bajo.

—¿Te apetece oír alguno en particular?

Me quedé callada unos segundos.

—¿Conoces —pregunté en voz baja— el verdadero cuento de la doncella valiente?

Tardó un buen rato en contestar.

—Sí —contestó al fin—. Conozco el verdadero cuento de la doncella valiente. Es una fábula, un cuento de hadas, una historia que he ido tejiendo con recuerdos, algunos aprendidos y otros heredados.

—¿El cuento no es tuyo?

—No.

—Pero ¿la historia no es de *Der Erlkönig*?

—Sí, la historia es de *Der Erlkönig* —respondió el Rey de los Duendes—, pero no mía.

«Pero no mía.» Era la primera vez que manifestaba la clara diferencia que había entre él y *Der Erlkönig*. Entre el hombre que había sido y el mito en que se había convertido.

Le estreché entre mis brazos y apoyé la cabeza sobre su pecho, sobre su corazón. Fingí que era mortal, que latía al mismo ritmo que el mío. Sus segundos eran mis horas; sus minutos, mis años.

—Érase una vez —empezó— un gran rey que vivía en el Mundo Subterráneo.

Cerré los ojos.

—El rey gobernaba el mundo de los muertos… y de los vivos —prosiguió—. Él se encargaba de traer vida al mundo exterior cada primavera, y de traer muerte cada otoño. A medida que las estaciones se iban sucediendo, el rey iba envejeciendo y, año tras año, el cansancio iba haciendo mella en él. La primavera cada vez tardaba más en llegar y el otoño siempre se presentaba antes de lo previsto. Y, de repente, un día, la primavera no llegó. —Entonces bajó el tono de voz—. El mundo exterior se volvió inhóspito, silencioso y gris. Y la gente empezó a sufrir.

Eso me hizo pensar en el Bosquecillo de los Duendes en verano, siempre con esa aura mágica que le otorgaba la escarcha de primera hora de la mañana. No pude evitar estremecerme.

—Y entonces, un día, una doncella muy valiente se atrevió a entrar en el Mundo Subterráneo —continuó él—. Quería rogarle al rey que devolviera la primavera al mundo de los mortales. Y, a cambio, le ofreció su vida. «Mi vida por mi pueblo», prometió la joven.

Noté el inconfundible escozor de las lágrimas entre las pestañas. La primera vez que el Rey de los Duendes me contó la historia, me pareció preciosa. Una fábula noble sobre mártires y sacrificios. Pero ahora que por fin comprendía su verdadero significado y lo que conllevaba, me resultaba dolorosa. Yo no era noble, sino egoísta. Quería vivir.

—*Der Erlkönig* enseguida percibió el fuego que ardía en su interior —dijo él—. Deseaba su calor. Llevaba tanto tiempo encerrado en su reino, un mundo frío y oscuro, que había olvidado las cosas buenas del mundo, como la luz o el calor. Ella era el sol, y él, la hierba que brotaba bajo el hielo. Así que decidió aceptar su mano en matrimonio; una mano que no era más que un salvavidas para un tipo que se estaba ahogando. Se aferró a esa mano con todas sus fuerzas y, poco a poco, despertaron al mundo de ese letargo, de ese eterno invierno.

El Rey de los Duendes hizo una pausa, como si estuviera eligiendo las palabras apropiadas para continuar con el relato.

—La labor del rey es una carga muy pesada —empezó—. El cambio de estaciones es cada vez más difícil, más arduo, más doloroso, pues los años que uno pasa alejado de la vida y del amor no son en vano y te convierten en un ser menos humano. Para devolver la vida al mundo se necesita amar.

—¿Por qué? —pregunté.

—Debes amar la tierra y a sus gentes. El amor es el puente que une ambos mundos, lo único que hace que la rueda de la vida siga girando.

En ese preciso instante recordé las palabras de Ortiga: «Siempre y cuando tengas un motivo para amar».

—¿Y qué ocurrió después? —quise saber.

Pasé los dedos por la cicatriz que atravesaba el corazón del Rey de los Duendes y sentí curiosidad por averiguar la historia que se escondía tras ella.

—Después *Der Erlkönig* se enamoró.

Esperé en silencio a oír el resto del cuento, pero el silencio que se instaló en la sala fue sepulcral. Cuando ya no aguanté más, respiré hondo y lo rompí.

—¿Y? —murmuré.

—No puedo engañarte, Elisabeth. Si quiero ser honesto, no puedo inventarme un final feliz para esta historia —dijo—. Todas acaban con el típico «Y vivieron felices y comieron perdices», pero este cuento es distinto a todos los demás.

Un final feliz. Tal vez fuesen ilusiones mías, pero me pareció oír el eco de la voz de Ramita en mi corazón. «Su amor era un puente, así que lo cruzaron.» ¿La doncella valiente no pudo liberar a su Rey de los Duendes? ¿Su amor no había sido lo bastante fuerte como para unir ambos mundos? *Mein Herr* no había sido el primero y, sin lugar a dudas, no sería el último.

—¿La doncella valiente... no amaba a *Der Erlkönig*? —pregunté.

El Rey de los Duendes se puso tenso de repente.

—No lo sé.

Me mordí el labio y agaché la cabeza. No podía mirarle a los ojos.

—Pues yo creo que sí. Sí, debió de amarle. De no haber sido así, ¿cómo..., cómo es posible que tú...?

No pude terminar la frase.

—¿Te gustaría oír otra historia, Elisabeth? —preguntó el Rey de los Duendes con voz tensa.

Tragué saliva.

—Sí.

Unos segundos de silencio absoluto.

—Esta historia es mía. Pero dejo en tus manos el final. Tú serás quien decida si tiene un final feliz o no lo tiene.

Asentí con la cabeza.

—Érase una vez un joven muchacho.

Le miré de reojo. El Rey de los Duendes dibujó una sonrisa, pero era imposible saber si era una sonrisa triste o divertida.

—¿Un muchacho austero e inocente?

Él se rio por lo bajo.

—¿Así es como tú le llamas?

Me ruboricé. Estaba muerta de vergüenza.

—Un muchacho inocente y austero —musitó el Rey de los Duendes—. Supongo que tienes razón. Inocente, austero, pretencioso, estúpido. Sí, estúpido —dijo con decisión—. Érase una vez un muchacho estúpido que se aventuró al mundo exterior para adquirir sabiduría y, así, ser menos estúpido. Un día se topó con un rey, un rey que aseguraba conocer todos los secretos de la vida, del amor y del paraíso.

Contuve la respiración. «Esta historia es mía.» Era la historia de cómo se había convertido en *Der Erlkönig*.

—El rey le propuso un trato al muchacho. Le ofreció su sabiduría a cambio de un precio. «El precio —aseguró el rey—, es mi corona. Para entregártela, antes debes entregarme tu alma y tu nombre.» El joven, que era un estúpido, aceptó y pagó el precio.

Sentí que me había quedado sin aire en los pulmones. *Der Erlkönig* había engañado al joven austero e inocente; le había persuadido ofreciéndole su trono. Esa era la verdad que escondía la galería de retratos de los distintos Reyes de los Duendes. Siempre había habido un *Der Erlkönig*. Y siempre lo habría. Se me había formado un nudo en la garganta, un nudo de pena y compasión que me impedía respirar.

—El joven estúpido pensó que no era un gran sacrificio; después de todo, un niño cambiado no tenía alma y jamás había tenido un nombre que considerara como propio. —El Rey de los Duendes soltó una carcajada que sonó amarga y anodina—. Pero a medida que los años fueron pasando, el peso de la inmortalidad cada vez se hizo más insoportable. Y fue entonces cuando se dio cuenta de lo estúpido que había sido al confiar en las palabras del rey, pues no había poder en el mundo, exterior o subterráneo, que mereciera el tormento que estaba viviendo.

—Oh, *mein Herr* —murmuré, y alcé la mano para apartarle un mechón del rostro, pero aún no había acabado con el relato.

—Y un día conoció a una doncella en el bosque.

—¿Una doncella valiente? —pregunté.

—Valiente —respondió él— y hermosa.

Se me escapó una risa burlona.

—Es un cuento de hadas, desde luego.

—Shh —dijo, y apoyó un dedo sobre mis labios—. La doncella era valiente y hermosa, aunque ella no lo veía. Y no podía verlo porque su belleza estaba encerrada en su interior, junto con su magia y su música, que esperaban ansiosas poder escapar de su cuerpo y ser libres.

Era valiente y hermosa. Una mentira piadosa y la fea y cruda realidad al mismo tiempo.

—La doncella hermosa y el joven estúpido se hicieron amigos. Y así fue como el joven estúpido empezó a recordar todas las cosas buenas y maravillosas del mundo. Y de las personas. La música, la fe, la locura, la pasión. Pero —dijo el Rey de los

Duendes— los dos crecieron y la doncella hermosa olvidó al joven estúpido. Y él olvidó por qué había ansiado ser humano.

Me revolví.

—Así que el joven estúpido puso una trampa, atrapó a la doncella hermosa y la encerró en una jaula. Tenía una canción que él deseaba, así que la obligó a cantarla una y otra vez. Al final, decidió dejarla marchar, pero la doncella hermosa quiso cumplir con su palabra y volvió a su jaula. Por primera vez en toda su vida, el joven estúpido creyó que podía ser feliz.

—¿Y lo era? —pregunté con voz ronca.

—Sí —musitó con un hilo de voz—. Oh, sí. Jamás había sido tan feliz.

Me dejó sin palabras.

—Sí, la felicidad que sentía el joven estúpido era infinita. Sin embargo, la doncella hermosa no era feliz. La jaula la estaba matando, a ella y a su espíritu. Y, poco a poco, todo lo que había encandilado y hechizado al joven estúpido empezó a desaparecer. No podía hacer nada, salvo ver cómo ella se esfumaba delante de sus ojos. Solo podía hacer una cosa: arrancarse el corazón. Se le presentó un dilema. ¿Conservarla a su lado, ser feliz y ver cómo moría día a día? ¿O dejarla libre, llorar su ausencia y ver cómo seguía con su vida?

Después se quedó callado.

—¿Y cómo termina la historia?

Me miró a los ojos y, durante una décima de segundo, me pareció atisbar un brillo distinto en su mirada, un color más intenso y más profundo. Eran los ojos del retrato del joven austero, los ojos que debía de haber tenido cuando era humano.

Parpadeé y sus ojos volvieron a ser los de siempre: pálidos, sin vida y gélidos.

—Tú eres la que quería un final feliz, querida. Así que dime, ¿cómo termina la historia?

Varias lágrimas se deslizaron por mis mejillas. Él me las secó con sus pulgares.

—El joven estúpido deja que la doncella hermosa se marche.

—Sí —respondió él, emocionado.

—Él la deja marchar.

Y entonces me eché a llorar como una magdalena. El Rey de los Duendes me abrazó y me acunó entre sus brazos mientras yo seguía lamentándome. Lloraba por el corazón del joven estúpido, un corazón que estaba a punto de romper en mil pedazos. Lloraba por la felicidad que podríamos haber tenido juntos. Lloraba por no haber sido capaz de vencer mi egoísmo. Lloraba por él, por nosotros, pero, sobre todo, por mí. Iba a volver a casa.

—Debes marcharte, Elisabeth —dijo él en voz baja.

Asentí con la cabeza, incapaz de articular una sola palabra.

—Elige vivir, Elisabeth. En tu interior arde un fuego muy especial; no dejes que se apague. Aliméntalo con tu música, con el paso de las estaciones, con tarta de chocolate, con fresas y con el delicioso *Gugelhupf* de tu abuela. Deja que el amor que sientes por tu familia lo avive aún más. Deja que sea el faro que guíe tu corazón para así ser fiel a ti misma —dijo, y luego me acarició la mejilla—. Hazlo y así podré recordarte tal y como eres: salvaje y llena de vida.

Asentí de nuevo.

—¿Estás preparada?

No.

—Mañana —dije.

Él sonrió y después me besó. Fue un beso casto y cariñoso, un beso con sabor a despedida.

Le devolví el beso. El tiempo no se detenía para nadie, y menos para mí. Sin embargo, en el momento en que nos besamos, sentí que estaba acariciando un pedacito de eternidad.

Sonatas de los misterios

Si no me iba a dormir ya, el mañana jamás llegaría. Dejé al
Rey de los Duendes adormilado en la cama y me escabullí.
No escapé de mis aposentos para dirigirme al salón privado,
donde mi música seguía esperándome sobre el atril, sino a
la capilla. Era el santuario de mi esposo, su lugar de refugio,
pero era la última noche que pasaba en ese reino y quería,
necesitaba, tener unas palabras con Dios.

Ortiga y Ramita no estaban allí para guiarme, pero, después de tanto tiempo, ya conocía el laberinto de pasadizos
del Mundo Subterráneo como la palma de mi mano y sabía
que el camino desde mi habitación hasta la casa del Señor no
era serpenteante o confuso, sino más bien directo, aunque
muy estrecho.

De repente, me asaltó una duda: ¿quién había construido
la capilla? La bóveda estaba recubierta de cristaleras iluminadas que representaban varias escenas. Las imágenes no
describían la vida de Cristo o los hechos de los Apóstoles,
sino que eran retratos de *Der Erlkönig* y sus esposas. Miré
hacia la derecha y advertí una serie de paneles que mostraban a una mujer de melena dorada vestida de blanco y, justo
a su lado, una figura oscura y cornuda. Las estaciones se iban
sucediendo a través de los paneles y, a medida que pasaba el
tiempo, la joven de blanco se volvía más pálida, más delgada, más cadavérica. La última vitrina mostraba a la doncella
moribunda entre los brazos de aquella figura cornuda y, justo detrás de ellos, a otra mujer vestida de azul.

Las cristaleras de la izquierda, en cambio, mostraban

a un joven vestido de rojo, montado en un caballo blanco y trotando por un bosque, con varios duendecillos y otras criaturas grotescas brincando a sus pies. El joven se encontraba con una silueta misteriosa y cornuda en el bosque; el halo de luz que lo rodeaba se transformó en un nimbo de oscuridad. En otra vitrina avisté al joven arrodillado a los pies de la figura, los dos sumidos en una niebla espesa y grisácea; en el siguiente panel, aparecía un tipo sombrío y gris que se alejaba montado en un caballo blanco, dejando así al joven en mitad del bosque y con una corona de astas en la cabeza.

Las respuestas siempre habían estado ahí. Pero en ningún momento se me había ocurrido buscarlas en la casa de Dios.

Me arrodillé frente al altar, justo debajo del crucifijo. No era una creyente fiel y dedicada, y estaba segura de que más de uno me habría tildado de pagana; creía en Dios como lo haría cualquier cría, sin cuestionar lo que deparará el futuro. Mi familia no me había inculcado la oración, ni tampoco el catecismo, pero agaché la cabeza frente al santuario en un acto de respeto.

No sabía cómo pedir valor o coraje. No sabía cómo pedir que se detuviera el tiempo, aunque fuese durante unas horas. No estaba preparada para enfrentarme al mundo exterior. Todavía no.

En la capilla no había espejos que me mostraran el mundo que se extendía más allá de esas cuatro paredes, pero me imaginé el Bosquecillo de los Duendes justo antes del amanecer, bañado en penumbra, con el suave resplandor azul de la noche iluminando sus recovecos. Ese era el momento exacto en que los *kobolds* y Hödekin salían a jugar, o eso solía decir Constanze. Me imaginé el cielo iluminándose poco a poco con los primeros rayos de sol; era un juego de luces tan sutil y gradual que cualquiera podría pensar que era producto de su imaginación. Esa era la vida que me esperaba en el mundo exterior; cada segundo de cada día pasaría con tal sosiego y tardanza que la muerte resultaba un concepto lejano, tan lejano como el sol que se escondía tras el horizonte.

Nunca había reflexionado mucho sobre el hecho de envejecer o acerca de la mujer en que me habría convertido cuando tuviera la edad de mi abuela. ¿Sería como ella, una mujer ajada y malhumorada? ¿O sería como mamá, que lucía orgullosa sus arrugas y sus canas, pues eran una muestra de su sabiduría, no de su avanzada edad? Me acaricié la mejilla; mi piel todavía estaba tersa, suave, joven. A medida que los años fueran pasando, esas mejillas se hundirían, la piel perdería toda su firmeza, su forma. Esa idea habría horrorizado a Käthe, pero, para mí, era un consuelo. Sí, envejecer significaba haber llevado una vida plena. Y no todos gozábamos del privilegio de llevar una vida plena. Y ahora por fin podía volver a tener ese privilegio.

—Elisabeth.

El Rey de los Duendes estaba al final del pasillo, con el violín en la mano.

—No pensaba que fueras tan devota, querida —dijo con una expresión divertida en el rostro.

—Y no lo soy —comenté. Me puse de pie y me sacudí el polvo de las rodillas—. Pero he venido en busca de coraje.

Me miraba con ternura.

—¿Coraje para qué?

—Para enfrentarme al mañana.

El Rey de los Duendes esbozó una sonrisa de compasión y piedad; después, con paso resuelto, cruzó el pasillo y se colocó a mi lado.

—¿Y has obtenido respuesta?

—No.

Sacudió la cabeza.

—Tal vez él ya te haya dado la respuesta, pero no sabes dónde encontrarla —murmuró, y después colocó la mano sobre mi corazón—. El Señor tiende a ser muy misterioso.

—Entre tú y yo, agradecería que el Señor fuese un pelín menos misterioso y un poco más claro y directo.

Él se rio entre dientes.

—Eso querríamos todos.

Puse los ojos en blanco y, sin querer, me fijé en el instrumento que tenía entre las manos.

—¿Para qué es?

Sin embargo, en lugar de contestar a mi pregunta, empezó a afinar el violín. *Pling, pling, pling, pling.* No afinó las cuerdas según sus intervalos habituales, sino que las afinó en tonos distintos. Desencordó las cuerdas del medio, re y la, y las cruzó antes de encordarlas en las clavijas, creando así una *scordatura* que jamás había visto ni oído. *Pling, pling, pling, pling.* Sol, después otro sol. Luego re y otro re. Tenía buen oído. El Rey de los Duendes pasó el arco sobre cada una de las cuerdas, realizando un movimiento suave, digno de un experto. Aproveché ese momento para observarlo con detenimiento; afinaba el violín con una destreza y una dulzura infinitas. Lo tocaba con tal mimo y familiaridad que daba la impresión de que fuesen dos amigos que habían crecido juntos.

Cuando acabó de afinar el instrumento, se volvió hacia mí.

—Devoción —dijo, de repente—. Venía aquí para venerarle, para rezarle de la única manera que sé. Con lo único que conservo que sigue siendo puro, que continúa siendo... mío.

Suyo. A pesar de lo que el Rey de los Duendes había dicho, el joven austero seguía viviendo en su interior. Mi esposo tocaba el violín como los ángeles y, para ello, no utilizaba ni una pizca de magia. Ese talento no era de *Der Erlkönig*; ese don era suyo, de nadie más.

—Puedo irme —me ofrecí—. Quizá prefieras rezar a solas. —Pensé en la noche que había invadido su privacidad, en esa misma capilla. Seguía avergonzada por ello.

Le sostuve la mirada durante varios segundos.

—No, quédate —respondió al fin—. Quédate aquí, conmigo.

La noche anterior le había pedido que se entregara a mí por completo. Le había pedido que me entregara su cuerpo, su lujuria, su nombre, su confianza. Pero había rincones de su alma que no me había atrevido a explorar; había cosas que eran sagradas y que uno no debía compartir con nadie más. Y su devoción era una de ellas. Se había entregado en cuerpo y alma, algo que me maravillaba.

Aquella capilla no tenía bancos, pues tan solo recibía la visita de un único feligrés. Así que me senté en los escalones del santuario, entrelacé las manos y respiré hondo. Estaba preparada para aceptar su regalo.

El Rey de los Duendes alzó el arco y cerró los ojos. Vi que cogía aire y, en silencio, empezaba a contar los segundos.

La pieza empezaba con una declaración, con una proclamación de alegría. La frase se repetía varias veces y después se unía un coro de voces. Con una desenvoltura envidiable, el Rey de los Duendes interpretó las voces con matices distintos, con emociones distintas. Todas gritaban: «¡Aleluya, aleluya, aleluya!». Bajo sus dedos. Y después, una pausa, un instante para respirar. Y enseguida reanudó la pieza con una majestuosa sonata para reiterar la alegría de la primera proclamación.

414

Era un músico excepcional, de eso no me cabía la menor duda. Al igual que Josef, el Rey de los Duendes no solo tocaba con gran habilidad y precisión, sino también con amor. Sin embargo, eran muy distintos. Eran como la noche y el día. Mi hermano tocaba con pureza y castidad; mi esposo, con devoción. El talento de Josef con el violín siempre había sido nítido y transparente. Sus interpretaciones eran místicas, etéreas; las notas que salían de su música eran trascendentes y, oh, tan hermosas, tan hermosas. En cambio, la interpretación del Rey de los Duendes era mucho más onerosa; las notas eran mucho más profundas, más serias. Transmitían emociones que mi hermano aún no había aprendido ni sentido: tristeza, tragedia, pérdida. El virtuosismo del Rey de los Duendes no era natural e innato, sino aprendido y ensayado.

La pieza estaba a punto de terminar. La última nota dio paso a un silencio sepulcral. No me había dado cuenta de que llevaba varios segundos conteniendo la respiración.

—Es preciosa —susurré con un hilo de voz, pues no quería romper la quietud que reinaba en la sala—. ¿La has compuesto tú?

Él abrió los ojos, como si estuviera saliendo de un trance.

—¿Hmmm?

—¿La has compuesto tú? Es exquisita.

El cumplido le sacó una sonrisita.

—No. No la compuse yo, pero se podría decir que fue compuesta para mí.

—¿Cómo se titula la pieza?

Una pausa.

—*La resurrección*. Es una de las sonatas de los misterios.

—¿Dónde la aprendiste?

Otra pausa.

—En el monasterio donde me crie.

Diminutas migajas de su pasado. Me tragué cada una de ellas como si aquello fuera mi última cena. Tenía hambre de él, del joven austero, de todo lo que no podía darme.

—¿Qué monasterio?

Me respondió con una tímida sonrisa. El Señor y el Rey de los Duendes eran seres misteriosos, aunque habría preferido que no fuera así.

—¿Quién compuso la pieza? —insistí.

—¿Estamos jugando a verdad o atrevimiento? —bromeó él.

—Solo si tú quieres.

Hizo una pausa antes de darme una respuesta.

—No sé quién la compuso —murmuró; tenía la mirada perdida y, distraído, tamborileaba los dedos sobre las cuerdas del violín—. Siempre que la oía resonar en el claustro del monasterio, me escondía en algún rincón y trataba de imitar la melodía tocando un violín imaginario. Adapté la sonata lo mejor que pude.

Me devané los sesos intentando ubicar la sonata en mi memoria histórica, el cajón más destartalado de mi mente. La pieza carecía de la musicalidad melódica que habíamos aprendido en el mundo exterior y sonaba un pelín anticuada, como si fuese de otro siglo. También carecía de la estructura de una sonata tal y como la había conocido, por lo que sonaba más salvaje y, tal vez, menos fluida. El Rey de los Duendes y yo habíamos tenido que escondernos entre las sombras para poder disfrutar de cosas a las que, por lo visto, no teníamos derecho.

—Podrías estirar un poco los acordes —propuse—. La *scordatura* es ligeramente extraña, pero sería interesante aprovechar la melodía y tocarla en clave menor.

Él soltó una carcajada y meneó la cabeza.

—Eres un genio, Elisabeth. Eres capaz de crear música. Yo, en cambio, no soy más que un intérprete.

El comentario me hirió. Fue un dolor punzante, como si me hubiera clavado un puñal en el corazón. Miré hacia otro lado e intenté disimular mi dolor. No quería que me viera llorar. Mi hermano me había dicho eso mismo justo antes de que viniera al Mundo Subterráneo, antes de que comprendiera la diferencia entre génesis y exégesis. Estaba llena de recuerdos. Me ahogaba en los sueños de mi infancia y en el insoportable placer del presente. Se sentó a mi lado, en los peldaños del altar. Su presencia era un consuelo para mí. El Rey de los Duendes me dio un beso en el hombro, pero no musitó palabra. Estaba esperando que me desahogara, que diera rienda suelta a mis emociones. Estaba esperando que me recompusiera y le abriera mi corazón.

—¿Quién…, quién te enseñó a tocar el violín? —pregunté, después de aclararme la garganta.

Sin apartar los labios de mi hombro, sonrió y farfulló una respuesta que no logré comprender.

—¿Qué?

Entonces levantó la cabeza.

—Se llamaba —susurró— hermano Mahieu.

Un monje. Un monje cualquiera, un monje que pasó sin pena ni gloria por el mundo exterior. Un monje cuya muerte nadie lloró. Y, sin embargo, el Rey de los Duendes lo recordaba. Era evidente que lo tenía en gran estima; gracias a su amor y a su admiración, el espíritu del maestro seguía vivo. Esa era la clase de inmortalidad que los humanos se merecían tener: ser recordados por aquellos que nos querían después de que nuestros cuerpos se hubieran marchitado y convertido en un montón de polvo.

Pensé en mi hermano y en mi hermana, dos personas que aún me querían y me recordaban. Estaban esperándome en el mundo exterior. De pronto, noté las alas del mañana rozándome la espalda. Demasiado pronto. Era demasiado pronto.

—¿Y cómo era? —pregunté, aún dándole la espalda—. ¿Te crio? ¿Quiénes eran tus padres? ¿Cómo llegaste al monasterio? ¿Y qué...?

—Elisabeth.

Todavía no me atrevía a mirarle a los ojos. No estaba preparada.

—Ha llegado el momento, Elisabeth.

Negué con la cabeza, pero ya no había vuelta atrás. Había tomado una decisión. Había elegido pensando en mí misma. Había cogido el camino del egoísmo.

El Rey de los Duendes se dio cuenta de mi titubeo.

—No te arrepientas de la decisión que has tomado. Has elegido vivir.

—No me arrepiento —susurré—, y no me arrepentiré nunca.

No estaba mintiendo, pero tenía la sensación de que tampoco estaba siendo del todo sincera.

—Elisabeth.

Oírle pronunciar mi nombre me puso tensa, nerviosa.

—Elisabeth, mírame.

Poco a poco y casi a regañadientes, me di la vuelta. Percibí un brillo en su mirada, un brillo que decía que me recordaría para siempre, incluso después de haber perecido en el Mundo Subterráneo y en el mundo exterior. Esos ojos..., esos ojos eran como dos enormes piedras preciosas.

Esa mirada le otorgaba una expresión completamente distinta a su rostro. Su belleza ya no resultaba inquietante o insólita, sino perfecta, sin defectos. Le otorgaba vivacidad y le hacía parecer joven. Y vulnerable.

—¿Quién eres? —pregunté.

Esa pregunta rompió la complicidad que nos envolvía; creció un abismo insalvable entre los dos.

—Soy *Der Erlkönig*, el Señor de las Fechorías y la máxima autoridad del Mundo Subterráneo.

Sacudí la cabeza.

—No, eso es lo que eres. Pero ¿quién eres?

417

—Soy el Rey de los Duendes, tu amado inmortal, tu eterno amante.

Era *Der Erlkönig* y, al mismo tiempo, mi Rey de los Duendes, pero quería saber quién era. Su nombre era lo único de él que seguía siendo un misterio para mí.

—No —dije—. Sé quién eres.

El comentario le sacó una sonrisa.

—¿Y quién soy?

—Eres un hombre con el alma llena de música. Eres caprichoso, terco como una mula y contradictorio. Disfrutas con los juegos infantiles y te encanta ganar. Para ser un devoto tan fiel y entregado, eres demasiado mezquino. Eres un caballero, un virtuoso, un erudito y un mártir. De todas esos disfraces, el de mártir es el que menos me gusta. Eres austero. Eres pomposo. Eres pretencioso. Eres estúpido.

El Rey de los Duendes no contestó.

—¿Y bien? —pregunté—. ¿Tengo derecho a ella?

—Sí —respondió él con voz ronca—. Sí, tienes mi alma, Elisabeth.

—Entonces revélame tu nombre, *mein Herr*.

Él se rio entre dientes, pero no fue una risa de alegría, sino de tristeza.

—No.

—¿Por qué?

—Porque de esta manera me olvidarás —contestó—. No puedes amar a un hombre sin nombre.

Sacudí la cabeza.

—Eso no es verdad.

—Solo los mortales tienen nombre.

Traté de leer su expresión, pero no logré descifrarla.

—Y el hombre que era sigue allí, en el mundo exterior.

Me abrazó. Me acurruqué entre sus brazos y apoyé la cabeza sobre la cicatriz que le atravesaba el corazón.

—Búscame —suplicó en voz baja—. Búscame allí, Elisabeth. Solo allí, en el mundo exterior, encontrarás todas las respuestas. Darás con todo lo que aún desconoces de mí.

Y, sin mediar palabra, se apartó. Estaba listo para dejarme

marchar. Sí, estaba dejándome libre. A mí, a la chica que, de niña, solía dedicarle su música en un claro del bosque, a la chica que había desgarrado para liberar su alma, a la chica a quien se había entregado... entero.

Respiré hondo y hurgué en mi bolsillo para buscar el anillo con la cabeza de un lobo encastado, la alianza que había deslizado en mi dedo la noche en que nos casamos.

El Rey de los Duendes sacudió la cabeza y envolvió mis manos entre las suyas.

—Quédatelo.

—Pero... ¿no es un símbolo de tu poder?

—Lo es —dijo con una triste sonrisa—. Pero no es más que un símbolo, Elisabeth. Un símbolo de mi poder, sí, pero también de la promesa que te hice. Te entregué esta alianza sinceramente, como cualquier marido a su esposa.

Cerré el puño y me lo llevé al corazón.

—¿Cómo..., cómo debe hacerse? ¿Cómo se supone que debemos —tragué saliva— separarnos?

—Pronunciamos nuestros votos en esta sala —dijo el Rey de los Duendes—, por lo que podemos deshacerlos aquí mismo.

De pronto apareció un cáliz lleno de vino sobre el altar. Él cogió la copa y luego vi que titubeaba.

—No puedo... No puedo ayudarte. En cuanto rompamos nuestra fidelidad, nuestro compromiso, tu poder como Reina de los Duendes, la protección de *Der Erlkönig*... Todo eso desaparecerá. ¿Tienes el coraje para andar el camino tú sola?

La verdad era que no. Pero asentí.

—Los... demás no te lo pondrán fácil. Pero tengo fe, Elisabeth. Tengo fe en ti.

Por mi parte, si era sincera, no tenía fe en nada. Pero el Rey de los Duendes sí tenía fe, y su fe en mí sería mi motor, mi coraje. «El Señor tiende a ser muy misterioso.»

Entrelazó sus manos con las mías.

—Sé feliz mientras vivas —musitó—, y yo seré feliz.

Le besé las manos. Me miraba con profunda preocupación, pero su semblante era tranquilo, sereno. Estaba manteniendo la compostura por mí.

—Juro solemnemente —anunció— que rehúso el regalo que me entregaste, desde el egoísmo y la abnegación, y te devuelvo la vida.

Estaba llorando a lágrima viva; apenas podía hablar.

—Y yo juro solemnemente —respondí— que acepto la vida que me entregas por voluntad propia.

El Rey de los Duendes alzó el cáliz y me lo entregó.

—Bebamos —dijo—. Y rompamos nuestro compromiso.

420

El regreso

*M*is días como Reina de los Duendes habían llegado a su fin.

Mi poder se esfumó casi de inmediato. Las imágenes de las vitrinas que decoraban la capilla desaparecieron para mostrar paisajes totalmente distintos. La capilla y el Rey de los Duendes se desvanecieron. Estaba sola. A partir de ese momento, el Mundo Subterráneo volvía a ser un laberinto de pasadizos. No tenía ningún mapa ni una brújula que pudiera guiarme, pero sabía dónde tenía que ir: a la orilla del lago subterráneo. Una vez allí, debía encontrar el esquife que el niño cambiado tenía amarrado en su muelle secreto y remar hasta dar con el camino que me llevaría de nuevo al mundo exterior.

El Mundo Subterráneo era mucho menos civilizado sin el poder y la protección que concedía la corona. Los duendes correteaban por todos lados, arañando los suelos de piedra con esas garras puntiagudas y afiladas. Y por los rincones más oscuros deambulaba un sinfín de escarabajos. No los veía, pero esos ojos brillantes y rojos eran inconfundibles. Sentía un millón de ojos clavados en la espalda, siguiéndome, vigilándome. El silencio era espeluznante y expectante. Era un silencio denso, casi palpable. Me puso los pelos de punta y, de repente, noté un escalofrío en la espalda. Estaba muerta de miedo. Con cada paso que daba, el terror era mayor.

«Los demás no te lo pondrán fácil. Pero tengo fe, Elisabeth. Tengo fe en ti.»

Iba con mucho cuidado y vigilaba dónde pisaba, pero la mezquindad del Mundo Subterráneo era astuta. De pronto se abrió una grieta bajo mis pies. Tropecé y me torcí el tobillo. Me doblegué de dolor y, sin darme cuenta, me pisé la falda y caí de bruces. Me palpé la barbilla.

Sangre.

En cuanto una gota de sangre tocó el suelo, se oyó un estruendo de silbidos y abucheos. Sí, esa era la oportunidad que los duendes estaban esperando. Aquel estruendo cada vez era más ruidoso, más insoportable. Era como olas cacofónicas que se acercaban de una playa muy lejana. Unas manos emergieron del suelo; parecían ramas retorcidas que brotaban como si fuesen zarzas recubiertas de espinas. Se me quedaban enredadas en el pelo, en los tobillos, en el vestido, en los zapatos y en cualquier otra parte que estuviera a su alcance.

—¡Basta! —grité—. ¡Basta!

Los pasillos parecían vibrar con el sonido de esas manos emergiendo del suelo, de las paredes. Cada vez que aparecía una, se oía el chasquido ensordecedor de un disparo. Me tapé los oídos, pero aquellas manos espeluznantes no dejaban de aparecer por todos lados. Y todas querían alcanzarme. Mis gritos resonaron en todo el reino.

—¡Basta! ¡Por favor! ¡Quiero que paréis!

Pero mis deseos ya no tenían ningún poder allí. Eché un vistazo a mi alrededor: dedos que se arrastraban por las paredes, una miríada de ojos observándome, un sinfín de colmillos afilados… Todas esas criaturas deseaban devorarme, descuartizarme y arrancarme cada una de las partes de mi cuerpo. Unos dedos se enroscaron alrededor de mi tobillo. Caí al suelo sobre esas manos que estaban ansiosas por sostenerme. Había caído en su trampa. Chillé y me revolví en un intento de escapar, pero esos dedos eran fuertes y robustos. Las manos me atraparon y me arrastraron hacia su negrura, una negrura mohosa y repugnante que olía a rancio, que olía a pánico.

«Oh, Dios, oh, Dios —pensé para mis adentros—. Me enterrarán viva.» Enterrada viva, qué final tan desgraciado.

Sacrificar mi vida a cambio de la primavera había sido un acto noble y admirable, pero ¿eso? Era una muerte terrible. Moriría ahogada y hecha un mar de lágrimas. Entonces pensé en los alisos del Bosquecillo de los Duendes, en aquellas ramas que parecían brazos humanos, y me pregunté si ese era el destino que me esperaba, convertida en las ramas de un árbol.

—¿Qué queréis de mí? —chillé.

«A ti, a ti, a ti —me respondieron—. Te queremos a ti. No puedes irte del Mundo Subterráneo sin pagar el precio, mortal.»

—¿Qué precio?

Las manos de los duendes me taparon la boca y me cogieron del cuello, como si quisieran ahogar cualquier sonido que pudiera articular.

—¡Pagaré el precio!

Y, de repente, las manos dejaron de moverse. Unas cuantas se entrelazaron entre ellas, formando así un rostro, con dos ojos, una nariz y una boca. Sí, estaba frente a un rostro. No tenía ojos, tan solo dos orificios vacíos y la boca no era más que un agujero negro. Sin embargo, notaba que ahí había una presencia, como si varios duendes se hubieran unido y hubieran creado una entidad. Miré aquellas cuencas vacías y sentí que ellas también me estaban mirando.

—¿Qué queréis?

La amalgama de dedos tardó varios instantes en formar unos labios, una lengua, unas palabras.

«Tienes algo que nos pertenece, mortal. El sonido que salió de aquel agujero era el de varias voces.»

—¿Qué...?

«Vive en el mundo exterior.» Se habían unido más manos a aquella máscara espeluznante. A decir verdad, el rostro cada vez parecía más real, más humano. Pómulos pronunciados. Barbilla puntiaguda. Melena rizada. Los rasgos me resultaron familiares.

«Está fuera de nuestro alcance, de nuestra influencia.»

El miedo me congeló las venas y, poco a poco, sentía que me iba convirtiendo en una estatua de hielo.

423

—No.

«Sí —susurraron esas voces—. Ya sabes de quién estamos hablando.»

Negué con la cabeza. Sí, sabía muy bien de quién estaban hablando; estaban refiriéndose a Josef. Pero no estaba dispuesta a traicionar a mi hermano y entregárselo en bandeja a los duendes.

«El niño cambiado, mortal —sisearon—. El mismo que tú liberaste con el poder de un deseo. Queremos que nos lo devuelvas. Su lugar no está entre los humanos, sino aquí abajo. Con nosotros. Con los de su especie. Aquí, en el Mundo Subterráneo.»

—No.

«Sí», insistió el coro de voces.

—¡No!

Esas manos largas y huesudas cada vez me sujetaban con más fuerza.

«Queremos que nos lo devuelvas —repitieron—. Esa criatura es nuestra. Nos pertenece. Tráelo de vuelta, doncella. Tráelo de vuelta.»

«Criatura.» Como si mi hermano pequeño fuese una mascota. Como si no tuviera un nombre, una vida, un alma humana. Tal vez Josef había sido un niño cambiado, pero no era menos humano que yo, o que Käthe, o que todos aquellos que le queríamos.

—No —espeté—. No os pertenece.

«Pero tampoco te pertenece a ti.»

—No —musité—. Josef no le pertenece a nadie, tan solo a sí mismo.

Los duendes me agarraban con todas sus fuerzas y, en un momento dado, una negrura opaca empezó a nublarme la visión. «Tu amor es como una jaula, mortal. Debes dejarlo libre.»

Me eché a reír. Estaba a punto de morir ahogada, estrangulada por miles de manos nudosas y asquerosas, pero aun así me eché a reír. Quería a Josef con toda mi alma. No podía evitarlo, del mismo modo que uno no puede evitar que cada mañana salga el sol.

«Tu amor lo está matando.»

La risa dio lugar al lamento, al llanto. Las lágrimas se agolpaban en mis ojos. El escozor era insoportable. Se deslizaron por mis mejillas y se me escurrieron por la comisura de los labios. Sabían a reticencia, a desespero, pero, sobre todo, sabían al amor que le profesaba al niño cambiado que se había quedado en el mundo exterior porque quería tocar música. Josef había muerto hacía varios años, pero mi verdadero hermano, el hermano que llevaba en el corazón, seguía vivo. Algunas de mis lágrimas acabaron aterrizando en las manos de los duendes, manchándolas así de amor.

Entonces oí un silbido de dolor, un susurro colectivo, parecido al murmullo del bosque en una noche de invierno. Esos dedos larguiruchos y esqueléticos se apartaron de inmediato de mis muñecas, de mis brazos, de mi cintura. Me soltaron y caí de bruces al suelo.

«¡Quema! ¡Quema!», gritaron.

Tosí y, por fin, pude coger aire. Sí, recuperé el aliento mientras, a mi alrededor, seguía retumbando la misma palabra: «¡Quema! ¡Quema!». Esos chillidos se mezclaban con una advertencia clara y discordante: «Tu amor lo está matando».

Me quedé tendida en el suelo de aquel pasadizo nauseabundo. Ya hacía varios minutos que las manos de los duendes habían desaparecido de mi vista; sin embargo, a pesar de que sus voces también habían enmudecido, aquellas malditas palabras seguían resonando en mi mente.

«Tu amor lo está matando.»

No sé cuánto tiempo estuve allí tirada, aplastada bajo el peso de mis dudas, de mis preocupaciones.

«Mientras tengas un motivo para amar», había asegurado Ortiga. La rueda de la vida giraba gracias al amor. El amor creaba puentes entre mundos distintos. Si había aprendido algo en todo ese tiempo era que el amor era más poderoso que las antiguas leyes.

Pero las dudas seguían brotando como flores en primavera, susurrándome las palabras del niño cambiado: «Ninguno de nosotros duró mucho en el mundo exterior».

Podría haberme quedado ahí, entre el barro y el polvo, pero le había hecho una promesa al Rey de los Duendes. «Hay un fuego en tu interior; mantenlo vivo.» Moverse o morir, no había otra opción. Si no podía caminar, tendría que arrastrarme. Y si no podía obtener las respuestas ahora, las descubriría más tarde. Mientras siguiera con vida, había esperanza. Mientras siguiera respirando, había tiempo. Me puse de pie.

Y, en ese preciso instante, empezó a sonar un violín.

Cerré los ojos. Esperaba toparme con obstáculos, con desafíos físicos, con retos psicológicos, pero el Mundo Subterráneo sabía muy bien cuáles eran mis puntos débiles y, por lo tanto, me atacaba donde más me dolía. Sí, mi talón de Aquiles, mi punto más vulnerable era mi corazón.

«No es Josef. No es el Rey de los Duendes. Es un truco, una trampa», pensé para mis adentros. Ese mantra me había salvado en otra ocasión, cuando Käthe y yo tuvimos que recorrer ese laberinto de senderos para encontrar el camino de vuelta a la superficie. Pero esas palabras habían perdido toda su fuerza, todo su efecto y, casi en contra de mi voluntad, mis pies empezaron a caminar hacia ese embaucador sonido.

Sin darme cuenta, llegué al salón de baile. Era la misma cueva donde el Rey de los Duendes había celebrado su gran baile, donde habíamos bailado juntos por primera vez. En esa sala también habíamos saludado a nuestros súbditos después de nuestra boda, ya como marido y mujer. Sin embargo, la caverna estaba totalmente vacía; nada de decoraciones ostentosas o lujosas, ni mesas de banquetes con un sinfín de bandejas a rebosar de comida sangrienta. Y justo en el centro de la sala había un cuarteto de músicos: un violinista, un teclista, un violonchelista y un flautista.

El violonchelista y el flautista tenían sus instrumentos apoyados en el regazo y permanecían inmóviles. Los otros dos estaban tocando una pieza lenta y triste. La reconocí de inmediato: era el adagio de la *Sonata de noche de bodas*. El violinista tenía la cara de Josef, pero sabía que no era él.

Era magia. El niño cambiado podía copiar a la perfección los rizos dorados de mi hermano, sus rasgos delicados y angelicales. Pero jamás podría recrear la habilidad de Josef con el violín.

En las manos de ese niño cambiado, mi música sonaba plana, monótona, inexpresiva. Las notas caían al suelo produciendo un sonido sordo, casi molesto. No transmitían ningún tipo de emoción ni de significado. Para componer ese movimiento me había inspirado en mi frustración, en mi anhelo de ir más rápido, más lejos, pese a que siempre me chocaba con el muro del rechazo. Quería que la música perturbara e inquietara al público, no que lo aburriera.

Salí disparada hacia el cuarteto, dispuesta a arrancarles mi música de las manos. Pero, de repente, el violonchelista abrió la boca y habló:

—Malgastas tu talento con esta tontería.

Me quedé anonadada. Era la voz de papá.

—Las notas no son las de un genio, y los acordes son vulgares. Deberíamos quemar estas partituras en la hoguera.

Y entonces se dio la vuelta.

—Ah, Liesl. ¿No estás de acuerdo?

Cerré los ojos. Papá era un hombre lleno de contradicciones; en algunas ocasiones era un déspota; en otras, un caballero encantador. Todo dependía de las cervezas que se hubiera tomado. Y, puesto que era imprevisible, nunca sabía con qué versión me toparía, así que siempre que me dirigía a él lo hacía con suma cautela y precaución.

—¿Y bien?

Traté de recordar todos los momentos que había pasado junto al Rey de los Duendes, cuando nos perdíamos en mi música para, después, volvernos a encontrar. Cuando las notas nos transportaban a otro mundo, a un mundo en el que solo existíamos él y yo. Pero mi padre y mis dudas parecían haber desterrado todos esos recuerdos de mi mente.

—No —murmuré—. No estoy de acuerdo.

Oí el rasguño de la silla sobre el suelo. El violonchelista se había puesto de pie. «Es un niño cambiado —me recordé—. Es un niño cambiado. No es papá. No puede ser papá.»

—¿No? —preguntó papá; ahora que estaba más cerca podía olerle el aliento. Apestaba a cerveza—. ¿Qué te tengo dicho, Liesl?

Si abría los ojos, si miraba a mi padre a los ojos, la ilusión se desvanecería. Enseguida reconocería esos ojos de duende en un rostro humano y así sabría que estaba frente a un niño cambiado, y no frente a un hombre de carne y hueso. Pero no era capaz de abrir los ojos y enfrentarme a la cruda y fea realidad.

—Nunca llegarás a ser nadie.

Me encogí, esperando el golpe del arco del violín en la espalda. Sí, mi padre solía utilizar el arco del violín en forma de látigo. Había roto varios arcos así, castigándonos, apaleándonos como a animales.

—Te sobrevaloras. Tienes que madurar de una vez y dejar de soñar despierta. Eres demasiado romántica.

Su voz se colaba por las grietas y los recovecos de aquellas paredes, las mismas ranuras por las que se escurría el viento que soplaba en el mundo exterior. Traté de mantenerme firme, de no ceder ante la crueldad que empuñaba como si fuese una guadaña, pero estaba a punto de venirme abajo, de derrumbarme, de marchitarme.

—Regresa al reino que te vio nacer y crecer. Regresa tal y como eres, Elisabeth Vogler, y deja que el mundo te vea tal y como tu padre te veía: como una muchacha del montón, insulsa, sin gracia y sin talento.

«Elisabeth.»

Papá jamás me llamaba Elisabeth. En mi familia, siempre había sido Liesl, aunque a veces también me llamaban Lisette o incluso Bettina. Pero mi padre nunca me había llamado por mi nombre completo; era un nombre reservado a amigos, conocidos y al Rey de los Duendes. Era el nombre de la mujer que reclamaba ser, y no de la muchacha que había sido.

—Entonces deja que el mundo me vea tal y como soy.

Abrí los ojos. El niño cambiado que fingía ser mi padre lo hacía de maravilla; sí, había bordado el disfraz: las mismas mejillas sonrosadas, los mismos ojos hundidos, la misma piel ajada y arrugada. Pero su expresión desprendía maldad, una crueldad descarada que mi padre jamás había tenido. Papá era un hombre tosco y, en ocasiones, demasiado directo y cortante. Y cuando bebía más de la cuenta, sus comentarios eran mucho más indiscriminados e hirientes.

—Aparta de mi camino —dije—, y déjame pasar.

El niño cambiado dibujó una sonrisa maliciosa.

—Como desees, mortal —respondió, y se inclinó en una pomposa reverencia.

Después cogió las partituras de mi *Sonata de noche de bodas* del atril, cuyas notas estaban escritas de mi puño y letra, y empezó a romperlas en mil pedazos.

—¡No! —grité, pero el flautista se anticipó y me frenó.

Los demás aprovecharon el momento para destrozar mi música y destruir mi partitura. Desbarataron mi trabajo en cuestión de segundos; trocitos de papel flotaban por el aire como copos de nieve, posándose en mi cabeza, en mis ojos, en mi boca. Sabían a amargura y a traición.

Todo mi trabajo echado a perder. Todo mi esfuerzo yacía en el suelo. Eso me hizo pensar en mis primeras partituras, en las primeras piezas que había compuesto y que papá había quemado sin ningún tipo de remordimiento. También me recordó las obras que había escrito en secreto y que había sacrificado para ganarme la entrada al Mundo Subterráneo y así salvar a mi hermana. Y esa partitura, la última que había escrito, con toda probabilidad la mejor de mis creaciones, había desaparecido para siempre.

Me revolví entre los brazos del niño cambiado, llorando y gritando. Y cuando el último pedazo de papel aterrizó en el suelo, por fin me soltó.

—Da lo mismo —dijo uno con voz alegre—. Estoy seguro de que podrás reescribirla. Eso si tienes el talento del que tanto presumes, claro.

Y después se marcharon, dejándome sola en aquella cueva inmensa y vacía. El eco de sus risas vengativas resonaba en mis oídos.

Υ

Por fin llegué a orillas del lago subterráneo.

Me habían arrebatado todo lo que tenía: mi confianza, mi estima, mi música. Pero no iba a rendirme ahora. Me lo habían robado todo, pero había algo que aún conservaba: a mí misma, entera. Elisabeth era algo más que la mujer que había sido bautizada con ese nombre, algo más que las notas que componía, algo más que la gente que la definía. Estaba llena de mí, pues jamás podrían quitarme mi alma.

Miré a mi alrededor. Había llegado a una playa desconocida, y allí no había ninguna barcaza o esquife que pudiera llevarme al otro lado. Contemplé la inmensidad de aquellas aguas negras. La superficie brillaba y, a primera vista, parecía calmada, pero sabía que bajo esas profundidades obsidianas, acechaba un gran peligro.

Las loreleis.

Fue como si las hubiera invocado porque, de repente, unas sombras relucientes empezaron a serpentear bajo las aguas. Cuadré los hombros. Había logrado llegar hasta allí por mi propio pie. Me había enfrentado a los duendes y los había derrotado. Me había enfrentado a los niños cambiados y los había derrotado. Ahora tendría que enfrentarme a las loreleis. Iba a cruzar el lago, costara lo que costara, y si no podía hacerlo montada en una barca, lo haría a nado.

Miré a mi alrededor. Solo había una manera de llegar a la otra orilla; tendría que tirarme al agua y chapotear hasta el otro lado.

Metí un pie en el lago y ahogué un grito. El agua estaba fría, más fría que el hielo, más fría que el invierno, más fría que la desesperación.

Las loreleis se acercaron con sigilo, atraídas por mi presencia, como moscas a la miel, como aves carroñeras a un animal muerto. Una a una fueron saliendo del agua, emergiendo de aquella superficie vítrea en una lluvia negra y brillante.

Eran criaturas hermosas, espléndidas. Su belleza podía compararse con la belleza del Rey de los Duendes, una simetría maravillosa en todos y cada uno de sus rasgos, una perfección seductora y, al mismo tiempo, aterradora. Nadaban por aquellas aguas totalmente desnudas, como si acabaran de nacer, pero sus figuras eran voluptuosas y femeninas, como si alguien las hubiera moldeado a su antojo. Encarnaban la perfección, pues no advertí ningún defecto en sus hoyuelos, pezones o mechones de cabello. No poseían ni una sola pizca de humanidad. Clavaron sus ojos negros y opacos en mí. Como gacelas, empezaron a acercarse con una elegancia sinuosa y fluida.

El agua me llegaba a la cintura. La lorelei que tenía más cerca extendió las manos; sin darme cuenta, levanté los brazos. Ella sonrió, dejando al descubierto varias hileras de dientes; eran tan finos y puntiagudos que parecían alfileres. Fue acortando la distancia que nos separaba hasta que su sonrisa quedó a apenas unos centímetros de mí.

Las demás fueron nadando hasta rodearme. Sí, me habían rodeado, me habían atrapado. Con sus manos de sirena, me acariciaron el rostro, el cabello, los brazos, la cintura. Tenía todo el cuerpo entumecido, pero aun así sentía sus dedos deslizándose por el valle de mis muslos, por la curva de mi columna, justo donde la espalda pierde su nombre, y por debajo de mis pechos. Mi cuerpo, tan parecido al suyo y, al mismo tiempo, tan distinto. Una de ellas enredó los dedos en mi cabello, deshaciéndome las trenzas que solía llevar recogidas en una corona alrededor de mi cabeza. Mi melena ondulada y oscura se sumergió en las aguas; de repente, el peso del pelo mojado me hundió, como si fuese un ancla.

No sé cómo ocurrió, pero, de repente, mi cuerpo empezó a avanzar hacia la inmensidad del lago. Ya no podía controlar mis pies. Era como si una corriente submarina me estuviera arrastrando hacia la oscuridad. La resaca que me empujaba, me remolcaba y me impelía hacia las profundidades oscuras del lago era imperiosa, así que empecé a revolverme.

Las loreleis bufaron. Entonces la calma y la serenidad que nos envolvía se quebró. Se abalanzaron hacia mí y se aferraron a cualquier parte que pudieran alcanzar, a mi camisa, a mi tripa, a mis tobillos, a mi cabello. Se agarraron con fuerza y después tiraron de mí.

Estaba sumergida en una negrura absoluta; miré hacia arriba y advertí el resplandor de las olas de la superficie. Me revolví y empecé a dar patadas y bandazos en un intento de soltarme de sus brazos, pero las loreleis no iban a dejarme marchar tan fácilmente y siguieron jalando de mí. La superficie, el único halo de luz que se apreciaba desde el agua, cada vez estaba más lejos. A medida que pasaban los segundos, me parecía más inalcanzable. Sentía una opresión insoportable en los pulmones. Me había quedado sin aire y no aguantaría mucho más.

Ese iba a ser mi destino. Morir ahogada. Pero no pensaba morir sola. Estaba decidida a llevarme conmigo a todas esas criaturas despreciables. No iba a rendirme sin luchar. No iba a fallecer en silencio en esas aguas oscuras.

No había llegado tan lejos para morir sin pena ni gloria. No, si iba a morir al menos que fuese a lo grande.

Agarré a la lorelei que me tenía sujeta por la cintura. Su cabeza estaba muy cerca de la mía, así que la cogí del pelo y tiré. No tenía ni la menor idea de qué pretendía hacer con ella. ¿Darle un mordisco? ¿Arrancarle una oreja? Pero de repente mis labios se pegaron a los suyos. Abrí la boca y, de inmediato, noté una bocanada de aire que me llenó los pulmones. Era un aire cálido y húmedo, pero era aire al fin y al cabo.

Ella intentó soltarse, pero ahora era yo la que no estaba dispuesta a soltarla. Se revolvió y trató de escurrirse, pero no iba a dejarla marchar tan fácilmente. Éramos Menelao contra Proteo. Y yo era el rey de Esparta. Con cada beso que robaba, inhalaba un poco de aire. Así, poco a poco, fui deshaciéndome de esos monstruos acuáticos. Subí a la superficie y, en cuanto saqué la cabeza, cogí una bocanada de aire fresco. Miré a mi alrededor. Era la única que había emergido de las profundidades. Las loreleis se habían esfumado, pero aún no había vencido. Algo me estaba arrastrando, algo tan espeluznante como esas criaturas nauseabundas: la corriente.

—¡Ayuda! —exclamé, pero mis gritos se quedaron perdidos en la inmensidad de aquella cueva—. ¡Ayuda!

Pero nadie respondió a mi llamada.

Estaba cansada, muy cansada. Mantener la cabeza fuera del agua me estaba costando una barbaridad. Pero no podía sucumbir a la fatiga. Había logrado sobrevivir a las loreleis, unos monstruos que habían querido ahogarme en las profundidades de ese lago subterráneo, así que podía salir de esa.

El agua me golpeaba y me vapuleaba, empujándome una y otra vez hacia unas rocas invisibles. A pesar de la negrura que me rodeaba y a pesar del agotamiento, seguí nadando. Seguí respirando.

En un momento dado noté que la corriente amainaba. El río, hasta entonces bravo y violento, se transformó en un riachuelo burbujeante que desembocaba en una orilla repleta de rocas. Tuve que hacer un esfuerzo casi hercúleo para arrastrarme hasta la orilla. Tenía el cuerpo lleno de cortes, de arañazos y moratones. Me derrumbé. No podía parar de toser; de repente, empecé a sacar todo el agua que había tragado, un agua aún brillante y reluciente, pero teñida de rojo, teñida de sangre.

Cuando por fin vomité hasta la última gota de agua que tenía en los pulmones, me incorporé.

El mundo se bamboleaba a mi alrededor. Las esquinas de mi visión empezaron a apagarse, a oscurecerse.

«Mantente despierta —me ordené—. Sigue viva.»

Arrastré los pies y di un paso hacia delante. Pensaba con claridad y sabía muy bien lo que tenía que hacer, pero estaba demasiado débil. Mi cuerpo no era capaz de obedecer sus órdenes. Y, de pronto, todo a mi alrededor se volvió negro. Perdí el conocimiento y me desplomé.

433

El amado inmortal

—*E*lisabeth.

Alguien sacudió mi cuerpo y me despertó. Me revolví y gruñí. En cuanto me desperté, me entraron arcadas. Por lo visto, no había vomitado toda el agua que había tragado. Abrí los ojos y, en aquella oscuridad borrosa, distinguí una silueta delgada y larguirucha con un nido plateado alrededor de la cabeza, como si fuese la melena de un león albino.

Mis labios articularon un nombre incluso antes de darme cuenta de que los estaba moviendo.

—¿*Mein...*, *mein Herr?*

—Sí —susurró el Rey de los Duendes—. Estoy aquí.

—¿Y... cómo? —dije como pude.

—Durante esta última aventura por los senderos del Mundo Subterráneo no has gozado de la protección de *Der Erlkönig* —explicó, con una sonrisa pegada en los labios—, pero siempre has tenido la mía.

Me ofreció la mano y la acepté. Poco a poco, con un dolor indescriptible, logré ponerme de pie. Estaba dolorida, amoratada y magullada. Y el dolor no era solo físico.

Alcé la cabeza y distinguí el agujero por el que me había escurrido para romper las antiguas leyes la última vez que había estado allí. Estaba tan agotada que sentía que en cualquier momento desfallecería, pero me obligué a arrastrarme por aquella escalera de raíces y piedras que conducía a la superficie. El Rey de los Duendes me ofreció todo su apoyo, me animó, me ayudó hasta que, por fin, llegué al suelo del bosque, allí donde estaba el umbral.

Eché un vistazo a mi alrededor. El cielo era azul, ese índigo profundo que anunciaba el amanecer. Advertí el velo estrellado de la noche, pero sabía que en cuestión de segundos los primeros rayos de sol lo eclipsarían. De hecho, la oscuridad nocturna ya había empezado a palidecer. Advertí una tonalidad púrpura y, lentamente, las sombras empezaron a retirarse.

Me di la vuelta. Ahí estaba, mi Rey de los Duendes. Me miraba con expresión tierna. Hubo un detalle que captó mi atención: estaba sujetando una carpeta de cuero. Sin mediar palabra, dio un paso al frente y me la entregó.

—¿Qué es?

Su única respuesta fue una sonrisa. Con manos temblorosas, deshice el nudo y lo abrí. Aquella carpeta albergaba un sinfín de partituras musicales. No reconocí la caligrafía, pero sí reconocí el compositor. Yo. Era mi música, copiada de su puño y letra. Ahí estaba toda mi música, la *Sonata de noche de bodas*, todavía inacabada, además de cada una de las piezas que había sacrificado para ganarme la entrada al Mundo Subterráneo.

—Están todas aquí —susurró—. Todas tus composiciones.

—Pe…, pero… —tartamudeé—. Las destruyeron.

—Oh, Elisabeth —suspiró él—. ¿En serio creías que las habías perdido? Tu música es como un tesoro para mí, así que me encargué de guardarla a buen recaudo. Recordaba todas y cada una de tus notas y anotaciones; después de todo, ¿no las tocabas para mí? —preguntó, y se le escapó una risa—. ¿No te dije que fui un magnífico copista?

Mis lágrimas mojaron el papel que tenía entre las manos. Cerré la carpeta. No quería arruinar aquel acto de amor.

—Las tocabas para mí. Y ahora deberías marcharte y tocarlas para el resto del mundo. Termina la *Sonata de noche de bodas*, Elisabeth. Termínala por nosotros.

—La escribiré por ti —susurré—. Por ti, mi amado inmortal.

Estaba a punto de pronunciar las palabras que tanto deseaba decirle: «Te amo». Las palabras no dejaban de resonar en mi cabeza, pero, por alguna inexplicable razón, mis labios no podían articularlas.

—Tócala para mí —rogó él—. Tócala para mí, querida, y la escucharé. No importa dónde estemos. Te prometo que la escucharé. Te lo juro. Te lo juro, Elisabeth.

Quería susurrar un nombre. Traté de levantar la mano, acariciarle la mejilla. Traté de declararme, de decirle que le amaba.

—¿Volveré a verte? —murmuré.

—No —contestó él—. Creo…, creo que es lo mejor.

Aunque reconozco que una parte de mí lo esperaba, lo cierto es que su rechazo me cayó como un jarro de agua fría. Aunque tal vez estaba siendo cruel por mi bien, por «nuestro» bien. Jamás volveríamos a estar juntos. Jamás volvería a sentir sus caricias sobre mi piel. Ni siquiera en los confines del mundo, en los umbrales donde el Mundo Subterráneo se fundía con el mundo exterior, podría volver a besarle. Ya lo había sostenido en mis brazos. Ya lo había saboreado. Y no volvería a hacerlo. Nunca. Podría verlo, pero jamás tocarlo… Sería como una mujer en mitad del desierto, merodeando sedienta en busca de un oasis inalcanzable.

—¿Estás preparada? —preguntó.

No, no lo estaba. Pero es que jamás estaría preparada. A partir de ese momento, todos los días de mi vida estarían llenos de dudas, de inseguridades, de interrogantes. Y estaba decidida a afrontarlos tal y como era, como Elisabeth.

—Sí.

Asintió con la cabeza en un gesto de respeto.

—En fin —dijo—. El mundo entero te está esperando.

Me arrastré hasta el lindero del Bosquecillo de los Duendes. Apoyé las manos sobre la barrera, una barrera invisible pero tangible, palpable. Respiré hondo y me armé de valor para cruzar. Atravesé ese muro transparente y aparecí en el bosque.

Me quedé ahí, en su margen, durante unos segundos. El aire, cálido y apacible, no se volvió huracanado ni frío. Había cruzado el umbral y no había marcha atrás. Y sí, seguía un poco confusa y vacilante; no quería marcharme del Mundo Subterráneo, pero tampoco podía quedarme.

—Si…, si consiguiera encontrar el modo de liberarte —susurré—, ¿caminarías por el mundo exterior conmigo, a mi lado?

El Rey de los Duendes estaba a mis espaldas; no me atrevía a girarme y mirarle a los ojos. Pasaron apenas unos segundos que se me hicieron eternos.

—Oh, Elisabeth —dijo al fin—. Contigo iría a cualquier sitio.

Y entonces me volví. Advertí un color más intenso en su mirada. Durante un breve instante, vi al mortal que habría sido si se le hubiera permitido seguir con el rumbo de su vida, si su infancia no se hubiera visto interrumpida, corrompida. Un músico. Un violinista. Salí corriendo hacia el círculo de alisos, aunque lo que más deseaba era salir corriendo hacia sus brazos. Extendí las manos y sus dedos rozaron los míos, pero mi cuerpo traspasó el suyo como si fuese agua, como si fuese un espejismo. No éramos más que una mera ilusión, como la llama de una vela.

Y, sin embargo, el Rey de los Duendes seguía allí, en el Bosquecillo de los Duendes, conmigo. Él estaba en el Mundo Subterráneo, y yo, en el mundo exterior. Sin embargo, nuestros corazones latían en el mismo espacio.

—No mires atrás —dijo él.

Asentí. «Te amo.» Me moría de ganas de decírselo, pero sabía que esas palabras me romperían.

—Elisabeth.

El Rey de los Duendes estaba sonriendo. No era la sonrisa maliciosa y afilada del Señor de las Fechorías. Ni tampoco la sonrisa cruel y despiadada de *Der Erlkönig*. No, era una sonrisa torcida, una sonrisa bobalicona, una sonrisa que me partió el corazón.

Y entonces articuló una palabra. Un nombre.

—Siempre lo has tenido, Elisabeth —dijo en voz baja—. Pues a ti te entregué mi alma.

Su alma. Me llevé mi música, «nuestra» música, al pecho, al corazón. Nuestros caminos se habían bifurcado y jamás volveríamos a cruzarnos. La pena y el dolor me desgarraban, me partían en mil pedazos, todos puntiagudos y afilados. Quería tocarle la mano porque sabía que una caricia de mi joven austero bastaría para recomponerme, para juntar todos esos pedazos.

Pero no estaba rota. Estaba de una pieza. Era Elisabeth y estaba entera. Sola, pero entera. Y eso me dio fuerzas. Cuadré los hombros. El Rey de los Duendes y yo estuvimos mirándonos fijamente durante un buen rato, pues ambos sabíamos que esa iba a ser la última vez que nos mirábamos a los ojos. No había marcha atrás. No iba a arrepentirme de mi decisión. Él me dedicó una sonrisa y después se llevó una mano a los labios, en señal de despedida.

Me di la vuelta y me marché, dispuesta a adentrarme en el mundo exterior y en el amanecer de un nuevo día.

Siempre tuyo,
siempre mía,
siempre nuestro.

Cartas a la amada inmortal, Ludwig van Beethoven

A Franz Josef Johannes Gottlieb Vogler,
Por medio del Maestro Antonius
París

*M*i queridísimo Sepperl:

Mi corazón, mi amor, mi mano derecha, no te he abandonado. Es verdad que tus cartas nunca me llegaron, pero no porque me sintiera ofendida o porque quisiera apartarte de mi vida. No, mein Brüderchen, tus cartas no me llegaron porque estaba ilocalizable, porque me había marchado a un lugar fuera de tu alcance.

Tú emprendiste un viaje, y yo he hecho lo mismo: he iniciado un viaje a tierras lejanas, a un reino que se esconde justo debajo del Bosquecillo de los Duendes. Es un reino fantástico, un reino lleno de magia y encanto, tal y como Constanze solía describir en las fábulas que nos contaba cuando éramos niños. Solo que no es un reino de cuento. Es un reino de verdad. ¿Mis historias tienen un final feliz? Por favor, dímelo tú, pues no soy capaz de decidirlo.

Me encantó leer la carta donde me hablabas de tu interpretación de mi pequeña bagatela. Fue una alegría saber que el público la recibió tan bien. Te suplico que nunca desveles quién es el verdadero compositor, ni siquiera cuando se convierta en la obra maestra que, según tú, va a llegar a ser. Me cuesta creer que París, una ciudad elegante y sofisticada, pueda enamorarse de las obras de una muchacha insulsa y sin talento, una muchacha que se ha criado en una aldea dejada de la mano de Dios. No quiero imaginarme qué dirían si descubrieran que la compositora de _Der Erlkönig_ es, en realidad, Maria Elisabeth Vogler, la hija de un posadero.

La verdad, prefiero no imaginarlo. Prefiero verlo con mis propios ojos.

Käthe se ha empeñado en publicar la obra y no habla de otra cosa, sobre todo ahora que ha visto la factura que le enviaste después de vender los derechos de impresión de _Der Erlkönig_. Se ha encargado personalmente de reunirse con Herr Klopstock, el promotor teatral, porque quiere aprender el oficio y a gestionar una banda de músicos, pero, en mi humilde opinión, lo que intriga a nuestra hermana son los ojos marrones de Herr Klopstock, no los intríngulis de su trabajo. Te echa de menos. Todos te echamos de menos.

En cuanto a tu petición..., quédate, Sepp. Quédate en París con el maestro Antonius, con François. No hace falta que vengas a casa, pues con esta carta te enviaré un trocito de ella.

442

Te mando algunas páginas de una sonata que he escrito, aunque el último movimiento está por terminar. Te envío la partitura con todo mi amor y con una hoja del Bosquecillo de los Duendes. Dime qué te parece y luego cuéntame qué le parece al mundo. Creo que es mi mejor obra, la más honesta, la más sincera.

Siempre tuya,

Compositora de _Der Erlkönig_

Agradecimientos

Cuando mi editora me preguntó si quería incluir una página de agradecimientos, no me lo pensé dos veces y le contesté: «¡Claro! ¡Por supuesto!». Qué ingenua. En ese momento no pensé que sería una hazaña casi imposible. En cierta manera, escribir estos agradecimientos me ha costado mucho más que escribir *Canción de invierno*. ¿A quién incluyo? ¿Y si me olvido de alguien? ¿Y SI, SIN QUERER, OFENDO A ALGUIEN DE LAS ALTAS ESFERAS EDITORIALES QUE DECIDE ARRUINAR MI LIBRO? Así que, para cubrirme las espaldas, he decidido dar las gracias de forma general a todas y cada una de las personas que han leído, colaborado, tocado o incluso echado un vistazo a mi libro: muchas gracias, de todo corazón. Vuestra ayuda y vuestro apoyo significan mucho más de lo que creéis.

Los agradecimientos nunca se me han dado bien, ni darlos, ni recibirlos, pero sería muy insensato por mi parte no nombrar a todas las personas que han estado a mi lado a lo largo de esta aventura, empezando por la persona que me preguntó si quería escribir estos agradecimientos e incluirlos en el libro.

A mi editora, Jennifer Letwack, quien confió en mí desde el primer momento, quien creyó firmemente en el potencial de mi manuscrito y quien se mantuvo a mi lado a pesar de las infinitas modificaciones y otros cambios inesperados que sucedieron en esta especie de montaña rusa que llamamos mundo editorial. Gracias por no entrar en pánico (o, mejor dicho, por no contarme que habías entrado en pánico) cuando entregué un borrador con un final distinto del todo, o un prólogo completamente diferente del esperado, o cada vez que llamaba a tu puerta con un «¿Y si...?».

Muchas gracias a Karen Masnica y a Brittani Hilles por haberos enamorado de *Canción de Invierno* desde el principio (y por ser grandes apasionadas de *Dentro del laberinto*), a Danielle Fiorella por la fantástica cubierta (¡y por haberme dejado contribuir!), a Anna Gorovoy por el precioso diseño (¡y por haberme dejado aportar mi granito de arena!) y a Melanie Sanders por haberse encargado del proceso de producción.

A Katelyn Detweiler, mi agente y compañera de batallas, mi defensora incansable y mi mejor consejera, además de una escritora con un talento excepcional, dicho sea de paso. Fuiste, sin lugar a dudas, la primera persona que apostó por mí. A pesar de que la industria editorial no sabía qué hacer con nosotras, tú jamás te rendiste ni perdiste la esperanza. ¡Por muchos más libros en el futuro!

No puedo olvidarme de Jill Grinberg, Cheryl Pientka, Denise St. Pierre y todos los que trabajan en Jill Grinberg Literary Management, muchas gracias por todo vuestro apoyo.

A mis amigas y escritoras Mari Lu, Renee Ahdieh y Roshani Chokshi, muchas gracias por los consejos, las copas y la conmiseración, por haber dejado que me quejara y me tirara de los pelos, tanto por correo como en persona, y por haber sido mi punto de apoyo emocional a lo largo de este viaje. Gracias también a Kate Elliott y Charlie N. Holmberg por dedicarme palabras tan cariñosas sobre *Canción de invierno*; fueron las primeras palabras de felicitación que recibí, sin contar a mis amigos, familia y aduladores a sueldo (es broma, es broma); os estoy muy agradecida por ello.

Todos los escritores necesitamos una red de apoyo para no perder la cordura, así que todo mi reconocimiento a Sarah Lemon, Beth Revis, Carrie Ryain y a todos mis colaboradores de Pub(lishing) Crawl, y a mis queridos Pijales, pero, sobre todo, gracias a Kelly Van Sant y Vicki Lame por haber estado siempre disponibles en Google Hangouts y por haberme agarrado cada vez que me acercaba a un precipicio. A mis amigos de Nueva York, Los Ángeles y Carolina del Norte, todos los lugares que considero mi hogar: gracias, gracias, gracias.

Por último, pero no por ello menos importante, mi amor incondicional y agradecimiento eterno a mi familia. A Sue Mi, Michael y Taylor Jones por haberme apoyado y por haber creído en la oveja negra del clan Jones del sur de California; a mi Halmeoni, por su amor y sus plegarias; y, por supuesto, a Bear. Quién sabe, tal vez un día consigas cumplir la promesa que le hiciste a tus compañeros de trabajo, dejes la oficina y te conviertas en un jugador de póquer mantenido porque *Canción de invierno* se ha convertido en un éxito mundial. Sigamos soñando.

Este libro utiliza el tipo Aldus, que toma su nombre
del vanguardista impresor del Renacimiento
italiano, Aldus Manutius. Hermann Zapf
diseñó el tipo Aldus para la imprenta
Stempel en 1954, como una réplica
más ligera y elegante del
popular tipo
Palatino

Canción de invierno
se acabó de imprimir
un día de primavera de 2018,
en los talleres gráficos de Egedsa
Sabadell (Barcelona)